原创文学门户
起点中文网
www.qidian.com

蝴蝶蓝 著

全职高手

王者之争

23

长江出版传媒 ｜ 长江少年儿童出版社

锻炼新人

本场比赛派罗辑上阵，是否有什么特别的意义呢？

严肃
锻炼新人。

霸图派出了宋奇英，而我们，派上了罗辑。

这样可以在大场面下锻炼新人

而且我们比霸图更有勇气——

我们在这关键一战中，

派了三个新人。霸图才一个。

你们兴欣除了你、方锐、苏沐橙和魏琛，其余哪个不算新人？

或许在总决赛中，我们会尝试以全新人的姿态，让对手接受最艰难的考验。

战术大师不好惹

总决赛第二场·VIP 观赛席

队长，要喝什么？

我要奶茶。

绿茶！

红茶

可乐。

我也要两瓶可乐。

矿泉水就好

我去买……

队长

我记不住那么多！

记在手机上！

提不动啊！

多跑几趟就可以了。

战术大师有点不想去……

可乐三瓶、矿泉水一瓶……

HAHAHAHHAHAHA

我今天忘记带钱包了！

撒手锏

这么辛苦你了，怎么还好意思让你掏钱呢！

我请大家。

战术大师嘴秦

老大是最牛的

爱的力量

我去了……

瞟

兴欣擂台赛的安排几乎都是唐柔在第五人压阵。把杜明放在第四顺位，直接碰唐柔，他会竭尽所能击败唐柔，让对方注意到他非凡的能力。没碰唐柔，他也会竭尽所能地杀向这个目标。

高明。

居然没在看我……
难道是在躲着我？

看什么看

逗比啊你！

快上场！

这就是你一再推荐让他打四号位的用意吗？

要相信爱的力量！

副 本	——	游戏中独有的私人空间，玩家可以邀请其他人一同进入一个副本。此副本里存在的玩家仅仅是你和你的队友。其他任何人都不能进入此副本。这样可让你在探索时不会受到外来的干扰。
组 队	——	与其他玩家组成团队，同一团队的玩家，相互之间的攻击不会造成伤害。
NPC	——	非玩家控制角色，如游戏内系统设置的角色、玩家游戏过程中击杀的怪物等。
任 务	——	有目的地指引玩家进行游戏活动，并在玩家达到要求的条件后给予相应的奖励。
属 性	——	能力的数值反映。
生 命	——	角色生命力的数值体现，为0时，角色死亡。
法 力	——	角色施展技能时所需要消耗的能量，每种技能都需要消耗相应数量的法力来支持。
攻击力	——	角色杀伤目标生命的伤害数值，根据攻击方式的不同，分物理攻击和法术攻击。
防御力	——	角色抵抗的伤害数值，根据防御攻击方式的不同，分物理防御和法术防御。
攻击速度	——	角色攻击的速度，简称"攻速"。
移动速度	——	角色进行移动的速度，简称"移速"。
负 重	——	每一种物品都有重量，负重决定了可携带物品的多少。

全职高手游戏术语大全

QUANZHIGAOSHOUYOUXISHUYUDAQUAN

极品	属性极其优秀，非常难得的装备物品。
BOSS	游戏中NPC的一种，意指头目、头领，战斗能力强悍，耐打，不容易被击杀。但是一旦击杀成功，就会得到更多的奖励。
经验	通过击杀敌人、完成任务，或者其他手段让角色获得成长的数值体现。当积累达到要求后，角色会因此而升级，获得更高的属性，从而提升能力。
仇恨	决定怪物攻击目标是谁。
MT	主动吸引怪物仇恨、让怪物统统攻击自己的角色。
DPS、输出	通常负责制造大量伤害的角色。
治疗	通常指能恢复生命的角色。
OT	仇恨失控，导致怪物的攻击目标转换，处置不当将产生一系列连锁反应，导致局面混乱、危险，甚至无法收拾而团灭。
团灭	队伍全军覆没。
操作	控制游戏角色的能力。
手速	玩家进行操作的速度。
微操	针对某一细节的细微操作。
公会	由玩家自发组织、聚集在一起的团体。
冷却	物品在使用后，通常在接下来的一段时间内无法使用，而这"一段时间"，就被称为冷却，简称为"CD"。

全职高手游戏术语大全
QUANZHIGAOSHOUYOUXISHUYUDAQUAN

CONTENTS
目录

CONTENTS
目录

再见，林敬言

　　霸图主场为庆祝己队闯入总决赛所准备的简单庆祝到底还是没能用上，现场的电子屏上所表达的只是比较公式化的对胜利一方的祝福。

　　两队选手在赛场中央列队。

　　叶修、韩文清、林敬言、张佳乐……这些老将在这片热血铸就的赛场上相遇、相识、搏杀，有人留下欢笑，有人留下悲伤，有人留下感动。

　　他们之间或许未必称得上朋友，但是他们彼此之间的了解，却不会比任何一对最亲密的朋友少。他们有共同的追求，他们有共同的目标，在这片赛场上，他们挥洒着一样的汗水，燃烧着一样的热血。

　　只是很遗憾，每一次都不可能让所有人收获所期待的结果，每一次总会有人在中途就黯然退场。

　　结束了……韩文清望着他熟悉的这个赛场，望着满场无声的观众。

　　又一个赛季结束了，自己职业生涯的第十个赛季，结束了。

　　又失败了。是的，在韩文清的心底，没有拿到冠军就是失败，虽败犹荣这句话，他一点也不喜欢。而这一次给他画下失败休止符的家伙——叶修，又是叶修，在这之前，这家伙还叫叶秋。

　　名字为什么要改这种事韩文清一点也不关心，无论改成什么，他都能在场上第一时间认出这个家伙，十年生涯，给自己留下最多记忆的家伙，从头到尾，悲喜交加。

　　而这次，第四次，第四次在季后赛中，叶修给韩文清和他的霸图种下苦果。但是在结束后，韩文清对叶修说的第一句话却是"恭喜"。

　　恭喜，恭喜胜利。自己的悲伤，却是对方的欢笑，职业竞技就是这么残酷。

　　"谢谢。"叶修答道，两只手握在一起。

无声的现场忽然响起了掌声，经久不息的掌声。这实在是一对值得尊敬的对手，十年《荣耀》，他们始终坚持如一，无论面对什么样的磨难，他们追逐冠军的心从来没有低落过。

可是两人之中最终总是只能留下一个，这真是一件让人无比神伤的事。

霸图粉丝是讨厌甚至痛恨叶修的，可是在这一刻，他们竟然也都情不自禁地期待：如果叶修和韩文清在同一队，如果他们可以共同捧起那个奖杯，而不是总在厮杀，那会有多好！

但是这两人没有这样的惆怅。

多少场外媒体此时死盯着这二人的画面，多么希望这两位再来点更加让人感动的互动，但是，没有。

祝福，感谢，分别。

别说拥抱什么的了，两人握在一起的手都没有停留太久便已经分开，而后各自转身，各自向着自己接下来的目标走去……

韩文清接下来遇到的是苏沐橙，叶修呢？他看到了林敬言，看到了张佳乐。

通常来说，赛前赛后的列队握手会有一个次序，队长第一，而后副队长，如此往下。

兴欣只有叶修队长，而没有人挂名副队长，所以在列队上随意一些；霸图呢，张新杰这副队的存在感可是很强的，但是现在，张新杰没有依照一般的次序在韩文清之后就和叶修握手，而是林敬言和张佳乐差不多一起走到了叶修面前。

"很好的比赛。"林敬言先同叶修握手说着。

"谢谢。"叶修依旧只是这样简单地答复。

眼前的这两位，不像韩文清那样和他针锋相对十年，但是要说悲壮，恐怕要比韩文清更甚。韩文清和张新杰这对搭档至少在第四赛季击败了叶修，推翻过嘉世王朝，收获了一座冠军奖杯，有此打底，就算之后的职业生涯再无成就，却也不会被人看作悲剧。

但是林敬言和张佳乐，两位第二赛季参加职业联赛的选手，也就是比叶修、韩文清少奋斗了一年而已，却始终无法将冠军奖杯收入囊中。

林敬言，上赛季甚至是他第一次打总决赛；张佳乐，在《荣耀》中就是倒霉的代名词，四进总决赛，四次一只手都已触到了冠军奖杯，最终竟也是一无所获，而这一次，连一只手触一下的机会也没有了。

"加油。"张佳乐对叶修说着。这一刻，他到底还是会想起，两年前的那个夏天，同是退役选手的他和叶修在网游中相遇。

他们似已告别了《荣耀》，但显然各自的那颗冠军的心还未死，最后他们选择了不同的道路。叶修拿着一个新号，从网游中一路练起，一路招兵买马，自己创造机会，自己制造希望，最终凝聚成了一支战队；而张佳乐，他选了一条更为直接简单的道路，他复出选择加盟了霸图，和韩文清、林敬言、张新杰组成了华丽无比的阵容。

张佳乐不会忘记，那个时候叶修也对他发出邀请，如果他答应，他现在将会是兴欣战队的一员。

但是张佳乐也不会否认，当时的他，并不看好叶修白手起家从头再来。在当时的他想来，叶修已是荣誉满身、手握三连冠的人，或许他会更重视这种奋斗的历程。但是张佳乐自己呢？他所想的只是拥有一座冠军奖杯，无论何种方式，他希望自己的职业生涯可以不要有这份空白。

两人各自走向追逐胜利的道路。

叶修和他的兴欣在挑战赛中击败了嘉世，张佳乐和霸图一起在去年的总决赛中惜败于轮回。

继续，再来！两人继续着他们的追求，叶修冲过挑战赛，来到职业联盟，带着他的兴欣毫不掩饰地朝着总冠军杀去。张佳乐，和霸图的队友们一道，也又一次向冠军发起冲锋。最终，两队在总决赛的门外相遇了，最终，叶修和他的兴欣获胜，而张佳乐和霸图一起倒在了门外。

后悔吗？后悔当初没有接受叶修的邀请加入兴欣吗？

不，并不会。如果还是两年前的张佳乐，在直接倒在兴欣面前的时候，他大概会无比懊恼自己的选择。但是现在的他已不会，他和霸图一起走过的两个赛季，和这些队友一起奋斗冲杀了两年。他是更重视结果，但是他也深深感动于这个过程。这两年，他经历了不少，心态也变化了很多。

收获冠军的机会，他们上赛季就曾有过，这赛季的兴欣也只是拿到和他们上赛季一样的机会，即便兴欣最终真的拿下了总冠军，张佳乐也不会因此而后悔。这支兴欣，是这样的一支兴欣，而如果有他，那会是另外一支兴欣。

这样的兴欣获得冠军，并不会意味着有他的兴欣也会夺得冠军。职业场上的胜负从来没有绝对，这种后悔是毫无必要的，这是张佳乐这两年来学到

的东西。

通往冠军的路有很多。叶修选择的是一条，他的选择也是一条。

叶修选择的道路充满荆棘，让张佳乐一度不看好，而他自己的选择呢？他或许想过他的选择是捷径，但现在他已明白这绝不是。通往冠军的道路，从来没有捷径，以为收集一堆顶尖选手，收集一堆顶尖角色就能轻轻松松拿下冠军，未免太小瞧《荣耀》，太小瞧竞技这回事了。

张佳乐不敢小瞧，所以他不会再后悔自己的选择。没有接受叶修的邀请，没有回到百花，加入了霸图，他都不后悔。

此时，他为胜者送上祝福，而他自己的路还是要靠他自己走下去。

四位老将，就这样在场上完成了赛后的致意。简简单单，没有多余的话语，来来回回的，甚至都是那几个朴素到没劲的词。

但是眼望着这一幕的所有人的心却揪了起来。

就算是这样的简简单单，就算是这样没劲的词，大家还会有机会听到吗？

四位都已走到职业生涯末期的选手，他们还会有这样的机会，在场上互相送出祝福和感谢吗？

"加油""谢谢"，只是这样的用语，对于此时的他们来说竟然已经这样奢华。对于他们来说，到底还有没有明天，还有多少明天，留给人们心中的只有志忑。

"非常精彩的表现。"霸图的副队长张新杰在三位老将后，这才走到叶修面前。

"你们也是。"叶修说。

"这支队伍很强。"张新杰的目光投向叶修身后的其他兴欣选手，"每个人都有无法忽视的地方。"

叶修笑，他知道，相比很多人，张新杰会看出更多的东西。兴欣能击败霸图，并不因为某一个人，或因为某一个精彩的瞬间，他们队伍的运作也是充分而且非凡的。在从劣势下反转的那一系列紧张激烈的战斗中，兴欣并没有在频道中进行任何交流，这就是最好的证明。这说明他们的配合训练有素，这说明他们在那种情况下就有共同的意识，相互协作，将战队将自己推向胜利的方向。

"继续加油。"张新杰说道。

"你们也是。"叶修说。

张新杰点头，他不是一个会说敷衍客气话的人，兴欣还有加油提升的空间，而他们霸图同样也是。虽然张新杰一入联盟就成了叶修的葬送者，但他从来没有小瞧过叶修。叶修所捏造起来的这支队伍的战术体系，有太多值得学习和思考的地方了。

《荣耀》教科书的内容，可也是在不断更新、不断进化的。

韩文清、林敬言、张佳乐、张新杰……因为他们四位的存在，霸图显得无比强大。但是霸图战队也并不是只有他们四个。宋奇英、秦牧云，是霸图本轮团队赛出场的选手。秦牧云加入战斗时，两方的优劣已经很明显，但是他没有因此丧失斗志，他依然拿出最好的状态在逆境中拼搏，奉献了接下来那半小时精彩激烈的比赛。

宋奇英呢？擂台赛集全队最后的希望出场，到底没能扭转落后的现实；团队赛，队伍依旧派他出阵，他战斗到了最后一刻，迎来的却还是一个苦涩的结局。

"为什么？"宋奇英强自忍着，但是泪水早已经滑满了脸庞。

"前辈们明明已经那样努力，为什么，为什么我们还是……"宋奇英不甘心，不理解。他自己还年轻，还有未来，作为霸图的一名好汉，他不会因为一次失败就泣不成声。但是，他是有未来，他身边的队友，那些行将退役的前辈们呢？

他们早已经过了可以浪费机会的年纪，他们能停留在这个赛场的时间已经屈指可数。正因为如此，他们以不输给任何人的态度努力训练。到了这种时候，他们依然没有放弃过哪怕一丁点可以让自己提高的机会。

这一切，身为队友的宋奇英可都看在眼里。

他们是那样珍惜机会，可是到头来，为什么机会偏偏不青睐他们呢？

那么多的努力，那么多的汗水，那么多的一切，为什么换得的却是失败。

为什么？宋奇英也不知道自己在问谁。一旁的秦牧云拍肩安慰着他，前边张新杰也准备回来带走他，却听到走过他面前的叶修平静地说着："以为努力就可以得到想要的一切，不要太得意忘形啊！"

得意忘形？宋奇英的样子哪里像得意忘形了，这词用得让宋奇英都禁不住一怔。

"比努力，你以为我们兴欣就会输给你们吗？不，不会，我们不会，任何一支队伍都不会。"叶修说道。

"在这个赛场上，努力是最不值得拿出来夸口的东西，因为这只是基本，是人人都会做到的，是最底层最渺小的东西。搞清楚这一点，再向高处攀登吧！"

"继续努力！"说着，叶修已和霸图的第六位选手秦牧云握过了手，而后向着全场观众致意，哪怕这里是霸图主场，哪怕这里拥有最多痛恨他的《荣耀》粉丝。

掌声有，但到底还是很矜持。霸图粉丝哪怕有那么一瞬间会被叶修感动，但是旧恨未了，今天可算又结了新仇，没起嘘声，能给叶修这么点矜持的掌声，那就是因为今天叶修所带来的那份感动了。

裁判在现场正式宣布了兴欣战队的胜利，客场看台这边这一瞬间才算真正欢声雷动，有了点胜利者的模样。而霸图粉丝们的掌声在这一刻可也不弱，但此时就不再是给胜利者，而是给今天的失败者，霸图战队。即便掌声中藏着无数的失落，但是他们一定要告诉他们的战队，哪怕失败，却也是他们心目中永远的英雄，你们永远不会孤独。

两队就这样走入了选手通道，一路上双方也都再没有什么交流，而后各归了各自的备战室，接下来记者招待会却是联盟要求两队都必须要参加的。这个次序不分主客队，而是败队先，胜队后。

先出席的自然成了霸图战队，这场失利所象征的已不是这一回合，而是这一个系列赛，乃至这一整个赛季的失败，霸图所需要面临的问题，显然也不仅仅局限于今天这一回合的比赛。

韩文清、张新杰、林敬言、张佳乐，出席霸图记者招待会的是这四位，他们的聚首，让整个《荣耀》圈都燃起了一腔热血。这样的阵容，单只是提一提名字都能让一个《荣耀》粉兴奋不已。

但是，一年失利，之后，再一年。

让人兴奋的阵容当中隐藏的缺陷当然人人知晓，或许正是这种缺陷，才导致这一豪华阵容可以成型。

但是接连两赛季的失败，这支豪华军团到底没有完成人们心中的期待，也没有完成他们为之聚集的目标，他们会何去何从？相比今天比赛的内容，这个战略层面的疑惑恐怕才是眼下更多人关心的。

不过提问总还是需要循序渐进，尤其面对霸图这样一支让人望而生畏、不得不尊敬的队伍，完全没有记者打算一上来就给他们难堪。

"首先很遗憾霸图今天输给了兴欣。"先站起来的记者说着这种场合下最常见的开场白，而后顺势引出的也是一个顺理成章的问题，"你们怎么看待今天对手的表现？"

"非常出色。"作为队长的韩文清第一个出声回答了问题，用的是记者最讨厌的答案，不过随后他偏了偏头看了看身边后道，"让新杰来详细说吧。"

"好啊好啊！"这点大家不反对，张新杰的话，对问题向来是有一说一有二说二，这种评价对手的问题，是最容易得到场面话的，但是由张新杰来答的话，一切恐怕都不一样了。

"擂台赛还是团队赛？"张新杰接过话题后，立即认真地反问。

"团队赛，团队赛。"记者忙答，团队赛有整体，有个人，肯定比擂台赛的分析有料得多。

"团队赛，我赛后确认过，本场比赛的刷新点是随机确定的吧？"张新杰开始说道，上来就显严谨本色，比赛中的疑惑，他一结束就立即要搞清楚。

"是的。"记者们纷纷点头表示肯定。

张新杰点了点头，露出思索的神情，通过这一点起步，又将整场赛事过了一遍，这才很慎重地开口："兴欣今天团队赛中的表现，有太多值得我们学习的地方。

"初开场的随机刷新，造成了兴欣唐柔一人独对我们全队五人的局面，这是一个极大的不利。而唐柔当时的决定果断迅速，而我们却略有一丝犹豫，这就是双方都不知晓的随机刷新造成的。而在这种背景下，本处劣势的兴欣，却通过我们这一丝反常的犹豫，对局面的掌控把握到一丝先机。他们十分大胆地让唐柔单枪匹马地对我们进行引诱，而后利用峡谷地形布下多层次的打击，试图不断地消耗干扰我们……"

张新杰开始回答记者的问题，特别详尽，而且特别实在。记者问的是"对手的表现"，他就果然只谈对手的表现，有关霸图的表现如无必要，那是只字不提，更别提点评了。

虽然如此，记者却不觉枯燥，因为张新杰的实在，他们从这里可以听到的或许将是凭他们自己的水准无法做出的解读和判断。虽然大家更关心霸图的大方向，但是本场比赛也确实精彩，尤其叶修制造的那一次"舍命一击"，大家也确实想就这个话题聊上一聊。

大家还没精准地把问题抛到这里，但是因为这也是比赛中的一部分，甚

至可说是最高潮，实在的张新杰，他的分析靠近这一位置时，也不由得变得更加详尽起来。

"罗辑从出场上看，就已是一种布局，因为系列赛的第一回合，当罗辑这位选手在场时，我们会相当在意地形。

"兴欣在峡谷出口的伏击并不成功，可以说是依靠叶修君莫笑出人意料的技能和发挥才稳住了局面。兴欣在此时处于防守姿态，但是有明确的撤离方向，他们的撤离指向本图的核心区域：七彩泉，而这片区域，我们当时还没有机会去了解。

"这个去向，是兴欣所期待的转机，这是当时我的理解。但是从之后来看，这个判断显然是错误的。"对于自己的判断，张新杰一点都不掩饰，直接打上错误的符号。

"兴欣是在等待转机，而这个转机并不是七彩泉，而是让我们以为转机是七彩泉这回事。

"当我们做出这种判断时，那么要消除这种未知，最有效的办法，就是在到达七彩泉前奠定胜势。

"从峡谷中击杀方锐的海无量开始，我方在人数上处于领先，而在形势上也处于压制，这就让我们在当时采取了比较大胆的攻击姿态。

"而这才是兴欣真正期待的转机。他们的布局，可以说从方锐被击杀那一刻起就已经开始。他们是被压制住了，但是控制好一定的分寸，这个分寸是他们需要反弹的空间，然后就是等待，等待我们放手加强攻势时，开始引导形势，将我们角色逐渐从治疗身边引开。

"这是一个套路。我赛后了解过，在这个过程中，兴欣没有消息上的交流，这样一个庞大复杂的套路设计，如果临时起意，不可能没有沟通，所以这是一个兴欣有过演练的战术套路，在当时，或者更早，所有人接到一个信号后就开始执行。灵猫，能执行换位，肯定是出于君莫笑的召唤，而这个召唤没有人察觉，至少我们场上没有。这一点非常致命，因为罗辑在这套路中扮演着很重要的角色，君莫笑的灵猫隐藏在昧光的召唤兽之中，而兽王四元素阵的存在，是对我们注意力的一个很大的吸引。如果早知那只灵猫是君莫笑的，放弃这种担忧，最终罗辑对林敬言的引诱将不成立。哪怕他进行了兽王四元素阵的吟唱，但是灵猫并非昧光的召唤兽，这个阵势最终是不会成立的……但是，很可惜，我们都被骗了，从我们没有察觉那只灵猫是君莫笑的召唤兽开始。"

清晰，准确，富有逻辑。在座的记者都不是第一次听张新杰做这样的赛后分析了，但是他们依旧惊讶于张新杰的冷静。在这样一场将一年辛苦葬送的失利之后，大家完全感觉不到他的情绪波动。

他不痛苦吗？他不失落吗？他不遗憾吗？

当然不会！没有哪位职业选手在这样的失利之后还能古井不波。但张新杰就是能将自己的心情埋藏起来，就是能在适合的时候控制自己做适当的事。记者们询问对对手的看法？好的，无论你们是真想知道，还是只是以此拉开话题，既然问到这了，要我答，我便以中肯的态度答复你们。

记者已经不能更满意。有了张新杰做的赛后分析，他们今天这场比赛的战报都会写得有档次许多。

只是接下来，怎么聊起大家更关心的话题呢？张新杰只谈了战术，根本不谈心情，这让大家没法从这一番长篇大论中找到任何切入点。这就是张新杰接受采访时一贯的严谨风格了。他的回答从来都只针对当下问题，从中几乎找不出任何能衍生出新话题的内容，实在是滴水不漏。

没法顺势带出，记者们只好自己重新起头了。

"不愧是一场相当精彩的比赛。"一位记者承接张新杰的分析，赞叹了一声，开始转向下个话题，"那么，在今天这场失利后，几位对未来又有什么打算呢？"问题很直接，而所有人所最关心的，也正是这个问题，招待会现场立即安静下来。

"我还可以继续战斗下去。"队长韩文清表示。

敏锐的记者们马上意识到了什么。韩文清用到了主语"我"，作为队长，他此时的发言，却并没有代表全队，大家马上猜到了这话透露的言外之意：韩文清还可以继续战斗下去，但是有些人不能了……

"我也是。"张新杰随后回答。

他当然也能……黄金一代的选手，比起初代、二代选手都还有得打呢，大家所关心的那个问题，本就不针对张新杰。

"我也不会放弃。"接下来的人说道。但是记者们的目光转过后，已经更加清晰地意识到什么了。

霸图此时在台上的座次：韩文清、张新杰、林敬言、张佳乐。

韩文清作为队长，率先回答，但是他没有代表全队，他所说的只是"我"。

而后张新杰，然后，却不是依次而来的林敬言，而是张佳乐。

林敬言被跳过了，显然是因为他们知道林敬言所说的话，和他们将不是一个氛围。所有人的视线转回，全场目光投射到林敬言身上，相机等等都已经备好，大家已经猜到：一个终结，终于要到来了。

林敬言站起了身，他的脸上挂着微笑，这位《荣耀》职业流氓的代表选手，他本人的气质可一直是挺温文尔雅的。

"我想，我是时候结束了……"林敬言终于开口。早有准备的众记者，立时疯狂按下快门，他们要记录下这一刻的画面，这一刻的声音，这一刻的场景。

而坐在台上的霸图其他三位，韩文清的神色依旧那样坚强不屈，张新杰也是一贯的平静，只有张佳乐，此时脸色有些阴沉，是因为今天的失利，还是因为林敬言的退役，抑或二者都有？

他似乎很想说些什么，但终究没有开口。霸图的队友们显然早已经知道林敬言的决定，他们或许劝说过，但到最终，到底还是选择了尊重林敬言的决定，他们所有人都一言不发，将这一刻完全交给了林敬言。

"而在这最后，我要感谢。"林敬言继续说道。

"首先要感谢现在坐在我身边的队友，在来到霸图之前，我从来没有想到过有一天竟然能有机会和你们一起为了冠军而战，你们都是联盟最优秀的选手，能和你们并肩作战是我的幸运，也是我毕生的荣耀。

"因此我也要特别感谢霸图这支队伍，感谢这支队伍在我的生涯迟暮之年还能给予我这么好的机会，这两年我很充实，也很快乐，唯一遗憾的就是我到底还是没能和大家一起捧起奖杯，在这里我也要向霸图的诸位说一声抱歉，我……不能再和大家一起努力下去了。

"这个决定并不草率，是我思考过自己的状况后做出的慎重决定。我认为我的职业生涯，应该到此为止了。

"人生没有完美，很不幸我没有拿过冠军，但是从呼啸到霸图，我的身边一直都有最优秀的队友，是《荣耀》让我遇见了你们，我要说的是，能玩到《荣耀》，能成为一名《荣耀》职业选手，这就是我一生中最幸运的事。

"今天我先一步离开这片赛场，但我不会离开《荣耀》，永远不会，我还会一直注视着你们，祝你们能实现你们的理想。

"在最后，我要祝福所有人，和《荣耀》相关的所有人，是《荣耀》将我们串联在了一起，这将是我们毕生的荣耀！"

"谢谢大家，祝大家好运……"林敬言鞠躬，这是他的告别宣言，记者们终于等到了比较话题性的东西，但是这一刻，他们宁愿没有这样的新闻，他们宁愿林敬言也和韩文清、张新杰、张佳乐一样表示他要继续努力下去。

但是，没有，刚刚这一幕是真实的。

林敬言已经发表了他的退役声明，他就要离开了。这位第二赛季加入，有第一流氓之称的顶尖选手，终于走完了他的职业生涯。

他没有得过冠军，也没有什么特别的个人成就，甚至来霸图战队之前没有打到过总决赛，然而他始终顽强，始终拼搏不息，他从始至终都在为了胜利而努力。

没有人会嘲笑他，哪怕他在生涯末期已被后辈超越。因为这本就是时间发展的必然规律，这没有什么可笑的。大家所看到的，是唐昊夺去了林敬言第一流氓的头衔，夺去了他在呼啸的地位，夺去了和他一起奋斗七年的角色，却没有夺走他的斗志，没有夺走他那颗冠军的心。

他来到了霸图，和新的队友一起潇潇洒洒痛痛快快地战了两年，直至他自己认为应该结束，这才亲手放下一切。

没有任何人可以让他选择放弃，除了他自己。

"谢谢大家，祝大家好运。"林敬言说着。

而这时霸图出席招待会的其他三位选手已经起身，和林敬言握手，拥抱，送上祝福。他们的心中或许都有不甘，但是他们脸上所洋溢的，却只有坚定。无论路向何方，对于他们来说，都只会坚定地走下去。不妥协，不后悔，不退缩，一直向前，笔直地向前。

"再见！"和三位队友互相祝福完毕，林敬言忽朝台下记者们挥了挥手，而后最后一次向三位队友点头致意，转身，就向离开通道走去。

结束了吗？记者们有些发愣，但是很快发现韩文清、张新杰、张佳乐，这三位选手已经坐回了各自的位子，好像什么也没发生过，就好像那个空出的位子，从一开始就没有人。

林敬言有他的选择，而他们，也有他们的。

林敬言已经告别了这片赛场，所以，他离开；而他们，选择留下，选择继续。所以，记者招待会依然继续。

记者们发呆，他们也从来没有经历过这样的场面，这一刻他们已不知该向台上没有离开的三位选手问些什么，他们甚至从来没有这样期待过记者招待会快点结束，霸图的坚强，霸图的不屈，他们感受到了，这让他们有些无法承载。

"那么，林敬言退役以后，霸图战队会有什么调整吗？"有人到底还是起来问了一个问题。

"自然会有人来填补空缺。"韩文清说。

"那么能透露一下会是谁吗？是霸图队中的，还是会在转会市场上有所行动？"有记者问。

"这个暂时还没有确定。"韩文清说。

"好吧……"记者们这时早就没有了平素死缠烂打的功力，气氛完全压抑下来，两个问题后，现场顿时又陷入沉默。霸图的新闻官终于在此时站了出来："那么，没有其他问题的话，记者招待会就到此结束，可以吗？"

"好的，没问题……"所有记者拼命点头。

结束了。霸图的记者招待会结束了，一位顶尖选手的职业生涯也结束了，但是在这片赛场上，有人离去，却也有人会毅然地走下去。

霸图的其他人会走下去，而在眼前，兴欣，这支队伍，他们接下来还要往前走，他们本赛季的路还没有完。总决赛、总冠军，这支初入联盟的菜鸟队竟然一路杀进了总决赛，只这一步就已经是个奇迹，只这一步，就已经有足够爆炸的话题了。

兴欣出来了。

他们派出了三位代表，叶修、方锐、罗辑。

很好！这人选让记者们有点激动，霸图离开，已恢复正常状态的他们立即察觉到这当中的话题。先不问兴欣本身，已有人站起来问道："请问，你们知道林敬言就在刚才宣布退役了吗？"

问题出来，所有人望向方锐，这位和林敬言合作多年的呼啸搭档。

可能的世界大战

招待会现场沉默，远比兴欣的备战室安静。虽然他们从电视直播中看到了林敬言宣布退役的场景，但是对于初入联盟的新人来说，退役的无奈和悲痛对他们到底触动有限，况且他们还沉浸在杀入总决赛的狂喜中，林敬言退役的消息，似乎并没有对兴欣备战室的气氛有所改变。

年轻人依旧在欢笑着，但是惆怅也在那一瞬间在兴欣的备战室里蔓延。

叶修，和林敬言也是旧识，从第二赛季打到现在，相互并不陌生。他从第一赛季，一直战斗至今，在这过程中经历了一次又一次熟悉面孔的离开。他们有的是队友，有的是对手，但是在离开的那一瞬，大家却都会忘却这种身份，所感受到的，只是身边一位伙伴的离开。

今天也一样，熟悉的面孔，又一次渐渐淡化成了泡影。

叶修沉默着。

方锐也在沉默。他和林敬言相识倒是不如叶修久，但是第五赛季出道的他，初出茅庐就来到了林敬言的身边，是林敬言看着他成长，而后他们又成了著名的一对搭档，再到第八、第九赛季各奔东西。

林敬言对他而言，亦师亦友，如果让方锐选一个他在联盟中最尊敬的选手，他会毫不犹豫投林敬言一票，即使林敬言并不是这个圈中最优秀的。

而现在，他已离开。

已有多年职业经验的方锐并不是从来没有意识到这一天，只是他从来没有想到过，他会以这样的方式目睹林敬言离开。

他原以为两人会并肩战斗到某一天时，林敬言忽然笑着说自己打不动了，而后在自己的嘲讽中也依然不改主意，就那样微笑着说了再见。

于是今天，方锐看到了。

林敬言在微笑，他向所有人道别，但是，是在被方锐代表的战队击败之后……

微笑之下隐藏的黯然，有多少人能感受到？

方锐知道，林敬言一定还是很希望能得一次冠军的，特别特别希望，但是最终葬送他这希望的，却是自己和兴欣。

他再也不会有机会了，因为他已经选择了离开。

祝你们好运。他把祝福留给了所有人，这当中当然也包括方锐。

但是这样的祝福会让人感觉到治愈吗？至少方锐不会。他已经没办法再看下去，那一刻他找了个借口离开了兴欣的备战室。他之后，魏琛这位早早退役、多年后又复出的老家伙不顾备战室禁止吸烟的规定，狠狠抽起了一根烟。而老板陈果意外地没有批评他，作为资深《荣耀》粉，这样的离别陈果没有经历过，但是很多次以这样的方式看到过。而现在，她已经融入了这一圈子，她感同身受，意识到了自己的身边也会渐渐有这样的离别，魏琛、叶修，甚至之后的苏沐橙、方锐……

陈果觉得害怕，真的很害怕。

方锐不知说了什么就要离开备战室，没有人上去阻拦，就连还在高兴的新人们这时也意识到此时备战室里不全是兴奋的气氛了，他们也安静下来，看着方锐离开了备战室，而后，看到记者招待会上，林敬言和三位霸图队友拥抱告别，谢幕退场。

呃……有脑筋快一点的，已经意识到了一个问题。

方锐从备战室里出去了，而林敬言从记者招待会那边退下来了，那这两人，不是要在通道中相遇？

备战室里瞬间安静下来，连电视机都不知被谁选择了静音模式，仿佛会打扰到通道中这二人交流似的。谁也不动，谁也不出声，直至备战室的门再被推开。

"该我们了。"方锐站在门口，平静地招呼着。

于是叶修和罗辑，再加上方锐，兴欣早安排好要参加记者招待会的三人走了出去。通道里，他们看到了林敬言，他朝着他们笑了笑，而后又拍了拍方锐，没有再回霸图的备战室，只是沿着这条最终将通向赛场外的通道，一直走了下去。

"我们走。"叶修没有再目送下去，只是招呼了一声，兴欣三位走出了通道，走向了记者招待会。

"请问，你们知道林敬言就在刚才宣布退役了吗？"

记者抛出了他们的第一个问题。

"知道。"叶修点了点头。

"能每人谈一下吗？"记者着重强调了每人，显然对于叶修来回答这个问题并不感冒，他们想听的是方锐的感想。

方锐没有回避，主动扶过了话筒，于是叶修也没有抢话，如记者所愿，让方锐去谈他的感想。

"祝他好运。"方锐扶过话筒，说了四个字。

大家静悄悄地，继续等。但是，没有然后了，方锐只说了这四个字，对他搭档多年、亦师亦友，最后却被他亲手葬送毕生期待的林敬言，他竟然只说了这么四个字。

"没有了吗？"记者们不死心，他们希望听到更加感人肺腑的感想。

"没有了。"方锐却摇了摇头，微笑着，仿佛林敬言一样。他所想到的，所要说的，在通道中遇到林敬言时已经说过了，对方锐而言这已经足够，毫无向这些记者转述的必要。

然后，就是祝他好运，祝他，只是他。

但是记者们，到底还是不肯轻易放弃，就算今天林敬言没有退役，方锐和林敬言，作为一对昔日搭档，在场上的相遇那也是一大话题。

"呃，恕我直言。"一名记者开口了，"您今天在比赛中的发挥似乎并不尽如人意，是否因为对阵的对手中有昔日搭档，而有些下不了手呢？"

"我今天的发挥确实不好，所幸队伍最终还是赢得了比赛，接下来的比赛我会继续全力以赴。"方锐说。

看似无比寻常的一个回答，但放在此时却无比狡猾。对有关"昔日搭档"进行了完全闪避，然后针对表现不好的状况做出承认，分析结果，表态未来。

记者还能怎么问，还能问什么？

有关林敬言，他们已经没有办法纠缠下去了，只好开始认真针对兴欣本场的表现发问，而张新杰在记者招待会上提供的分析，顿时成了此时大家可以拿来向兴欣问询的重要资料。

"请问兴欣今天在团队赛中对张新杰的石不转完成的'舍命一击'，是一套经过赛前练习的周密战术吗？"有记者问道。

"哈哈哈。"叶修笑,"别拿张新杰刚分析的东西来问我了,我刚才看了电视,他分析的全是错的。"

记者们顿时一头黑线,谁都知道叶修这是在胡说八道。但张新杰的分析他就敢这样无礼地蔑视,你让记者又能怎么着呢?

叶修以前是从来不出席这种场合的,记者招待会,事实上叶修都和罗辑似的是个新人。但这位新人可难缠得可怕,比起那些回答问题特别油滑的家伙,叶修对待他们是一种完全的不在乎。问题上来他能随口就瞎编,回头你再问起时,他能把自己说过的话给忘了。最让人痛恨的是他从不回避这一点,只会特别真诚地反问你:"是吗?我这样说过吗?"

说过又怎样?没说过又怎样?这些摆明随口胡编的东西记者能报道吗?当然不能。这样报道岂不是会显得自己智商很低?连这样的胡说八道都会相信。

眼瞅着叶修又开启了这样的状态,记者们心中都在抓狂,但表面上还得做出心平气和的模样。

"那么请问一下,本场比赛派罗辑上阵,是否有什么特别的意义呢?"有人问。

"锻炼新人,在大场面下锻炼新人。就好像霸图派出了宋奇英,而我们,派上了罗辑。"叶修严肃道。

靠!记者们心中又在怒骂了。

这种回答,模棱两可。你不信吧,人家这说法是合乎逻辑的;你信了吧,却总觉得有什么地方不对,总觉得好像在被调戏。

"而且我们比霸图更有勇气,我们在这关键一战中,派上的新人多达三人。"叶修接着说。

记者们都要哭了。

你倒是别派啊!你们兴欣除了你、方锐和苏沐橙,再加一个魏琛,有哪个不算新人?

"或许在总决赛中,我们会尝试以全新人的姿态,让对手接受最艰难的考验。"叶修说。

谁信?谁会信?总决赛上全新人去锻炼?开玩笑也要有个限度吧!

记者们个个愁眉苦脸,今天这稿子,写点什么呢?有些人已经神游天外了,眼前这场记者招待会看来是没办法给他们提供什么素材了。

"那么，今天就到这吧？"最后兴欣这记者招待会草草结束时，记者们都没有作过多的抵抗，连多拍几张照片的心情都没有。遥想当初，能照到叶修那是多么华丽的事迹，但现在，看到这家伙出现在镜头里，大家只觉得口干舌燥。不知该问什么，也不知该听什么。

记者招待会结束。

今天这一回合比赛的风风雨雨，算是至此全部落下帷幕。

失败的，胜利的，都将走向各自的路。

但是无论是何样的路途，他们所要冲往的方向都一样，他们各自在走的，永远都是追求胜利的冠军之路。

在 Q 市征战了近一周的兴欣，终于返回了他们的主场 H 市，迎接他们的，是暴雨倾盆。

轮回、兴欣，一支是连续两赛季的冠军队，另一支却是刚刚进入联盟的新队，这样两支看起来悬殊到天差地别的队伍，最终会师总决赛。

没有人敢再小瞧兴欣，没有人会再将他们随便视为一支草根队。

常规赛排名第六，季后赛连克蓝雨、霸图两大豪门，兴欣正在以一股不可阻挡的势头吸引着人们的关注。

到了这一步，人们所想看到的已经不单单是一个新王朝的诞生，也有为数不少的《荣耀》玩家想看到一次奇迹的诞生：一支初入联盟的新队，就这样以永不停歇的脚步直夺总冠军。

半夜时，总决赛首回合，乃至整个系列赛的胜负投票通道已经打开。时至早上 8 点，八个小时过去，两队所获的支持率竟然不相上下。

要知道在之前，无论是面对蓝雨，还是霸图，兴欣所获的支持率都是一边倒地落后。哪怕他们队中其实不乏全明星选手，哪怕他们队中拥有最佳新人，哪怕他们本赛季带给人们太多的惊讶。但是，季后赛，《荣耀》玩家们始终不太看好他们。

直至今天，直至现在，击败蓝雨，击败霸图。

兴欣收获了足够的信赖，在赛前的支持投票中，他们竟然以不输轮回的姿态，和轮回平等对立着。

轮回：51.6%。

兴欣：48.4%。

轮回略微领先，但这点差距大家已经无心去计较了，兴欣能和轮回这样平分秋色，已经足够让人领略他们的不凡。或许无论是蓝雨还是霸图杀入总决赛，这阶段的投票都不可能和轮回形成这样平分秋色的局面。但偏偏就是兴欣，他们在不被看好的情况下，出人意料地杀到这一步，反倒让更多人对他们提起了兴趣，人们开始期待再一次的出人意料。

三天后，H市，萧山体育馆，会是奇迹开始的地方吗？

大雨洗刷着萧山体育馆，因为暴雨，街面上异常冷清。兴欣的粉丝就是再激动再热情，也实在没有办法在这种天气下露天为兴欣战队加油鼓劲。但是兴欣网络会所的生意却在这样的天气下火爆异常。网吧已经不像网吧，就连过道里都站满了人，躲雨什么的随便找个借口，大家就这样钻进网吧随便找人热聊起了即将到来的总决赛。哪怕是那些占有机位的，也真没几个还在摆弄电脑，都在和自己身边的人议论着。

他们或认识，或不认识。

这都不重要，此时他们聚集在这里，就有一个共同的希望、共同的期待：兴欣拿下总冠军！

兴欣网络会所二楼，算得上兴欣战队的基地。哪怕是已经杀入总决赛的队伍，战队基础设施的简陋一时间却也改变不了。

此时兴欣的全体选手，就聚集在他们这间放在全联盟来说绝对最简陋的训练室里。

昨天，他们连夜赶回了H市，如此恶劣的天气，竟没有影响他们的班机。今天一早，所有人再次不受天气影响，十分准时地出现在训练室。

这种纪律，是常规赛时兴欣的要求。季后赛叶修提倡的多是自主调整，战队并不安排太多的训练计划，多是交给选手自行安排时间。

但现在，总决赛，距离冠军只有一步之遥，大家又自发地遵守起常规赛的纪律，就这样聚集起来。

"怎么回事，我不是说了今天早上没安排，大家好好休息吗？"叶修看到一屋子的人后，说道。

众人鄙视。你这人，说话的时候能不能先看清楚自己的立场？说早上没安排，好好休息，你自己不是也出现在这里了？再这样说话的时候，能不能不要那么一副理所当然的口气啊？

"好吧！既然都来了，就一起欣赏一下轮回战队季后赛的精彩表现吧！"叶修说着，已经放下投影幕，将不知他何时整理好的轮回资料播了起来。

轮回的强大是毋庸置疑的，兴欣也不是到了现在才开始重视轮回的强大。常规赛首轮，他们就被轮回直接横扫，到了下半赛季，两队更换主场再战，兴欣也只是取得了 3 分。

不过常规赛的战绩并没有对兴欣造成多大影响。

蓝雨、霸图，这两队何尝不是在常规赛中两次击败兴欣，但是在季后赛笑到最后的却是兴欣。

拿历史胜负作为参照依据，那是媒体爱干的事。他们的工作是找话题，参考两队过去的交锋无疑是很聪明的思路。

但是对于职业选手、职业战队来说，过去的失败，都只是一次经验的吸取，他们不会因此妄自菲薄，不会因此就觉得战胜对手有困难。每一场比赛，都是新的开始；每一次胜利，都需要重新用双手去创造。

轮回，常规赛不胜，那和现在没关系。

在这一点上，兴欣的信念是无比坚强的，他们没有被过去的失败绊住，在叶修的率领下，一起理智地分析着他们即将遇到的轮回。

一天、两天……

雨过天晴。

本是兴欣主场，本是由过去的嘉世党，如今的兴欣党所统治的街道上，渐渐出现一些为轮回呐喊助威的旗帜标语，所有人都知道，轮回来了。蝉联冠军，正在向他们三连冠发起冲锋的轮回战队，驾临 H 市。

俗话说，强龙不压地头蛇。

但就轮回驾临后兴欣主场街道气氛的改变，颇有几分猛龙过江的架势。

周边一带从这时起就开始加强保安戒备，以防两队粉丝发生矛盾。所幸，这些粉丝都是《荣耀》玩家，大家真有矛盾，倒有 80% 的时候就找个地方拉出电脑来一场 PK。直接街头肉搏，那可不太符合《荣耀》铁粉的气质。

所以《荣耀》作为竞技项目，难免会有粉丝冲突，但上升到危害人身安全的情况还是极少，就是因为他们有着这样一种不同的解决方式。他们当中的更多人更乐于在《荣耀》中释放自己的头脑和暴力。

比赛的日子一天天临近，两队粉丝渐聚渐多，就街面上看气氛尚属和谐，但私底下，周边网吧的电脑前已经发生不知多少次激烈的《荣耀》PK 了。有一天，兴欣这边伍晨甚至黑着脸从网吧里聚了一票人出去，浩浩荡荡的，也不知杀向哪去了。不过后来他还是黑着那么张脸回来的，估计没怎么讨得

好。

兴欣这边纵然有伍晨坐镇，但轮回可是打总决赛来了，他们的公会会长三界六道作为玩家的领军人物，这种时候当然也已经亲驻 H 市，此时带了一票轮回公会的手下，把那边宏泰网吧弄成了他们的作战中心。双方战队还没正式开打，两边粉丝的争斗就已经不断升级。不过在双方会长的尽力控制下，至少还没有在网游中升级成野战 PK，大家大多是在竞技场中解决问题。

显然，在这种背景之下，两队会长也依然没有失去冷静。野战 PK，无论谁占便宜谁吃亏或者两败俱伤，都是让其他公会捡现成便宜的事。两家会长都没有在这种时候忘记他们真正的职责，没有因为两队总决赛遭遇后的矛盾升级而影响到网游中的局势平衡。

不过这也就是暂时，毕竟比赛还没开打，玩家的情绪真要被比赛撩拨起来，那说爆也就爆了。历年季后赛中两家公会爆发大规模野战的次数只多不少，都是因为到了一定程度会长也控制不了。

嘉王朝公会，支持着嘉世的王朝地位，原本也是网游中一等一的强势公会，但就是因为嘉世四入总决赛，次次爆发世界大战，今次和这个打，明次和那个打，一连打了四年，他们年年战，对手却是车轮换。四年战下来，嘉世王朝被中断了，嘉王朝公会的元气也大受损伤，以至于之后《荣耀》网游中称三大公会时，指的是霸气雄图、中草堂、蓝溪阁，曾经盛极一时的嘉王朝愣是没能将这名头撑成"四大"。

也正是有了嘉王朝这前车之鉴，之后的公会在这方面都特别特别小心。

嘉世之后，微草战队连续三年进总决赛，爆发了一次小打，一次大打，第三次终于和平度过。

小打是第五赛季，和百花战队相遇。当时百花赛季中途孙哲平伤重报销，总决赛中百花一股子要为孙哲平拿下这个冠军的气势，可惜最后败给微草。赛后双方粉丝立即网游里开打，但这时传出了孙哲平正式宣布伤重退役的消息。百花哪里还有什么心情打世界大战，最后就这么不了了之，为一次小打。

而后第六赛季，微草被蓝雨阻击失去连冠，赛后双方这场世界大战打得触目惊心，称得上历年以来最猛烈的一次。两支战队也就因为这一战，直接结成世仇。

而后第七赛季，微草再遇百花，都有过总决赛经验的两队，非常了解战火蔓延到公会的不利，于是这一次在双方会长的努力维持下，总算控制住网游里的事态，没有爆发战争，成为迄今为止唯一一次和平解决。

之后第八赛季、第九赛季，都有公会大战，但在各自会长的引导控制下，差不多都是泄了那口气就完，不伤筋骨。

而今次，轮回、兴欣，两家在网游中还不能称顶尖的公会，却开始引领这一年可能的世界大战的潮流。

三天的时间说长不长，说短不短，终究过去了。

雨过天晴的H市一派清新脱俗的气象。熟悉的街道经过这一番洗刷也有了不一样的感觉。

距离首回合比赛已经不到一个小时，观众早已经入场，场馆外却还是四处可见熙熙攘攘的人群。

总决赛有太多的《荣耀》玩家希望可以亲临现场观看，只可惜一票难求。此时干脆跑到赛场附近试图碰碰运气的人着实不少，或想蒙混过关，或四处打听有没有人转让门票，总之都没闲着。

付超也是这些《荣耀》玩家中的一个，和这里聚集的玩家目的相同，但是从一开始，付超就没有往人堆里扎。这里人太多了，想从正面蒙混过关或从哪里搞到转让的门票都太难太难了。

付超远离人群，向着场馆的其他方向徘徊着，留意着周围的动静。

可供出入萧山体育馆的通道其实有很多，此时举办大型赛事，开放的当然是可通过最大人流量的几个正门，而其他侧门、小门，这种时候当然是不会开放使用的。

但是不开放，并不意味着不能走，付超此时打的就是这些侧门、小门的主意，在偏离了正门好一段距离后，四下都变得冷清起来，付超看到前方就有一扇不起眼的小门紧闭。

付超上前，也不知该推该拉，总之都试了试后，小门纹丝不动，显然被锁紧了。

付超不气馁，他本就没以为场馆的工作人员会那么马虎，本就是来碰运气的。而且付超真正所想的，也并不是就这样有一扇门为他而开，让他随随便便大摇大摆地走进去。

他所想的，是找到一个工作人员出入的通道，那里或许会有场馆的工作人员，但是自己可以试着许以好处，就此混入。

应该会有的吧！

对于这一设想，付超还是挺有信心的，他相信肯定会有这种方便工作人员出入的员工通道，就是不知道萧山体育馆的工作人员会不会那么没原则被自己随便收买。

不管怎样，总要试一试。

付超继续走，隐约听到前方转角处似乎有说话的声音，连忙加快脚步，转过弯一看，就见又是一道侧门，房门正在被最后进入的一人随手带上。

"等一等！"付超不顾一切地喊了一声，朝那里飞奔而去。这是机会，他不想错失。

那人显然听到了呼喊，停下了动作，回头来看。付超一边飞奔一边挥舞着右手以引起注意，左手已经抓好了口袋里的钱包。

侧门不远，付超狂奔几步，那人也正回过身来看。四目相对，付超顿时脚下一绊，险些摔倒，再稳住时，脸上写满了诧异，有些不知所措地望着这个停下脚步回身看他的人。

这是付超并不陌生的一张面孔，但是付超从来没有想过可以这样近距离地看到这个人，付超忽然觉得自己抓着钱包的手指有一点僵硬。

韩文清？霸图战队的队长韩文清？

付超的大脑已经完全不够用了，自己准备行贿的场馆工作人员，怎么一回头就变成韩文清了呢？

其实只是长得比较像？

付超正这样想着，就听到一个声音从那门里传出来。

"什么事？"跟着一人走了出来，一手扶了扶眼镜，朝付超望来。

张……张新杰？

付超塞在裤兜抓着钱包的手松开了，隔着裤子掐了一下大腿，贼疼。

"谁在叫？"又一个声音，又一个人走出来。

张……张佳乐？

霸图的三位悍将竟然就这样活生生地站在他面前。

"怎么不走？"这时，新的声音又来了。

林敬言吗？付超明显已经适应了很多，已经开始下意识地推理了。但是出来的人……

王……王杰希？

付超再次感觉到一阵眩晕，竟然是微草战队的队长王杰希，又是一个大得不能再大的腕。

"干什么呢？"

"你们干吗呢？"

一个又一个的声音，一个又一个的人。身前不到三米，喻文州、黄少天、李轩、楚云秀、杨聪、于锋……

付超觉得自己的"五感"大概都已经被剥夺殆尽了。

这是在变魔术吗？还是什么 COSPLAY 团队吗？怎么从这小门里一下子就冒出这么多的大神，《荣耀》最顶尖的大神！

他们这是在干吗？这是在围观我吗？我该怎么办？立即跪下乞求原谅吗？不对啊，我好像还没来得及做什么错事吧？那该怎么办？上前对他们说"见到你们很荣幸"吗？这样讲好像有点嚣张啊？得换一种口气吧，怎么说呢？

付超还思考着呢，这边的职业大神却都在面面相觑，个个都是不明状况的表情，最后还是韩文清哭笑不得地扫了所有人一眼："人家喊着留门而已，你们都干吗？"说完他自己倒是先进门了。

其他人一听就这么一个事，弄得劳师动众的，顿时也都哈哈一笑，重新拥入门里，最后一个进的是微草战队的许斌。他看了付超一眼，就把门给留那了，没带上。

这是……

付超到头来也没想清楚该怎么和这么多大神打招呼，转眼人家就都进去了，但是最后居然把门给他留下了，付超的思绪一下子回归自己的初衷，一个箭步上前将门扶住。看看四周，不远不近的地方其实是有人的，但似乎都没有在意这边，付超进去，将门带上，而后发现自己居然就这么混进来了，而且前边给自己带路的全是《荣耀》顶尖大神。

这是……误会自己是工作人员了吧？

能想到这种方式混进场的付超脑袋瓜还是很灵光的，刚才是被接连不断出现的大神围观得傻掉了，此时恢复正常，一想，顿时也明白是咋回事了。

这些职业大神当然不是什么 COSPLAY，人家也是跑到现场来看总决赛的。但是让这些家伙去走正门通道，非得乱了套不可，所以场馆也就给他们特在这边不起眼的位置开了一条通道，自己误打误撞地来了这边，正赶上这些大神进场，没看清是谁就瞎嚷嚷，结果倒是让大神误会他是场馆工作人员，

稀里糊涂就这样蒙进来了。

太走运了!

付超心里激动啊!能混进场值得激动,以这样的方式混进场更值得激动。付超此时觉得自己看比赛的欲望都不那么强烈了,他迫切希望冲上网络上将自己今天这传奇般的遭遇使劲给朋友给所有人八一八。

心潮澎湃,但面上付超可不敢太声张,他得将这个误会持续下去。

不一会儿,前方已如白昼一般亮堂,喧闹声越来越清晰地传入耳中。就要进入现场了,总决赛的现场。

付超的情绪一下子又回到比赛中,他来看总决赛可不是图一时热闹,这一赛季的比赛看下来,作为 H 市人的付超已经成了一个铁杆的兴欣粉,他迫切期待着兴欣能够击败轮回,创造前所未有的黑马奇迹。

兴欣加油!

轮回加油!

场馆内回荡着两队粉丝团的加油声。轮回虽是客场作战,但不愧为目前联盟最炙手可热的战队,除了那些随军而来的粉丝团,就是 H 市本地也有不少他们的支持者,此时虽不至于把兴欣主场攻占,但确实能在这里掀起不小风浪,完全不会被兴欣主场压制。

"打倒轮回!"

付超顿时就来气了,这是兴欣的主场,无论什么战队来,都不许这么气焰嚣张。根本连座位都没有的他,站在走道里开始高声呐喊,至于职业大神们出来后最后去了哪边落座,付超瞬间就忘了去关注。

"先生,请快些回到自己的座位上。"

付超在走道里如此跳弹,很快引起注意,立即有工作人员过来,倒是没怀疑他是没票混进来的,只是以维持秩序的口吻让他回归座位。

"好的好的,我去个厕所就回座位。"付超对于混入场后怎么继续不被察觉也有过思考,刚刚得意忘形引起关注,被工作人员找上后心里懊悔得就想给自己一个嘴巴,连忙找了个上厕所的借口。工作人员也没起疑,付超连忙朝卫生间去了。

卫生间里一躲就是好久。

看着时间,听着场外的喧闹,付超咬牙忍耐。比赛正式开始前半小时停止入场,而在这半小时里将进行一次相当严格的现场秩序维护,这时间留在场内，没有座位很容易暴露。付超必须躲过这阶段，等比赛正式开始后，如非必要就不会有太大动作的秩序维护了。那时候工作人员还到处晃来晃去这事那事地干扰观众，非被喷死不可。

8点半……

付超手表的指针已经准确地滑到了这里，他也听到场外的声音，比赛确实已要正式开始。

擂台赛，兴欣首发出战的果然还是叶修，之前新闻发布会上的什么全新人出阵，果然还是胡扯。

轮回这边呢，首发出场的是吕泊远，入选全明星的柔道选手。

"要赢啊！"付超只能在厕所里咬牙祈祷。比赛才刚开始，为安全起见，他准备稍稍多待几分钟。此时又盼着兴欣快点取胜，又希望可以打得慢点，让自己不要错过太多，心情之矛盾可想而知。

两分钟过去……

忍不了了！付超冲出卫生间，飞一般地冲向比赛场。

获胜！兴欣开门大吉，单挑从不落败的叶修，继续了他这一赛季的辉煌纪录，首发上阵，击败了轮回的吕泊远。

"漂亮！"付超冲出时虽然看到的只是跳出的"荣耀"两个大字，却像看到了全过程一样激动。只是这一次他刚挥了一下拳头，就立即意识到自己应该低调，警惕地注视了一下左右后，付超暗暗移动着自己的位置，寻找着不会被留意的角落。

比赛在继续。

付超这时才想起这场比赛可是有那么多的顶尖大神亲自跑到现场来看，这些人，现在都坐到哪里去了？

场馆这么大，当然不可能找到。不过想想也知道这些人的位置肯定会集中在一起，而且会受到场馆方面比较特别的安全保护，付超作为一个逃票者，除非自寻死路，才会试图去往他们那边凑。

就这不错！付超终于找到了一个比较满意的位置，站、坐还是蹲，都无所谓，能混进来欣赏到这场比赛，已经足够满足了。

付超本是这样以为的，但是随后发现自己错了。

真正的满足，是需要有一个满意的比赛结果的。但是今天这一回合对阵，却以兴欣落败为结局。轮回在总决赛中客场先下一城。

③
CHAPTER
连胜定式

兴欣输了。

总决赛首回合的结果，像一盆冷水，一下子将许多人浇醒了。

就在这场比赛正式开始前，最终关闭的投票通道，兴欣竟然最终收获了51.1% 的支持率，他们竟然在这一数据上压倒了卫冕冠军队轮回。

兴欣的支持者们为此感到兴奋，他们甚至忘了，这一投票，其实代表的不过是人们心中的期待，兴欣有更多支持，只是人们对于黑马、对于逆袭之类事情好奇和期许罢了。

投票，并不能说明两队的实力；投票，更不能决定这场比赛的胜负。

兴欣没有因为常规赛中两次败给轮回就失去信心。而轮回呢？他们也完全没有因为兴欣在季后赛中出色地连胜蓝雨、霸图而感到惶恐。

相较之下，分明是两次 2 比 0 淘汰对手的轮回在季后赛中更加从容。

因为这份从容，轮回在季后赛中得到了更充裕的休息时间，就在兴欣与霸图苦战第三回合时，轮回完完整整地休息快一周了。

这一战对兴欣消耗颇大，尤其是团队赛的最后半小时，只剩四人、没有治疗的霸图，硬生生和兴欣激战了半小时。他们最终还是败了，可是兴欣为取得这场胜利也付出了相当的代价。

苦战之后的兴欣当晚赶回了 H 市，奔波之后，他们完完整整的休息算起来其实也就两天，而后他们就遇到了已经从容调整了六天的轮回。

六天不打比赛，并不会造成什么状态上的丧失，因为六天的间隔，正好是常规赛中的时间跨度，有经验的职业战队和选手，用六天来调整状态甚至比起三天间隔更有经验。

从首回合的比赛内容上看，兴欣战队虽然还带着和霸图那场激战时的兴奋，但是这种兴奋很快成了他们的负担，他们的神经并没有在那一战后得到足够的放松就再一次绷紧，很快，他们就失去了必要的张力。

兴欣输了。这本该不是一个太令人意外的结果。但是因为之前的出色，因为主场，兴欣被人们寄予很高的希望，而这最终的结果却让人无奈。

为兴欣这场失利找原因的分析很多，和霸图一战的消耗几乎是任何一篇文章中都会着重指出的。

原因有了，可是接下来呢，兴欣能解决吗？这之后也不过是三天的休息时间，轮回客场取胜，士气高昂，兴欣呢？能在落后的情况下稳下来吗？

当晚子夜零点，第二回合赛事的投票通道打开，轮回的支持率一骑绝尘……

玩家或会因为自己的期待投出这一票，但是往往也会出于自己的判断投出这一票。期待是一种愿景，而判断，则出于一种信任。

兴欣依旧是黑马，人们对于逆袭的期待，依旧只能放在它身上。只是此时的期待却不像初时那么兴奋，因为兴欣第一回合的失利，这时的期待已有了彷徨，已有了忐忑。

兴欣的支持率看起来摇摇欲坠。三天过去，轮回主场之战，赛前投票通道最终关闭的时候，兴欣所获的支持率，降到了38.1%。

期待奇迹的人依旧不少，但是更多理性判断的人，都将票投向了轮回。

61.9%，这是轮回在第二回合所收获的支持率，将这些支持化为现实，他们就将赢得第十赛季的总冠军，蝉联三冠，建立起《荣耀》史上第二个王朝，轮回王朝。

比赛的场馆已经打起了这样的标语，轮回粉丝们已经迫不及待地准备迎接这一天了。而轮回主场更是已经准备好了盛大的庆祝仪式，庆祝轮回王朝的建立。现场一片欢乐的气氛，这哪里像紧张激烈的季后赛，这很像一场颁奖典礼。

"真是让人不爽啊！"职业选手对现场气氛的感应是非常敏锐的。在萧山体育馆观看了首回合比赛的那一堆子《荣耀》明星，又举团赶到 S 市，齐齐来刷这第二回合的对决。轮回现场这种冠军在手、王朝当立的气氛，作为竞争对手的他们当然十分不爽，分外不爽。

"叶修这家伙能不能有点出息，打我们时的精神哪去了！"黄少天愤愤不平地嚷着。说实话，对于他们这些家伙来说，此时作为观众旁观两队争夺总冠军，心中都是刺痛的。大家不喜欢轮回建立王朝，但是对兴欣夺冠军也一点都不高兴。所以对轮回不爽的时候，对兴欣也要提出严肃批评，对叶修更要重点批评，批评再批评。

"你说咱们齐刷刷跑这来看总决赛，是找虐吗？"深深体会到这种难受劲的李轩说道。

"见证历史吧！"张新杰说道。

轮回夺冠，新王朝建立，是历史；兴欣夺冠，一黑到底的黑马，初入联盟就夺冠的新队，确实也将载入《荣耀》史册。

"原来我们站在历史性的一刻啊！"唐昊不无讥讽地说着，连自己一起嘲讽。他们这些人其实才不想去围观什么历史，他们来到这里，来到《荣耀》赛场，都是为了创造历史而来，他们人人都想成为参与者，但是现在，都成了旁观者。

砰！李轩身旁的吴羽策掀开了一瓶饮料，声音清脆。其他人都沉默着，若拿和其他观众一样的粉丝心态来解释，他们都是粉，远比任何粉丝都要忠诚、都要唯一的粉。他们所粉的就是他们自己，就是他们的战队，任何时候这一点都不会转移。所以当他们这样看比赛时，所想的不是期待哪方获胜，想得最多的是自己上去把这两队统统干掉，当然，把身边这些家伙统统干掉也是可以的。

气氛压抑。

"队长，要喝什么，我去买！"微草的刘小别跳起来，他不喜欢这样的压抑，于是找了个借口想暂时摆脱一下。

"可乐吧，谢谢。"王杰希说道。

"帮我也带两瓶。"皇风田森表示。

"我要矿泉水就好。"李轩点点头说。

"帮我带瓶奶茶。"楚云秀也拜托刘小别。

"我要绿茶。"

"我要红茶。"

七嘴八舌，刘小别瞬间崩溃："我记不住那么多！"

"记在手机上。"肖时钦非常好心地给他出主意。

刘小别一脸黑线地掏出手机。

"手速飙起来，速度！"烟雨的李华凑上来看刘小别录入，起哄。

手机记录，长长的一串，几乎没人跟他客气，刘小别快哭了，忽然觉得刚才那种压抑的气氛也挺好的，正好从中检讨自己的得失啊！

"这么多，我也拿不了啊……"记完所有人的要求后，刘小别有气无力地说道。

"多跑几趟就可以了。"肖时钦不愧是最细碎的战术大师，点子王。

"手那么快，脚力应该也不差吧？"戴妍琦为队长帮腔。

刘小别已经绝望了，磨磨蹭蹭地准备动身，但是手摸到口袋时，突然精神一振，麻利地翻找了一遍，哈哈大笑："哈哈哈哈，我今天忘带钱包了。"

"这么辛苦你，怎么还好意思让你掏钱呢！"喻文州不动声色地把自己的钱包摸了出来，"我请大家。"

"好！"于锋带头鼓掌，给昔日队长捧场。

"队长，救命啊！"刘小别一副要跪在王杰希面前的样子。

"多去几个人一次买回来吧，比赛快开始了。"王杰希说公道话。

于是各队来看比赛的新人主动起身，组队揽过了这活。

大家开始静候比赛开始。

这些职业选手并不太在意场上双方谁胜谁负，想通过比赛观察对手也大可不必来现场，但是现在，他们这样齐刷刷地聚集着。

说到底，这还是他们心中的渴望在作祟，坐在这里的任何一个人，心中都无比渴望自己站在那赛台上。

总决赛他们无法参加，那么就这样感受一下现场的气氛总也是好的……

总决赛，无数职业选手,甚至普通玩家做梦都会幻想一下的终极 PK 舞台，而现在，站在这台上的是兴欣和轮回。

首回合落败，兴欣已经不容有失，但是客场击败轮回，本赛季迄今为止还没有任何一支队伍做到过。轮回的场馆就以轮回为名，已经成了全联盟都无法攻陷的阵地。霸图、蓝雨、微草，这些响当当的名字在这里收获的都是败绩，最接近的一次，竟是百花战队在常规赛第三十八轮和轮回打出的 4 比 6 的最终比分。他们所接近的，也只是一次平分……

首回合先下一城的轮回，接下来的比赛，都将在这里固守他们的堡垒，而轮回的堡垒无疑是最坚固的，这一回合里，轮回拥有选图权这主场优势。

"这次不会让你们了！"比赛前率先发出宣言的却是兴欣的叶修，说出这话时那理直气壮的模样，连一旁的裁判听了都有些不好意思。要是换个不

清楚内情的，恐怕真就信了第一回合兴欣让了轮回来着。

这怎么可能。季后赛，寸土必争，何况这是总决赛，决定冠军归属的舞台，寸土必争都嫌用力不够呢！

"兴欣会是谁先上阵呢？"望着现场的电子大屏幕，观众席上的职业选手议论纷纷。依习惯来说，那肯定该是叶修，一直以来兴欣都是叶修在打头阵。

可是若真将这种安排当作一种思维定式根植在对手脑海中，那么突然有所调整，有所变化，也可说是出人意料的一击。

职业选手当中不乏足智多谋的家伙，在他们看来，兴欣一直以来的定式安排或许就是为了在关键时候来一次出人意料。

眼下，总决赛，先输一阵，已无退路的情况下，这出人意料的一击还不使出，岂不是白瞎了通过一整个赛季让对手养成的定式思维？

"叶修。"但是选手群中，就有人十分肯定地认为依然会是叶修第一个出战。

韩文清，可能比起兴欣选手都要了解叶修的人。

韩文清当然很清楚叶修不是一个拘泥不化的人，只要是为了胜利，这种时候任何一种可能性都会发生在叶修身上。

但是，他也十分清楚，叶修绝不是一个在关键时候会没有勇气将担子扛在肩上的人。叶修先发出战的连续胜利，给对手制造了很大的压力，可是当连胜都成为定式时，这份压力也会逐渐地转移回叶修身上。一旦定式被打破，兴欣战队多少都会受到影响，所以这个定式，叶修需要努力去维持。

也正是因为这一点，或许很多人会觉得干脆不再先发出战是一个聪明的办法，如此一来定式并没有被打破，也不会有被打破的危险。

但是这是自欺欺人。在叶修的连胜定式已达这种地步的情况下，突然改变，恐怕太多的人都会觉得这是示弱，就算拥有非常合理的战术解释，也无法完全挥走可能的心理阴影。

其他人有阴影倒也无所谓，若是兴欣选手也无法挥去阴影，影响到状态，那和连胜定式被打破就没什么区别了。两相比较，反倒是叶修继续先发出战更有机会，而韩文清相信叶修完全有勇气承担这样的压力。

果然！注视着赛台的众选手，很快发现双方选手已有退下的迹象，只有叶修反迈前了一步。

"谁先来受死？"叶修如此向轮回问着，兴欣首战出场的，依然是他。

哗！掌声。随队远征的兴欣粉丝在这座死亡主场为他们的队伍、他们的队长拼命送上掌声。

明知山有虎，偏向虎山行，单就这份勇气，就值得大书特书。

"前辈真是狡猾呢！"结果轮回这边却有人不慌不忙地微笑说着。

"连胜到这种地步，人人都觉得越来越艰难，这种困难下再次连胜，对己方士气的提升，对对手士气的打压都可说达到巅峰。相反，因为连胜了太久，大家都意识到连胜的困难，所以太多人恐怕已经做好了连胜中止的心理准备吧？就算连胜被打断，我想对于你们也不会有太多士气上的影响。"轮回的副队长江波涛说道，"这把双刃剑，朝向你们的一端已经变钝，朝向我们的一端却分外锋利，前辈真是磨得一手好剑啊！"

"你认识得倒也挺清楚的嘛！"叶修也微笑道。

"我更清楚的是，前辈这剑，朝向我们的这一端事实上也并没有太锋利。连胜只是一种统计，五连胜、十连胜、一百连胜，事实上对于接下来一局的胜负根本没有任何影响。就好像扔硬币一样，上一次扔了正面，大家马上就会觉得下一次大概反面的机会大一些，可事实上正反面的概率每一次都是50%。出现连续十次正面的机会，和五次正面、五次反面从某种意义上来说是一样的。"

"这可是一个很复杂的数学问题哦，你不要随便下结论，一会儿可以向我们队里的高才生好好请教请教。至于现在，你是不是做好准备来受死了？"叶修说道。

"没有没有，不是我。"江波涛笑了笑，向后退了两步。

与此同时，现场的电子大屏幕上亮出了两队擂台赛的出场阵容，而在赛台上，轮回首场要出战的选手，也从队中走了出来。

哇！场中顿时一片惊讶的叫声。

周泽楷！竟然是周泽楷，轮回擂台赛先发出战的选手，竟然是他们的核心，目前号称《荣耀》第一高手的周泽楷。

"哦……"叶修也略意外了一下，而后看了一眼江波涛，笑了笑，"看来你们也是够狡猾的。"

"彼此彼此。"江波涛也在笑。

江波涛明明已经点破了叶修连胜定式中所暗含的一些铺垫和欺骗性，但是轮回最终没有回避这一点。他们竟然也派出了他们队中最强选手，就好像

很多队伍一样，想上来迎头痛击杀一杀兴欣锐气。

　　但是他们是在明知叶修连胜内涵的背景下做出的安排，这可就是更高层次的心理交锋了。他们在用超强的自信向兴欣施压。而这种自信来自于卫冕冠军，来自于常规赛的一路领跑，来自于季后赛干净利落的两次2比0，来自于首回合客场击败兴欣。

　　他们充分利用了他们的优势，利用了他们局面上的领先，轮回，绝不是一支只有高超操作而没有头脑的战队。

　　江波涛吗？叶修笑了笑。眼前的对手是周泽楷，但是他的视线还是多停留在江波涛身上。

　　"真是后生可畏。"叶修说。

　　"谢谢夸奖。"江波涛谦虚地笑着。

　　"看来我有责任也有义务让你们认识一下前辈的可怕啊！"叶修说。

　　江波涛继续笑，这话他就不答了，毕竟第一个出战的人并不是他。

　　"小周你可不要太大意。"叶修对周泽楷说道。

　　"不会。"周泽楷摇了摇头，已经向着轮回这边的比赛席走了去。

　　"前辈加油哦！"江波涛对叶修喊着。

　　叶修抬头看了看电子大屏幕，十分满意地点了点头："接下来就是你啊！这个安排深合我意。"

　　"前辈还是先集中精力赢下第一场再说啊！"江波涛说。

　　"放心等我。"这种话竟然是说给对手听的，裁判都是一脸大开眼界的神情。而后就看到叶修朝着比赛席走了去，而其他选手连忙离开赛台。总决赛第二回合擂台赛第一场即将开始，对阵选手：兴欣叶修，轮回周泽楷。

　　两位分别在过去和现在被誉为《荣耀》第一人的选手在场上相遇。今天的对决，一开场就是超级大高潮。

　　仿佛一场突然而至的暴风雨，叶修和周泽楷就这样对上了。

　　前、后第一人，这场对决当然是极富话题性的，但是说实话一开始即便是媒体方面，也没太在单挑场上期待这回事。

　　考虑到叶修首战出场已是一种定式，而轮回则一直非常循规蹈矩地将他们的枪王核心摆在第三或第四顺位。这两人在擂台场上相遇的机会微乎其微。就算轮回想要打破叶修的连胜神话，他们队中也还有另一个相当强劲、值得依赖的单挑好手：孙翔。派孙翔首战出场，而后周泽楷继续固守第三或第四号位，看起来更像是轮回会安排的部署。

孙翔和叶修之间也很有故事，但是早在上赛季挑战赛的最终对决中，这个话题就已经燃到了顶点。离开嘉世的叶修率领自组的兴欣击败了嘉世，狠狠地给了嘉世和他的继任者孙翔一记响亮的耳光。

故事到这，对媒体来说就挺心满意足了，一样的话题他们也没心情翻来覆去地炒，只是在看到前、后第一人的对决似乎没戏后，才退而求其次地翻出这个老故事，谈一谈孙翔到轮回后的成长，谈一谈他有没有从昔日阴影中走出来什么的。

结果现在，铺垫全用不上了，但媒体一点都不遗憾。

比起前、后第一人的对决，孙翔对叶修的反击这种东西谁要看啊！

兴奋了，所有人都兴奋了。哪怕觉得轮回这种安排有失稳妥的人，心底却情不自禁地期待起这场对决来。

前后两位被誉为《荣耀》最强的选手，他们之间到底谁更强？一场直接对抗无疑是最具说服力的，哪怕单凭一场胜负就下结论其实是草率的……

怎么还不开始？双方选手已经进入了比赛席，但由于比赛时间还未到，裁判并没有立即宣布开始，可观众们都已经急不可耐了。

"竟然直接让周泽楷上了！"职业选手这边也是议论纷纷，这一战，他们同样充满期待和好奇。

但是今天的裁判看起来那么不识趣，明知这场对决大家已经迫不及待了，却还要严守开赛时间，愣是一分一秒地挨到了8点半。

比赛开始！现场的各种声效、光影如同往常一样在这一瞬间发动起来，调动观众情绪。

其实哪里还需要？总决赛，又是这样的话题对决，已经足够所有人燃烧起来。光影、声效？在这一刻都远比不上观众们的掌声和尖叫有煽动力。

角色载入。

地图载入。

电视机前的观众呢？此时却在听着潘林和李艺博这两位打嘴仗一般的解说。这场对决可探讨的地方实在太多，两人都特别积极地抢着发言，实现了无间隔的语言轰炸。

"地图，石钟林洞。"到底解说素质过硬，抢话抢得如此激烈，内容却也没有跑偏，该介绍的东西倒是一点没落下，此时地图载入完毕，轮回主场所

选的擂台用图是石钟林洞。

"哦……这图……"

"洞中的钟乳石并不真如树林般密集，所以即便是枪系在这张图中也是较有发挥空间的。"李艺博只是略一犹豫措辞，立即就被潘林把话接过去了。

"不应该说较有，这图由钟乳石所构架的空间格局，应该说非常适合枪系职业发挥的。枪系这种远程也不是说就在一览无余的平坦空间最好，适当的掩体也有利于他们打法的丰富。"李艺博急吼吼地接过，一口气说了个痛快。

"作为拥有周泽楷的轮回战队，这张选图看来有相当的偏袒性。"潘林连忙道。

"兴欣这边叶修的散人虽然可远可近，但就实战角度来说，散人贴身战的威胁远大于远程攻击，所以这图对于散人来说，发挥空间倒不如专注于远程的枪系那么契合了。"李艺博说。

"选图上，轮回先占据了一定优势。"潘林说。

此时才看到地图，载入的读条甚至没来得及走完，两位已经你一言我一句瞬间说了好多。

"好，载入完毕，比赛正式开始。"这种阶段性的播报情况通常是潘林这解说的工作，在这方面他抢词更为精准，李艺博本也张口欲言的，果然还是落在了潘林后边。

石钟林洞为洞中场景，是全封闭空间。整幅图呈圆形，地上、顶上随处可见堆起或倒悬下来的钟乳石，这就是本图唯一的特殊风貌了。

而这些钟乳石正如李艺博分析所说，并不十分密集，对于一个训练有素的娴熟枪系选手来说，钟乳石所构架出的空间可让他们打得异常灵活，是一幅技术性，而非暴力性的地图。

周泽楷，都被誉为《荣耀》第一人了，加上这又是轮回的主场选图，他在这图中的水准根本就没有任何人会怀疑。

一枪穿云步履轻快，电视转播给了他的一个主视角，让所有人可以看出他毫不犹豫的走位态度。

叶修这边呢？似乎就不如周泽楷这样自信和坚决了。君莫笑第一步踏出时就显得小心翼翼，视角转啊转的，不断留意着走过的地形，显然对于这图并不如周泽楷那么娴熟。这种情况下选择战术走位打迂回是比较常见的判断，叶修也没例外，只不过君莫笑绕行的幅度非常大，这根本不是迂回侧翼或身后的走位路线，看起来更像是在远远避开对手。

于是，一分钟过去了，这要双方都直切中路早打开花了。但是眼下呢？这场备受瞩目的对决，开场一分钟了，两人居然还没见到面，实在是叶修这迂回走得太过分。

"这是想先摸清地图情况吧……"潘林眼看着叶修的君莫笑干脆贴边绕了一个圈，说道。

"这张图叶修或许不太熟，但类似的结构或状况他不应该没经历过啊！他要适应，不至于需要这么久，看来这场比赛他也是异常谨慎。"李艺博说。

"当然要谨慎，对手可是周泽楷啊！"潘林说道。

周泽楷！

周泽楷！

轮回场馆里此时也正整齐有力地爆发出这样的呐喊声。虽然开场这一分钟根本没打，极其平淡，但是周泽楷的这些死忠粉的热情不见丝毫低落。前、后第一人的对决？这个话题对于他们来说事实上是不存在的，在他们心中，周泽楷就是最强者，毫无疑问的最强者。他们对于这一场对决的热情，更多的是在期待通过一场胜利让这个话题彻底消失。

一分钟了，话题还在。

一分半钟了……

两分钟了……

三分钟了……

话题一直在，因为这两人居然到现在还没打，以至于抢词说的潘林和李艺博双双有些没词了。

按说单挑用图都不会太大，三分钟，胡走乱撞可能都互相出现在视野内了，但是这两人今天就像是两条永不相交的平行线，始终没有一个交点。

消极比赛，刻意回避战斗？看不出来啊！

除了开场时叶修让君莫笑做的那个大迂回，之后看起来他也在积极地寻找着对手，只是两人的角色总是无法碰撞罢了。

竟然巧合到这种地步？所有人都无语了，裁判也陷入深深的犹豫当中。他看不出场上有犯规的行为，这种情况下强行干预比赛，需要相当大的勇气。何况还是在总决赛的赛场上，他的干预很有可能影响到冠军的最终归属。

他不希望做出这种干预，他觉得在没有人刻意回避的情况下，两人的角

色应该很快就会相撞的。结果，愣是过去了三分钟。

三分钟并不是太长的时间。但在《荣耀》赛场，尤其是单挑赛场上，三分钟没动静足够浇灭很多的期待和热情。在人们心目中，这场第一人对决的质量正在直线下降，而现场周泽楷的那些死粉也停止那整齐有力的呐喊，他们开始嘲讽，开始奚落。在他们看来，周泽楷的态度是无可挑剔的，而叶修开场时的大迂回被看作逃避。什么前、后第一人的对决，他们觉得可笑至极，认可这话题的家伙们真是瞎了眼。

"太天真了。"但是职业选手们此时听着这些粉丝满满的嘲讽，都纷纷不以为然，尤其是那些比较年长的老牌选手。

叶修怎么可能逃避对手呢，尤其是在职业赛场上，避也避不出结果，你以为这是网游里啊，避过对手逃之夭夭让对决不了了之？

胜负是肯定要分的，两个人肯定要打的，只是这三分钟也确实有些诡异。

"你信吗？"大家纷纷互相问着。他们所关注的，是这三分钟到底是不是一种巧合。而一半以上的回答是：不信。

"看鸟瞰视角，注意叶修的选位。"张新杰对大家说着。

这个视角，全息投影没有，但现场的电子大屏幕上始终会给出。在全息投影出现之前，可就是电子大屏幕提供现场转播，除了热闹气氛，现场总得给观众提供一些在家中通过电视或网络转播观看所没有的观看体验。

全面的视角，这一直是现场电子大屏幕比起电视或网络转播所具备的独有优势。而此时的鸟瞰视角，正在揭开这三分钟巧合的秘密。

苍白的盾形态

选位。张新杰已经提醒了众人，大家此时看的，当然就是君莫笑的站位了。

因为是全封闭式山洞图，鸟瞰视角下所显示出来的是一个带透视效果的双层场景。半透明的是山洞顶，叠在下面的才是实地。一般人看这个，很容易就被搞晕，但职业选手这素质自然毫无压力，从鸟瞰视角中找到君莫笑的位置后，大家都很清楚接下来应该留意的是什么。

应该留意的，是君莫笑四周的钟乳石的分布。

于是，职业选手们很快都恍然了。

两个角色三分钟没有相撞，有一定的运气成分在，但这点运气也构建在叶修的刻意回避上。君莫笑的站位，一直特别注意周遭钟乳石对他的掩护。这种掩护，不是藏到某根钟乳石后那么简单，而是十分清晰地掌握着甚至十几个身位格外的钟乳石所能起到的掩护作用。如此一来，君莫笑周遭由近及远的所有钟乳石仿佛串联成一个网络，一个封挡视角的网络，而君莫笑最终的站位就是这道网络掩护得最彻底的那个位置。

君莫笑在这种掩护下，周泽楷想发现他，一枪穿云非得凑巧走到某几个特定的位置不可。但是更让人郁闷的是，叶修明显特别清楚这几个特定的位置在哪里，所以他还会不断地调整君莫笑的位置。

完全确认了这一点后，张新杰转头望向了他们霸图的秦牧云。

秦牧云完全领会副队长的意思，缓缓摇了摇头："我做不到。"

秦牧云，在选位走位上非常有功底的一位选手，但是此时没怎么迟疑就做出了判断：像叶修这样的回避走位，他做不到。

"能做出这种选位，没有相当的经验积累是不可能的。"韩文清在旁算是

替秦牧云说出了原因。

"队长你呢？"宋奇英在旁问了一句。

韩文清一怔，片刻后却无奈地摇了摇头："我没办法做到他这么细致。"

经验，韩文清不会比叶修欠缺。选位这种基本功，浸淫《荣耀》这么多年的他当然也不会差，但是想做出眼下叶修这种选位，也不是有了经验就可以的，还得需要相当周密的计算和判断，而这可就不是韩文清擅长的了。

"王杰希你呢？"张新杰探着身子朝那边问了一声。

"不好说。"王杰希摇了摇头，他当然也看出叶修选位的原理，但是设身处地以后，还是缺点信心。

"实战中可没有鸟瞰图。"王杰希一语点破了难点所在。这让好几位换位思考后觉得"我也可以"的选手顿时从沾沾自喜中惊醒。

"这种事，做到又能怎么样呢？"不知从哪里飘出来这么一句，言语里不乏酸意，却也是实话，做到这点，距离拿下比赛可还远着呢！

叶修到底在打什么主意？众人纷纷开始揣摩叶修的意图，不过能很快察觉的却不再是他们，因为他们并不完全清楚两队赛前在赛台上的交流。

轮回战队的选手席上，江波涛在察觉叶修的举动后，很快意识到了他的目的。

一鼓作气！轮回周泽楷的首发出战带的就是这样逼人的锐气，试图在心理上先压倒兴欣，但是叶修用这种消极回避的态度，将这份锐气磨掉了。

三分钟，双方都没有交手，接下来哪怕是周泽楷取得胜利，轮回这一鼓作气的冲劲和势头却早已经不是那么一回事了。

这份微妙，只有对阵的双方才能切身体会。此时的兴欣，神态轻松；而轮回呢？却好像一剑刺空，分外扫兴。

"不愧是叶修前辈。"江波涛不服也得服，他们派周泽楷首战出场制造的心理压迫，确实已被叶修化解。接下来，就看比赛的胜负了。

君莫笑继续游走着，依旧是之前那种选位走位，磨了三分钟，叶修对这地图越发熟悉了，君莫笑的走位节奏变快了许多，但是看起来和一枪穿云一时间还是不会有交集。到底打算磨到什么时候去？所有人都在想这个问题，结果就在此时突然枪响。

毫无征兆，君莫笑抬手就放了一枪，空响。枪声在石钟林洞中回荡着，周泽楷明显听到了，一枪穿云停步，转身，面对声音传来的方向。

　　精准的判断！现场响起了掌声，这一枪打破了之前的沉寂，让大家精神都为之一振。一枪穿云已在移动，朝着枪响的方向。君莫笑却没有动，只是原地不住地转动视角。

　　普通观众只当叶修这是主动引周泽楷过来，这时正在四下寻找目标。这样认为当然也没有错，叶修所做的确实就是这样的事，只是更深一层的含意却是他们所不了解的。

　　在叶修这样的选位站位背景下，一枪穿云可能出现的点他完全知悉，所以他转动视角，并不是在 360 度地防范，他所盯着的，只是几个点而已。而针对这几个点，叶修已经做好了完全的攻击准备。

　　都是距离较近的点，最远的一个也只能算得上中距离。叶修选择放空枪的时机，显然也不是随随便便的，这是他特意挑选的位置。在这个位置，当他和周泽楷相遇时双方角色距离会较近，这对更擅贴身近战的散人更为有利。

　　三分钟的刻意回避，不只是应对轮回的心理压迫，还有技战术方面的考量，在精选过的位置引蛇出洞，抢占先机。

　　一枪穿云出现！几个点中不是最远，也不是最近的位置，一枪穿云忽然冲出。

　　砰砰！两声枪响，几个点，叶修都有详尽的攻击思路，一等到对方现身，没有任何迟疑就开始了攻势。两枪点射后，君莫笑就要冲上，却见灰色风衣的衣角已从他的视角内消失……

　　周泽楷当然已经看到君莫笑，但是他没有立即发动攻击，一枪穿云仿佛只是匆忙路过，完全没有在那个点上滞留，只一瞬就已从那里奔过，只一瞬，他出现，又消失。叶修试图抢占先手的机会，竟然只这么一下就不见了。

　　这点微妙，普通观众根本不知，在他们看来，两人的角色总算相遇了，叶修抢先攻击，而周泽楷机敏地利用地形闪避。

　　旁观的高手则知道这是叶修精心站位后制造的先机，但是真正体会到这当中的微妙的，却只有场上二人。

　　两枪！相遇，在自己还没来得及做出操作的状况下，对方已经打出了两枪。

　　周泽楷所拥有的并不只是华丽的操作。被称为《荣耀》第一人的他没有因此而骄傲，但是也不会过于谦虚。因为无论谦虚还是骄傲，都有可能导致在场上的判断发生偏差。

周泽楷拥有一份清醒的自信，以此来对场上形势做出判断。

自己还没来得及反应，对方已经出了两枪！

这不是一次普通的巧遇。这就是周泽楷在这一瞬间得出的结论，他并不像场外职业选手一样通过鸟瞰视角知道君莫笑的站位思路，但是他用自己的方式，在场上立即判断出了"叶修占据着先手"这一结论。所以一枪穿云没有停步，没有反击，甚至连丁点的犹豫和迟疑都没有，就那么一闪而过。

两枪之后的君莫笑，立即失去了目标。好家伙！叶修心中也赞叹了一下。

只这么一个瞬间，周泽楷就已经洞悉状况。《荣耀》第一人之称，并不如很多人臆想的那样是靠外形加分，周泽楷的技术、意识、态度，放在职业圈中确实都是翘楚，叶修很清楚这一点。

因为对他来说周泽楷并不算什么陌生人，第五赛季至今，除了叶修完全空白的第九赛季，双方在场上打过的交道不是一次两次。他完全了解周泽楷的能量，完全了解这个对手有多难对付。

依靠一次精心谋划的站位就抢占先机解决比赛？叶修可没有这样想过。但是最终的状况还是让他有些意外，他没料到连先机都这么快失去，他开始的一些谋划，全部落空。

但是身经百战的叶修，可不是那么容易就被吓住的。变向！本在两枪后就要向着一枪穿云方向冲去的君莫笑，忽然反向走位，移动飞快，迅速拉伸视角，周泽楷的一枪穿云立即从另一个角度出现在他视角内。

砰砰砰砰！火花喷出。如此密集的射击，却不是君莫笑这散人可以做出的，这样的暴射，只能是神枪手！

右手荒火，左手碎霜。灰色风衣在急速移动中猎猎作响。

叶修抢步，反倒让君莫笑落入周泽楷的先机，这一幕，和之前一枪穿云一步踏入叶修谋划中的一个特殊点极其相似。

周泽楷并不完全了解叶修的选位手法，所以这不是什么以牙还牙。这只是同一境界的两个高端选手，在这张图上信手拈来的对地图的利用。

叶修依靠的是仔细的观察和精密的计算。周泽楷呢？这是他们轮回在决赛拿来使用的主场图，他所拥有的是对地图的非凡熟悉和理解。

火舌喷射，枪声轰鸣。

正撞到枪口上，说的就是叶修眼下所面临的状况。唰，千机伞立即撑起，子弹仿佛暴雨般打得千机伞面不住地颤动，啪啪直响。

火力太猛了！现场的电子大屏幕，还有电视转播都立即掐出了一组数据：千机伞的耐久。

千机伞耐久23，以盾形态来说的话，这个耐久太低，盾牌因为用途的特殊性，在耐久的消耗上和普通武器不是一个级别。

而千机伞23的耐久，这是寻常武器所拥有的耐久，而变化成盾形态时，耐久也不会变化。

这个耐久对于盾牌来说有多低？用一个数据对比就可以很轻易地看出。

《荣耀》中最最低阶的5级盾牌小木盾，耐久是20，已经和千机伞盾的耐久相去不远。

在神之领域中，因为比较容易获得且属性不错，在骑士玩家中很多人持有的70级紫字盾牌浸透的荆棘，耐久是85。

而号称目前《荣耀》第一盾牌，微草战队骑士角色独活手中的银字盾牌叹息之壁，耐久高达135。23耐久的高级盾牌？除了千机伞变化出的这个盾形态，在《荣耀》中绝找不出第二个。

转播和现场电子大屏幕都给了这耐久一个特写，就是因为此时一枪穿云的高速射击，让千机伞盾的耐久大量消耗。

22、21……数字竟然以清晰可见的速率跳动，可见一枪穿云此时的射击有多密集多猛烈。

"快避开啊！"场外兴欣的选手席上，陈果都焦急地叫了出来。因为这耐久对君莫笑而言并不只是盾牌，他的武器耐久也是这个数字，并不会因为形态变化而将消耗掉的耐久补充回去。眼下这耐久掉落的速度，似乎转眼就会到零，《荣耀》中装备耐久到0，就会完全毁坏，失去功用。

20、19……前前后后几秒钟的工夫，千机伞的耐久竟然已经掉了4点，面对一枪穿云双枪的暴射，千机伞的盾形态显得十分苍白。但是君莫笑竟不避。几秒钟，叶修竟然一直让君莫笑这样撑着千机伞抵住。

不是他不想避，是无处可避！

抢出视角，叶修本是想发动抢攻，却不想周泽楷早已经留意起君莫笑可能出现的位置，这一瞬的反应，倒是周泽楷占了上风。

一步快，步步快。

叶修只能被动挨打，君莫笑此时身遭并没有可以让他一步到位躲藏的掩护，他只能支起千机伞盾。而能将伞盾的耐久打得如此跳动，这样密集澎湃

的射击，实在不是可以靠移动走位就能避过的。

无路可退，无处可躲，伞盾的抵挡也不可持久，那么只有进，在这样暴射的弹雨中继续前进！

"冲锋"，盾牌本就属圣职系，千机伞盾形态下，施展骑士的"冲锋"技能当然毫无问题。弹雨中，君莫笑猛然冲向一枪穿云。

周泽楷却已横拉一枪穿云的身位，试图抢出视角，直接射杀盾牌后面的君莫笑。一枪穿云横身鱼跃，双枪却端得异常稳定，视角瞬间已抢出，千机伞盾并没有跟上变化向这边遮挡。

开火！子弹飞出，从千机伞后穿过。伞后居然没有人！

利用千机伞盾的大面积遮挡来从事暗地里的行动，这已是叶修使用君莫笑后常用的伎俩了。作为决赛对手，轮回战队不可能没有研究过叶修这些常用手法。

然而研究和真实面对到底永远是两回事，看到君莫笑直接持伞"冲锋"时，周泽楷立即意识到了这种可能性，他观察得很清楚，至少确认君莫笑应当还在，千机伞这不还在"冲锋"中吗？

是的，千机伞还在"冲锋"。直至一枪穿云横拉身位抢出视角直接攻击伞后时，千机伞依旧还在"冲锋"，但是君莫笑的人确实已经不在。

周泽楷稍一怔，很快反应过来。

"魂御"，这是圣职系驱魔师的技能"魂御"。叶修让君莫笑施展了这一技能，将千机伞直扔了出去，制造出了还在"冲锋"的假象。

从理论上来说，这是圣职系职业可以使用的一个技巧，但是真的没有人使用过。因为职业圈中从来没有过哪面盾牌可以像千机伞这样将角色完全遮挡住。纵然是周泽楷，面对散人层出不穷的技能组合，也没办法完全跟上思路，能这么快察觉到这是"魂御"就已经是相当不得了的能力了。

君莫笑不在，君莫笑去哪了？一枪穿云的视角360度地旋转，顺势开了一个技能"乱射"，子弹向四周飞舞着，构建成一个全方位的火力封锁网，这一刻，周泽楷竟采取了防守姿态。

但是他终究没有找到君莫笑，转过的360度视角中，都没有。

怎么可能？这么短的瞬间，君莫笑能跑开多远？

"影分身术""瞬间移动"？

先不说有没有影分身的问题，单就此时千机伞是"魂御"出手这种状态，君莫笑就不可能施展出圣职系以外的技能。"魂御"不是丢弃武器，哪怕武器并不在手，却也是按照装备在身来下判定的，此时的君莫笑，还停留在圣职系中。而圣职系中，可没有传送类的移动技能。

所以只有一种可能！

一枪穿云横身跃起，半空中两个枪口拧转，统统指向了千机伞的方向。而这端也早有了变化，就在一枪穿云360度转动视角时，千机伞已被飞快收起，君莫笑身形显露，一提千机伞，一个箭步杀向一枪穿云。

全过程，除了周泽楷，观众都看得无比清楚。

"魂御"，没错，周泽楷瞬间的判断非常准确，君莫笑确实是在"冲锋"之后又用了"魂御"技能将千机伞推了出去。

而后，圣职系也确实没有传送式的移动技能，叶修所使用的，也不是什么技能，就是移动，单纯地使用了消耗体力的"疾跑"快速移动。

移出的距离，一点也不长，可能就是两三步，但就是这两三步，和一枪穿云正好打了一个换位交错。一枪穿云枪口指向千机伞后的时候，君莫笑却疾步冲到了千机伞前。

场面看起来就像孩童在做游戏，但是即便是普通玩家，也知道在这一刻能实现这个游戏是多么可怕。

"御魂"推出的千机伞的角度，疾步上前的时机，之后再用"魂御"接停千机伞的时机，每一个细节都无比重要，每一个细节都不能有半分差池。这么多的细节，能精准做到一项就已经很不容易，但是叶修将每一个细节都无比精准地完成，最终才完成这次无懈可击的错位抢攻。

周泽楷意识到时，来不及转视角，就已经让一枪穿云横跃闪避，但到底有些迟了，一道寒光已经抹到了他面前，施展着"弧光闪"的君莫笑，这一刻比一枪穿云的子弹还要快些。

血花飞起。

这记"弧光闪"直接削中了一枪穿云，而他的枪口此时却指错了方向。

砰砰砰砰！指错方向的双枪却还是开火，周泽楷的操作一气呵成，想收却没办法完全阻挠惯性，但是他立刻对眼下有了应对，"膝撞"！

飞身横跃的一枪穿云膝盖顶向君莫笑，这技能带击退效果，是可以将两个角色分开一定距离的，叶修连忙让君莫笑身子一侧，千机伞拆成的双剑顺势刺出，寒光交错——"错手刺"！

这是当选手用双剑或匕首时，会产生不同攻击效果的一个刺客低阶技能。双剑使用时，两剑交错，对目标的移动会有一个很好的限制。但是此时交错的寒光闪出后，卡了一个空。

砰砰砰砰……枪火还在喷射，就这样从叶修的视角前闪了过去，一枪穿云竟然在被"弧光闪"削中后，还是和君莫笑拉开了距离。

指错方向的双枪？无法控制的操作惯性？这样以为的人才是大错特错。

周泽楷没有犯任何错误，更没有控制不住什么操作惯性。双枪指向千机伞原在的位置，打空？

因为他的目的本就不是攻击，如果说之前的乱散已是防守姿态，那么此时飞身横跃的一枪穿云，就已经是跑路姿态。指错方向的枪口并不是要抢攻，那本就是要助推角色移动释放后坐力的。

周泽楷是在施展飞枪移动！

此时，一枪穿云已和君莫笑重新拉开身位，很多人还没有反应过来这一点，只以为周泽楷又做了什么，哪知道这是周泽楷在 360 度转视角未发现目标时就立即做出的应对，此时只是成果的展示罢了。

两个角色距离只贴身一瞬，就已拉开，但是也不过三个身位格的距离，君莫笑"错手刺"后，已经调整了方向，再刺，"瞬身刺"！

对阵霸图的比赛中，叶修在千机伞上选用了刺客系技能"闪烁突刺"，令人印象深刻。而这一次，千机伞上第一个使用出的打制技能，恰是常用来和"闪烁突刺"比较的技能"瞬身刺"。

三步距离，一瞬而至，"瞬身刺"！

但这毕竟不是"瞬间移动"，这到底是个移动技能，而不是传送技能。

速度再快，转身，迈步，这些动作丝毫少不得，只是节奏快到无与伦比，但是周泽楷更快！

"瞬身刺"还没能将这三步身位格一举跨过，黑洞洞的枪口已经对准了君莫笑的脑门。枪口很长，枪身很长，这不是左轮手枪。神枪手 70 级大招，"巴雷特狙击"。

三步身位格的距离，居然使用了"巴雷特狙击"！

所有人都风中凌乱了，周泽楷这个家伙，场上场下从来都是判若两人，场下沉默寡言的他，场上总是这么张扬强势。

砰！"巴雷特狙击"射击的声音，震耳欲聋。

❺
CHAPTER
十年轮回

枪火几乎就在君莫笑的额头绽开。远程攻击确实近战不利，但若在近距离都能射得如此精准，想避过却也是不可能的事，任何人都不可能。

噗！子弹破开颅骨、钻入血肉的声音异常清晰，绽开的枪火旁边，君莫笑的脑袋瞬间爆成了一团血雾。

只看这一击的威力和动静，让人觉得就算是被这一枪直接秒杀了都不冤枉。不过游戏毕竟是游戏，最终的一切都要符合判定。被子弹爆成一团血雾的君莫笑脑袋还在，但是生命的下滑不可避免。被称枪王的一枪穿云攻击本就超高，狙击爆头，伤害两倍计算，这一记狙击就要了君莫笑近三分之一的生命，让人心疼得直掉眼泪。要知道散人那些技能的伤害，想夺取对手三分之一的生命不知需要多少次攻击命中。

不行了吗？这一刻，即便是兴欣的死忠支持者，心底也难免升起这样的念头。虽然两人交手还没多久，虽然君莫笑的生命也远没到就要说结束，但是，周泽楷的一枪穿云在场上所表现出的强势，就是能让人产生这样的绝望感。

近距离，"巴雷特狙击"爆头，如此不可思议的事情，将这种绝望感清晰地传递到场外，让所有站在轮回对立面的人统统感受得到。

这一击不止伤害巨大，强力射击所带来的冲击力更是影响着角色的平衡，血雾中，终究还在的脑袋猛然向后拔去，像是受到一记重拳，拖着整个身体向后倾去。

但是，没有倒！君莫笑的右脚就在此时向后迈出一步，有力地支撑住了身体。

这一细节或许太多人没有留意到，但这就是叶修强悍之处的有力体现。这近距离的狙击确实已经完全没有办法避过，但是及时后跨出的一步，撑住身体保住了平衡的一步，却已是这一瞬间最极限的反应和应对了。有了这一步，君莫笑以最迅速的姿态稳住了身形，可以让他在最短的时间发动反击。"巴雷特狙击"再凶再猛，不也只是一击？收起长枪再换左轮，角色也是需要动作的，这动作就是叶修抢攻的时机。没有这后撤的一步，这个时机他根本没有办法捕捉。

绝望之中，升起了希望，只是这希望不是高手还真察觉不到。结果，还没等这希望传达给所有人知道，就已经有更深一步的绝望降临。

咔……一声轻响，清晰、清脆，却又让人觉得异常有力。

"巴雷特狙击"……子弹上膛？所有人都有些不敢相信自己的耳朵，《荣耀》里的"巴雷特狙击"就只有一发子弹，再射，那就要等技能冷却，可是现在，周泽楷的一枪穿云在一枪之后，紧跟着就推了第二发子弹上膛，他的技能冷却呢？

技能冷却？一想到这种游戏中的专业术语，不少玩家立即反应过来。

"双重控制"，神枪手技能，用途正是可以让一个尚在冷却中的技能立即完成冷却，周泽楷显然使用了这个技能，所以一枪穿云的"巴雷特狙击"在刚刚射完一发后，就能立即推弹上膛，因为他用"双重控制"瞬间完成了技能冷却。

砰！枪再响……

完了，真的完了。

如果说大家之前只是心底一些不由自主的潜意识被激起，那么这一次，形成连射的第二次"巴雷特狙击"，可就将大家刚刚收到的那份绝望彻底点燃了。

枪口喷出火花，大家根本看不到子弹的飞出，因为太快、太近，子弹出膛，血雾，不就是这样吗？

锵！没有血雾，伴随着声响而来的是明亮的火星，金属撞击摩擦生成的火星。

千机伞停在君莫笑胸前，从伞杆中抽出的剑刃在火星溅开后犹自颤动着。

剑形态，格挡！

现场一片哗然。

电视机前一片哗然。

君莫笑居然用剑客的格挡，挡下了一枪穿云的这一记"巴雷特狙击"？

在如此近的距离？

这是什么样的眼力？这是什么样的操作？没有人能回答这样的问题，大家只知道此时场上的这两个家伙都在做着非人类才可以做到的事。

如果说先前君莫笑后跨的一步是让很多人都没有察觉到的希望，那么这一次，用一记格挡拦下了"巴雷特狙击"，如此清晰的景象，带来的就是清晰的希望，足以浇灭周泽楷带给他们绝望的希望。

还没有完！远远没有完！

王八蛋才说完了呢！

那些支持兴欣、支持叶修的玩家在这一瞬都快哭出来了，这种绝处逢生的感觉太好了，这种拥有希望的感觉太好了。

而此时，两人正式开始交手过招的时间完全可以以秒计，但带给人的心情起伏就是如此丰富浓烈。

不过此时格挡住"巴雷特狙击"的君莫笑，身形并没有完全稳住。爆头第一枪带来的冲击并没有因为那一步后撤完全化解，而格挡吸收了伤害，却不能完全化解掉这70级大招射杀的冲击力。

退步，不断地退步。

叶修没有使用最简单有效的后滚翻来化解力道，他选用了退步这种更复杂、更难掌握节奏的操作，为的只是让自己的视角片刻不离一枪穿云。周泽楷这个对手，就连翻滚时视角的变化暂离，都会成为他攻击的空当。

而就在这样的退步中，叶修发起了反击。

砰！枪响。

叶修将格挡后抽出的剑刃插回伞柄，支起平端，千机伞瞬时又成枪形态，伞尖口舌喷出，对一枪穿云这个枪王做出的反击，同样是枪系的射击，近距离的精准射击，"僵直弹"！

但是眼下两个角色之间的距离到底比之前周泽楷选择"巴雷特狙击"第一枪时要远一些了。

一枪穿云吃后坐力在倒退，君莫笑吃冲击力也在倒退，虽然叶修这一枪已经抢得非常快，但是距离让周泽楷拥有了应对的空间。

拧身，收枪！"巴雷特狙击"已被收起，一枪穿云重新抄起了他的双枪，拧身跳跃避开"僵直弹"，"速射"技能开启，子弹射出。

但这一瞬，叶修这边也完全控制好了君莫笑的身形。

"崩山击"，枪收起，剑又出，不是藏于伞杆的太刀，而是伞面收起横切于伞面之上的形态古怪的大剑，带着腾腾杀意，直接从一枪穿云速射出的子弹上空飞过，劈落！

千机伞大剑形态的剑锋并不明亮，形态也挺古怪，惹人发笑，但是挟着重风斩落，即使是周泽楷也笑不出来。

没有闪避，没有退让。叶修就这样针锋相对，君莫笑迎着淋漓的弹雨，"崩山击"斩出。

以周泽楷的操作，此时一枪穿云的射击角度，将子弹尽数打到君莫笑身上完全可以，但是那又能如何呢？

他可以给君莫笑制造伤害，但是没有办法阻止君莫笑的"崩山击"斩落。论攻击判定，远程攻击远远比不了近战技能，这是周泽楷也没有办法更改的设定，即便使出"巴雷特狙击"这样的 70 级大招，准确将君莫笑爆头，却也没能将君莫笑逼退。

因为叶修无比清楚这一点，想击败远程职业，就只能进，不能退。无论对阵《荣耀》网游中的一个竞技场玩家，还是对阵《荣耀》第一人枪王周泽楷，都是一样。

所以他不退，所以他一直保持向前的攻击姿态。"巴雷特狙击"下如是，此时"速射"技能下弹雨中也如是。

"崩山击"斩落，周泽楷不能不避，一枪穿云急速后跳，同时将枪口飞快抬起，射向半空中的君莫笑。他选择了闪避，但同时也不放弃攻击。

君莫笑却在半空中突然变身，骤然下滑，以一个"崩山击"不该有的速度下滑。叶修显然早料到周泽楷完全可以实现一边闪避一边对空攻击，所以早做了调整，从"崩山击"起跳时，就已经开始在空中的调整。

"崩山击"取消，"银光落刃"！大剑一样可以施展"银光落刃"，姿态不如光剑、太刀那么轻盈，却显得更有冲击力和压迫感。

这一变向，君莫笑斜滑向了一枪穿云的身侧，而正在后跳避过"崩山击"的一枪穿云，身处空中，想再变向却显得不易。

但是此时一枪穿云的操作者是周泽楷，那个号称在场上除了加血无所不能的周泽楷。君莫笑这"崩山击"起跳，再到空中"银光落刃"一气呵成的变化，他的反应竟然完全跟得上，那刚抬起的枪口射出的子弹初被"银光落刃"的变向甩开，但紧跟着就已随上，浮空中的角色更是利用新方向上的后坐力修正角色的浮空移动。

这整个过程根本连一秒都没有，二人却打出了这么多的变化，用了这么多的操作，这得是何等的技巧？

电视转播想迅速切出二人的手速统计，但是等他们切出这统计界面的时候，那一瞬已经过去，根本就追不上这二人的战斗节奏，这一切，都只是发生在一枪穿云的一个后跳过程中。

一枪穿云落地，立即看准方向翻滚。虽然他精准地调整了枪口，但这只是制造伤害，对于君莫笑的技能执行影响并不大。紧跟着落下的君莫笑，"银光落刃"的冲击波立即荡开，先一步翻滚起来的一枪穿云虽然未能完全避过伤害，却最快速地消化了技能影响，翻滚刚半的时候，两个黑洞洞的枪口就从身下亮出指向了君莫笑。这种态度，和叶修面对"巴雷特狙击"时让君莫笑后撤一步迅速稳住身形如出一辙，任何时候，两人都在努力争取进攻的机会，只需退半步的情况下，谁也不会多退哪怕一寸。

枪响！两个枪口火舌喷出。此时一枪穿云和君莫笑已经可算肉搏战的距离，但就在这样的空间下，贴身强力的君莫笑愣是没有控制住场面。本该更擅远程战的一枪穿云依旧射击不断，他手中所持的仿佛就是两把可作贴身战的冷兵器，那喷出的火舌，接连不断射出的子弹，让人觉得他就是这冷兵器的锋刃，准确犀利地斩向来敌！

这种程度，已突破了枪体术的概念。这不再是射术与体术结合的打法，周泽楷的射术，赫然已经是一种体术，这全赖他精准到极致的控制力。

"太强了！"转播间中的潘林已经完全控制不住情绪，近乎失态地发出呐喊，却丝毫不以为意。因为他相信这一刻陷入疯狂的绝不是他一个人，整个《荣耀》圈大概都会因为这一幕而颤抖。远程、近战，截然不同的两种职业体系，在周泽楷的操作下，这种游戏设定制造的壁垒竟然都被打穿，他的一枪穿云，赫然像一个近战职业一样挥舞着他的枪火。荒火、碎霜，喷出的再不是一颗颗孤零零的子弹，它们紧密地串联在一起，它们是周泽楷手中两道滚烫夺命的剑锋！

"太精彩了，太华丽了，太不可思议了！"潘林口中翻来滚去的只有各种溢美之词，"这是巅峰，这是革命，我想即使是叶修也必须承认这一点。"

"是的！当之无愧的《荣耀》第一人！"词都快被潘林抢光的李艺博好不容易见缝插针地抢了一句，匆忙得连主语都忘了说。但是会有人误会吗？

会有人不知道李艺博所省略掉的主语是谁吗？当然不会，他说的当然是周泽楷，只有周泽楷，用操作硬生生将《荣耀》设定都给打穿的周泽楷。

李艺博直接下了结论，面对着叶修，一再给他们意外、一再让他们心虚的叶修，李艺博也敢毫不犹豫地这么说。以前的那些经验那些教训，统统都不记得了，他们眼中只有周泽楷所呈现的这份强大，只觉得千军万马都将无可匹敌，何况区区一个叶修？

是的，区区一个叶修。此时所有人眼中都只有周泽楷令人目瞪口呆的表演。叶修？是一个木头人，还是稻草人，都不重要了，这就是块还算不错的背景布，挺能衬托主角的背景布。

太强了，太精彩了，太华丽了，太不可思议了，巅峰，革命！

潘林说即使叶修也必须承认这一点。

是的，叶修承认。但问题是，这种强大，这种精彩，这种华丽，这种不可思议，自己早在十年前就已经领教过了！十年前，统统领教过。如果不是因为一场意外，这份精彩，十年前就该登上这个舞台了。

十年，轮回。

牵动着所有人神经的一场对决，哪怕是对这两支战队都无感的中立玩家，此时的心情都异常紧张。

但是最紧张的，还得说是对气氛感受最为直接的现场观众，以及久坐在场边选手席上的两队选手。就在周泽楷突破职业设定的壁垒，一枪穿云的射击仿佛挥舞的刀剑时，全场都沸腾了，无数人激动得站起身来，尖叫，呐喊！轮回的声势达到了顶点，就连坐在场边的轮回选手都露出了笑容。

他们是很强势，强势到将周泽楷直接推到了第一顺位，但是他们不会盲目自信。是比赛，就有胜负，强如周泽楷也不可能百战百胜，周泽楷也不是没在看似弱小的对手身上栽过跟头。更何况眼前的对手是叶修，《荣耀》教科书，昔日的第一人。直至周泽楷展示出这等绝强的姿态，轮回诸位这才放下紧张的心情，露出迎接胜利的微笑。

他们放松，兴欣这边却大为紧张。

射术有如体术一般在使用，周泽楷所表现出的强悍实在清晰震撼，任何一个《荣耀》玩家都能无比清楚地感觉到。

这一刻，陈果希望自己是错的，她希望自己的判断又是一次笑话，因为她的水平不够。但是当她把目光转向身边的其他人时，魏琛、方锐，这些富有经验的家伙脸上，分明写着和她一模一样的震惊。

很遗憾这次她没有错，很遗憾周泽楷真的强大得技惊四座。

陈果却不肯放弃，她继续拼命地在每个人脸上寻找可以让她心安的东西，一个又一个地看过去，没有，一直没有，每个人的神色都极凝重，拳头似的，一拳又一拳地告诉陈果眼下的形势有多么不乐观，直至陈果的视线走了一个大圈，直至她的目光最终落到坐在她另一边的苏沐橙脸上。

于是她在苏沐橙脸上看到和其他人有些不同的神色。

苏沐橙脸上，惊讶，也有，但是惊讶之余，却不像其他人那么凝重，从苏沐橙的神色中，陈果看到的居然是一种……忧伤？

苏沐橙已经在为叶修战败而感到忧伤了吗？这个最为熟悉叶修的人，此时已经有了比其他所有人都更为清晰的判断了吗？

"还没有输！"陈果脱口而出，即使场面不乐观，但是只要君莫笑还有一滴血，她都会期待奇迹的诞生。

"啊？"苏沐橙下意识地应了一声，像突然间回过神来似的，她的神色一下子变得很平静。"是的，还没有输。"她对陈果说着，恢复平静的脸上很快神采奕奕，正是一直以来她对叶修无比信赖的神情。

"不会输！"陈果坚定地说着，"没有输"已经变成了"不会输"，是祝福，是期待，也是信赖。

但是能像她这样的人，真的不多。

电视转播中的潘林和李艺博已经宣判了叶修的死刑，两个人这时说相声似的，你一言我一语，说着周泽楷这革命性的技巧。

"或许《荣耀》游戏会因此进行大更新大调整。"潘林笑道，语态轻松，似乎眼前比赛胜负已经无关紧要，因为在他心中这比赛已经结束。

"是的，真的是太变态了。比起让联盟修改比赛规则，让游戏公司修改游戏设定无疑更变态。"李艺博说。

"是的是的，真的太强了。"潘林这已经不知道多少次用到"太强了"这个形容。

是的，太强了。

但是太强并不意味着无法战胜，因为只是太强而已，太强可不是最强！

子弹划出的轨迹好似剑光，交错当中，君莫笑忽一斜身，手中千机伞一拆为二，以东方棍的形态分持到两手的同时，浑身一震——"钢筋铁骨"！

君莫笑不闪不避，忽地施展出这一技能，瞬间不知道多少颗子弹直接命中他的前胸，好似一次又一次地利箭穿心。血花疯狂泛滥着，君莫笑的身形却在这弥漫的血花中踩着步点，身形一侧从中穿出，刚成东方棍的千机伞此时又转成了同为格斗系的爪形态，右手疾探而出——"云身""锁喉"！

一枪穿云忙退，或许是后跳，或许是后撤步，但到底是什么大家已经无从知晓。因为这一"云身"、这一"锁喉"来得如此之快，如此之突然，周泽楷做出了操作，但是一枪穿云没来得及施展。君莫笑的右手已经死死地卡住了他的喉咙。

所有人目瞪口呆。

如此华丽、如此变态的枪王，怎么就被这么一记粗暴的"锁喉"拿下了？

不过，好像不影响攻击吧？

所有人看得清楚，君莫笑虽然抢步上前"锁喉"拿住了一枪穿云，但是一枪穿云双枪的枪口却也紧紧贴在君莫笑的身前。

"锁喉"可以限定对手的移动，却无法禁止对手的攻击。此时周泽楷连瞄准都不用就可以进行疯狂射击，这一瞬间可以扫掉君莫笑多少血？

砰！一声闷响，是枪声？不，并不是，是君莫笑，脑袋一点直接撞向了一枪穿云，以头爆头，顿时让一枪穿云的额心开了花，鲜血溅出——"头槌"！

流氓技能，只有混迹于街头、打架斗殴时无所不用其极的流氓才会把头都当作武器。不择手段就是他们赖以战斗生存的砝码。

周泽楷的视角剧烈晃动着，即便如此，一枪穿云的双枪却还是死死稳住，枪声依旧顽强地响着。但是君莫笑的膝盖这时已经撞向了一枪穿云的小腹，将他撞得整个身子弯曲起来——"膝袭"！

在这个半抓取的技能之下，一枪穿云终于无法维持他的姿势了，身子弯曲，双臂自然下垂，射出的子弹顿时悉数扫到地上。

君莫笑紧跟着又是一记"肘击"落下，重重砸到一枪穿云弯身低下的后脑上，一枪穿云朝下扑倒，君莫笑另一手早已握拳勾起，一记"勾拳"，又将一枪穿云挑向了半空。

"锁喉""头槌""膝袭""肘击""勾拳"……全部是流氓技能，除去"头槌"，其他四个全是20级以下的低阶技能，结果就是这么一套技能的组合运用，将周泽楷那将射术当体术的犀利打法完全打破了。

惊叫的，赞美的，都好像被一拳塞住了嘴，什么也说不出了。

　　陈果激动。不愧是叶修，果然是叶修，从来都不曾让她失望的叶修。

　　"厉害！"她大叫着。

　　"是的。"苏沐橙微笑，就像之前她并没有太慌张一样，此时的她也没有显得太激动。

　　就在看到周泽楷那般高超的技巧时，她确实有点走神。她想到了她已逝去的哥哥苏沐秋，同样使用神枪手，同样拥有无比华丽的操作技巧。同时她也忘不了当时他的神枪秋木苏被叶修的一叶之秋打趴在地上时的惊讶。

　　"妈的！"那是苏沐橙唯一一次听到苏沐秋爆了粗口，拥有华丽操作的他，对于当时的落败感到不可思议，多少有点气急败坏。

　　"能不能更土点？"苏沐橙犹记得当时苏沐秋对叶修频频使用的嘲讽，两人就是这么乐此不疲地打来打去，换用着各种职业、各种角色。

　　苏沐秋甚至特意弄了一个小本，专门记录二人的胜负记录，交由苏沐橙保管。

　　"不给看！"叶修想看时，却从来没有得到过允许。

　　"差不多，没什么可看的。"苏沐秋总是这样说着，但是保管着小本的苏沐橙当然很清楚，胜率上一直是叶修处于领先。少年心性，难免好胜，苏沐秋记录战绩可不是想展示自己失败的。但是很可惜，直到最后，他也没能将数据追平。小本最后被当作苏沐秋的遗物处理了，但是苏沐橙偶尔也会想一想，如果一直打下去，打到现在，打上这十年，那小本子上的数据又会是什么样的呢？

　　谁才是《荣耀》最强者？每个人心中都有一个答案，因为情感上的倾向，这个答案永远也不可能统一。就像叶修，他一直觉得如果苏沐秋还在，一定是《荣耀》最强的选手，这当中就掺杂了对逝者的惋惜之情。

　　但在苏沐橙心目中，最强的却是叶修，即便她同样拥有对苏沐秋的怀念，她依旧如此认为，因为她的哥哥就是这样告诉她的：叶修，最强。

　　所以眼前这场备受关注的第一人之战，从一开始苏沐橙心中就有答案。无论结果如何，都不会改变。

　　被"勾拳"挑向半空的一枪穿云立即调整枪口，周泽楷的反应总是快速又精准。浮空中的他，视角中根本看不到君莫笑，但是凭借经验和意识，一枪穿云手中双枪对着身下就是一通爆射。

　　弹如雨下，真的是弹如雨下，从两个枪口射出的子弹，没有两发是朝着

同一位置的，每一枪的角度都有一定的偏转，顷刻间泻下的子弹，进行了最大面积的火力笼罩。但是，这又怎样呢？叶修根本不在乎，没理会。君莫笑就这样挺着胸膛，直迎着一枪穿云射下的子弹，继续攻击！因为距离够近，因为两个角色几乎贴身。

纵然周泽楷可以凭借超强的操作将一枪穿云的射击挥舞得仿佛刀剑一般，但是无论如何，他到底还是改不了游戏的设定。

远程攻击的判定，就是不如近身攻击。将射术当体术挥舞，再华丽，对局面的掌控就是没有近战攻击那么坚实稳定。

这是最基本的理论，或者说，最土的理论。

抢攻？ 强攻

惊叫、欢呼，统统止住，整个世界仿佛只剩下两个角色在场上战斗的声音。电视机前的观众迫切希望知道这究竟是怎么一回事，但是刚才还在侃侃而谈的解说和嘉宾一下子变得低调起来，隐约可以听到的，貌似是咳嗽的声音？

潘林和李艺博都快哭了，两人觉得自己就像被丢在总决赛这个《荣耀》的最高舞台上裸奔，丢人丢得真是一点底子都不剩了。

还能说什么？还敢说什么？

对于眼下的局面，两人纵然有千般念头，却已经无法组织起语言了。刚刚脱口而出的各种赞美，此时像鞭子一样，甩了个圈后，最终都绕到了他们自己的脖子上，越勒越紧，勒得他们说不出话来。

解说和嘉宾应该是公平公正的，不应该在情绪上流露出对任何一方的偏袒。两人方才倒也不是说因为期待轮回的胜利而高兴，他们确实只是很纯粹因为周泽楷那样惊艳的发挥而激动。如此惊艳、如此华丽的发挥不赢，那还有天理吗？

两人真的打从心眼里就是这样想的，否则被叶修打脸无数次，早就时时提醒自己要谨言慎行的李艺博，又怎会亢奋得在一方生命还有多半的时候就预言结果？

在那一瞬间，他们确实以为周泽楷已是无可战胜的。

在那一瞬间，他们真的忘了比赛场上从来没有绝对的胜负。

在那一瞬间，他们真的忘了不到最后一滴血耗尽，比赛就不能算完。

刚才是如此，现在同样如此。

只是打破了周泽楷技惊四座的射体术，叶修还没有直接和胜利挂上钩，

君莫笑的生命，此时还差着一枪穿云一大截呢！

纵然现在叶修占据着一定主动，可是处于被动的周泽楷，威胁依旧那么大。

浮空，这对普通玩家来说就是准备挨打的节奏，但是周泽楷的一枪穿云却在浮空中依然保持着攻击。暴雨般落下的子弹，让人觉得抢在一枪穿云的身形底下攻击那简直就是羊入虎口，但是叶修好像看不出这一点，君莫笑就这样顶着弹雨，继续着他的攻击。

交换吗？君莫笑的生命落后如此之多，还和对手交换，这不是什么明智的选择吧？潘林和李艺博同时想到了这一点，但是同时保持了沉默，叶修的意图，他们已经彻底不敢再去揣摩了。

"月光斩""满月斩""裂波斩"，君莫笑手中的千机伞忽从格斗系转为了剑系，三剑连发，光华满天，浮空中的一枪穿云身形彻底混乱，即便是周泽楷，也不可能在这样快速连续的攻击下还能精准控制角色的动作。一枪穿云的射击失去了准星，在三道明亮的剑光中，弹雨被劈散，乱七八糟地飞向四周，而一枪穿云最终也被"裂波斩"的剑意波动锁住，在空中被旋转的剑光切割着。

视角！周泽楷很清楚这种时候的关键，只有把握住视角，看清楚对方的行动，才能做到有的放矢地操作。

但是君莫笑跟得如此紧密，瞬间就已钻入一枪穿云无论如何也无法将视角扭到的死角。"遮影步"，这高端复杂的技巧对于叶修而言早已是一种不假思索的本能，一看到目标被浮空，他习惯性地就要使用这技巧来追加攻击。

即使在职业圈中，对"遮影步"束手无策的选手也大有人在，但是叶修可不敢奢望周泽楷会这么好对付，他对周泽楷的实力有着清醒的认识。这绝不是一个会束手无策的家伙，成，或败，他都会去尝试，在这一点上他和自己完全一致。

无法从视角中搜到目标，但是用排除法，周泽楷也能大致推断出君莫笑的位置。一枪穿云的头无法扭到这个方向，但是他的双手远比他的头灵活自由，而他的手中有枪，右手荒火，左手碎霜，《荣耀》中令人闻风丧胆的双枪，枪王之枪！

火舌喷出。这一次，不再像之前那样是多点的火力覆盖，这一次，周泽楷在视角无法捕捉的情况下对死角进行了精准打击。

砰砰砰砰，子弹落下。

距离太近，近到叶修没办法让君莫笑闪避，但是他也没想过要闪避。子弹可以让他流血，但是没有办法阻挠他的进攻。不断变化着形态的千机伞瞬间连击了一枪穿云数下，原本准确的射击，再次因为近战攻击的破坏性变得散乱，准星全失。

"周泽楷的情况不大乐观啊！"转播中终于又传出解说的声音，这一次，看到是叶修占据了完全主动，看到周泽楷受制于人，潘林终于大着胆子说话了。

"嗯，他……"李艺博刚说了两个字，立即就瞪着眼睛闭上了嘴。从一枪穿云的枪口射出，因为君莫笑的近战攻击而失去准星、四下乱飞的子弹，走的竟都不是直线，从钻出枪膛的那一刻起，它们划出的就是弧线。

"曲射！"潘林叫了出来。

"曲射"是神枪手的技能。神枪手是枪系四职业中体现射击技巧的职业，有很多技能都是时间性的状态技，如"速射""暴射"，就是在技能时间内加强射速或暴击概率的技能。"曲射"，则是在技能时间内射出曲线飞行的子弹，有系统默认的弧度，同时也可以让操作者进行甩枪操作来自由地控制弧度。

而周泽楷就是让一枪穿云在浮空状态中进行了"曲射"，被君莫笑攻击失去准星的子弹顿时有不少划着弧线最终还是朝着君莫笑射来。会被近战干扰失去准度，周泽楷竟然早就考虑到了，所以使用了"曲射"来化解。他也没神到事先就能料算好所有子弹最终的轨迹，但是瞬间射出的大量子弹，如此曲线乱转，总有瞎猫碰到死耗子的。

好容易准备重新开始解说的潘林和李艺博，话顿时又被堵回去了。今天的形势看起来相当严峻，他们两个无论向着哪边说话，立即都会被打脸。两人欲哭无泪，这可怎么办，总不能一直这么沉默下去吧？

他俩沉默，场上却不会。

那些走着曲线的子弹，仿佛野蜂飞舞，根本无法清楚判断，叶修也只能尽可能闪躲，最终还是被数发命中。不过"曲射"对于威力并没有什么提升，被命中的君莫笑，攻击依旧不断。

"天击"，千机伞被抖落成战矛形态，向着就要落地的一枪穿云捞去。眼看就要命中，一枪穿云的双枪突地朝向这端砰砰就是两枪。

后坐力产生，瞬间产生了一个微小的位移，但就是这么丁点位移，让君

莫笑的"天击"捞了个空。

正所谓艺高人胆大！周泽楷当然可以更早点做操作，利用射击的后坐力调整浮空中的身形，但是他偏偏没有如此，因为他知道那样的话叶修也必然有所针对。他有意等到叶修先出手，而后在最后的一瞬间才有所动作，让叶修想调整也来不及，终于将浮空状态顺利化解。一枪穿云落地，受身操作翻滚，但还没等起身，就已瞥到一枚手雷落到他的身侧。

轰！手雷爆开，还在翻滚的一枪穿云已被掀向一旁，寒光闪动，君莫笑"弧光闪"掠到身前，"错手刺""跳刀"……一枪穿云又浮空了。

避不开吗？轮回粉丝的心情备受打击，眼瞅着他们的王牌处在连续的被动挨打当中，用尽手段，却始终无法脱离对手的攻击。

砰砰砰砰……枪又响着，浮空中的周泽楷仍然不放弃，可是大家早见过这样的攻击根本就没办法阻止君莫笑的攻势，人家都是直接上来强打的。

"这样……不太行吧？"潘林小心翼翼地发言。

而李艺博干脆不接话了，两个第一人的战斗，确实太高端了，这边看不对，那边也说不准，弄得他和潘林像是为了打脸而存在一样，这太闹心了。

这下可就苦了潘林，李艺博毕竟是嘉宾，身份比他超然一些，李艺博敢直接闭嘴，他却不敢，只能硬着头皮继续吐词。

"这样没办法逼退叶修啊……"潘林的声音像蚊子在叫。

而这一次他还真说对了，叶修确实没有被逼退，继续操作君莫笑攻击，他根本就不怕这样的较劲。而这一点，周泽楷同样明白，他本也没指望这样会将叶修逼退，因为他完全清楚叶修的思路：近战技能的判定远大于远程。

这个基本规则周泽楷没有忘，他并没有以为自己精准的射击操作可以和其他职业的贴身短打等同。就在所有人欢呼、所有人激动地认为周泽楷打破了远程、近战两大职业体系壁垒的时候，只有周泽楷自己清楚，他那是逼不得已，因为君莫笑贴得太紧，贴得太死。

神枪手被贴身，不利。

这是一个《荣耀》小白都懂的道理，但是因为他是周泽楷，除了治疗以外无所不能的周泽楷。所以对其他神枪手而言大不利的状况，到了他这好像就不该是什么问题，即使被对手贴身，最终得到教训的也该是对方。

事实上很多次也确实如此，对一枪穿云完成贴身的对手，有许多最终还是败在周泽楷的手下，但是周泽楷从来没有因此就得意忘形，别人可以这样以为，以为他的神枪手近战都无敌，但是他自己不会。

被君莫笑贴上后，他一直很努力地试图摆脱，只是在摆脱的过程中，他也不会错过杀伤对手的机会，于是有了一次"巴雷特狙击"的爆头，这让一枪穿云一下子有了几乎三分之一的生命领先。

而在这样的领先背景下，周泽楷开始把射术当体术打，因为这时他选择了交换，以攻对攻，以血换血的交换。

也就是说，周泽楷完全没有以为他的射体术可以限制住叶修，打爆叶修，他使用这种打法的目的是交换。

交换的意思就是，我会打到你，而你也会打到我。

射体术如此，之后还是如此，眼下是叶修占据着主动，但是周泽楷不放过任何一个可以杀伤君莫笑的机会。凭借这样的积累，再加上一枪穿云的生命有优势，哪怕在这样一种居于劣势下的交换，最终胜出的也将是他，周泽楷很仔细地计算着这一点。

而那些所谓的华丽，也不过是为此服务，为这个朴素至极的逻辑服务：血多，欺负血少。

此时为叶修而喜，或为周泽楷而忧的，都没有太看懂眼下的局面。从始至终情绪都没有发生变化的，是轮回战队，是周泽楷的队友们。

因为他们最清楚周泽楷的性格和风格。他们这位被看作《荣耀》第一高手的沉默队长，骨子里好像从来没有骄傲或自大这样的成分。远程职业玩近战？这可是一份逆转游戏设定的狂妄，他们的队长怎么会有这么无聊的念头？他会这样去打，只是因为这个时候需要他这样去打，而后他做到了，仅此而已。

欢呼、尖叫，可以，靠谱，毕竟这确实是非常高明的技术，非常华丽的操作，但要说什么巅峰、什么革命，那就是胡说八道了。

潘林的解说词，连轮回方面都嗤之以鼻，而后潘林在被叶修打脸的时候，他们都在幸灾乐祸，因为他们和周泽楷一样，清楚这样打可以引发尖叫，但要想限制住叶修这样的高手还是差了些。

所以他们从没想过叶修会这样被周泽楷打爆，他们所看到的，只是攻击交换，周泽楷在角色生命占据优势的情况下，和叶修的君莫笑进行强硬的交换。虽然战斗局面上稍显被动，但是制造出来的交换可以将他导向胜利。

战斗持续着，以很快的节奏。

普通观众不清楚此时局面的真相，职业高手却不会，这时已经有不少人心里暗暗统计着两人的输出交换，以此来判断优劣。

周泽楷占优。

周泽楷占优。

周泽楷占优。

这是来自张新杰、喻文州和王杰希的判断。

其他一些还没计算清楚的选手当即就停了，这三人的意见都统一了，那还会有什么偏差呢？此时就是周泽楷占优，毫无疑问。

"但是他这种打法风险还是很大的。"雷霆的肖时钦说道。

众人点头。

交换上，周泽楷虽然占优，而这需要非常精准的控制。但此时他这样和散人近战缠斗，局面上处于被动，稍有不慎就会出现差池，不到最后，还真不能说谁胜谁负。

"但看轮回那帮家伙还真是轻松啊！"于锋说道。

他们这些职业选手所在的是场馆内位置相当好的 VIP 席位，正对赛场，同时距离两队的选手席也挺近，可以清楚看到两边选手的神情。

兴欣这边，选手之间交流比较多，看得出神色间的凝重，显然他们也意识到了问题在哪里，正在判断形势。

而轮回这边，每个人的神情看起来可就轻松多了，偶有交头接耳的，看起来都是很随意的交流。

"周泽楷也并不是完全被动，他通过尝试摆脱，在一定程度上牵制了叶修，也帮自己占据了些许主动。"张佳乐这时忽然说了一句。

"不错。"韩文清点头。

"叶修的局面，恐怕比我们想象的要糟糕一些。"楚云秀说道。

"有点骑虎难下的感觉？"

"是这样。"

"周泽楷这家伙，真是滴水不漏。"

职业选手们的意见基本取得了一致。叶修并不如普通观众所见，在打破周泽楷的射体术后就一路强攻占据主动。他这样做，和周泽楷之前施展出射体术一样有些不得已。在角色生命相当落后的情况下，他已经不能轻易放过这得来不易的近战机会，无论如何艰难，他总得保持住贴身。周泽楷试图脱身时，他千方百计地去阻挠，而周泽楷就会借这种机会制造交换，这就是众高手们所分析出来的，周泽楷在某种程度上的主动。

骑虎难下。确实是骑虎难下，叶修未必算不清楚这样交换下去他是无法取胜的，但是他又有什么办法？放任一枪穿云摆脱拉开距离，对他来说只会更加不利。

战斗持续，两个角色的生命都在消耗。一枪穿云快一些,君莫笑慢一些。打贴身，到底还是散人更有优势，这也就是周泽楷了，在这种情况下还能和叶修打出交换来。凭借生命上的领先，他虽然损耗更大，但是血线总是比君莫笑要高，越往后，这一点越为明显，渐渐终于被普通观众察觉，场馆内开始出现各种疑惑而后讨论的声音。周泽楷，他们一时以为他要糟糕了，可是这样看下来，生命这样下滑下去的话，他……好像是会获得胜利的？

"一枪穿云的损耗虽然较快，但是好像……不会比君莫笑低了吧？"解说潘林总算也算清楚了，小心发言。

"这是前期积累的优势啊！"李艺博这次说话了，前期优势，说这话他倒是挺自信的。"巴雷特狙击"爆头人人看得清楚，已发生过的状况，总不能再有什么变化了吧？

"这样下去，叶修会……会……"潘林打着结巴，那个"输"字，愣是没敢说出来。

"不到最后，还不能轻下结论。"李艺博一本正经地说着，潘林忍不住瞥了他一眼，这是之前和自己一起抢着称赞周泽楷裁定其胜利的那个人吗？

"血红了！"潘林这时叫道。

红血状态，生命 10% 以下，对角色状态虽然毫无影响，但无论玩家还是职业选手，通常都会习惯性地把红血状态当作一种危机信号。

场上先一步进入红血状态的是君莫笑，周泽楷的一枪穿云此时还有 22%的生命。比起最初的差距，叶修真的已经追近了很多，但是，不够！从两人角色之前交换消耗比例来看，君莫笑消耗 10% 的生命，可以杀伤一枪穿云大概 15% 左右，大约 1 比 1.5 的交换比率，放到职业场上这比率已经相当可观，换一般场合，那个损耗 1.5 倍的绝不可能答应。

但是对于本场对决来说，这个比率到底还是不足以追平之前的差距，最终双方生命落在 22% 对 10%，以 1 比 1.5 这个比率来说，叶修想完成逆转，显然已是不可能完成的任务。

但是……

1 比 1.5，这只是一个阶段性的数值，而在这阶段中无数次你来我往的攻击交换，不可能每一次都正好遵循这个比率，当中或许会有更高，而现在，叶修需要创造更高的比率，需要实现至少 1 比 2.2 之上的交换，才有可能取胜。

数据不是人人算得如此精准，但就此时角色的生命对比来说，哪怕是一个菜鸟都知道对叶修不利。

观众可以在这一阶段停下来分析，讨论，场上的对决却不会。22% 对 10%？那已是上一个瞬间的事，转眼间，20% 对 9%！

1 比 2 的交换！

观众不是太有知觉，毕竟他们没有精细到用数据来统计的程度，但是职业高手们都异常敏锐，叶修，是要抢在最后时刻爆发吗？

"十字斩"，看准一枪穿云这次跳跃后的落位，君莫笑抢步上前直接用"十字斩"去接驾，横竖连斩拼成十字剑光。

砰砰砰砰！枪声连响，这一场比赛中一枪穿云的射击仿佛从来没停过，从和叶修的君莫笑相遇开始，一枪穿云就无时无刻不在射击。用射击来攻击，用射击的后坐力来控制身形，把射击当作近战用的武器。

这一次，射出的子弹接连进出火星，"十字斩"的十字剑光竟像波纹一般晃动起来，一枪穿云的射击居然打到了君莫笑劈出的"十字斩"上。

判定远不如近战技能的远程攻射击，当然没办法影响"十字斩"出手，但是接连的命中，多多少少制造出了一些颤动和位移。

剑光划过，中！飘起的血花只有一道，来自于君莫笑这记"十字斩"先斩出的那一记横斩，而之后的竖斩，竟然被一枪穿云避过了。

一个技能中的二连斩，周泽楷竟然凭借精细的操作，中一避……

现场掌声雷动，这种精彩的操作，总是最受观众待见的。

但是更知此时微妙的职业高手，却都觉得大可不必如此。一枪穿云的生命此时两倍于君莫笑，交换空间很大，这样锱铢必计，操作太细，反倒容易出现失误，让叶修有可乘之机。

"这种时候，不如直接一波强攻爆发！"虚空的吴羽策说道。

"还是谨慎些好，不要忘了，君莫笑是有治疗手段的。"张新杰说。

"治疗，这种时候也拉不到多少血吧？"微草的治疗选手袁柏清说着。眼下两人这样的打法，吟唱读条类的技能根本想都不用想，如此一来君莫笑作为散人，只有牧师系的瞬发技能"小治愈术"可供使用，但是……

所有人立即想到，君莫笑手中的那把千机伞上，或许还会打上其他治疗类的技能，比如"大治愈术""圣治愈术"，这都是瞬发治疗技。

这样的技能虽然君莫笑能掌握的都只能是一阶，但瞬发类治疗技的特别之处就是冷却时间长，治疗量大，哪怕是一阶，在这种角色残血的状态下，足以成为保命神技。

"是准备刷血吗？"职业选手纷纷紧张起来，他们发现，这场比赛真正决定胜负的时刻，此时才到。

最终时刻，容不得半点马虎，不能有半点差池。这时的选手多少都会趋于谨慎，先求无过，再求有功。场面或许不会太绚烂，那是那份惊心动魄，懂《荣耀》的人瞬间就能体会得到。

一枪穿云的生命尚有 20%，君莫笑却连 10% 都不到。这种生命对比，很多人其实都不会将其视为残局，而会看作一枪穿云的优势局。

但是眼下观看的职业高手们都没有这样以为，因为他们已经帮叶修找到了胜利之道，一堆人在那回顾之前和叶修的比赛经历，以此想判断出来如果君莫笑连爆小、大、圣三个瞬发的治愈术，君莫笑的生命会被拉高到多少。

4%，5%，6%，还是更高？

这种比例，给一个专业治疗职业来看水得有些不像话，但在此时，却像救命的稻草，君莫笑的生命如果多上这百分之几，凭借此时他对一枪穿云的贴身黏度，胜利的大门可以说被打开了。

"这下轮到周泽楷骑虎难下了吧！"黄少天说着，好像叶修会给君莫笑刷生命已经是板上钉钉的事。

"未必就是如此吧？"有人还在努力思考着其他可能性。

"以那个家伙的卑鄙阴险，我看多半就是如此了。"张佳乐使劲点头。

"一直隐忍不发，就是等待最终能一举定胜负的时机啊，我怎么觉得这和刚才出现的某一幕有点相似呢？是哪里来着，对，就是一枪穿云躲君莫笑'天击'的那一下，也是隐忍到最终时刻才躲，让对手根本来不及应对啊！这两货其实在思路上有些一致啊，大家没觉得吗？"黄少天越说越兴奋，至于他所提到的"某一幕"其实只是这一场对决中的一个微小瞬间罢了，难为他记得这么清楚。

"这家伙准备什么时候动手呢？"没人搭他的腔，黄少天却也没太在乎，

自顾自地继续说着。

场上双方也是战斗不止，生命损耗不停。不消片刻，一枪穿云生命只余14%，君莫笑却只剩5%。这点生命，有个伤害高点的技能一击都可以报销掉对方了，但在两人的谨慎之下，却偏偏没有这样的机会，生命只是这么一丁点一丁点地损耗着，看得每个人都心焦不已。

该刷血了吧？认准了叶修会刷血的如黄少天、张佳乐等人，都觉得时机已经差不多了。5%的生命，这真的太危险了，以一枪穿云的攻击力，完全就在他的一波杀伤之内，这种时候，还用得着这样慢慢耗？

是的！不用！

一直相当谨慎，甚至面对一记"十字斩"，都精心操作能躲一半算一半的周泽楷，在对手生命还有5%，在他的一枪穿云还有14%生命的时候，突然奔放起来！

"要强攻！"吴羽策叫了出来。

君莫笑生命尚有10%的时候，吴羽策就觉得应该强攻了，但随后大家七嘴八舌地讨论了叶修瞬间加血的可能性，那么周泽楷在那个时刻的谨慎，也就比较容易理解了。

强攻，自己势必也会有大量的消耗，一旦一波没有打死，反让对手用治疗把血维持住，那可就大大地糟糕了。

周泽楷没在那个时刻就开始强攻，说明他并没有当局者迷。和场外观战的选手们一样，他也考虑到了这种可能性。这不像猜叶修选择了哪些技能那么困难，治疗，这是一个系统，君莫笑具备这一系统，这点大家没有忽视，那么在那个状况下，正是这一系统可以起大作用的时候。旁观的高手们意识到了，场上的周泽楷同样没有忽视。他防备着这一点，所以先行谨慎，可当君莫笑生命只有5%时，周泽楷选择了爆发，因为他有足够的信心在这种生命程度下一波击杀对手，不给对手连刷治疗技能的机会！

叶修在等刷血的时机，他也同样在等爆发的时机。

君莫笑生命余5%，在黄少天、张佳乐这些高手看来，已经是该刷血的时候，但是周泽楷偏偏选在了这一时刻，提先一步发起了强攻！

"唉！"黄少天重重地叹了一口气。

时机的把握，他是这当中的高手了。这一瞬的时机，两人都要抢，但是最终，却是周泽楷抢在了先，胜负，就要见分晓了吗？

还没！一枪穿云拧身就要射击，却见寒星一点，君莫笑手中千机伞正刺到他的面前——"龙牙"！

不能不躲，"龙牙"攻击有点僵直效果，这会打乱自己的节奏。一枪穿云身子一拧，"龙牙"擦身刺空，身在动，但平举的双枪已对准了目标，闪避的同时火舌喷出，一点都没耽误他抢攻。

子弹飞射而出，但叶修好像早料到会如此，君莫笑身形一矮，如此近距离，竟将射出的子弹悉数避过，跟着剑自伞杆中抽出，这个姿势，正好发动狂剑士技能"冲撞刺击"！

冲出！双方的距离只有三步，对于普通人而言这大概已经是一个避无可避的距离，但眼下叶修面对的是周泽楷，《荣耀》圈中最不普通的那一位。三步，对普通人而言仿佛不存在，对他而言，却是可供驰骋的空间。

闪！早在剑从伞杆抽出、寒芒乍现的那一瞬间，周泽楷已经有了操作，一枪穿云就已经有了动作。这等高手的对决，哪会是站桩似的你一枪我一刀，两个角色的走位片刻都不会停，所有的攻击、防御、闪避，都在移动间进行。一枪穿云闪过"龙牙"抢攻，顺势开始下一步的移动，君莫笑"冲撞刺击"冲出时，他已经迈开半步，踏实了，足够避过这一击。

结果，竟没有！

对这记"冲撞刺击"，周泽楷竟然发生了误判。攻击距离不是三步，撞击面积，也远比周泽楷以为的要大。

因为最终施展这一"冲撞刺击"的武器，并不是自从伞杆中抽出的太刀。那太刀君莫笑只抽了一半便已退回，而后根本就是保持着"龙牙"刺出时的姿态继续这记"冲撞刺击"。

所以三步距离不存在，因为早在"龙牙"攻击时，千机伞就已经走完了这三步距离。而此时它只是变了一下形态，抽出的太刀是假象，千机伞最终转成的是那柄形态古怪的大剑，而拆堆在侧的伞面，如果算作剑刃，这柄大剑当真是宽得不像话，如此施展出的"冲撞刺击"，掌控的面积当然要大许多。

中招！一枪穿云被这记"冲撞刺击"结结实实地刺中了，而这技能制造出的可不是击飞效果，而是剑穿着目标送飞。

砰！没几步，一枪穿云身后撞到了钟乳石，无法再退，君莫笑紧贴着他，距离如此之近，近到周泽楷的视角里几乎只剩下君莫笑这面无表情的五官。

不妙！周泽楷已经意识到了，情况非常不妙。这距离实在太近，近到极

致，近到恐怕就连剑客这些手拿武器的职业都会觉得施展不开，更何况他一个远程？这种近到极致的距离，还能施展开的只有自己的拳脚，也就是格斗系的技能！

砰！"头槌"，又是"头槌"。

以头爆头，第二次！

紧跟着一枪穿云小腹又挨了一拳，甚至不是什么技能，这只是一记普通攻击而已。

君莫笑的攻势已经开始，周泽楷当然不会坐以待毙，一枪穿云"膝撞"！

这是神枪手的低阶技能，同样是用膝盖撞击敌人，相比起流氓的"膝袭"，没有抓取效果，但是带有霸体效果，这意味着无法被打断。作为一个共享的低阶技能，它被称为枪系近身护体的神技。

但是这一次，一枪穿云刚刚抬脚提膝，就被君莫笑擒起了大腿，君莫笑一掀便把一枪穿云扔到了肩上，跟着又将他扔回钟乳石上。

柔道技能"抛投"，属于挡拆技，但作为有抓取效果的技能，对于霸体状态当然无视的。

形势急转而下，所有人目瞪口呆，包括眼光更高一筹的职业选手们。

刷血？那成了他们一厢情愿的事。君莫笑根本没有任何要施展治疗的举动，生命5%的时候，周泽楷爆发，一枪穿云抢攻，这边呢？一样的！叶修也在这一时机发起了强攻。

抢攻，强攻，生命5%？

这看起来是挺不符合逻辑的。这种生命量还强攻，无异于送死。强攻，有时候自己受到的伤害可能比起输出的还要多些，但就是凭着自己血多，将对手蛮横打死。

一枪穿云血多，所以周泽楷爆发，强攻！

君莫笑血少，叶修居然也学人家爆发，也强攻？

不可思议，但他毕竟干出来了，此时的一枪穿云被他抵在钟乳石下，距离压缩，后退无路，枪王就像个饺子馅一样被挤在了当中，毫无用武之地。

14%的生命被一层层地剥落，但是，能够吗？毕竟此时君莫笑所能使用的只是格斗系的技能，当中还有一些不适合的，如"气波弹"什么的需要剔除，否则就有可能产生空当。

有限的技能，低阶的伤害，却需要一波打掉一枪穿云14%的生命。

拳、脚、膝、肘、头……能用的部位君莫笑已经都用上了。

13%、12%、11%……此时大家所想的已经不是周泽楷能如何应对，而是叶修能不能将他这攻势延续，这成了至关紧要的问题。

电视转播这次也很伶俐，挺快就发现了关键，连忙把君莫笑的技能树呈现出来，让大家可以看到他技能的冷却状态。

千机伞格斗系形态下，可见其他职业系的技能部是灰暗的，无法使用。而格斗系这边一片亮堂，其中还有一个问号，这是当前爪形态下的打制技能，是不会直接显示在技能树内的，不过大家也都知道这个形态下叶修选择的技能是"头槌"。

技能全都是低阶的，大多冷却时间不长，CD钟转动得挺快。

即便如此，这些技能是否可以完全衔接实现打掉对手14%生命的输出？

"不够……"有人说话了，敢这样下结论的，当然不可能是潘林和李艺博这两位，这两位已经完全不敢对叶修发表议论了。

说话的是韩文清，贴身短打的大行家，又是格斗系的职业，他的判断自然值得信赖。

"大概要差上一点。"王杰希说道。

这一点，会不会帮周泽楷赢得转机？

所有人的目光回到场上，这一点，说到就到，接下来可以控制局面的技能进入冷却，只靠普通攻击或其他技能，无法再维持攻势。

没有看着君莫笑技能树的周泽楷，这一刻却比好多看着技能树的人还要清醒，立即抢出技能。

"回旋腿"，支地旋出一脚，君莫笑却已开了技能"云身"，踏步闪让。

一枪穿云跳起，拔枪，开火，怒射！

君莫笑身影一晃，三步距离，一蹴而就。

刀出，刀进。刺客技能"瞬身刺"。

一枪穿云生命瞬间清零。

"加油，你差一点就可以赢我了。"叶修在频道里说道，表情微笑。

刷 血

输了？赢了？

轮回的粉丝在恍惚，兴欣的粉丝也在恍惚，他们不像职业高手，对局势的了解那么细致入微。他们的判断大多很简单：谁的角色血多，谁就占优。

当然，这样的判断标准一点不错，血多是优势，这点显然。这场比赛最终的结果，完全可以说是叶修的反转。只是这反转来得太快，上一秒两人的角色看起来还打得不可开交呢，怎么忽然一个回合间周泽楷的一枪穿云就被按到钟乳石上一顿胖揍，毫无还手之力，好不容易挣脱了，结果就被人家白刀子进去红刀子出来，直接结果了呢？

怎么会这样？怎么就这样了？轮回粉在茫然，兴欣粉也一时有点回不过神来。他们已经做好这局输掉的准备了，不过打完之后，周泽楷的一枪穿云也是个残血，从擂台赛角度来说，结果不算太差。

这种念头当然只是自我安慰了，无论前后第一人对决的话题，还是叶修单挑连胜的纪录保持，都让兴欣粉打从心眼里不希望叶修这一局输，至于对擂台有利还是无利，这种理智的考量粉丝根本顾不上去理会。

而现在，赢了。

如他们所愿，叶修赢了。但是已经做过心理建设，连自我安慰的理由都找好的他们反倒有些懵了。用了好久，直至周泽楷从比赛席里走出的时候，现场的兴欣支持者们才反应过来，才在他们聚集的客队看台这边发起了欢呼。

怎么就赢了？他们还是不清楚，但这已经不重要，结果已经在那，先痛快地享受这场胜利吧！过程什么的，回去慢慢细究也不迟。

观众可以抱如此态度，可是作为转播解说和嘉宾的潘林、李艺博总不能对观众说咱们先高兴着，其他的以后再说。这一场比赛一场直播，哪有什么以后可说，两人此时怎么也得对这突然的反转有所点评，有所交待。

于是有关千机伞在那一瞬间的变化被两人重点提及。

"'龙牙'完成了距离上的传递，'冲撞刺击'可说是零距离发动。"

"千机伞这大剑形态真是够大的，这一个'冲撞刺击'控制的面积当真不小，可不好躲啊！"

"看，'冲撞刺击'起手这一瞬，君莫笑还把千机伞柄里的太刀抽出来了，这迷惑了周泽楷，让他产生了误判。"

"是的是的，多么精巧的一次设计啊！"

两人你一言我一语，并不吝惜赞美之词，两人甚至在想，以后但凡是叶修的单挑比赛，上来就直接宣布胜利，解说是不是就会无懈可击了呢？

通过对这一瞬的点评，二人总算把这反转交待过去了。可是对于众职业高手而言，这一瞬间的技术细节固然重要，但并不只是这么点东西。

叶修、周泽楷，这两个拥有第一人之称的家伙其实有很多相似的地方。就拿他们的操作来说，比起普通玩家热衷于比较的手速之类的问题，这两位，留给大家印象最深的地方并不是快，而是准。

两人的操作都异常精准，因为精准，两人经常会采用一些容错率非常低的打法。周泽楷能将射术玩成体术，因为他操作精准；叶修敢在角色生命只有5%的时候发动强攻，还是因为操作的精准。

除此之外，两人的意识、两人的判断，很多地方如出一辙。两个人真正爆发出手的时候，对手都难以找到反击的余地。君莫笑最终将一枪穿云抵到钟乳石上贴身短打，之前就完全无法创造出这样的机会吗？未必！

他是有意将这样的打法留到最后，留到可以决胜负的时候。人们在感慨他敢在生命5%的时候强攻对手，但事实上，叶修眼中所见的不是自己角色生命的5%，而是一枪穿云生命的14%。周泽楷在和他交换，他很清楚，周泽楷在等可以一波爆发解决的时机，他同样在等。

但是他的君莫笑有治疗体系，千机伞更是可以打制三个圣职系的技能。可在这一场对决中，他却一个圣职系的打制技能都没有使用，这不得不让人疑心他是不是又在憋什么坏主意。场外的职业选手，就一边倒地认为他肯定藏了治疗技能要最后爆，之前不出，就是要等到最后时刻，等最后双方血都少，治疗一爆，周泽楷想调整都来不及。

对叶修的心理，他们判断对了，他是在等时机，但等的不是刷治疗的时机，

这个在生命上处于劣势的家伙，居然也在等反击的时机，等一枪穿云的生命到达差不多可以被他一波打光的时候，同时，也在等周泽楷发动强攻的时候。

发动强攻，在防守端必然不会再那么谨慎，会一切以攻击对手优先。叶修压准一枪穿云的血量，抓住对方发动强攻的时机，直接以攻对攻，强击得手。

因为双方到底还是近身战，直接硬碰硬，神枪手碰不过散人。而这一次，叶修不会再给对方交换的机会，14%的生命是他要一波打掉的。

然后就是大家所见。强攻的君莫笑完全限制了一枪穿云，除了开始"冲撞刺击"强上时略有损血，之后一枪穿云毫无招架之力，空当出现，也是因为君莫笑这边技能无以为继，但是这种情况叶修显然早已有所准备，一个"瞬身刺"，将一枪穿云一击毙命。

职业高手们所看到的，不只是技术细节，更是两人对局面的掌控，对节奏的把握。

叶修胜，也只是险胜，但是考虑到他一开始就被对方狙击爆头吃了个大亏，而后从那样的落后中逆转得胜，这局比赛掌控住局面的，还得说是他。

当然，这当中也有君莫笑的职业特性和千机伞变化多端的功劳。这要不是一个散人，没有刷血的可能性，周泽楷绝不会等君莫笑生命只有5%时才爆发，10%，甚至更多时，恐怕就开始一波决胜负的节奏了。

职业优势，装备优势，放在网游里，靠这两点优势PK来打赢经常会让对手不服气，会被对手视为胜之不武。

但是在职业赛场上，但凡有一点优势，大家都会死命地抓住，放大。叶修也正是这样做的，散人、千机伞，这两样组合出的千变万化，搞得其他选手头都快炸了。他们真心想像网游里的玩家们似的吼一声：有种换了你那变态武器，换了你那BUG职业咱们来单挑。不过转念想想，换了又怎样呢，人家用战斗法师的时候不也是横着走的吗？

职业选手们都在鼓掌。这场比赛实在精彩，胜者极强，败者却也足以让人胆寒。大家会习惯性地将自己代入场上去模拟，最后神情都挺凝重，显然谁都不敢说如果是自己就能怎样怎样。

总决赛第二回合，擂台赛首战结束，客场作战的兴欣首胜，叶修继续延续他本赛季单挑全胜的神话，而这一次，他击败的是有第一人之称的周泽楷，这之后，那些嘲讽连胜含金量不足，各队王牌都在守擂而非首发出战的言论都将被人狂喷。

连周泽楷都打赢了,还要含金量,那是不是非得一次单挑两个才够分量?

现场的轮回粉丝有点沉默,他们的主将,他们心目中的至高神,居然就这样输了?很罕见的首发出战,无可阻挡的强势出击,结果,输了?

轮回粉丝实在有些不习惯,一时间都转不过弯来,甚至连对败者安慰性的掌声都遗忘了。在他们心目中,对周泽楷只有欢呼、赞美,败下阵来的安慰,不适应啊……

"那么,就到我出场了。"轮回选手席,江波涛起身,迎住下场来的周泽楷。

"嗯。"周泽楷点了点头,素来的沉默,让人看不出他此时心情如何。

"4% 的生命,这下他真是要刷血了吧……"江波涛嘟囔着,朝场上走去。

现场的气氛相当沉重,轮回粉忘了安慰输掉下场的周泽楷,也忘了给正在上场的江波涛加油打气,他们还沉浸在对他们而言无法理解的失败中。

但是江波涛的心情看起来没有那么沉重。

4%,君莫笑的生命就剩这么点了,其实从擂台赛的角度来说,周泽楷输得也不惨痛。只是因为这场对决话题性较多,只是因为周泽楷罕见地首发出场,针对兴欣那边向来叶修首发出场的部署,这更像一种挑战,由他主动发动的挑战。结果,输了。这让轮回粉丝觉得很尴尬,很没面子……这种情绪,可是周泽楷从来没有带给过他们的,现场竟然有女玩家直接哭了出来。

但是周泽楷的队友,轮回的副队长江波涛好像没有受到这些情绪的感染,很从容地走上了场,进入了比赛席。

角色载入,地图载入,比赛开始。"哈罗,前辈,我来了!"周泽楷沉默,但这江波涛一上场,就热情洋溢地和叶修主动打起了招呼。

"来投降吗?"叶修回道。

"怎么会?"江波涛发着消息,"我来领教前辈的可怕了。"

叶修和江波涛赛前在赛台上有所交流,那是没有转播也没有扩音器的,所以也就仅限于当时在场上的人知道,江波涛此时在频道里说这话,观众都不知有赛前的一点渊源,只当是一种客气的挑战。

不过,君莫笑的生命只有 4% 了,对于魔剑士来说,绝大多数的波动剑都可以一下就卷掉这么点生命,这场对决,一开始天平就倾斜得严重。

不过兴欣的支持者们可没就此失了信心,以为血少没什么可打的,去和上一场的林敬言聊聊啊!不只是兴欣的支持者,就连潘林和李艺博,此时对叶修也显得特别有信心。

全职高手 WANGZHEZHIZHENG
QUANZHIGAOSHOU | 王者之争

"君莫笑生命还有 4%。"潘林说。

"嗯，江波涛的魔剑士，一个波动剑大概就可以秒掉了。"李艺博说。

无论如何这些终归是实情，交代一下不会有错。

"我们看看叶修会怎么做。"潘林说。

刷血呗……李艺博心里想着，但忍住没说，万一他没刷呢？

"刷血，这家伙肯定又要刷血了。"职业选手这边，无数人已经指出。

"总是这样，有没有新意啊！"

"这样的角色出现在擂台场上太赖皮了，联盟也不管管。"

"咳！"有人咳了一声，是微草战队的许斌。

君莫笑能刷血，靠的是圣职系牧师和守护使者两个职业的低阶技能，可能学这两系低阶技能的并不只是散人，同系的两个战斗职业骑士和驱魔师一样能学。而事实证明，这两个职业的选手都不会放过这样的机会，尤其牧师的"小治愈术"和守护使者的"恢复"，几乎是他们居家必备的技能。单挑中刷血，并不是散人君莫笑的专利，他们这两个职业系的人也常干，擂台赛里也有过击败上个对手后，下一场开局躲在角落暗搓搓地先刷刷血的经历。

只是他们的存在感显然远远不如叶修和君莫笑强大，许斌的咳嗽没有引起注意，众选手们纷纷揭竿而起谴责这种行径，完全忽略了他们其实是在地图炮，他们所谴责的对象，可不只是叶修。

许斌尴尬不已，这时候还跳出来说话，不就等于吃下这些攻击吗？无奈的他只好保持沉默，并装得像个没事人一样，正东张西望，无意间瞅到一人，也是一脸尴尬的神情，和自己一样一副置身事外的姿态。

两人这一对望，互相心领神会。

许斌，骑士选手；田森，驱魔师选手。

同为圣职系，也正是此时大家群起攻之的卑鄙的、猥琐的、犯规的、作弊的、没气质的以及没新意的擂台刷血者……

"他肯定要刷的，那还用说？你看这贼眉鼠眼的模样，是在找地方吧？这是想刷多少啊，刷满吗？"好在话题终于又有了针对性，黄少天将话题非常及时地聚焦到了正在进行的比赛上。

叶修的君莫笑正在移动，不是要切中路，也不像是要迂回，正如刚才黄少天所说的，很像要找个地方藏起来，刷他个天荒地老。

"你看，他马上就要刷了！"

"他刷了！"

"真刷了！"

"小回复术！"

"果然没有看错他啊，就是这么没品啊！果然一定是要刷的！"黄少天喋喋不休地嚷嚷着，比起电视里的解说潘林澎湃多了。潘林哪敢用这样嘲讽的语气点评叶修啊！

"可耻啊！"

"是啊！"

"太不公平了！"

"一定要修改赛制。"

议论纷纷，许斌和田森，还有其他来到现场的骑士、驱魔师选手纷纷低下了头，虽然明知大家就是在指叶修，只是一时间忘记了还有他们这个群体，但是实在没办法做到泰然处之。

"还在频道里嘚瑟，不以为耻，反以为荣啊！"黄少天继续喷着。此时叶修刚刚在频道里发了个消息："到中间了没？等会我啊，我先刷个血。"

江波涛的无浪确实刚到地图正中，果然不见君莫笑，本就琢磨着叶修可能是要刷血的，结果人家刷得坦然，刷得自信，直接就告诉你了。

但江波涛也不能真就在这等啊！这要是等叶修主动现身，那他非得刷到涅槃重生不可。江波涛操作着无浪继续前进，奔往君莫笑的刷新位置。一路上他不住变化着路线，调整着视角。因为在场下看了上一场的比赛，知道叶修有那么一个掩护自己的手段。好在轮回选手对这图极熟，看过叶修的手段之后有所注意，那对他们就不会有什么大用了。

江波涛此时防着这一点，操作无浪一路前进，不过没什么发现。很快沿途的钟乳石都被筛检了一遍，君莫笑隐蔽的位置，只剩前方这一处。这里三根钟乳石，站成一个三角形，在这洞里来说已算极为紧密了，叶修的君莫笑，看起来就隐在这边的哪一根后边。

江波涛根本不让无浪走近侦察，看距离差不多，悄然提剑吟唱。

短剑天链剑意波动，三根钟乳石正中一颗电光球凝聚现身，立时一道电光奔着其中一根钟乳石后射去。

这边！江波涛不等君莫笑现身，无浪提剑便扫，一记"圆旋波动剑"划地而出，直接绕向那根钟乳石身后。

　　现场一片沉默。轮回的粉丝这时差不多已经从周泽楷战败的情绪中走出来了，但是对于此时正在场上搏杀的副队长，他们却无法报以掌声。

　　因为拥有上帝视角的他们看得清楚，那根钟乳石后，根本就不是君莫笑，只是他召唤出来的一个哥布林而已。

　　"小卢你看到了吗？这么天真淳朴的话，是没办法和叶修当对手的……"黄少天看到这幕，顿时心生感慨，教育起了身旁的后辈卢瀚文。

　　"天真淳朴？是说江波涛？"烟雨的李华听到这话，忍不住诧异道。

　　"当然不是，我打比方而已，那家伙当然不是。"黄少天说道。

　　江波涛，第六赛季选手，加入轮回后声名渐起，不过在周泽楷光环的照耀下，轮回的任何人都显得不是那么夺目。但是作为场上打过交道的对手，大家却都清楚轮回的江波涛可不是一个好对付的角色。至少天真淳朴什么的，和他是绝不沾边的。

　　"电光波动阵""圆旋波动剑"，最低阶、最弱小的召唤兽哥布林当然扛不住这么两记凌厉的攻击。可是这又有何意义？上帝视角的观众们看得真切，君莫笑一开始就不在"电光波动阵"的攻击范围内，而待电光朝着哥布林打去后，君莫笑飞快结印，立即以"影分身术"开始了偷袭，真身直接闪至无浪身侧。但是，无浪扫出那记"圆旋波动剑"的银武天链竟然没在扫出后停顿，而是顺势再朝斜侧里一撩，剑上杀意凝转，撕裂虚空，竟是一记"裂波斩"直朝近身偷袭的君莫笑斩了去。

　　叶修也是吃了一惊，这君莫笑刚刚落足，"裂波斩"已斩到，根本来不及闪避。格挡？攻击招架？没有用，"裂波斩"是带抓取判定的技能，就是拿面盾牌堵上去，也会被"裂波斩"的剑意波动锁住产生伤害。挡拆技倒是可破，但是挡拆技讲究时机，此时才出招已经有些迟了。

　　竟然无解？观众，甚至包括很多职业选手在这一刻都觉得这一记"裂波斩"无解了，结果就见君莫笑手臂一挥，竟也带出了一抹剑光，剑光中流转着魔剑士特有的波动之力，和无浪斩来的这一剑几无两样，竟然也是一记"裂波斩"，"裂波斩"对"裂波斩"！

　　两道带着剑意的剑光绞杀在一起。同样的技能对撞，会根据双方的攻击力，还有技能出手的时机等诸多因素进行判定。

　　君莫笑出手仓促，剑中所含的波动之力更是比不了专职的魔剑士。魔剑士20级的转职技能"杀意波动"就是专门强化波动之力的被动技能，散人没有转职技能，波动剑意必然和魔剑士有不少的差距。

判定之下，君莫笑可说完败，波动之力涌来，逼得君莫笑向后一步踉跄。但是"裂波斩"施展中所划出的空间结界，却在这一碰撞中直接碎了。君莫笑的"裂波斩"固然不及对手，但也不是毫无用处的豆腐渣，这一击破了"裂波斩"的抓取效果，叶修的目的已然达到，角色向后踉跄两步后，身形立即稳住，朝前再冲。

这魔剑士虽出自剑系，但所擅的是中距离战斗，近战劈砍却不是这职业擅长的。"裂波斩"挥出的同时，江波涛已让无浪向旁横跨拉开距离，结果君莫笑用"裂波斩"对"裂波斩"破了他的抓取判定，只是角色被压倒性的波动之力震退了两步，虽然立即稳住就要冲，无浪这边的攻击却已跟至，一道凌厉的火焰卷地而来，竟然直接扫出了一记"烈焰波动剑"。

这招是波动剑中威力最大的一个，冲击力也强，当这是火焰，想忍着伤害直接穿过那是不可能的。这不是单纯的火焰，这是蕴含着魔剑士波动剑意的波动剑！

无法向前，只能闪避，但是叶修知道这一击只是开始。

"烈焰""冰霜""疾光"，魔剑士这三式波动剑带着火、冰、光三系属性，经常会被接连使用，被称为"波动三叠浪"。此时"烈焰波动剑"卷出，已经逼得叶修有些手忙脚乱，之后的"冰霜""极光"，又哪里缺得了？

速度必须要快！君莫笑折身蹿出，用了刺客的技能"弧光闪"。寒光闪动，"烈焰波动剑"擦着他的后背卷了过去，再朝无浪这边一看，果然是"波动二叠浪"，第二记"疾光波动剑"已经挑出。

"疾光波动剑"以"疾光"为名，速度最快，但是江波涛有点低估了君莫笑技能移动的速度，这一闪而过的"疾光波动剑"，最终和施展着"弧光闪"的君莫笑一错而过！

掌声，却在此时响起。

叶修不知，但所有场外观众看得清楚。无浪先前扫出的那记"圆旋波动剑"，最终竟然没有攻击到钟乳石后的哥布林，而是在钟乳石后一绕，好似回旋镖，又转了回来。君莫笑为躲"疾光波动剑"，"弧光闪"一用到底，结果闪过了"疾光波动剑"，却被从钟乳石后转出的"圆旋波动剑"命中了后背。

君莫笑失去平衡，踉跄着朝前扑去。

天真？淳朴？这些果然与江波涛毫无联系，天真淳朴的人哪里做得出这

样巧加掩饰的布局？

"冰霜波动剑"，"波动三叠浪"的第三剑此时扫出，正迎着跟跄扑来的君莫笑，下一步的攻击，江波涛已经盘算清楚，正在操作，就见君莫笑突然一端千机伞，唰一下，伞开，竟是用盾形态拦下了这记"冰霜波动剑"。

江波涛心中一凛，这几记波动剑之间的交叉配合，距离、时机他都是计算精准了的，叶修在这个时候竟然还能及时做出反应，系统都无可能，除非是这人早有准备！

念头一闪间，"冰霜波动剑"早撞到千机伞盾上，结果这些碎冰就像活了一般，撞到千机伞盾后竟然一折身，朝着无浪铺了回来。

果然早有准备！这甚至不是只开了伞盾，这还开了一个技能"盾反"！

"盾反"根据技能等阶判定吸收和反弹伤害、效果大小，君莫笑的"盾反"只一阶，判定自然最低，这折返回来的"冰霜波动剑"单看碎冰的体积就小了许多，但是滑动的速度没有丝毫折扣，江波涛为求攻势的万无一失，无浪站位本就尽量靠前，此时"冰霜波动剑"去而复返，他躲避得也甚是狼狈。

被一个一阶"盾反"弹回的攻击伤害并不可怕，但"冰霜波动剑"的威胁本就不在它的伤害，而是它的冰冻效果。哪怕低阶"盾反"弹回的"冰霜波动剑"被削弱了很多，冰冻效果也打了折扣，但无法让人无视，不能不躲。

魔剑士板甲职业，行动不甚灵敏。拖着沉重的身躯，无浪好容易才将这弹回的"冰霜波动剑"甩在了身后，君莫笑却已冲到他的身前。

一声巨响，君莫笑手中千机伞以骑士剑的形态撞到无浪的板甲上。骑士也是板甲职业，身形沉重，若是由骑士来施展"冲锋"，冲击力足以将魔剑士顶飞。但君莫笑这"冲锋"的冲击力就弱多了，撞到板甲职业的魔剑士，只是让对方跟跄后退了几步。

但这也正是叶修所想要的效果，他还要抢攻，并不想将无浪一下撞飞。

"怎么样，知道前辈的可怕了没有啊？"刷着消息，君莫笑冲上，千机伞转矛形态，直朝无浪脑袋扎去。江波涛哪里还顾得上答复叶修的消息，无浪跟跄中架起短剑天链，就要将这记"龙牙"攻击招架挡开。谁想千机伞的形态在此时忽变，翻上的伞面收回，短剑天链顿时架了个空，出现在江波涛视角内的，已是一个黑洞洞的枪口。

轰轰轰！三发"反坦克炮"轰出，如此距离，直对无浪的脑袋，又哪里避得开？爆炸一波接着一波，瞬间就将无浪的上半身完全包裹。

光闪！千机伞柄末端剑形态抽出，横竖两道剑光，"十字斩"送上。

无浪这边，上半身还在爆炸的火光当中，但是短剑天链从刚才招架落空的位置直接挥下，"鬼斩"！

因为同为法系伤害，鬼剑士和魔剑士将对方的技能学来使用，威力倒都不错，这一记斩下，直接和君莫笑那边的"十字斩"相撞。

"鬼斩"带吹飞效果，攻击判定不俗，这一撞之下顿时将"十字斩"的剑光斩碎，君莫笑也连忙后跳一步才避过锋芒。

垂下的天链却再度扬起，已是魔剑士的本家技能"地裂波动剑"。

波动之力卷起地上的沙石朝着君莫笑飞来，至此时，无浪的上半身爆炸的火光硝烟都还未完全消散，从江波涛的主视角上可以看出他此时视角的模糊，但就是如此情况下，竟是他连出两个技能抢攻。

拧身，君莫笑避过了"地裂波动剑"，千机伞一边横甩，一边形态变化，成镰刀状，却又成了圣职系，一记驱魔师技能"勾魂"，直锁无浪咽喉。

江波涛这时的视角已恢复正常，角色就地翻滚，避过这一击，剑挑，还了一记"碎风波动剑"。

你来我往，两人开始了正面对战，君莫笑生命太少，哪怕开场怒刷，其实也挽救不回多少。这一局，本就没有多少人期待他能取胜，只看他是否能给下一位对手制造大量消耗。最终，耗掉了无浪24%的生命后，君莫笑倒下。

开场4%，最终耗掉了对方四分之一的生命，已是相当不错的收获。兴欣上下就很满意，起身鼓掌迎接下场来的叶修。当然，事实上大家的掌声主要还是献给叶修在第一局的胜利，击败周泽楷，在心理上的建树可非同小可。叶修在比赛席里不知道，其他人就在场边，可是非常清楚周泽楷败下阵来，很长一段时间轮回主场这死气沉沉的氛围。

莫凡，兴欣即将出场的第二位选手，站在一旁机械地和大家一起拍着巴掌，等叶修回来后，就迈步向场上走去。

"当心，那家伙心黑得很。"叶修提醒了一句。莫凡也不知听没听见，就这么走了。旁边方锐却嘘起了叶修："还有比你心黑的？"

"当然没有，老大什么都是最牛的！"包子替叶修回答。

8 CHAPTER

不动声色的可怕

　　总决赛第二回合擂台赛，双方都已是第二顺位的选手出场，但是现场的气氛好像还停留在第一局的对决中。莫凡上场，客队观众席这边倒是掌声热烈，但是从全场来说，由于轮回粉丝们情绪依旧低落，显得十分消沉，完全没有心情对对手进行嘲讽或噪音干扰之类的。

　　现场气氛是很能影响到选手发挥的，尤其一些情绪化的选手，现场气氛越热烈，他们就越来劲，无论正面的、反面的，都能成为他们燃烧的助力。

　　此时轮回主场气氛反常，这才刚刚打到擂台赛双方的二号位选手，结果周泽楷的败北，弄得好像整场落败了似的，气氛特别冰凉。

　　在这样冷冰冰的气氛中，莫凡似乎比起以往要轻松许多，走上比赛台的步伐都显得轻快了。

　　这一局很快开始，双方角色载入。

　　因为本回合还不是随机抽图临场派人，所以擂台赛名单早已齐齐给出，江波涛知道自己接下来要面对的对手。

　　但是此时莫凡的毁人不倦已在载入中，江波涛却有点像轮回的现场观众似的，沉浸在之前的比赛中有点走不出来。

　　打完一枪穿云，君莫笑只剩 4% 的生命，却消耗掉无浪 24% 的生命，这交换实在做得不赖。

　　不过考虑到叶修开场刷血，实战君莫笑的生命并不是从 4% 起，江波涛的发挥其实也还是不错的。但是他怎么也忘不了初交手时他自以为已经看穿了对手，最后还是被对方打了一波抢攻。

　　虽然他后来很快稳住了阵脚，但是"前辈的可怕"，他确实已经感受到了。

　　他倒没有轻视叶修的意思，只是从开赛前的交流开始，双方就有心理上的交锋。江波涛的言辞并不激烈，也没有赤裸裸的嘲讽，只是用一种略显轻佻的态度来轻轻搔弄对方。因为江波涛知道，对于这些经验丰富的老选手来说，赤裸裸的叫板、嘲讽，那都不是好的心理攻势，反倒是一些看起来不经意，却更显真实的情绪流露有可能刺激到他们。

江波涛不是轮回第一个要上阵的，却在赛前和兴欣首发的叶修做了挺多交流。

江波涛话中没有挑衅，没有嘲讽，看起来只是平静地陈述事实，但是最后，叶修流露出了想教训一下他的意思，江波涛这不动声色的挑衅，明显是相当成功的。

他正是希望引发叶修这样的心情，这样他在面对周泽楷的时候，或许会急躁，或许会分心，会过多地想到江波涛这里来。就算他在这样的情绪下战胜了周泽楷，接下来面对江波涛，又或许会太亢奋，太用心……

总而言之，破坏叶修的集中力，这是江波涛的目的。

结果叶修被他撩起了战意，击败了周泽楷，给了江波涛足够、可以说明"前辈的可怕"的教训。

江波涛茫然了，这让他根本不知道自己的心理战到底有没有起到作用。

要说差距相当悬殊的时候，这点不动声色的心理攻势可能起不到什么作用。但是，叶修面对的是周泽楷啊！哪有悬殊的差距？所以江波涛还是更倾向于认为叶修根本就没有被他撩拨起来。

所以他所流露出来的情绪，只是为了让我过分乐观而释放的糖衣炮弹吗？这，才是江波涛真正体会到的"前辈的可怕"，细微之处不是这么几分钟就能体会完的，心理战，有着不输给场上的复杂。

载入完毕！

但是当这几个字跳出，画面迅速变成游戏内视角，开始3、2、1的倒数计时，江波涛立即收敛了心神。

叶修？谁？干过什么？不知道！眼前的对手是莫凡，击败这人，仅此而已。

江波涛的注意力迅速回归比赛，迅速回到他接下来要面对的这位对手，兴欣的莫凡身上。

这是一个沉默、坚忍、有耐性，同时也有一定暴力的选手。他的技术结构不是太规范，典型的野路子出身，但更让人惊讶的是在经历了一整个赛季后，他身上的这份习气依然存在。这让江波涛很好奇兴欣到底是怎么训练的，对于这个新人选手，有没有进行一些修正性的指导。

难道都是放养自学成才？可兴欣新秀又不止这一个，其他人可都没有他这样典型。

这种疑惑，无人解答的话，多想也无用。更何况知道原因对江波涛来说也不重要，他只要能看清对方现在显露出来的最终状态就可以了。

无浪开始移动，直切中路，同时江波涛在频道里发出消息："中路？迂回？谢谢。"

没有回应，江波涛也没意外，迄今确实从来没有人看到过莫凡在比赛中和人对话，更别提互飙垃圾话。

江波涛也就这么随便甩了一句，并没有期待莫凡有所反应，事实也证明，他不期待是对的。

无浪很快到了地图中央，此时正中立了洞中最大的一根钟乳石，将地和顶连接在一起。

江波涛在无浪靠近前就已经侧拉过视角，莫凡的毁人不倦果然没有从对面中路切来。

这家伙的比赛，十有八九都是要迂回，要偷袭，看来这次也不例外。

但是这是轮回的主场图，主场图，于己方便，于人为难。以此为方针，尽可能多地方便己方选手发挥，尽可能多地限制对方选手发挥，那就是一次出色的选图。

而莫凡的风格，却正在此图的限制范围中。看到对方未切中路，江波涛很随意地让无浪寻了个位置，就这样静候起来。

身遭最近处，有三根钟乳石，而这所谓的最近也有一定距离，想偷袭，绕过这段距离不被发现太困难，莫凡所擅长的打法，似乎被人硬生生斩断了。

"需要知道我的坐标吗？"江波涛选位完毕，一边注意视角的旋转，一边又试着找莫凡交流去了。

莫凡在网络上比起在现实中还是能多说几句，不过比赛中他真心没有和对手交流的习惯，尤其是这种没营养的废话。

坐标，根本不需要，因为我看见你了……

距离无浪最近的三根钟乳石之一，毁人不倦掩身其后。

不过这个距离不好发动偷袭，于是莫凡耐心等了起来，结果江波涛不动。

这种情况下，江波涛不动，他也不动的话，最后被判消极比赛的将会是他。莫凡吃过这个教训，早已经牢牢记住。

他心里掐着时间，眼看对方是真要在这里不动，莫凡无奈，也只好有所行动。

钟乳石后，毁人不倦悄悄探头。

江波涛不住旋转，眼观六路的视角立即发现，眼前寒光一闪，毁人不倦甩手，一枚"手里剑"已经扔了过来。

无浪闪身一让，箭步上前，手中天链顺势扫出。江波涛没指望这一剑能直接扫中只是微微露出一点身子以便攻击的毁人不倦，所以天链挥剑时腕一转，用的却是一个"圆旋波动剑"，直接走着弧线向钟乳石后切去。

毁人不倦一缩身子，跟着忍刀甩出飞快起落，只几下就攀高数米，稳稳地蹲在插入钟乳石中的忍刀上。

从江波涛的视角里完全无法发现毁人不倦的动作，可是他也没有就这样让无浪冲过去，魔剑士又不是一个近战职业。

无浪横向移动，试图拉开视角。

有这样的距离在，无浪的视角空间却足够将处在高点的毁人不倦装进去，莫凡的这一偷袭意图，此时看来真有些儿戏，完全忽视了对方的职业特点。

但是谁也没有想到，无浪在动，毁人不倦竟也在动，无浪向那边横拉出了一个角度，而毁人不倦竟绕着钟乳石继续隐藏自己。

他猜到了江波涛的举动！

场边兴欣战队的选手席，叶修、苏沐橙等等，都露出欣慰的笑容。

莫凡真的越来越像一个职业选手了，像这样判断对手意图做出应对，是典型的职业思路。他是野路子出身，技术特点至少都有着清晰的烙印，但是他的思想、他的意识、他的态度，却越来越像一个职业选手了。

他越来越多地按照比赛逻辑，而不是昔日他所熟悉的拾荒逻辑来应对比赛。有了思想和意识上的转变，那么渐渐地，他自己就会调整自己的技术结构，用更有利于比赛的特点来比赛。

对于这家伙的前途，叶修已经越来越不担心了。这家伙是不喜欢和人交流，但这并不代表他拒绝改变自己。他有他的适应方式，或许比起那些直接听从他人教导的方式要慢一些，会多走一些弯路，但是最终他所找到的，却一定是他最适合的，最强大的。

"年轻真好啊！"魏琛此时忽发感慨，莫凡默默地成长，他也看在眼里。他只恨自己再没有这样的机会，否则别说只是不擅和人交流，就是再艰难，自己也一定会努力想办法去突破，去进步。

成长，那就是年轻人的主旋律啊！

无浪"圆旋波动剑"打空，拉出来的视角，空无一人。

莫凡的举动让兴欣的队友感到十分欣慰，但是只这样就能让江波涛一头雾水那也不至于。莫凡都学会了根据对手的职业来作判断，更何况比他更有职业经验的江波涛？

毁人不倦是忍者，忍者利用忍刀，拥有其他职业所没有的攀岩能力，这一点在和忍者对阵的时候，任何一个职业选手都不会忽略。江波涛的视角，因为距离，已经能看到钟乳石相当的高度了，但在视角拉到这边时还有一个向前抬的操作，完完全全地将整个钟乳石扫了一遍。

但是低处没有，高处同样没有。江波涛反应神速，无浪立即返身回切。

这下蹲在半截高的毁人不倦一下子就暴露了，无浪手中短剑天链早已挑起，一记"疾光波动剑"向着半空疾速扫出，快如闪电，瞬间就已从毁人不倦身上扫过，直接将毁人不倦扫成了一团残影。

"是影分身啊！"电视转播中的解说潘林叫着，好像在替江波涛惊叹一般。事实上他们这些从上帝视角观看比赛的人早就知道这一点。莫凡的毁人不倦环绕避过无浪扯动视角的同时就施展了"影分身术"，影分身继续攀在钟乳石上，真身却飘然坠地，而后一拧身就消失不见。

"地心斩首术"，落地消失不见的毁人不倦施展的是这一忍术，而发动的时机，正是此时。

哗！毁人不倦身挂着泥石破土冲出，直接击向无浪的咽喉。但是无浪手中的天链，竟也在此时急速落回，格挡！

锵！两人兵器相撞，一身脆响，无浪借势身已朝后滑去，如此突然的一记"地心斩首术"，他居然也能反应过来？

"地裂波动剑"，后滑的无浪剑已翻起，"地裂波动剑"划土冲出，太近，太快，这下莫凡反倒反应不及，毁人不倦被扫了个正着。

不是江波涛反应快，而是他早有防备。他识破了莫凡的打算，毫不犹豫出手的"疾光波动剑"，只是引莫凡出手的诱饵。

"地裂"之后，"烈焰""冰霜"！又是接连两记波动剑扫出，但是细碎的冰晶卷过之后，冻结的却只是一个真人大小的替身草人。

"替身术"，莫凡在连击过程中赫然施展了这一忍技脱身。这也就是必须是"疾光""烈焰""冰霜"三式才会被称为"波动三叠浪"的原因，因为只有这三剑连出的攻击衔接，才是空当最小最完美的。"地裂波动剑"不具备"疾光波动剑"那样的速度，导致和"烈焰""冰霜"构成的三连击产生微小的空当，立即被莫凡抓住机会施展"替身术"逃生。

"替身术"随机传送，施展的一瞬就连莫凡也不知道自己接下来会在哪里，那么对对手而言，接下来毁人不倦会攻击的位置自然更加毫无逻辑可循。

这一随机性，在上一轮和霸图的擂台赛上，莫凡反复利用，反复刷概率，最终战胜了霸图的秦牧云。

那一战，给很多人留下了挺深刻的印象，以至于现在莫凡使用了"替身术"，大家下意识想到的都不是脱身，而是抢攻！

江波涛也立即意识到了这一点，无浪没有傻站着不动，拧身，转剑，视角转过 360 度的同时，手中天链也划出了整整一圈。

剑上波动之力绽开，直接密布无浪身遭 360 度。

"星云波动剑"，魔剑士 75 级最新大招，随意出招的话，波动之力将以随机的不规则形态展现。但事实上这技能的波动之力，是可以靠操作者的操作来控制的。而这 360 度的扩散施展，只是其中之一。这种富于变化的技能，在战斗中最出人意料，这技能出现后就深受魔剑士玩家的喜爱。魔剑士这职业，技能加点的区别主要就在主修波动剑或波动阵，但"星云波动剑"，就连主修波动阵的玩家都愿意花费大量的技能点来学上一学，实在是觉得新鲜有趣。

职业选手的角色当然不能因为有趣去学一个技能。江波涛的魔剑士无浪，正是主修波动剑，所以"星云波动剑"顿时成了他这一年半来着重研究的一个技能。

莫凡此时还真是在让毁人不倦抢攻。他倒不是想故技重演，只是发现了"替身术"的这个随机传送，是一个可令对手措手不及的攻击节点，当即就注意利用起来。

"疾风手里剑"已经射出，毁人不倦抢步就要贴身上前，结果只见无浪转起一圈，天链剑起，"星云波动剑"，竟被抖成了一个大圈！

唰！速度快、威力也强的"疾风手里剑"，被这"星云波动剑"的波动

之力扫到后，竟然直接发生了偏转，歪向了一旁。"星云波动剑"在判定上也着实不弱，如此攻守兼备，让莫凡一时间竟然找不到攻击的空当。

但江波涛在让无浪转身出这一招时，已经看到毁人不倦的位置。这记"星云波动剑"看似全圆，其实在看到毁人不倦的位置后，江波涛立即在之后略做了操作上的改动。最终的"星云波动剑"，并不是首尾相接的全圆，而是缺了一口的大月牙，短剑天链在最终攻向毁人不倦所在的方向一个反切，"星云波动剑"不再扩散，而是直朝这个方向扫出。

这一记，所笼罩的宽度至少有五六个身位格，而波动之力在扫出后也不再凝聚，彻底扩散开后，扫向毁人不倦的仿佛是一堵墙。

避？往哪避？

上，下，左，右？

"星云波动剑"被江波涛一番操作后最终竟是如此庞大的一记面攻击，毁人不倦所有去向都已被封堵，忍者常用的脱身技如"影分身术""替身术"又全在冷却中。

但是莫凡没有坐以待毙，毁人不倦连忙斜向后退走。这记"星云波动剑"既是呈月牙形，那么在两边留有的空间到底要多一些，毁人不倦如此走位，正是想充分利用这一点。

谁想，这"星云波动剑"扫出后的扩散竟然很快就把这空间弥补了，张扬肆意的波动之力，交织密布，再无空当，而这变化也让莫凡彻底措手不及，斜向后退的毁人不倦终被"星云波动剑"吞没……

所有人望向毁人不倦的血线，结果……却发现这声势惊人的"星云波动剑"的伤害却不如大家所想的那么恐怖。

这75级大招的伤害本是很强的，但在江波涛这样的用法下，波动之力最大程度地拉展扩散，最终以面打点，却是以牺牲攻击力为代价的。

雷声大，雨点小……这一击，最后给人就是这样的感觉。有的人觉得很失望，有的人却看出这一击不过是攻势的开端。

无浪挺身追上，各式波动剑滚滚而出，一剑又一剑的波动之力接连扫到毁人不倦身上，系统统计的连击段数直向上飞，毁人不倦的血线直向下降。接连遭受攻击，莫凡居然毫无办法。无浪刚刚所施展的，已不仅仅是被称为无懈可击的"波动三叠浪"，当中还夹杂了其他的剑式，结果莫凡居然找不到闪避脱身的空当？

这可是他最擅长的环节，单论闪避脱身技巧，莫凡即便在职业圈中也称得上顶尖。但是现在，他的毁人不倦竟然被无浪的波动剑死死锁住，脱身不得。

被无浪，一个魔剑士！这值得惊讶。

魔剑士虽属剑系，却是一个中距离攻击的法系职业。同职业中两个流派，主修波动阵的打击面积大，控场能力更强。而主修波动剑的，单体输出能力强悍，但在控场方面的表现就相当一般。而中距离的攻击方式，也注定了这职业并不具备近战打击职业那样紧凑的攻击牵制。

但是现在，江波涛的无浪，接连的波动剑衔接紧密，竟让莫凡这个脱身高手无法摆脱。

怎么做到的？熟悉魔剑士这职业的玩家都在惊叹，他们看不出原理，只能惊叹江波涛的技术，不愧是第一魔剑士，就是拥有别人所没有的能力。

而职业选手这边，却很快发现江波涛能做到这一点的奥秘。

预判，以及走位！

江波涛的无浪每一记波动剑出手，都不在同一个位置，他充分掌握每一记波动剑的特点，寻找着最适合的位置，将这一击送到他所判定的方位，而后就见毁人不倦被准确地命中。

每一剑，都是预判攻击，因为莫凡并不是无动于衷，他一直在寻找空当，而毁人不倦的挣扎，却刚好总是撞上无浪的下一记波动剑。

"不，不是预判……"兴欣选手席这边，叶修说着。

"是他放出的饵，他的每一记波动剑都留下了一个看起来可以脱身的空当，可是这个空当马上会被他接下来的一剑补上。但莫凡在这方面太敏锐，反应太快，他第一时间就能察觉这种空当，然后飞快地向这边躲避，结果就正撞到了江波涛用来填补漏洞的一剑，而这一剑中，又会预留下空当……非常有针对性的打法，完全吃准了莫凡的特点，利用莫凡的长处而不是短处在做文章，这个家伙相当可怕。"叶修说道。

"我怎么一直不觉得他是高手啊……"陈果说道。

"因为他太不动声色了。"叶修说道。

江波涛在近几年的全明星投票上名次还真都不错，大家都会觉得他是很厉害的选手。可要具体说说他哪里厉害时，普通玩家十个里有九个会觉得不知从何说起，心里有那种感觉，但就是不知该如何用言语来表述。

就连轮回战队自己，好像也找不出什么合适的卖点来给他们的副队长贴

金。他的名声，到最后看起来好像全是托了冠军队的福，托他冠军队副队长这个身份的福。

而现在，叶修给了他一个相当高的评价：可怕！不动声色的可怕！

陈果并不能立即领会这是什么意思，很想拉着叶修让他立即解释得更清楚，但是眼下还是先关心场上的莫凡才是。

不动声色的可怕……她领会不领会也不重要了，重要的是场上的莫凡有没有注意到这一点。

27段连击！这是连击统计刚刚跳出的数字，十分醒目，这样的连击段数，就是近战职业都很难打出。虽然魔剑士有点讨便宜，一个波动剑扫出去打实了一击就能卷出好几段连击，但一气连出27段，可就相当不容易了。

魔剑士虽属剑系，但不像剑客、狂剑士那样有打击感。连击，对这些职业来说是一个重要参数。而魔剑士却类似元素法师、术士这体系的职业，虽然也有连击统计，但没有人会用打出多少连击来衡量一个元素法师的水准，因为这实在有些强人所难。

所以这些职业打出高段数的连击，那多半就是虐菜了。但是现在，总决赛，《荣耀》竞技的巅峰之战，兴欣再新队，再黑马，杀到这地步，还把他们当菜可就太过分了。

总决赛中不会有菜鸟，莫凡虽是新秀，但也绝不是那么好对付的，可江波涛偏偏就在这个赛场，面对这样的对手，用魔剑士打出了高段数的连击！

这当然不是虐菜，这是一次史无前例的精彩演出，当连击段数达到30段时，轮回现场沸腾了。在周泽楷败给叶修后，一直无法接受低落消沉的轮回的现场粉丝，从那记恢宏的"星云波动剑"开始，热血再度升温，随着一段接着一段的连击，一度一度地升温，直至30段，一个魔剑士，打出了30段，热血沸腾！

欢呼，掌声，满场高呼着江波涛的名字。沉寂的热情终于再度被点燃了。而做到这一点的，是江波涛，轮回的副队长。

现场忽然唱起了歌，也不知从哪里开始，但是到底没有带起全场齐唱的气派。这歌，会唱的人好像并不太多，此外在唱的粉丝们也没有把歌声唱齐整，甚至有各种音调，歌词也是含含糊糊，从方方面面透露着他们对这首歌的生疏。但是他们依然在唱，唱着唱着，忽有一句，整齐有力，响亮地传到每一个人的耳中，好像这首词整个就是为这一句词而生。

当你得意扬扬的时候，他就会有所行动。

当你得意扬扬的时候，他就会有所行动。

……

不会唱的，走音的，串词的，到了这一句时，忽然声音满场绽开，一再重复，成了循环播放。

这是为江波涛所唱的，轮回的副队长之歌。连粉丝们都生疏，可见他们唱这歌的时候并不多，甚至可以说非常少。因为他们队中有一个周泽楷，夺目的事基本都是他干了。为周泽楷而编的歌曲版本一赛季下来就能有好多个。但是他们也没有忘记他们的副队长，虽然他不是经常有光彩照人的表现，但是就如歌里所表达的：当对手得意扬扬的时候，他们的副队长就会有行动。他们都牢牢记着这一点。

就像今天，他们的周泽楷居然落败，粉丝们可不管对手究竟是什么心态，反正他们认为能击败周泽楷，对方一定得意坏了。

全场都因此颓废，就在这时候，他们的副队长果然站了出来，打出对魔剑士来说罕见的高段数连击，唤起全场的热情，浇灭对手的得意。

他们的副队长没有让他们失望，在他们甚至都消沉地忘了对他抱以期待的时候，他依然站了出来。

正是因为这种关键时刻的可靠，江波涛才能赢得那样的人气。全明星投票中的高排位，可不是随随便便就能争取到的，那是真得有一堆真心的支持者才行。

"加油！"

"要赢！"

"我们是冠军！"

歌唱完了，加油声响起，各种口号响起，轮回主场复活，兴欣诸位重新回到客场作战四面楚歌的境地。

这一切，场上的莫凡并不知道，就算知道了他也不会有什么反应。他也绝不是那句歌词中的"你"，他可一点都没有得意扬扬。

30 段连击！

莫凡一直没能摆脱，他试图找到突破口，但对方总是能及时堵上。莫凡隐隐察觉到了些什么，但是 30 段连击听着漫长，事实上也就是转眼之间的事，他还没来得及细细琢磨这当中的关键，攻击忽然一顿。

魔剑士的技能威力大，冷却自然就会较长，在江波涛高密度的一波连击爆发后，很快因为没有合适的衔接技能可用，连击出现了空当。

躲？

冲？

两个念头在莫凡脑海中闪过。

冲！无浪就在眼前，四步半的距离对身手敏捷的忍者来说算不得什么，先回避再建攻势，都未必能抢到这么好的机会。

毁人不倦冲起，结印，"忍法·缩地术"！

四步半的距离，两步，毁人不倦就冲到了无浪的面前，但是视角所见，却是短剑天链上闪过的寒芒，不是波动之力，这一次是锋利的剑光。

"月光斩"，闪光甩起，毁人不倦被挑向了半空，跟着自然就是几乎从不分家的"双月斩"第二击，"满月斩"。

"满月斩"略带吹飞效果，将毁人不倦推开少许，正给了无浪再次甩剑的空间。

"裂波斩"，波动之力撕裂的虚空直接将半空中的毁人不倦吸住、锁定……

近身不是机会，近身是江波涛又一次故意卖出的破绽。他的布局，在叶修那里没有讨到好，但是他没有因此对自己产生质疑，面对莫凡，依旧是不动声色的布局型打法，而且所针对的完全是莫凡的技术特点，长处、短处，都成为他布局下饵的关键。莫凡就好像踩入了泥潭，步伐越来越沉重，每踩一步都越陷越深。

"地裂波动剑"，无浪又一剑扫出，接向"裂波斩"后朝地上坠去的毁人不倦。但是忽然腾一声响，一团紫烟就在此时绽开，将毁人不倦还有扫来的"地裂波动斩"包裹进去——"忍具·烟玉"！

江波涛极其机敏，这记"地裂波动剑"中没中，看不见，莫凡接下来是想逃还是想抢攻，不好判断，于是立即将无浪拉后，先扯开距离再说，结果就见一道人影已从紫烟中冲出，就是刚才"地裂波动剑"扫过的位置。

"影分身术"吗？毁人不倦当时身处半空，想避过这记"地裂波动剑"，除非使用这类忍术。

"鬼斩"，江波涛却早有准备，后撤中天链斩出，一记"鬼斩"正中冲来的毁人不倦，直接斩飞，但是紧接着，一个、两个、三个……

毁人不倦竟然一个接一个地从紫烟中冲出，而这记"鬼斩"的刀光甚至还没有褪尽。

不是"影分身术"？是大招"影舞"！

江波涛不得不惊讶。他用"地裂波动剑"去扫"裂波斩"斩落的毁人不倦，已知这两招之间会略有一点空当，对手把握得好，可以避过。但是这么丁点空当，对方居然出了一个大招"影舞"。

忍者的结印也算吟唱，只是速度取决于操作。敢在这点空当里使用"影舞"，很有孤注一掷的勇气，最后竟然结印成功，手速也相当惊人。

更厉害的是……"影舞"成功，竟然并不急着抢攻，居然先派出了一个影分身来当诱饵，引动他的攻击后，趁他收招转换的工夫，发动了抢攻。

这种下套的手法，不就是他在这场比赛中一再对莫凡使用的吗？这小子……这么快就以牙还牙了？

无浪顷刻间已被毁人不倦的影分身包围，要应对四面八方的攻击，对一个魔剑士来说实在有些不易。无浪挥剑，以普通攻击暂且招架这些攻击，寻找机会，好容易抢到一个空当，剑起，"圆旋波动剑"！

这记"圆旋波动剑"弧度走得极大，一出便开始转弯，立即荡开了身侧的一个影分身，而后竟没停，划着弧，又荡开了下一个。

江波涛这记"圆旋波动剑"用得极具技术含量，不打正面，而是专门擦边，如此蹭开一个目标，威力稍减，却不会就此中止，跟着再擦，再擦。

只一瞬，"圆旋波动剑"绕了个大弧，蹭开了三个毁人不倦影分身，包围空当大露，无浪再挥剑，一记"烈焰波动剑"开路，箭步疾冲！

但是莫凡竟不肯放过，不惜取消"影舞"大招，直接飞身截到无浪身前，"忍法·豪炎龙"！

轰！两团烈火，各自喷发。

"烈焰波动剑"爆发力极强，立时将毁人不倦卷出老远，但是无浪也被毁人不倦不顾一切飞身过来喷的这个"豪炎龙"炸了个满脸桃花。

"豪炎龙"，忍者75级大招，即使和魔剑士"波动剑"中号称伤害最强的"烈焰波动剑"换伤害也不见得会亏。

极远与极近

　　莫凡忽然间变得如此强势，在外人看来这也就是特殊情势下的一种选择，一种节奏的改变，可在兴欣诸位看来，这可又是莫凡的一大突破。

　　拾荒出身的莫凡，素来把保命看作第一要务，这是他《荣耀》态度中最顽固不化的一点。他所有的风格、所有打法、所有技巧，几乎都基于这一点磨炼而成。

　　之前的比赛中，他偶也会有爆发抢攻的时候，但是这种以攻对攻、以血换血的场面，即便有，也多是被逼无奈。而此刻，"豪炎龙"对"烈焰波动剑"，却是他主动做出的决断。这一步踏入，属于他的未来顿时又开阔了许多。

　　拧身，再上！被"烈焰波动剑"掀飞的毁人不倦刚一落地立即抢身再攻，"手里剑"甩出开路，双手飞快结印，"忍法·百流斩"！

　　数道水流直朝江波涛的无浪冲去，不过距离偏远，无浪闪身避过，但是眼前人影一闪，这么会儿的工夫，毁人不倦竟已闪到了面前。

　　"忍法·乱身冲""忍法·雀落""断灭"！攻攻攻！不住地狂攻，莫凡忽然变得很冲动，好像换了一个人似的，就算有所突破，这一步却让人感觉迈得有些大。奋不顾身，拼命强攻。莫凡突然之间的态度连兴欣的诸位都觉诧异，更别提场上的江波涛了。

　　毁人不倦在无浪的身遭蹿来蹿去，身前、身后、身侧，上路、中路、下路，到处寻找空当发动攻击。无浪左支右绌，看得出有些措手不及。

　　决赛的对手，他们轮回当然细细研究过。而莫凡这种特点鲜明的选手也是比较容易被掌握的。首回合的对决中，莫凡就没有给他们制造太大的麻烦。但是仅仅过去三天，这家伙却像换了一个人，眼下这种打法，决赛首回合没有，半决赛没有，再到之前的常规赛也一直没有，但是偏偏就在这个时候，出现了！

"打得好，漂亮！"场边的陈果已经欢呼起来。

"是的，非常好！"叶修也在点头。他所看到的，不只是莫凡做出以往不会做的事，他所看到的，是莫凡的针对性，是他的目的性。

一贯保命优先的他，怎么忽然间就如此奋不顾身地发起了强攻？因为他看到了江波涛的无浪此时处在一个技能相对真空的阶段。魔剑士的技能威力大，冷却长，不注重连击对普通玩家来说太难做到，但对职业选手来说，比起难做到，魔剑士打连击容易破坏整体平衡才更要命。

连击的节奏必然是要尽可能快的，但像魔剑士，技能在这种节奏下一气呵成地接连轰出，冷却回复却会完全跟不上，很快就会变得没有技能可用。要保证一直有技能可用，这种职业就不能追求一时爽的连击。

江波涛本场却打出了连击，观众看得极爽，甚至为他唱起了难得一唱的副队长之歌。但是职业选手都知道魔剑士打出 30 段连击后所面临的局面。而莫凡，就在这时果断发动了抢攻，甚至是以往他特别不喜欢的卖血强攻。

这可就出乎江波涛的意料了，他打连击，是为了唤醒全场的热情，他在周泽楷败阵后上场，又怎会不知场外士气的低迷？

如果能漂亮击溃叶修，或许士气已被唤起，无奈他没做到，反倒被叶修用君莫笑剩余的 4% 的生命干掉了他四分之一的生命，场外的士气，江波涛不看都知道肯定是雪上加霜了。所以和莫凡的比赛，他打了对魔剑士来说风险较大的连击。

敢在这对决中冒险，也是他估摸着莫凡不太会抢这个空当，那人总是不理不睬地按着自己的节奏走，拒绝和场上对手发生有针对性的互动。结果这一次他想错了。莫凡非但抢了这个空当，而且抢得很坚决，很果断，抢得不顾一切。莫凡，和他的队友到底还没展开什么互动交流呢，和场上对手倒是先揭开了这一页。

全力输出的莫凡，展示出了不同以往的战斗力，江波涛努力支撑。

打得很漂亮！叶修这次非常赞同陈果的看法。不过……虽然漂亮，还不够。

莫凡把握了空当，却没有充分利用这个空当。他知道这一刻江波涛没有多少技能可用，但是战斗不可能就在这一刻结束。江波涛可以坚持到无浪的技能逐渐恢复，但是莫凡有针对对手的技能恢复状况，进一步调整自己的思

路，进一步变化自己的节奏来限制对手吗？

看起来没有……说到底，还是经验的欠缺。

莫凡可以抓住这个机会，但是没办法完全地把握这个机会。他的攻势会有一时的爆发力，却没有持续的控制力。想维系这一点，需要对对手有更深的了解，更需要对对手职业有相当的理解。

兴欣当然也分析过江波涛这位选手，莫凡对《荣耀》所有的职业当然也有一定的理解，但是对于眼下来说，还不够。他开创了一个好局，但是他还没有足够的经验来支撑这个局，遗憾，却充满希望。

输了，莫凡终究还是输掉了这一局。

江波涛的惊讶、措手不及也就在最初那一瞬，他很快稳住了阵脚，虽没有太大的还手之力，但至少保证节奏不乱，而后坚持到技能逐步恢复，逐步开始了他的反击，终于还是重新执掌了局面，击败了莫凡。

但是无浪的生命也只剩11%，这个结果远远超过了江波涛的预期。他以为这一局将是他完全掌控局面，不料莫凡会有这样的爆发。他所预期的领先优势，最终被压缩到只有11%。他好容易带起的全场热情，也在莫凡那一波强劲的强攻中被掐灭，还好最终他还是赢得了胜利，这个结果让现场的轮回粉丝感到歌还是没白唱，他们的副队长到底还是值得信赖，情绪还算不错。

庆祝胜利的掌声中，莫凡下场。他平时那种我行我素、不理对手自顾自的打法，是经常在客场招来嘘声的。不过今天意外的豪迈，一时间让轮回粉丝也找不出什么槽点，嘘声倒是没有，掌声那也不是给他的。

不过莫凡对此也从没在意过，只是默默地走回选手席。

"打得很好！"兴欣的诸位由衷地对他说着。

莫凡看了看场上，看了看电子大屏幕。11%，就差这些，就差这些自己就能赢。打得再好，输了比赛又有什么用呢？

莫凡心有不甘，回到自己的位子，依然紧紧攥着拳头，死盯着电子大屏幕上江波涛的无浪所剩余的11%的生命。

"加油，总还有机会的。"苏沐橙向着莫凡挥了挥手，说道。莫凡愣了愣，等他点头时，苏沐橙已经回身朝着场上走去，接下来是该她出场了。

已恢复情绪的轮回粉丝疯狂为己队加油呐喊，虽然无浪的生命只有11%，但他们对江波涛依然抱有期待。客队看台那边兴欣粉丝们的加油声，在轮回这片呐喊的汪洋中被彻底淹没了。

　　苏沐橙可不像莫凡那样面无表情，她带着微笑来到场上，进入了比赛席。

　　擂台赛第四局，兴欣第三顺位选手苏沐橙上场，对阵角色生命还有 11% 的江波涛。

　　比赛开始。

　　石钟林洞这图，对于神枪手来说有着恰到好处的空间和掩护。苏沐橙的沐雨橙风同属枪系，在对空间的利用上和神枪手有很多相通之处。虽然因为射程更远等不同环节可能有一些差别，但总体来说，石钟林洞这图对苏沐橙来说并不是个障碍。

　　选图终归不可能真就是让己方得心应手，让对手举步维艰。毕竟双方的角色职业会有重叠，双方的选手风格也可能类似，方便己方的时候，给对方阵中的某人也制造了些许便利也是无法完全回避的，总之选图的时候最大程度避免就是了。今天这场，苏沐橙就是兴欣阵中的那位便利者了。比赛开始后，她出击得相当果断，直切中路。

　　轮回的江波涛却审时度势，角色生命只有 11% 的情况下，并不准备中路强打，开场后果断从右侧迂回。

　　沐雨橙风逐渐接近地图正中，自然不见无浪踪迹，没再往前，当即停下了脚步，不偏左，也不偏右，沐雨橙风站位中线，支起了手炮。

　　前方、左右，尽收眼底，这样宽广的视野，对其他职业来说也就是及早发现对手罢了，但对沐雨橙风来说都可制造攻击威胁。

　　无浪无论从哪边迂回过来，似乎都难逃沐雨橙风的火力覆盖。

　　电视转播将画面切成了大小两个，小部分是沐雨橙风静止不动的视角，大画面则是正在移动中的无浪。

　　洞中钟乳石分布并不密集，想一路都有掩护移动是不可能的。而无浪的移动，看起来干脆就没有找掩护，只是一条线路直朝前走着，这样的迂回，还有什么意义？不少人忍不住疑惑起来。

　　电视转播在从各种角度解构无浪的走位，解说潘林和李艺博两个自从叶修下去以后心理压力小了很多，讨论得有声有色。随着无浪不断地向前逼近，原本给苏沐橙主视角的小画面开始慢慢放大。

　　无浪移动到了哪里？观众们都比较清楚，此时就看会不会出现在苏沐橙的主视角里。江波涛所选的走位，有什么奥秘呢？大家正想呢！无浪就这样很自然地从一根钟乳石后冲出，出现在了苏沐橙主视角内。

　　奥秘？讨论得挺开心的潘林和李艺博话题止住了。他俩天马行空地聊到了这样那样的可能性，就是完全没说到江波涛会让无浪这样很平常很自然地，该出现时就出现了……

　　这活真没法干了！两人同时产生的念头只有这个。他们说东，场上选手就要向西，只一个叶修也就算了，重点提防着。可人人都这样，那还怎么搞？防不胜防啊。

　　"快说话！"两个角色正相遇，解说居然停了，导播不满，还催促上了。

　　说个屁啊！潘林心里暗骂，但又不得不开口。

　　"很出人意料啊……江波涛……很简单地就让无浪出现在了苏沐橙的视角内……"潘林无力地说着。这个出人意料的"人"，最直接就是他和李艺博啊，两人刚才的各种分析全跑偏了。

　　"这是想干什么呢？"连李艺博干脆都不装了，坦然面对自己"看不穿"的现实。

　　"让我们拭目以待。"潘林结束这阶段点评，两人再不吭声。

　　无浪现身，沐雨橙风炮口转过，正对这端，却没有立即开火。

　　射程上，沐雨橙风是足够的，但是越远的距离，会给人越多的时间来操作闪避，命中率就无法保证了，这个距离，显然苏沐橙觉得攻击威胁不大，索性就没有动手。

　　无浪也没冲过来，还是那样平平常常地、很自然地继续他的迂回路线。

　　无浪都已经暴露，却还在迂回？

　　但是苏沐橙的主视角跟着朝这边一转，所有观众在画面上看到的，是远远近近错位排布，却正好列齐的钟乳石。

　　无浪接下来的走位将全在这种错位的掩护之下，而这种手法，和叶修在头一场里所用到的躲避手法原理上是完全一致的。轮回对于他们的主场图，果然也不是没有发现这样的手段。

　　苏沐橙连忙让沐雨橙风冲出，变化着视角的角度，在这一方向上搜寻着无浪的位置。没有！视角可以扫到的地方，无浪都没有露面。此时是藏在哪根钟乳石后？苏沐橙一时间也无法判断。

　　拥有上帝视角的观众们却看得清楚。无浪在刚才脱离苏沐橙的视角后立即开始内切，向沐雨橙风逼近，而此时他所走的线路，三根钟乳石仿佛三级台阶，在纵向上形成了连续的遮掩，无浪就好像跳台阶似的，利用这遮掩飞快切近。

再走偏一些，再走偏一些或许就能看见了！

支持兴欣的玩家们此时万分着急，眼看无浪就在钟乳石后移动，苏沐橙的沐雨橙风却就差那么一步……

迈出！沐雨橙风终于如大家所期待的又移动了一点，拉出了一些视角，但是无浪此时已经完成了从第一级钟乳石向第二级钟乳石的走位，正飞速向第三级奔去，这一换，刚刚切过来的苏沐橙的视角被一根钟乳石遮住了。

这是预判了对手的举动，有计划的走位！

大家都已看出这一点了。由于江波涛先前两阵对地图的利用都不太多，大家都有点忽略主场图的价值，而这一次，他利用得淋漓尽致，利用地形，极具效率地缩短了和沐雨橙风之间的距离。第三级钟乳石和沐雨橙风的距离，完全在魔剑士的攻击距离内。在这种情况下对轰，魔剑士丝毫不惧枪炮师。

到位！现场掌声如雷。江波涛的无浪如他们所期待意料的那样，完成了他的走位。苏沐橙的沐雨橙风呢？看起来还在小心翼翼地侦察着无浪的所在。

可以攻击了！大家都是如此想的，然后就见苏沐橙的视角突然一转，沐雨橙风一步横跨，开炮！

轰轰轰！先攻的居然是沐雨橙风，反坦克炮三枚喷着火舌飞出，跟着炮口朝上，砰的一声好似礼花，一枚刺弹炮划着弧线飞向空中。

跟着，翻滚！

轰轰轰！三声接连的爆炸，三枚反坦克炮被无浪挥剑扫出的"烈焰波动剑"直接卷爆了！这就是魔剑士在他的攻击距离内会不惧和枪炮师对攻的原因。他们的波动剑判定远强于枪炮弹药，波动之力和炮弹产生的碰撞可以直接将其引爆，而后还能继续其攻击轨迹！

呼！卷爆三枚反坦克炮的"烈焰波动剑"继续卷过，亏得沐雨橙风一个翻滚，将将避过。

砰！刺弹炮在空中绽开，八枚刺射弹从中飞出，雨点般坠下。魔剑士纵然有判定强到可以直接扫爆炮弹的波动剑，可这八枚刺射弹天女散花一般，没可能一剑全数扫爆，也只能朝旁闪避。结果这边翻滚起身的沐雨橙风，干干脆脆地架起了"稳定炮架"。

一道光亮，瞬间照亮了江波涛的整个视角，激光炮就这样迎面而来。两个角色之间不过是一个波动剑的距离，激光炮的速度，已经不是任何人力可以做出反应的，哪怕江波涛在闪完刺射弹后就意识到肯定会有后续攻击，没停就要继续走位闪避。但是，架起了"稳定炮架"强化了的激光炮，即便这样也还是无法闪过，激光正中无浪前胸。

"血那么少，就不要搞这么复杂了嘛！"轰鸣的炮声中，频道里还闪出了苏沐橙发出的消息。11%的生命，在枪炮师的重火力打击下顷刻间灰飞烟灭。

全场目瞪口呆。

江波涛迂回，江波涛避过了苏沐橙的视角，无浪成功进入了攻击距离，一切看起来都那么顺利。但是，怎么反倒是苏沐橙抢出了第一击？怎么转瞬之间无浪就已经报销了？观众不明白，太多人不明白，江波涛自己也不明白。

自己露出过破绽吗？没有啊……从那根钟乳石后平平常常地走出后，江波涛就看清了沐雨橙风的站位，而接下来他所选的这个路线，是沐雨橙风在那个站位上无论如何调整，也不可能发现无浪位置的。结果，竟然是对手抢先发起第一击，让他陷入被动，无浪的走位竟然完全在对手的洞悉下，怎么做到这一点的？凭意识？凭猜想？

这又不是兴欣的主场图，他们对这图哪里会有这么准确的判断？

就这样倒下，真是输得不明不白啊！

江波涛还是试图挣扎了一下的。但是11%的生命，真的不够多。他能挺到现在，都多亏他是魔剑士，板甲装备防御较强了。

倒下了……无浪最终还是倒下，灵魂飘起，视角中的一切都已成灰白，江波涛就这样愣愣地俯看着战场，这战场，随着无浪渐飘渐高的灵魂，离他远去。忽然……江波涛看到那边钟乳石上飘起一物，就那样悬浮在半空，圆溜溜的，晃了几晃……

这是……"电子眼"……江波涛无语了，他是真没想着沐雨橙风居然带了这么一个技能。"电子眼"，机械师技能，可以将它视角内的画面呈现给主人。这，就是苏沐橙今天比赛中为沐雨橙风选定的武器打制技能，在这一场比赛中发挥了作用，将一切问题都变得简单。

亏自己还那么处心积虑地观察、移动，原来对方带了"电子眼"，随随便便朝这边一摆，角色视角里没看到的，"电子眼"却全看到了……

而此时电视转播，还有现场的电子大屏幕，也终于通过回放找到了这个原因，"电子眼"的视角画面这才重新被搜集出来，并不如角色视角中那么清楚的画面中，无浪的行动却清晰可见。苏沐橙根本早就掌握了江波涛的意图，但不动声色地顺从对方的意图行事，只是在最后一刻，抢在江波涛前率先发起攻击，轻而易举地就将生命不多的对手解决掉。

江波涛下场。

轮回粉丝们原本期待着江波涛也能在角色生命如此低的情况下像叶修一样给对方多点杀伤，结果却是被对方干脆利落地一波收拾了，有点失望在所难免，但是想到江波涛在上一场中的精彩表现，情绪却也不至于马上低落下来。眼下，双方都是出到第三顺位的选手。苏沐橙完美击败角色生命只有11%的江波涛，以100%的角色生命进入下一局，比赛也不过是回到原点。对于轮回接下来要出场的选手，轮回粉丝还是相当有信心的。

吕泊远！全明星级别，目前《荣耀》的第一柔道选手，起身朝比赛台上走去。

掌声，送给下场的江波涛；掌声，鼓励即将上场的吕泊远。

"我们是冠军！"轮回粉丝们又喊起来了。

吕泊远，曾在第八赛季轮回对蓝雨的总决赛中有过优异的发挥，是轮回夺得首冠的大功臣。也是自那一年总决赛后，吕泊远声名大振，在次年的全明星评选中身居第十三位，取代了原来的全明星级柔道选手，原效力微草、现效力三零一度的李亦辉。吕泊远自此步入了职业巅峰，而李亦辉，这个原本也处在巅峰状态的全明星选手，却因为这一次转会迅速泯然众人。第一柔道之争彻底失去悬念。

本赛季，吕泊远再次成功入选全明星，虽然名次不高，仅列第二十二位，但毕竟能跻身全明星之列就意味着是《荣耀》最有人气的明星选手之一。而且考虑到本赛季轮回又引进了一位顶尖高手孙翔，而且驾驭着斗神一叶之秋这样的传奇角色，仅在轮回队内，这粉丝票数已经倾斜了不少。吕泊远最终还能跻身24位全明星选手，已算相当不易。换实力或人气稍逊的，恐怕都会被轮回战队的其他几位大明星夺尽光环。

周泽楷、孙翔、江波涛，轮回三位全明星选手排名全在前十，而现在，他们队上的第四号全明星选手，排名第二十二位的吕泊远，在擂台赛第三顺位出战了。

现场的欢呼和掌声，象征着他的人气。轮回战队选手正在一个接一个地用他们的实力怒刷存在感，让整个《荣耀》意识到他们并不是一人战队。

比赛在掌声中开始，由于上一场是苏沐橙完胜，两方角色都是生命全满，沐雨橙风所消耗掉的法力，也不至于支撑不住一场单对单的比赛，这场对决可以说是在无差别中对决。只是两人的职业，差别却可算是《荣耀》24个职业中最大的。

这个最大，主要体现在攻击距离上。枪炮师攻击距离最远，这点毫无疑问。而柔道呢？即便相比同格斗系、战斗以贴身短打为主的拳法家，柔道的攻击距离可以说还要近上三分。他们不仅仅是要攻击命中对手，更要在攻击中抓取对手，他们给对方制造伤害的方式，是真正的零距离。

现场的气氛不错，不过负责转播解说的潘林和李艺博此时情绪却不怎么高，实在是被打脸伤太深，不过就"最远对最近"这样的话题，两人还是张嘴就来，而后很巧妙地不谈两位选手，只谈这两种职业如何如何，如此怎么也不会被打脸，两人说得相当踏实。

很快，都没有选择迂回的二人的角色在地图正中相遇了。苏沐橙毫不犹豫，沐雨橙风直接开火；吕泊远也不含糊，柔道角色云山乱果断就躲。

面对枪炮师的重火力压制，直接正面就闯的人也不是没有，但吕泊远显然没这样打算，在视野内出现沐雨橙风后，他就果断打量地形，沐雨橙风刚开火，他已经从地形中找到思路，云山乱飞快躲到一根钟乳石背后。

这石钟林洞里的地形，无非就是钟乳石的分布了。刚刚结束的比赛中，虽然江波涛最后被苏沐橙一波带走，但其实也挺精彩地展示了他对地图的熟悉和利用，要不是苏沐橙这次比赛正巧选用了"电子眼"这个技能，刚才那一节情况很难说会是什么样。

江波涛对地图运用得很好，吕泊远也没差到哪去。只是他现在可是清楚苏沐橙这次拥有"电子眼"的技能，自然要小心防备着。不过这"电子眼"只是一个乒乓球大小的小机械，若一直悬浮空中那还好发现，而像上场那样，被苏沐橙遥控着只是落在了某个位置，可就没那么容易察觉。

而比赛转播方面这次也知道苏沐橙有这手段，特别在意她的主视角界面。之前因为只是用小画面呈现了她的主视角，而非界面，以至于"电子眼"使用后出现的视角画面一直都没被留意到，直至回放后才发现这一节。

这一次，导播一上来就留意上了，但是苏沐橙迟迟没有使用"电子眼"，哪怕吕泊远的云山乱藏到钟乳石后，她也没有急于派出"电子眼"去查看，而是继续操作沐雨橙风，拉动角色，试图让云山乱的位置暴露。

一转，云山乱的身形已经露出一半，沐雨橙风的手炮立即开始轰鸣，但吕泊远也早盯着这边，身子一缩，云山乱立即又退回。沐雨橙风一边开火一边横移拉动视角，云山乱缩得快，沐雨橙风跟得也快，但云山乱很快就绕了钟乳石半周，而沐雨橙风再想这样绕圈扯开视角，要走的距离可就太长了。两人都是以那根钟乳石为圆心进行圆周运动，沐雨橙风要走的这圆周，半径至少有云山乱的十倍，哪里能靠这样的方式跟上？

于是沐雨橙风索性停步，视角里并无云山乱，却也提起手炮直接轰出去。

爆炸的火光不偏不斜，正擦着钟乳石在它侧面向前的位置升起，苏沐橙这是想利用枪炮师攻击的面伤害特点。虽然攻击目标没有正对云山乱，但凭面攻击的溅射效果，总可以让他受到些许伤害，除非吕泊远选择闪避，那么他又势必会从钟乳石后暴露出来。

苏沐橙的想法并不差，但是吕泊远也早料到了这一点。云山乱的站位并不紧贴钟乳石。与其说他是用钟乳石来掩护自己，不如说纯粹是利用钟乳石对苏沐橙视角阻挡出死角。

而这死角的面积是由对手角色和钟乳石的距离所决定的。吕泊远至少之前对沐雨橙风的站位、对死角的面积把握得相当准确，他只是要利用死角藏身，更在利用死角进行走位。炮火声中，云山乱早离开那根钟乳石，利用死角，顺利过渡到了另一根钟乳石后。

但是观众此时看到，苏沐橙在这次攻击的空当中，终于使用了"电子眼"，而后却不是利用"电子眼"上前侦察，而是让"电子眼"绕钟乳石展开圆周运动。沐雨橙风却借着钟乳石对吕泊远视野的遮蔽，一边继续那种溅射攻击，一边悄然向前。很快，"电子眼"的视角中已经出现了钟乳石的背面，云山乱此时早已离开，"电子眼"转动了两下，立即出现了云山乱借死角过渡到下一根钟乳石背后的画面。

苏沐橙继续不动声色，但沐雨橙风的移动明显快了很多。而这次放出的"电子眼"，不再以侦察为目的，只是与沐雨橙风在不同的线路上移动，以此来掌握更全面的视角。如此一来，钟乳石的遮掩顿时失去了效果，苏沐橙已经完全清楚云山乱的动静。

随后在吕泊远又一次借死角想让云山乱向下一处钟乳石后过渡时，一枚火机翻滚着，燃烧着，摔到了他的脚边。再闪避，已来不及，"热感飞弹"以超快的速度飞快坠地，爆炸掀起的蘑菇云将云山乱整个吞没，沐雨橙风的身形一转，已从隐蔽的钟乳石后转出，炮口正对升腾的蘑菇云，已经准备继续攻击。不料一股无法抗拒的力量忽然传来，沐雨橙风像被什么东西扯动着似的，竟然直朝那蘑菇云处滑去。

"捉云手"，苏沐橙意识到了。蘑菇云的硝烟散开，云山乱这柔道双手探前，掌心念气流转，所摆的架势可不就是气功师的技能"捉云手"？

上一阵，江波涛的意图因为苏沐橙选择了"电子眼"这一武器打制技能而被全盘破坏；这一局，因为吕泊远在武器上选择了"捉云手"，沐雨橙风即将被云山乱拿住。现场掌声顿起，轮回粉丝们本还在为吕泊远已被苏沐橙完全掌握而担忧，却不料居然有了这样的反转，这是怎么做到的？

现场的电子大屏幕倒是比电视转播更快地给了刚才那一瞬间吕泊远所做的事的画面。

"热感飞弹"落下，吕泊远根本就没想着闪避，云山乱双臂一振立即开启了"钢筋铁骨"。被这"热感飞弹"轰个正着虽然伤害惨痛，但是因为霸体状态，却也没被这强力一击掀飞，云山乱立即在这攻击中直接施展了"捉云手"，而"热感飞弹"那腾腾升起的蘑菇云正好成了对云山乱的掩护，苏沐橙纵然有再多的眼睛，却也不知云山乱竟在此时已经酝酿对她的反击。他料定了苏沐橙的沐雨橙风会在此时露出身形进行攻击，果不其然，沐雨橙风从钟乳石后转出，顿时被他的"捉云手"锁了个正着。转眼，沐雨橙风已经被扯到了云山乱的面前，双方距离，零！

"旋投"，云山乱的动作真是流畅无比，沐雨橙风刚被扯到身前，已被云山乱单手扯住。云山乱拧身，挥臂，顿时将沐雨橙风扔向半空。甩出的同时，云山乱自己的身子竟然也像被带着飞起一般，结果他却是头下脚上，用腿直接夹到了沐雨橙风的脖颈——"空绞杀"！

云山乱拧身翻转，刚被丢起的沐雨橙风就这样又被拧转坠地。柔道那接连不断的抓取擒杀，这才刚刚开始。

CHAPTER

当之无愧的强势

"旋投""空绞杀"，两个技能的连续，沐雨橙风的生命就像坐电梯一样噌噌下了两层，但是连击统计的数字也只跳了这么两段就戛然止住。

在这一点上，柔道比起元素法师、术士、魔剑士这些职业还要苛刻。因为柔道的抓取类技能可以说是《荣耀》最具控制性的。其他任何职业的连击都可凭经验、意识或者操作寻找空隙打断，但柔道如此强的控制性，若真成连击，根本没有任何可以打断的余地。

如果说元素法师、术士之类的职业打出连击只是难度大，柔道职业想用他的抓取打出高段连击那就是不可能的事。别说面对一个职业选手，就是面对一个动也不动的沙包，柔道所能进行的连续抓取摔投也极为有限。

所以看柔道的比赛，系统统计的连击段数可以彻彻底底地忽略，用一个持续技能的连续碰撞制造的连击段数，在大家眼中不算真连击，而技能衔接，柔道这个职业多靠伪连。用自己的意识和操作，制造不被系统判定确认，却让对手无法应对的连续攻击。

沐雨橙风被云山乱很残忍地摔了一个脸着地。观众看比赛，无可避免地会将选手直接代入角色的，这一摔，就好像把苏沐橙的脸直接摔到地上，想想苏沐橙那花容月貌，居然被如此对待，就连轮回粉丝也忍不住唏嘘一番。

但吕泊远毫不理会这个。刚落地的云山乱立即抽回双腿，就地一滚已经站起。沐雨橙风呢？抓取技能的倒地判定是无法用受身操作去避免的，这时直接乖乖地先和地面完全接触，然后，沐雨橙风竟然不起身，就这样在地上横身一滚，炮口就朝云山乱对去。

轰！火光闪动。

苏沐橙这种应对方式，算是打柔道比较有经验的手法。这时无论如何起

身，都肯定已在对手的应对之中，必须先用攻击或其他一些方式扰乱一下局面。

但苏沐橙应对柔道有经验，吕泊远也不是不知道会有这种应对方式。火光闪，炮弹飞出，云山乱的身形却向下一沉。

躺在地上不起来就没办法攻击到你了？《荣耀》哪会有漏洞这么大的赖皮判定？扫地攻击，针对的就是这种情况，就是普通攻击，只要位置到了，都能打出扫地效果。赖地不起那绝不是什么无敌 Buff。

"肘落"，沐雨橙风不起来，云山乱索性也倒下去，横出的手肘直切沐雨橙风的咽喉要害。

苏沐橙等的就是对方这一击，沐雨橙风就势一滚，一边闪开这一击，一边就要翻起身，却不料云山乱那屈起的手肘却在此时突然一展，"肘落"技能取消，手臂伸展，单手抓出，竟然成了一招"单手擒"。

单臂发力，本要翻滚离开的沐雨橙风顿时又被扯回。云山乱倒地，但沐雨橙风又被这"单手擒"拽趴在地。云山乱这边顺势一骨碌，受身操作已经起身，沐雨橙风却受限于技能的强制倒地判定，慢了这么一拍。

这一拍，可就是柔道擒住对手后发动连续攻势的立足点。而对于被擒一方来说，如何突破因为这一拍所丧失的先机则是他们抢回主动权的关键。

这对于角色职业是枪炮师的苏沐橙来说无疑难度更大。作为本就极其不擅近战的职业，被柔道这个控制力如此之强的职业完成了贴身就已输了一半，苏沐橙得从败中求胜。

翻滚！刚刚完成强制倒地判定的沐雨橙风，立即就要从地上翻起。这不是最明智的选择，但是有时正因为如此，这种选择反倒容易被忽略，造成对手短暂的迟疑。

但是很遗憾，吕泊远没有。

云山乱在"单手擒"扯翻沐雨橙风受身起身后，立即看死了沐雨橙风可以立即翻身而起的选择。对于这种看起来因为不明智而几乎不会被职业选手选择的方案，吕泊远从来没选择性地遗忘过。

"地上拂"，已起身的云山乱，这一抓按下也称得上居高临下了，眼看就要直接抓到沐雨橙风的脑袋，忽听轰一声炮响，火光硝烟竟从沐雨橙风的身下闪现，沐雨橙风的身形立时就朝左边一倒，却是被这一炮的后坐力弹开。

抓空！云山乱这按下的一抓顿时拿了空，连忙抢步上前要再变招，那边沐雨橙风翻滚化解这一弹之势的同时，炮口再次对准了他。

轰轰轰！三炮连发，如此近的距离，三发反坦克炮竟然也被苏沐橙的抖枪操作制造出了明显的错位，她对枪炮师这一低阶常用技能的掌握确实已到了登峰造极的地步。

躲？吕泊远当然早有这种准备，只是这抖开的三发炮弹，轰击范围超出了他的判断，云山乱抢步闪避，终于还是被其中一发轰到，爆炸中身形向后踉跄而退。

意料之中会有的攻击，早有提防，却还是闪避不了，吕泊远这一下是被苏沐橙用操作硬吃了下来。这样的距离，这样的抖枪操作，吕泊远的操作已不足以跟上。

被这一炮命中，云山乱先一步起身建立的先机可就没了，双方距离进一步拉开，两到三步的间距，已经不是云山乱一探手就可以擒住沐雨橙风的距离。

沐雨橙风更在翻滚都未完全起身的状态下，足下发力，直接后跳弹出，两三步的距离，瞬间又成了三四步，云山乱这时才从那枚反坦克炮制造的踉跄中稳住，急忙就要抢步上前，眼前沐雨橙风黑洞洞的炮口却已经亮起。

不能回避！若是十几步、二十步、三十步的距离，吕泊远或许都不会强进。但是此时，双方的距离只有三四步，虽然已非抓取技能探手可得的地步，但这至少还是他的优势局面。三四步，柔道的技能无法奏效，但枪炮师在这种距离下也将彻底暴露其偏慢的射速和节奏的弱点，没有办法保持连续的威胁。

上！吕泊远没有迟疑，云山乱闪身，就当那炮口已经射出了攻击一样去闪避，身子保持不规则的左右摇摆。这不是什么预判，同时苏沐橙也没有办法根据他毫无逻辑的摇摆去做预判。这是赌运气！这样的距离下，看到火炮的攻击再作闪避已无可能，苏沐橙也没有时间去作准确的判断。

一击！机会只有一击。

一击命中，云山乱将再被逼停，距离将进一步被拉大；一击不中，云山乱就将抢步上前，重新将沐雨橙风纳入他的抓取范围。

一击，能不能中？全场停止了呼吸，就见云山乱晃动着疾步向沐雨橙风冲去。沐雨橙风的炮口很稳定，却迟迟不见火光喷出。她虽然也在后退，可是远比不了云山乱疾步前冲的速度，她转眼就会被追上，却好像还在等，在

等什么？

靠近！伸手！吕泊远没想到苏沐橙竟然迟疑地一直没有出手，云山乱已经抢到了她面前，手已伸出，此时哪怕再有攻击，云山乱的手大概也足以抓取到对方了吧？

大概……吧？云山乱的手眼看就要抓到沐雨橙风，手炮吞日两侧的能量槽却突然亮起，瞬间走满了蓝光。

不好！吕泊远意识到了，但是已经迟了。

这一炮，并无爆炸般的轰鸣，有的只是能量聚集再到猛然释放的短暂却又急促的一声响。

炮弹出膛，飞行的速度也不够快，却闪着蓝光，噼噼啪啪，好似闪电一般——"悬磁炮"！

最后关头，苏沐橙竟然让沐雨橙风抢出了一枚"悬磁炮"，枪炮师极为少有的能控制目标的技能。

这是预判？这是布局？

不，都不是。这又是一次靠操作的硬吃！

"悬磁炮"这技能，发动就有能量聚集的征兆，而炮弹的发行速度偏慢，若是一上来就发动，即使是三四步，甚至更近的距离，对于一个职业选手来说却也足以避过。而这一击若落空，苏沐橙不会再有第二次机会。

枪炮师偏慢的节奏源自其射速，而枪系所谓的射速绝不是指弹药射出后飞行的速度，而是指一枪射击完毕后，接下来一发子弹上膛再射的时间。无论普通攻击，还是技能攻击，都需要完成这样一个换弹上膛的过程。枪炮师慢，就是因为这个过程慢，而这不是靠操作可以改变的，只能靠加强属性中的"攻速"来改变。

三四步的距离，枪炮师难以形成连续威胁，就是因为这个原因，一炮打出，下一炮再发，换弹装弹的过程中对手可能就已经抢步身前了，所以机会只有这一击。

于是苏沐橙大胆地将云山乱放近，几乎在只有一步距离的时候，才开始发动"悬磁炮"。

攻速无法靠操作改变，操作，是施展这一技能的指令，指令完成得越快，这一技能当然就能越早发动。

一步距离，完成"悬磁炮"。苏沐橙就是靠着这样胆大的操作，再次将吕泊远硬吃。

吕泊远完全无法应对，云山乱立即被吸附到"悬磁炮"上，无可奈何地跟着炮弹被送飞，沐雨橙风在他的视角里越来越远，越来越远。他却无可奈何，因为"悬磁炮"是无法被强制打爆的。

距离，对于柔道和枪炮师这两个职业来说就是优势，就是胜负。

被吸附在"悬磁炮"上，眼看着云山乱距离沐雨橙风越来越远，所有轮回粉丝的心都在往下沉。

苏沐橙的沐雨橙风，再次架起了"稳定炮架"，这已经是她在季后赛中不知多少次使用到的 75 级大招。

而这个限制角色移动，却增强攻防能力的技能，代表的就是一种强硬的姿态，一种与对手血战到底的姿态。

架好的"稳定炮架"，与"悬磁炮"最终要落下的位置正好是苏沐橙最能掌控局面的最佳火力线的位置。随着"悬磁炮"的爆炸，来自"稳定炮架"这边的炮火也轰然炸到。火力线下，枪炮师的攻击最具威胁，而苏沐橙如今的火力线已经多次展示过其厚度。它不只是一个点，一道线，而是一个面，一个或进或退、或左或右，都无法走出去的火力覆盖面。

云山乱瞬间被炮火淹没了。他一个零距离近战的角色，在这种情况下全然没有反击的能力。他只能躲，只能闪。

可是躲闪之间，又该往哪个方向走呢？是进，是退？

苏沐橙的火力线最让人难受的就是这一点。

进，你不知道是不是能够在这样的重火力覆盖下有命近到她身前；退，你也不知道是不是真能退到一个让自己足够安全的距离。

远距离，是属于枪炮师的天下，再不是他一个柔道可以掌控局势的境地。

陷身苏沐橙的最佳火力线，就是这样进退两难。

吕泊远没有就这样灰心。进？退？他都没有，他在当下局面中找到了第三条路，是当下地形中才能拥有的第三条路。

疾行、跳跃、翻滚，炮火中，云山乱步履艰难，但至少他还是在动，他没有彻底被沐雨橙风的重火力钉死在一个位置。前方那根钟乳石就是他的希望所在，冲过去，掩护，只要赢得这一口喘息，总还会有机会。

吕泊远是这样想的，也是这样做的，云山乱执着地向着那根钟乳石冲了去。

苏沐橙也很快看出了吕泊远的意图，沐雨橙风看起来需要调整一下攻击位，才能在云山乱冲到那钟乳石后继续保持攻势。

但是苏沐橙不动，沐雨橙风继续保持着"稳定炮架"的支起状态，继续享受着这技能带来的攻击效果的增强。

云山乱的生命下滑得很快，但是，似乎也不至于在冲到那钟乳石前就被消灭，苏沐橙还藏有什么爆发的手段吗？

所有人难免都在这样想着，苏沐橙虽然用的是重火力的职业，但打法可从来不是一身蛮力，也时常会有布局，会有陷阱，你被轰杀掉后才恍然大悟。

坐在直播间里的潘林和李艺博，你看看我，我看看你，想说，却又不敢说。怕打脸，今天的任何一位选手，他们都不敢做预测性的点评了，都怕打脸，更何况是苏沐橙这个和叶修关系紧密的选手，只这一层关系，就让两人不想多说了。

"让我们拭目以待。"不想多说的时候，两个人就号召大家别问，直接看。

于是所有人看着。支持轮回的一方，备感担忧和焦躁；支持兴欣的一方，心中充满热血和期待。

90%……

80%……

70%……

60%……

由于开局后先占到优势的是吕泊远，在那之前苏沐橙的沐雨橙风也没能给云山乱真正有效的杀伤，所以沐雨橙风的伤害输出，正经都是从这一瞬间开始的。云山乱的生命从 90% 多，逐层往下掉落，而他的身影逐步往那钟乳石接近。

不够吧？越来越多的人做出这样的判断。

可看苏沐橙，此时才收起"稳定炮架"。不，准确地说不是收起，是"稳定炮架"的技能时限到了，不得不解除。而后沐雨橙风这才走位，追着云山乱开始炮轰。

可是因为之前一直都是定点射击，云山乱此时已经比较偏离她的火力线中心，外围虽还能攻击到，但是攻击效率已大不如前，更没办法限制住其行动。接下来云山乱的动作一下子快了许多，飞快几步，已贴到那钟乳石旁，一绕就躲到了其背后，沐雨橙风再想攻击，又是要绕大半径圆周，不然是没可能拉出这种角度的。

居然……就是这样了？

为吕泊远担忧的人是白慌了一场，对苏沐橙饱含期待的人，此时心也有点落空。

"这个……这个……"潘林和李艺博，人家有爆发大招，他们不敢断言，看到人家最后根本没有爆发大招，他们还是不敢说什么，这里外全透着一股子高深莫测，让二人横竖都没法开口。

战斗在此时突然中止了。

终于躲到钟乳石后的云山乱最终还剩 42% 的生命，从苏沐橙的最佳火力线中脱逃的这段旅途他到底还是承担了相当多的伤害，毕竟沐雨橙风可支着"稳定炮架"呢，各种攻击的威力都有不小的提升。

但是他总算摆脱了，赢来了转机。无论进还是退，恐怕都不会有这么好的结果，吕泊远庆幸有第三条路供自己选择。

苏沐橙这边呢？

在观众眼中，她对于吕泊远的意图只是用输出去拼命限制，并没有一个真正有效的阻拦思路，尤其是对局面接下来的发展没有预想，这可不该是一位职业选手该犯的错误，这么打，说实话在一些擅长玩阴谋论的人眼中，几乎都要怀疑这是在有意放水了。可是想想苏沐橙和叶修的关系，想想她自降身价加入兴欣这支草根队，放水这种事又显得毫无依据。

到底是怎么了？甚至包括支持轮回、支持吕泊远的粉丝这边，在庆幸之余心里也都有点疑惑。只要稍有点功底的玩家，在那种情况下都不会定点输出，而是会追着吕泊远的云山乱炮轰吧？

镜头给了沐雨橙风特写，潘林和李艺博在这时候也无法不说点什么了。

"呃，这个，吕泊远成功地让云山乱从苏沐橙的火力线下脱身了啊！"潘林把刚才的过程又复述了一遍。

"苏沐橙因为一直没有放弃使用'稳定炮架'，所以输出相当强劲。"李艺博不甘落后，也复述过程。

"但是为什么没有放弃'稳定炮架'呢？"潘林说。

"嗯，为什么呢？"李艺博说。

"你们两个！"后边有人直接吼起来了。转播方通常对嘉宾身份的李艺博还是有着区别对待的，会多一些尊敬，但是此时也像吼潘林一样，可见真

是忍耐到了极点。

"这种情况下，苏沐橙如果放弃使用'稳定炮架'，更深一步追击云山乱，李指导您觉得会不会更好一些呢？"潘林无奈地导入正题。

"表面上看，是如此。"李艺博说。

"嗯！"潘林连连点头。

"但因为某种原因，她没有这样做。"李艺博说。

"嗯嗯。"潘林再点头，某种原因，大家要听的就是某种原因啊！

"让我们拭目以待。"李艺博说。

潘林泪流满面。没想到啊，这关头，李艺博到底还是用这大招把话题揭过了。潘林有点怀疑，"让我们拭目以待"这句话明天会不会就在网络上蹿红呢？成为他和李艺博这对解说搭档无能的最佳注脚？

可是不管怎么说，话出来了，李艺博显然不可能再说，潘林也不想再去找不自在，索性就这么着了。

镜头中特写的沐雨橙风，也真没有出现什么特别值得"拭目以待"的意外之举，就那样从从容容地收拾了一下之前的攻击架势，而后开始横向移动，拉开视角。

一切都是那么平常，好像之前的狂攻从来没有发生过一样，就好像是开场时两人的角色相遇，云山乱躲到了钟乳石后，然后苏沐橙开始一点一点地搜寻他。

一切都像是开始。

所不同的是，云山乱的生命还有42%，而苏沐橙的沐雨橙风在被云山乱贴身时打掉了13%，现在还有87%。

42%对87%，再不是开局时那样无差别，云山乱的生命处于劣势，而目前形势，云山乱需要贴身，沐雨橙风需要远离，这似乎也是向苏沐橙偏斜的局面。

这个分析，潘林和李艺博至少是做得出的，但是说到这后，李艺博忽地一怔，看着沐雨橙风在画面中依旧不紧不慢的从容模样，一个念头忽然升起。

难道……苏沐橙就是清楚打到这种地步也完全是她的优势局面，所以并不急于求成，在方才那次机会中将云山乱一波打死？所以才在那时候不收"稳定炮架"，只是争取着最大的输出？所以在这个时候依旧从容，因为此时领先的是她，她不需要紧张，不需要介意，不需要着急。这些情绪全都不属于她，应该属于吕泊远，那个还在庆幸可以从苏沐橙火力线中脱身的吕泊远。

他大概很快就会意识到，能脱身，也不见得是多值得庆幸的事。为了这次脱身所拉下的差距，苏沐橙不会轻易让他追回。她已经展露出了这份自信。

这份自信，才是真正的强势。

炮声开始不紧不慢地响了起来。

苏沐橙还没有完全拉开视角，但是已如之前一样，利用枪炮师攻击的溅射效果对钟乳石后进行面伤害。"电子眼"技能此时也已经冷却完毕，又一次被释放出来，向着另一端去拓展视野了。

步步为营，稳扎稳打。苏沐橙一点都不急于求成，攻击也并不如何密集，倒是普通攻击用得更多一些。普通攻击不耗法力，威力虽小，却也具备枪炮师面伤害的特点。此时也不完全确定云山乱的位置，这些攻击也就是搂草打兔子，能伤到云山乱，那就捎带伤害一下，伤不到，那也吓吓他。

吕泊远确实感受到了压力，他想到苏沐橙各种追杀的可能性，但就是没想到对方会打得这么不紧不慢。

炮弹一发一发落在云山乱身边，或远或近，很显然对方并不确认他的真正位置。但是这次吕泊远同样也不清楚沐雨橙风的准确位置。即便他在云山乱冲入钟乳石后的最后一瞬间转回视角最后确认了一下，但是现在，距离那一刻已过去有点时间了，苏沐橙的攻击居然如此不紧迫，反倒打乱了吕泊远的判断。他没办法判断此时沐雨橙风的站位。

如此一来，他也就没办法判断双方的距离，没办法知道此时让云山乱冲出是不是有机会，也没办法知道此时钟乳石对苏沐橙的视角阻碍有多少。

那么留给他的，就只有压力。

炮声还在轰鸣。

吕泊远没忘记苏沐橙还有"电子眼"这个技能，"电子眼"根本不用到他跟前，只要远远地将视角朝向这边，苏沐橙接下来的攻势就会更为明确，而现在这种不紧不慢的炮轰，试探的意味还是相当明显的。

不能再这样僵下去了，自己必须有所行动，进、退？应该有个决断。

吕泊远观察地形。地形很不理想，他可以行进过渡的钟乳石，距离这边都有些远，这个仓促中找到的第三条出路，果然有些不完美，难道说……这其实是苏沐橙有意放自己过来的，她早看出来这条退路是条死路？

不，也不能说是死路。吕泊远毕竟是熟悉地图的，当时扫到这根钟乳石

时，对从这里可以发起的过渡心中立即有数，只是现在……

吕泊远一转视角，他心目中最妥当的过渡方向，此时却会暴露在沐雨橙风炮口下。

这条退路，本不是死路，是在吕泊远的云山乱踏上后，苏沐橙封住了出路，让它变成了一条死路。自己，彻底落入苏沐橙的掌握，所以她才会如此从容不迫，如此不慌不忙。

好吧！既然如此，自己倒也没有什么可犹豫的，无路可退，那只能硬上。

面对如此困局，吕泊远非但没有灰心丧气，反倒因为无路可走坚定了选择：无路可走，那就只能迎难而上，杀出一条血路了。

跟着，云山乱转向钟乳石的另一端，忽地探出半个身子。

沐雨橙风他看到了，"电子眼"他也看到了，苏沐橙的反应也很快，炮口立即对准这端就轰了过来。吕泊远拉回了云山乱的身子，但是爆炸正落身旁，面伤害的冲击传来，云山乱就地翻滚，消化冲击力，跟着再一起身，又朝另一边一探身。

左，还是右？

苏沐橙此时要面临的选择就是这么简单。于是吕泊远让云山乱向左一探，将她的注意力向这边稍扯，然后立即从右冲出，他所能争取到的，就是这么一丁点空隙了。

最后的机会！吕泊远相当清楚，冲出的云山乱疾步如飞，直朝沐雨橙风冲去。

轰！炮口喷着火舌，沐雨橙风一边向这端开火，一边后跳，借着炮火的后坐力向后飘去。苏沐橙这时候可不会再定点射击，对手如此逼上抢攻，作适当的倒退来维持攻击的空间是极其必要的。

爆炸的火光、硝烟纷纷落到云山乱脚边，他闪避，他冲锋，他已经再无选择，眼前的路只有这一条，冲近，不断地冲近，只要能冲近，哪怕还有一口气，对他来说就还有机会。

一进，一退。

两人开始了追逐。距离在渐渐缩短，云山乱的生命却也在不断下降。从42%到35%、30%、20%……

能追上！吕泊远心头一喜，他所计算的消耗，足以支撑他彻底闯到沐雨橙风面前。这就是他一开始所争取到的那一点点小空隙。就是因为有这么一点空隙，让吕泊远可以感受到苏沐橙攻势建立得并不完美，节奏上有一点别扭，再加上距离上也不是她最完美的那个火力线距离。压缩和封锁，都远比不上之前那波那么紧密。

可以！自己完全可以！这一次一定要狠狠把握住机会。生命不多，没有关系，就算有10%也够了，自己再不会让沐雨橙风从云山乱的手中摆脱。

五步！还有五步距离！

这一步，将是突破性的一步，五步以内，枪炮师的攻击节奏空隙就会成为漏洞，苏沐橙或许可以凭借更高一筹的经验意识将这一距离缩短到四步或三步，但是无论如何，走过这一步，枪炮师的威胁大减，接下来该是自己掌控局面的时候了！

吕泊远死盯着眼前的沐雨橙风，不允许自己有半分马虎，结果这时就看到沐雨橙风突然收起了手炮，手里拿的已是一杆步枪。

换枪流？吕泊远心里一紧。换枪流，或叫换武器，在实战中会有很多巧妙的作用，其中有一点，就是帮角色多加一个技能，加一个打制在武器上的技能。

此时苏沐橙突然让沐雨橙风换枪，若说是为了提高攻速，那是有可能的。但不用手炮的枪炮师，本身武器威力会下降，而且会失去转职技能"重火力控制"的加持，所有技能的威力也将全面下降。这样此消彼长的变化，似乎并不足以在眼下重新掌控局面，更何况，沐雨橙风换上的是一杆步枪，攻速比手炮高得有限。

那么……很可能是一个在此时会起到扭转作用的技能，那会是什么？

不用像琢磨散人的武器技能时一下子想24个职业，此时针对沐雨橙风，要想的只是枪系的四个职业，即使如此，瞬间也晒出了好几个答案，吕泊远只能想到一个就留心一下，结果就在时候，那步枪咔咔响动了一声，似乎已经发动了什么。

是什么？吕泊远瞪大了眼，然后就见沐雨橙风的脚边突地又升起什么，竟然又是"稳定炮架"。

怎么会？惊讶的人不止吕泊远一个。"稳定炮架"不久前刚刚用过，这75级的大招冷却可没这么快好，这可不是在另一个武器上打个"稳定炮架"，然后一换武器就能恢复的。在武器上打制已掌握技能的技能卷，那并不是拥有两个该技能，只是将这技能的等阶提升一阶而已。

绝不可能是"稳定炮架"，这样也没办法解除它的冷却！

呃？解除冷却？

恍然。步枪上所打的，毫无疑问是神枪手的技能"双重控制"，选择一个技能，立即清除其冷却的技能。苏沐橙所选的，就是"稳定炮架"。

居然如此……吕泊远嘴角露出苦笑，他无论如何都没想到苏沐橙最后来了这么一手。这么一来，他已输定。

柔道的抓取判定固然强大，但是也有无法被抓取的存在，比如说，召唤师的召唤兽魔界之花，落地生根不可移动，柔道的抓取技能对其就只能制造出攻击伤害，却无法发生抓取效果。简而言之，对于本身就无法移动的目标，抓取技能会直接转化成伤害，却无法发生抓取效果。

"稳定炮架"之下的枪炮师，毫无疑问正是一个无法移动的目标。

抓取效果无法生效，纵然能制造伤害，却也无法控制沐雨橙风的攻击。"稳定炮架"赋予角色攻击、防御上的提升，与此同时还有霸体状态，没有攻击可以打断"稳定炮架"中枪炮师的炮轰。哪怕是零距离，在攻击无法被打断的情况下，枪炮师也足以消灭眼前的目标了，只是会付出一定的生命罢了。

轰！最终，在一道"卫星射线"的聚射下，云山乱倒下。云山乱的生命，让吕泊远已经无法再退走，最后时刻，也只能拼了命地给予"稳定炮架"中的沐雨橙风伤害，最终他倒下时，总算也夺走了沐雨橙风28%的生命。在抓取类技能无法发生抓取效果，只是一抓一抓地发生伤害时，输出倒也挺快速挺惊人的。亏得云山乱的生命确实已经不多，否则多支撑几下轰垮了"稳定炮架"，胜负没准就要改写了。

最终，第三顺位的对决由兴欣的苏沐橙取得胜利，沐雨橙风最终剩余59%的生命，取得了一个不小的优势。而这一场，也可以说是擂台赛打到现在优劣最明显的一场。哪怕是江波涛对莫凡那一局，莫凡抢在江波涛技能空当发起的猛攻也打得江波涛极为被动。而本局，即便最后时刻吕泊远攻下了沐雨橙风28%的生命，比同阶段沐雨橙风对他的输出还要有效率，却也不改他在本场比赛中绝大部分时间陷入的被动。自最开始算计苏沐橙得手又被摆脱后，比赛就全部陷入苏沐橙的掌控，这场胜利，她当之无愧。

超水平发挥的杜明

擂台赛，兴欣终于建立了明显的领先优势。吕泊远黯然下场，现场的轮回粉却没有就此责备他。

这一局，无论谁胜谁负，都很容易拉开差距，这一点，有点经验的玩家都能预见。因为这二人的职业，一个枪炮师，一个柔道。拉开距离，枪炮师的天下，柔道一点也攻击不到对方；贴身，那就是柔道掌控局面，枪炮师无法摆脱的话，成不了什么威胁。

胜负，就在这样的距离拉锯中以优劣差距极大的形势决出，最终的结果肯定会悬殊，这是由这两个职业的特点所决定的。

最终的结果，也确实符合这一逻辑。

轮回还有两位选手，这差距，能不能追回？

现场观众望向轮回的选手席，等候着轮回第四位出战选手上场。

杜明！轮回安排的第四位出场选手是这位，而另一顶尖高手孙翔却被安排在第五顺位。这一安排看上去有些保守，在周泽楷首发出战的情况下，在大家眼中单挑能力第二强悍的孙翔没有摆在第三、第四顺位，而是落到了最后。这用意早在出场名单公布出来时大家就已经议论纷纷。

可在眼前，轮回暂时落后，在需要两人面对对手两个半人的情况下，杜明先上、孙翔压阵的安排，看起来却显得更为坚固。

保守，却也象征着稳妥。

杜明从选手席上起身，和队友打着招呼，眼神却不由自主地向着兴欣的选手席那边瞟了过去。但是他瞟来瞟去瞟了好几眼，唐柔却一直昂着头十分专注地看着电子大屏幕上对刚才结束的比赛的回顾。

"看什么啊看,有人理你吗？"轮回这边有人察觉了杜明瞟来瞟去的目光,

说道。

"难道是在躲着我？"杜明好像自言自语一样。

"逗比啊你！快上场！"一堆人纷纷无法忍受了。

杜明抬头，看了看电子大屏幕上双方的擂台赛出场名单。想在场上遇到唐柔的话，自己得打到最后才行啊！那意味着不仅要击败目前角色生命还有59%的苏沐橙，还得击败接下来的方锐……

要加油！杜明暗暗捏了捏拳头，毅然朝着场上走去。

"这就是你一再推荐让他打四号位的用意吗？"江波涛看着杜明这一系列的举动，偏头向一旁的牧师选手方明华说道。

"要相信爱的力量！"方明华一脸过来人的表情，他是联盟中少有的已婚者，总觉得自己在这方面特别有发言权。毕竟这圈中的选手普遍都还很年轻，又大多习惯扑在电脑上，有女朋友的都没有几个。

"至少……不失稳妥。"江波涛显然也不是因为这种听起来就儿戏的理由才认同这样的安排，主要还是因为孙翔在第五人压阵确实也是一种出于稳妥的选择，所以最终轮回决定一起见证一下"爱的力量"。

"兴欣擂台赛的安排几乎都是唐柔在第五人压阵。把杜明放在第四人，直接碰唐柔，他会竭尽所能击败唐柔，让对方注意到他非凡的能力。没碰唐柔，他也会竭尽所能地杀向这个目标。"方明华再次阐述他相信这一安排的原理。

"高明。"江波涛点头说。

其他人都无语，大概只有他们的副队长才能不动声色地连这都接得下去吧！大家纷纷觉得正上场的杜明十分悲壮，他到底是为什么而战呢？

杜明上场，进入比赛席，新一局对决开始载入角色。

杜明在轮回战队也算得上主力，虽然人气远比不了周泽楷等人，不过轮回战队近些年投入一年比一年大，各大角色的加强都很显著，就连他的剑客吴霜钩月如今也称得上银装素裹。手中银武，光剑冰碴，名字听着挺不上档次，但经过连番强化，目前也被一些做搜集的玩家整理为《荣耀》十大名剑之一，可见不凡。

深呼吸！杜明让自己的心绪平静。此时可不能过多地想着还没上场的唐柔，自己想在场上和她一决胜负，非得连闯两关不可。眼下，集中精力，先解决掉苏沐橙。

比赛开始！杜明态度坚决，吴霜钩月启动极快，直切中路。

苏沐橙这边，沐雨橙风也未迂回，同样走中路。只不过她知道中路正中一根上下贯穿的钟乳石正好会阻挡正对的视角，所以一开始沐雨橙风的方位就略偏，以便不被正中的钟乳石阻碍视角。

前进！双方角色的距离不断拉近。

就在各自行进一半时，杜明的吴霜钩月突然变向，横向一偏。他并没有如大家所以为的那样坚决到底，中路直走了一半后，他突然开始迂回。他迂回的幅度并不大，但是，苏沐橙这边让沐雨橙风略偏移后的视角，却无法发现吴霜钩月的移动。

对这幅图中钟乳石的利用，轮回的每位选手显然都炉火纯青。杜明的吴霜钩月最终的移动，与其说是迂回，倒不如说也像苏沐橙一样，让角色略偏移了一下正对的方向。只是他这一偏，却充分利用起钟乳石的分布，很显然，这是轮回研究出来的有套路的中路切进，却又能隐藏身形的做法。

沐雨橙风临近地图正中，停步。

对手没有在视角内出现，那意味着对方未走中路，或者隐蔽了身形……

虽然不知杜明的这一手法，但是几场战斗下来，轮回对这幅图中钟乳石的利用方式，像苏沐橙这样有经验的选手却已大致看出些端倪了。

不再向前，苏沐橙让沐雨橙风放出了"电子眼"。而后沐雨橙风开始继续前进，却和视角内所见的任何一个钟乳石都保持着适当的距离。沐雨橙风脚步很轻，比赛里一下子没有了任何声音，像一出哑剧。

观众从上帝视角看着双方的角色在逐步接近，但是苏沐橙让沐雨橙风和任何钟乳石保持距离的谨慎，却让杜明没有什么可乘之机。

剑客，攻击距离不像柔道那样需要零距离，但总归远不到哪去，这场对决，事实上和上一场在逻辑上也有几分相似之处。

接下来会怎样？所有人屏息凝视。

探身！忽然，吴霜钩月的身形从钟乳石后探出。

轰！炮火立即轰至，吴霜钩月这一下也真是不巧，赶上了沐雨橙风炮口正对，苏沐橙顺手就是攻击操作，分毫没有耽搁。

炮弹最终命中了钟乳石的边缘，而不是直朝吴霜钩月轰去，苏沐橙似是算准了这一击杜明想让吴霜钩月缩回身还是来得及的，所以做的直接就是溅射钟乳石后的面攻击，同时沐雨橙风拉出更多的射击角度。

哪想这一炮过去，吴霜钩月非但没有缩回身，反倒身形彻底探出。

炮弹轰碎，冲击力卷过，但吴霜钩月竟然完全不受影响。

怎么？苏沐橙微一怔，那吴霜钩月突然冲出，在他之后，那钟乳石后，一个、两个、三个、四个、五个，接连又有五个吴霜钩月冲出。

"剑影步"，杜明原来使用了这技能。第一个被炮轰毫无反应的，无疑是一道剑影。

"剑影步"做出的剑影和忍者的影分身不同，它们是真正的残影，所以不会受到伤害，只要技能未被中断，就可以一直存在。而想中断技能，无疑需要对真身做出攻击。此番杜明的"剑影步"操作弄出了六个身影，这不是他的极限，却是他可以最完美驾驭的程度。除了一开始那个被沐雨橙风用攻击验证过的已被排除，余下五个里，哪个是真身？苏沐橙也没有办法用观察去分辨出来。

那么，就只能用攻击去试探了。

"格林机枪"，沐雨橙风端起机枪飞快横扫，子弹向着那五个未被识别的吴霜钩月分别飞去。但是，五个吴霜钩月也没站在原地当活靶子，在杜明的操作下，竟然各找方向躲闪隐蔽。瞬间，观众们都察觉到了，杜明最终选择藏身的钟乳石，并不是他一路隐蔽走位下来的终点那么简单，此时施展"剑影步"后剑影一分散，这周围的钟乳石分布是那么契合，五个剑影，躲避"格林机枪"横移时，竟然极其快速地、直接地找了离各自最近的钟乳石隐蔽。

这实在不像是临场发挥，更像是长久练习后的手法。杜明，显然对这幅图也有着独到的驾驭，就是配合地形来施展他的"剑影步"。

苏沐橙意识到不妙，剑影如此分散后，她根本不知道接下来对方会是怎样的攻击节奏，而到底哪一端攻来的剑影才真具备威胁。此间这种地形，真是给了对方施展这种手法最好的地形条件。

先离开这边。苏沐橙立即就要沐雨橙风退离，但杜明的剑影通过分散隐蔽打乱了苏沐橙的攻势后，根本未作停歇，此时从各自的方向再度探身冲出。

哪个是真？别说是苏沐橙，拥有上帝视角的场下观众也无法分辨，真正的威胁，会是哪一个？五道身影，五柄利剑，闪着寒光直逼沐雨橙风。苏沐橙发现她没有安全的退路，在对方训练有素的周密手法下，这个"剑影步"的分散，再合击，将她的退路堵得很死。

要么立即识别出真身，要么赌运气，随便选一个冲上，看是真是假。

乍一看，这样做成功的概率真的不低。真身只有一个，其他都是假的剑影，而剑影是毫无威胁的，所以应该有很高的概率撞到剑影脱身。

但事实上，作为职业的剑客选手，"剑影步"的操作者不会眼睁睁地看着对方这样蛮横地冲上。根据对手的举动，他们会调整"剑影步"的状态。你冲向的剑影，或许会有所回避，但你不要以为这就一定是假的；而十分坚决、很有杀气地向你杀来的剑影，也不一定就是真的。

富有经验的剑客选手，会这样虚虚实实地控制好"剑影步"的节奏。这并不是一道计算概率的简单算术，而是对心理和勇气的考验。

会冲哪一个呢？杜明死死盯着沐雨橙风，他相信苏沐橙终归还是会选一个冲去，但是无论选择哪一个，杜明都有办法让沐雨橙风最后遭受真身的攻击。他有这个自信，五个剑影的布局合击，他不知练习过多少次。看似随意，但事实上任意两个剑影之间的距离，都是他不断研究最终才确定下来的最佳距离，而后又经过无数次练习，让自己可以在顷刻间就布下这样的阵势。

来吧！选一个吧！结束这一局。

杜明心中在期待着，终于，沐雨橙风动了，但是，好像不是朝着任何一个剑影冲去，她只是向着五个剑影合击的正中更深地踏入了一步。

这是想怎样？杜明一愣神，沐雨橙风已经举起了手臂，手炮吞日炮口指天，似在发出什么信号。

"卫星射线"，杜明当然一眼就看出了这大招，但是此时就这样攻击，难道苏沐橙已经判断出了哪个是真身？

不可能啊！杜明控制五个剑影施展这攻势，甚至有过他自己后来看录像时，因为不记得当时的选择，而根本无法从画面中确定哪个是真身的事情。这攻势的驾驭，杜明真的已经达到完美无瑕的地步。

她绝不可能看出，大概是虚张声势，诱我露出破绽！杜明如此断定，"剑影步"的操作没有丝毫紊乱，冲上，越来越近。轰，"卫星射线"落下，竟是将沐雨橙风自己沐浴在了当中，而后分转出的小射线，向着周围一圈扫去。

既然没办法引你露出破绽，那干脆就五个一起打！

六道小型射线瞬间扩散，旋转，五个剑影已冲得太近，有两个立即被小射线扫中，无动于衷的姿态立即暴露这两个都是剑影。

还有三个！苏沐橙正要进一步观察，剑光，却已到她面前。在一道大射线、六道小射线光亮的映照下，光剑冰碃那一缕幽蓝的剑光依旧醒目。

"流星式"，剑光好似流星划过，从两道小射线的夹缝中，直入大射线，

带出一抹鲜血。跟着，"回风式"！飘出的鲜血立即朝着剑尖回挑的方向飞来，沐雨橙风的身形跟着不由自主地被吸附出来。

"冲撞刺击"，两个75级剑客大招之后，最终跟的却是狂剑士的一个低阶小招，但是这一招，才是解开此时局面枷锁的真正钥匙。

光剑冰碴，抵在沐雨橙风的小腹之间。剑客的"冲撞刺击"没有狂剑士那样强悍的冲击力，却也足够抵着对手冲出。吴霜钩月就这样将沐雨橙风从卫星射线的扫荡区域中带离，从那些大小射线的夹缝中安然钻出。

现场掌声如雷！

杜明的表现真的是太出色了。枪炮师大招"卫星射线"下的扫荡区域，竟然对他形同虚设，如此精准的走位、精准的攻击，只是掌声都显得有些不够。

"看，这就是爱的力量！"方明华一拍大腿，为杜明叫好。

其他轮回选手也纷纷点头鼓掌，是不是爱的力量就不讨论了，但杜明这一段打得确实漂亮，绝对超水平发挥，绝对是可以惊呆妹子的炫技。一想到这里，轮回选手中竟然有好几人不由得目光转向兴欣选手席，瞟向唐柔，就见唐柔很认真地看着比赛，对于这一幕，脸上明显露出担忧的神色，好像没有一点被杜明的超水平发挥陶醉的模样。

还不够啊，再给点力啊，杜明！队友们纷纷为杜明打气。

杜明确实在继续给力地发挥，但是此时的他心里可没有想到这么多。击倒对手，这是目前他眼前的一切，是他集中精神要去解决的问题。唐柔？或许真是他的动力之一，但是至少此时此刻，并不会出现在他的思想之中。

他的思考中只有一件事：打倒对手。剑光闪动，用"冲撞刺击"将对手从"卫星射线"的扫荡中带出，自然也算完成了贴身，接下来吴霜钩月立即施展着连续剑技，用飞舞的血花谱写出一首鲜艳的赞歌。

漂亮！现场再起掌声。

将沐雨橙风从"卫星射线"里带出打得漂亮，接下来的攻击输出也打得漂亮。苏沐橙没打算让沐雨橙风当木桩，她一直在寻找脱身的机会，但是交织成错的剑光却死缠着她，她偶有机会抢得近距离的攻击，也没能制造出实质性的机会。她始终没有放弃，但是直至沐雨橙风倒下，机会也没能光临。

一波打死！虽然沐雨橙风生命只是59%，但是能在一次近身中就将她一波打死，杜明的发挥真的相当出色。而他的吴霜钩月在此过程中只被苏沐橙抢出的近身炮轰炸掉了12%的生命。59%的生命差距，被杜明一下拉近了

47%。双方生命之差，只剩 12%。

杜明没有得意这一点，在沐雨橙风被击杀的那一瞬，他立即将这个对手从脑中挥去了。下一个！杜明已经在想下一个。只是想到这时，他会抽出一点点空隙，让自己意识到：击杀掉下一个，就可以在场上和唐柔碰面了，而此时他要面对的下一个——方锐，海无量。

"对手状态很好，要当心。"叶修对准备出场的方锐说道。

"比我的状态还好吗？"方锐作不屑状。

"呵呵。"叶修说。

"呵呵是什么意思？"方锐从叶修的笑容中也感觉到了不屑。

"你可是我们这里年薪最高的大大啊，拜托了。"叶修说。

"呸！"方锐表示不吃叶修这套，转身就朝场上走去。但是他的心里可一点不像他表现的举动这样满不在乎。叶修说得并没有错，自己是兴欣薪酬最高的选手，而且远比其他人高，可是季后赛战到现在，自己在比赛里做出过什么吗？

自己当然也发挥过一点作用，但是一点作用哪里配得上最高的薪酬？

最高薪酬一般都是每支队伍的核心，方锐知道自己对于兴欣来说并不是，可是即便如此，也总该在比赛中有一些决定胜负的表现，那才符合这最高薪酬的价值。

但是结果呢？自己在季后赛里只是发挥了一点作用。《荣耀》职业圈中称得上爷爷级的魏琛都比他有过更抢眼的时刻，还是在校大学生、常规赛都没打过多少的罗辑，都在比赛中有过决定胜负的表现。

而自己呢？比不上叶修，那还说得过去，可就是这些老的小的，也比不过，自己到底是怎么回事？

方锐在自问，尤其在和霸图的决胜局中，几乎像路过打酱油一般的表现，让他愈发不甘。他迫切希望自己有所表现，可是在和轮回的首回合比赛中，擂台赛，他第三顺位出战，最终败给轮回这边同是第三顺位出战的孙翔；团队赛，他继续路人级的表现，全场毫无让人印象深刻的出彩镜头，最后成为兴欣阵中第二位被击杀出局的角色。

自己到底是在干什么？连番这样的表现，在季后赛这样的重要时刻，扪心自问，方锐觉得自己都应该失去位置，但是兴欣还是一如既往地派他上阵。这份信赖，让他的心情更加沉重。

必须有所改变，自己应该做些什么。方锐暗下着决心，正和输掉下场来的苏沐橙相遇。

"当心些，对手状态很好。"苏沐橙对他说道。

"你们两个串通好了吗？"方锐叫道。

"什么？"苏沐橙微微怔了怔，很快意识到是场下有人已经和方锐说过类似的话了，而那个人是谁，她当然也已经猜出。

"那还用串通吗？"苏沐橙笑道。

方锐无语。是啊，自己的状态如此不好，自己都能清晰地感受到，叶修、苏沐橙他们这些人会看不出吗？两人所说的差不多的话，是提醒，同时也是担忧，看到方锐的状况，两人同步产生着这样的情绪。

"放轻松。"方锐忽然对苏沐橙笑道，"我方锐也不是浪得虚名的呀！"

"呵呵。"苏沐橙笑。

"呵呵什么啊呵呵呵，你已经和他越来越像了，你知道吗？"方锐叫道。

"加油吧，祝你好运。"苏沐橙根本不和方锐争辩，只是送上祝福。

"帮我凉杯开水，我一会儿赢了下来要喝。"方锐挥了挥手臂，转身，继续朝赛台上走去。

方锐进入比赛席，深呼吸，刷账号卡，角色载入。

擂台赛第七场，兴欣第四顺位的方锐，对上了轮回第四顺位的杜明。

"不要挡我的路！"比赛刚一开始，方锐立即在频道里气势磅礴地喊道。

"是你不要挡我的路！"杜明不甘示弱地回道，吴霜钩月果断冲出。

"来吧！"方锐叫道，海无量随便走了两圈，就近找了根钟乳石，蹲下了。

全场哗然。真不愧是方锐啊，能在如此众目睽睽之下嘴上大气、行动猥琐，这就不是一般人可以做到的。

杜明的吴霜钩月直冲，这一次没像上一局那样利用钟乳石隐藏行动，很直接地冲到了地图正中。而方锐的海无量呢，蹲在钟乳石下，一副百无聊赖的模样，只是时不时地在频道里刷一句：

"来了没有？"

"怎么这么慢？"

多么热血激昂的比赛，碰上方锐这样疲赖的模样就得像霜打了的茄子一样蔫巴了。现场的轮回粉丝就觉得这场好像加油都有些鼓不起劲。职业比赛的紧张气氛，全被方锐破坏了，感觉就是网游里看一场竞技场的 PK 也没有这样不着四六的。

"我到了，你来了吗？"杜明直至吴霜钩月到了地图正中，才在频道里回复了一下。看来他还是相当清楚方锐的脾性的，口气和行动中，对于方锐的海无量能到并没有抱以期待，吴霜钩月在地图中心随便转了圈后，就继续向着兴欣角色刷新的这个方向来了。

"我走不动了，在刷新点等你呢！"方锐信口回复。

"你最好别再动了，让我们快点结束。"杜明说道，吴霜钩月继续前进。不过这一次，他没有再让吴霜钩月直冲，而是像之前打苏沐橙那样，选择利用钟乳石过渡隐蔽身形。

"你这么赶时间，为什么不 GG 呢？"方锐说道。

现场再次哗然。这人胡说八道真是够了，比赛里能不能严肃点、正经点？很多观众非常不喜欢方锐这种不正经的比赛态度，轮回现场首次响起大规模的嘘声，全是献给方锐的。

方锐却毫不自觉，继续在频道里胡说八道。杜明的吴霜钩月，却已经离他越来越近，越来越近。可是因为方锐自始至终根本就没采取过任何行动，杜明一点判断的思路都没有，眼前这些钟乳石，海无量藏在哪一根后边呢？

杜明没有贸然出手，比较对地图的利用，身为主场选手只会更拿手。吴霜钩月悄然向着这边的一根钟乳石走去，他没有否决海无量正巧藏在这根钟乳石后边的可能性，以抢攻的状态，一跃杀出。

没有人。光剑冰碴刺了个空，杜明没有太大意，走到这根钟乳石下，吴霜钩月突然跳起。一跳，两跳，三跳，四跳，四个起落，吴霜钩月最终居然跳到了这根钟乳石的顶端。

可是这根钟乳石并没有一览众山小的高度，看不见的位置还是看不见。但是杜明也压根没让到顶的吴霜钩月怎么转视角，而只是看准了眼前较近的另一根钟乳石。跳起！吴霜钩月飞身向那钟乳石上落去。

王者之争

12
CHAPTER
不该在我面前玩猥琐

这个距离！

看到这一跳的观众心里跟着都是一跳。石钟林洞里的钟乳石分布并不密集，绝大多数钟乳石之间的距离都不是一次普通跳跃就可以越过的。杜明所选的这两根距离较近，但看起来还是很悬乎，这一跳，够吗？

吴霜钩月落下，看身体似乎和那钟乳石真的还差着一步的距离，现场已有轮回粉发出惊呼，就见吴霜钩月凌空跨出一步，一脚正踏在那钟乳石上，略一发力，立即将整个身体引了过去，稳稳地站住了。

掌声！虽然只是极其普通的一次跳跃，但最后这一步真有死里逃生的感觉，让现场观众情不自禁地鼓起掌来。

新的位置，新的视角，杜明飞快环视了一圈，没有发现海无量的身影。观众则趁他这一环视，留意到这根钟乳石附近，除了原路退回，好像真的再没有距离合适可跳跃的钟乳石了。吴霜钩月可以凌空跨出一步，总不能跨出两步吧？

普通玩家都在这一瞬间看清楚了，实在是因为这一次的距离远得有些明显，但是杜明却好像没发觉似的，吴霜钩月一转，冲着前方一根明显远得不可能跳到的钟乳石跃了过去。

这一次观众可就不只是心跳，而是惊呼了，这一跳明显不足以跳到对面的钟乳石上，可要说是向下跳，这视角摆得就一点也不对了，吴霜钩月的视角，被杜明十分端正地对准着对面的钟乳石，表现着他的决心……

但游戏里，跳跃能力那是数据，不是靠操作者的决心和爆发就可以改变的啊！结果这时，就见跳起的吴霜钩月，视角是对着对面的钟乳石没错，但他跳起的方向，似乎并不是这么端正。

　　这是……观众们拥有上帝视角，立即明白杜明想做什么了。在吴霜钩月跳出的方向上，有一根从洞顶悬下的钟乳石，他是要在这根钟乳石上借力，形成二段连跳，如此一来这原本遥不可及的距离，顿时变得不那么远了。

　　正如大家所想，吴霜钩月这一跳确实是先朝着这从洞顶倒悬下来的钟乳石去的，半空中折身一踩，二次借力，这下跳跃的方向和视角完全一致，轻轻松松，吴霜钩月又落到一根新的钟乳石上。

　　意识到这种跳法后，观众马上开始留意起洞顶倒悬的这些钟乳石，而后发现可以如此利用的地方真是不少。这种跳法，对于普通玩家来说可能成功率是需要斟酌的，但对于职业选手来说，这种基本功的环节要是也发生失误，那就有些说不过去了。

　　又一次取得新视角，杜明再次居高临下地环视，还是没有发现，但是观众们却知，他这样找，或许就在下一次，就可以找到方锐的海无量了，运气好的话，选中海无量躲藏的那根钟乳石，可就直接跳到海无量头顶上方了，那偷袭，真是特别让人期待，尤其可以偷袭到的还是猥琐流的宗师级人物。

　　视角转动着，杜明在选位，所有支持轮回的玩家心中充满期待，而支持兴欣的玩家这时也有点介意方锐一直的不作为，一直就缩在那个地方，这样就能赢得比赛吗？

　　转动的视角停了，杜明选好了下一根落脚的钟乳石，现场立即响起激动的掌声。杜明今天不止状态出色，连运气也好得出奇，这根钟乳石附近，有四根钟乳石都可使用借力二段跳的方式跳到，但是最终他所选中的，正巧就是海无量躲避的那一根，这不是运气是什么？

　　跳起！吴霜钩月又一次飞向半空，再次向洞顶倒悬的钟乳石借力，整个过程一点声音都没有，最后轻飘飘地落到目的地，这时，他已经看到钟乳石下蹲着的海无量。

　　好像生怕会惊动方锐似的，现场忽然变得安静起来。轮回粉丝好像都已经将自己代入杜明的处境，小心、小心，再小心，准备发动攻击。

　　来了！吴霜钩月自钟乳石上一步踏出，踩空，骤然落下。剑已刺出，在急速的下坠中留下一线淡蓝的剑光。

　　钟乳石下的海无量呢？人们的视线迅速切转着。

　　海无量动了，就在吴霜钩月踏出那一步，无可挽回地落下时，方锐的海无量突然有了行动，起身，一步迈开，不紧不慢，却躲开了吴霜钩月这一剑落下的攻击。甚至在此时，方锐才缓缓抬起了海无量的视角，让那一线剑光出现在他的眼前。

杜明吃惊。他自认没有发出任何声响，也没有看到海无量的视角扬起，方锐怎么就能这么精准地掌握到他的进攻？

此时，直接落下的攻击已经不成，一步迈开的海无量，反倒能趁吴霜钩月落地的瞬间发动攻击。气功师这职业本就以中距离控制念气攻击为主，贴身有一定的战斗能力，但并不如同系其他三个职业那么强力。此时拉开距离，可以毫无压力地对吴霜钩月施展攻击，而正在半空的吴霜钩月又哪里能做出什么躲避？海无量已经开始掌心聚气，酝酿攻势了。

不能等落地再做反应了！虽然杜明心里无比想知道方锐是怎么察觉自己的动作的，但眼下不是思考这个的时候。偷袭不成，眼看自己就要落入对方的攻势之下了，得快点做些什么才是。

可做的选择真的不多，杜明此时能做的，只是尽量生出一些变化来，最好还能不让对方察觉。于是，吴霜钩月在空中轻轻地拧身翻转着，动作幅度极小，尽可能地显得自然，同时，又需要在落地之前完成。

杜明是想再踩这钟乳石借力，二段跳跃直接发起攻击。哪想吴霜钩月的身子才微有动作，方锐的海无量已经双掌推出——"念龙波"！

念气中卷带着杀气，这一技能是可以在出手后继续控制的。杜明当下再顾不得什么变化自然了，吴霜钩月半空中慌忙身子一挺，蹬在钟乳石上，跃出！剑在手，视角紧锁海无量，但是杜明发现，自己根本没有办法在这一跃之间展开攻击，可作攻击的出手方位，全被这一记"念龙波"封堵了。

自己的行动全在对方的意料之内，这记"念龙波"还能躲过吗？

此时的吴霜钩月再无借力的地方，想再在空中闪避，只能依靠技能。视角转过，就见"念龙波"已经转头再向吴霜钩月轰来，杜明不敢怠慢，连忙操作。

"银光落刃"，剑光一泻，吴霜钩月的身形直向下坠，"念龙波"的速度，显然有些跟不上"银光落刃"的下坠。

但是，海无量却可以……趁着杜明留意"念龙波"时，方锐的海无量已经抢步上前。"念龙波"，此时他已经放弃了对这技能的控制，海无量的掌心重新聚起一团念气，根本不等吴霜钩月的"银光落刃"落地，飞身半空就向着吴霜钩月轰了去。杜明终于没办法再作什么应对了。

"闪光百裂"，海无量一掌直接拍在吴霜钩月身上，"银光落刃"的攻击瞬间被打断，念气疯狂地绽放着，吴霜钩月顿时被轰飞，倒飞的过程中，竟然再次失去控制，被之前操作自然攻击的"念龙波"轰中！

方锐竟凭着先后使用的两个技能，完成了一场前后夹击的好戏。

"闪光百裂"的伤害不容小视，"念龙波"攻击效果则更为烦人，轰中的目标，会被降低攻击速度和攻击力。

吴霜钩月倒飞，从哪来，回哪去，就朝着那钟乳石撞去。海无量没有疾步追赶，只是拉开了架势，再次凝聚着念气。

是什么？

"轰天炮"，海无量双掌推出，有形有质的念气凝聚着，直接将半空中的吴霜钩月兜住。既要顾前又要顾后的杜明这下什么也顾不上了，"轰天炮"又给了吴霜钩月一个加速度，使他直接撞到钟乳石上。

这一下的冲击力相当大，撞得钟乳石上都有沙尘唰唰地往下落。

杜明一愣，意识到方锐是怎么察觉到他在头顶的了。原来他看似无声跳跃，还是会产生些许影响的。看似坚硬的钟乳石，在他这样的跳跃踩踏下，会被传来的震动震落沙尘，而这微小的场景变化，竟然让方锐察觉到了。

这家伙，根本就不像人们所看到的那样百无聊赖，他明明也是非常集中精神地在比赛，否则哪会连这样细小的变化都发觉了？自己一个跳跃落下，制造的震动可远不如此时被念气轰杀撞上。跳跃落下的沙尘肯定很少，但是就这，却还是被方锐留意到了。

"你最大的错误，就是不该在我面前玩猥琐。"频道里跳出方锐的消息，言辞真的特别霸气，只是一咀嚼这话里的意思，顿时觉得气势全没了。这话，不就是说比猥琐，我比你更猥琐吗？

猥琐这东西，可从来没有人会觉得是有气势的一种风格，方锐却能说得他好像很有气势似的。方锐……确实非常猥琐！

"确实，论猥琐，我当然比不上你。"谁也没想到，杜明居然还在频道里回应了一下方锐，而且回得飞快，那模样看起来真是很急切地想要承认这一点，并为此感到高兴。

"我靠！就算是比猥琐也不能输啊！"轮回选手席上吕泊远跳了起来，他刚刚比较郁闷地败下阵，正处于对失利特别痛恨的时候，此时看到杜明居然这么坦然地承认比不上对手，完全看不下去了。至于论猥琐什么，那在他眼中根本不是什么关键。

"咳……这个……"方明华咳嗽了一下。

"以唐柔的风格来看，她应该是非常不欣赏猥琐流的。"江波涛说。

"方锐这垃圾话正中他下怀啊！"方明华说。

"所以他非常迅速地撇清了这一点。"江波涛说。

"只是注意这些，比赛怎么办？"吕泊远看起来对于把个人情感牵扯到比赛里十分不满，尤其现在可是总决赛，多关键。

"别担心。"江波涛拍了拍吕泊远，"他的注意力非常集中，即使会想到唐柔，最后贯注在他脑海中的也只是'尽全力打好比赛'这件事，相信他吧！"

吕泊远还想说点什么，但看到场上此时的变化，到底还是忍住了。

杜明飞快接了方锐那句垃圾话后，立即开始了反击，毫不猥琐，堂堂正正，正对着海无量，"迎风一刀斩"！

剑光撒出，此时吴霜钩月刚被海无量的念气轰击撞墙，身形犹在颤动。这种情况下的晃动幅度小，但频率快，在未稳住身形之前做出的攻击很难精准。但是杜明在这种状态下抢出了一击，"迎风一刀斩"的剑光直接迎着海无量再次轰来的念气斩去。

剑客是物理攻击，气功师的念气属法系攻击，物理碰法系，判定的计算就复杂多了。海无量此时轰出的是一记"气贯长虹"，气功师的觉醒技能，威力自不必说。而"迎风一刀斩"在剑客的技能中也是判定非常强力的一招。结果两个技能相撞，却各不干扰，剑光似乎落向了海无量，而"气贯长虹"的念气也继续轰向吴霜钩月。

中！吴霜钩月再次被轰中，角色撞钟乳石后的滑落，方锐也已经考虑进去，这一击轰得准确至极。

但是方锐没有想到杜明竟然在这种情况下居然也抢出了一击，而且还是"迎风一刀斩"，还能劈得如此精准，只是，稍稍有一点慢。

因为吴霜钩月刚刚被"念龙波"轰到过，被这技能命中的目标会被降低攻速和攻击力，受这影响，这记"迎风一刀斩"虽然操作得非常漂亮，但是威力未达巅峰，它不够快！

可即便如此，海无量想躲过却也很难。杜明这一击操作得确实太漂亮，角色掌握得太好，不是移动一两步就能闪过的，不能闪，那就是只能挡！

来招稍慢的速度让方锐能够及时完成操作，海无量双掌身前一推，念气聚起，飞快扩开，却是一面"气波盾"。

啪！"气波盾"并非实质，但是"迎风一刀斩"这剑光落下后，赫然也发出如此一声。那念气凝聚而成的"气波盾"，像有了形质一样，以肉眼可见的形态碎裂开了。

挡下了，方锐心头也是一阵发虚。"念龙波"降低了对手攻速，所以自己来得及施展一个"气波盾"；"念龙波"降低了对手攻击力，所以这面"气波盾"刚刚好抵消了这记"迎风一刀斩"的威力。这两点无论缺了哪一点，这记"迎风一刀斩"都会让海无量大大吃亏。

而眼下，虽然海无量没有吃亏，但是因为要应对这一击，却让自己攻势没能完全衔接上。被"气贯长虹"轰击落地的吴霜钩月，直接"三段斩"出手，立即向海无量身边抢来。

气功师有近战能力，但终究不是特别擅长肉搏，面对剑客这种贴身战的强悍职业，任何一个气功师大概都会尽可能避免近身战。

但是方锐，这个看起来应该比任何一位气功师选手都会回避这种吃亏近战的猥琐气功师，此时却做出了出人意料的举动。

"螺旋念气杀"，海无量没退，反倒是一记"螺旋念气杀"轰击出手。

旋转的念气瞬间覆盖海无量身前好大一片面积，杜明没有强冲，"三段斩"正好使到第三段，轻巧的一个折身，剑光带着吴霜钩月从"螺旋念气杀"的笼罩区域前滑过，没作停歇，反手一剑掠出，正是剑客75级大招，号称剑客攻速最快的"流星式"。

但是这一次，"流星式"还没划过，就已经失去了光彩，吴霜钩月出剑的右手手腕，赫然被海无量的左手抓住。

"空手入白刃"，非气功师技能，这是今天方锐所选的武器打制技能。

这个每场比赛都有可能变动的技能，每位选手都会充分利用起来。因为它不仅仅是多了一种选择，它还是一种未知。善加利用这一点，每场比赛的第一次使用都会特别闪光。叶修的散人君莫笑利用千机伞的特点，算是将这一点发挥到了极限，每场比赛他能有12次这样的第一次……

其他职业没有，大家都只有一次，而且因为技能选择的空间没有散人那么大，有时候还会被对手猜中。不过就在今天，苏沐橙所选的"电子眼"，还有轮回吕泊远选择的"捉云手"确实都在第一次使用时给对手制造了相当大的麻烦。苏沐橙利用"电子眼"将江波涛毫不费力地击败，吕泊远利用"捉云手"，成功地完成了对沐雨橙风的贴身，率先制造出大威胁，可惜没能凭

此奠定胜局。

而此时，方锐所选的"空手入白刃"，也闪耀出了这样的光芒。方锐料到了杜明可以轻易闪过这"螺旋念气杀"发动抢攻，早有预谋发动起来的"空手入白刃"，即使是"流星式"这剑客第一快招，最终也被海无量准确拿住。

挡拆技，一挡再一拆，无论多么低阶，这基本构架总在。挡下这剑的海无量，跟着另一手轰中了吴霜钩月的腹部。

这一招用得刚猛一点，这一拆可以将对方角色直接弹开，但是海无量的这一拳却是如此温柔，被命中后吴霜钩月甚至连身子都没怎么晃动，但是杜明的神色却已变。方锐，放弃了这一拆的爆发力，最大限度地抑制住了这一拆可能制造出的攻击效果，而后，发动起了他气功师的本职技能。

杜明已经完全没有办法闪避。因为那一拆的攻击，海无量的右手已经戳在了他的腹部，而气功师的攻击和其他职业不同的是，他不需要做出挥臂转腕一类的肢体动作来发力，他制造伤害靠的是念气，在他体内筋脉行走的念气。此时手已击中吴霜钩月，就根本不用收拳再发，海无量身内运转的念气顷刻间便已走到手上，远比杜明操作吴霜钩月可作的任何肢体动作都要快！

念气发动，"截脉·破智"，降低对手智力属性，顺势破坏的自然就是对手的法术攻击力和防御力。气功师正是法系伤害，此时这一击，目的自然是为了让剑客本就不突出的法系防御能力更下一层楼。

"截脉"之后，海无量的攻势这才真正展开，从轻快的"推云掌"起手，接"螺旋气冲"，一路下去，一套极其标准、毫无任何猥琐色彩的气功师连击，自方锐的手中施展出来，直至最后，收尾大招"气功爆破"！

毫不让人意外的攻击衔接，此时施展这75级大招自然再完美不过。方锐没有表现什么新意，踏踏实实地用"气功爆破"将强劲的念气悉数灌入吴霜钩月体内。吴霜钩月身上所披轻甲的一些细小部件在念气的催发下竟跳动起来，身体倒飞出去，一口鲜血已从吴霜钩月口中狂喷而出。

"承认吧，你比不上我的可不只是猥琐！"方锐毫不谦虚地在频道里嘲讽着。他的攻击十分高效，迄今为止除了那记放空的"螺旋念气杀"，其他攻击全部十分彻底地命中了吴霜钩月，前后也不过一两个来回，此时吴霜钩月的生命已经被刷掉了54%，只剩34%。

而海无量呢？方锐的海无量竟然完全没有损血，此时还保持着生命100%的完美状态。

全场鸦雀无声。那个开场毫无作为，只是蹲在钟乳石下没脸没皮的家伙，最终竟然以这样强势的姿态压制住了杜明？杜明在和苏沐橙的比赛中已经表现出超凡的状态，不……即使是这场比赛，那记"迎风一刀斩"的施展也可以看出他的状态依旧出色，但即便如此，他还是被方锐压制得如此彻底。

被"气功爆破"轰飞的吴霜钩月从地上爬起，嘴角犹挂着念气造成的内伤血迹，却立即开始了反击。

太急躁了吧？失去冷静了吗？

杜明如此迫不及待，让人们下意识地生出这样的念头，但是刚刚嘲讽完杜明的方锐却是神色一凛。只有他最清楚，杜明此时立即果断发起的反击，对他来说有怎样的威胁。

这小子！状态真的很不错。方锐不得不承认这一点。

连续的技能爆发，让海无量的技能消耗也挺快。场上博弈，技能的运转消耗是双方都要注意的问题。注意自己，不给对手留下空当；注意对手，看对手是不是出现什么破绽。

方锐没有打得忘乎所以出现太大的漏洞，但终归用出去很多技能。在这种情况下他的选择有限，应对有限，杜明早一点发起反击，所能制造的威胁就能大一分。方锐清晰地感受到了威胁。如此快的反击，绝不是冲动，而是冷静思考下的举动，是极具针对性的准确应对，威胁已经不能更大。

杜明的状态真的很好。

于是刚刚堂堂正正打了一套气功师连击的海无量，一秒钟化身猥琐，满地打滚，各种流窜，躲避着杜明这一波反击。

"杜明的状态真的非常好。"场下观看比赛的叶修，再一次提及这一点，和其他人说着。

"但小伙子就是太耿直。"叶修感慨。

"嗯？"陈果不懂了。

"缺少点变化和技巧。"叶修说。

"你所说的技巧是……猥琐？"陈果问。

"可以这么说吧！"叶修仔细地想了想，点头了。

杜明知道这时候抢攻的重要性，果断地做出了反击，虽然威胁很大，却也被方锐瞬间看穿了节奏。如果这中间能穿插一点节奏的变化，肯定可以让方锐更加难受。猥琐流，正是非常讲究节奏掌控的打法，身为猥琐流大师的方锐当然是此道高手。杜明这过于直率的攻击节奏，虽然占据着主动，却越来越显得后继乏力。

剑客的技能也不是没有冷却的，连番抢攻后随着可用技能的减少，选择空间也会收缩。反倒是方锐这边，海无量一味东躲西藏，偶尔受点伤害，都避过了要害，节奏始终不乱。冷却的技能在此过程中逐渐恢复，但海无量还在继续猥琐地东躲西藏，迟迟不见有什么反击的迹象，看得陈果心焦不已。

"怎么还不反击？"陈果问叶修。

"因为杜明也是这样想的。"叶修说。

陈果愣了愣后，明白过来了。方锐所做的，正是之前杜明所欠缺的。这种虚实之间的变幻，就是所谓节奏的控制了。在杜明都觉得方锐的反击时机已经基本成熟的情况下，方锐还是迟迟没有反击的动作，如此一来杜明根本没办法判断方锐到底会在什么时候行动了。

在这种情况下，他的心思无法再像之前那么坚定。是继续抢攻到底，还是收一收节奏，或是放出点破绽引诱对方出手？

心思动摇，决策难下，这一切，最终都将表现在对角色的操作上！

空当！吴霜钩月的攻势终于出现了明显的破绽，普通玩家或没有反应过来，但是围观的职业选手在这一刻心却都立即提起。

方锐居然还是没有出手，还在让海无量在那撒泼一样滚来滚去。

这人怎么这样啊！就连旁观的职业选手，这一刻心情竟然都浮躁起来。场上的杜明呢？那一手破绽露出，他立即意识到了，心慌之下连忙思考补救措施，结果，方锐没有动静。

没看到？不可能吧？这家伙在打什么算盘？

不过不管怎么说，真是幸运，居然就这么逃过一劫，可得注意点了。杜明正这样想着，"螺旋念气杀"，忽然推到了吴霜钩月面前。

靠！职业选手这边的反应远比普通玩家要激烈。毕竟普通观众连之前杜明出了破绽都没太发觉，自然不大能理会此时这一"螺旋念气杀"的突然施展意味着什么。这就好像杜明攀在悬崖边上的时候，方锐没有出手；杜明刚刚爬上来正庆幸死里逃生，方锐一把推了过去。

何其猥琐，何其卑劣！

"简直无法直视！"雷霆战队的戴妍琦惊叫着，旁边好多年轻选手深以为然地点着头。他们这些涉世未深的选手，对方锐的猥琐意识得还远远不够。

念气旋转，澎湃汹涌。杜明真的一点都没料到攻击居然在这个时候来了。但是，还是可以闪避的！

杜明今天的状态真是神勇，对手这出其不意的一击，他的反应和操作居然完全跟上了。吴霜钩月飞快一个斜退，将"螺旋念气杀"将将避过，挺剑就要反击时，忽然一迟疑。这个情景，和之前那幕何其相似？避过"螺旋念气杀"的飞快反击，不正入对手的"空手入白刃"？

一些老谋深算的选手看出了杜明这一瞬间的迟疑，顿时都和叶修一样发出了类似的感慨："小伙子太耿直啊……"

就这一记抢攻，方锐有太多的技能可选用了，但这家伙偏偏要使"螺旋念气杀"，为的就是营造类似的情景，勾起杜明不愉快的回忆。

进，还是退，这时候都应该尽可能坚决果断，迟疑，那可就正中方锐的下怀了。哪怕迟疑仅仅是一瞬，但方锐这家伙等的可就是这一瞬！

"螺旋气冲"，和"螺旋念气杀"有几分相似的一招，所不同的是会带着角色有一个向前的推进，而此时正弥补了吴霜钩月闪过"螺旋念气杀"后所营造的丁点空当。杜明不至于就这样被轰中，但是在最不该的时候，他偏偏有了一瞬间的迟疑……

中！旋转的念气并不是那么无声无息，轰中吴霜钩月的一瞬和他身披的轻甲不断摩擦，发出刺耳的声响。吴霜钩月中招了，猥琐的气功师立即又变得光明伟岸起来，技能一个接着一个，念气一波接着一波地轰入吴霜钩月体内，从近身，打到远处，念气如龙般舞动着，吞噬着吴霜钩月的生命。

杜明不肯放弃！

还没有杀到最后一人，还没有碰到自己想见的人，怎么能输？

"仙人指路"，忽地，吴霜钩月一剑抖出，破开念气，直刺海无量的胸膛。"空手入白刃"吗？来呀！杜明已经完全想好了海无量使出"空手入白刃"的话自己将如何拆解，却不料海无量双臂一振，胸膛一挺，跨前一步居然就这样硬顶上了这一刺。

靠！杜明郁闷地骂了出来。千般在意的"空手入白刃"没来，来的是"钢筋铁骨"……没办法了……"仙人指路"的吹飞效果面对霸体状态自然没得发挥，念气肆虐，彻底洗尽吴霜钩月最后的生命。

兴欣方锐，胜！

13
CHAPTER
就给我看这个吗

方锐获得一场相当不错的胜利,海无量最终尚有生命77%。杜明郁闷下场,却也赢得了轮回观众们的掌声。虽然这一场他败得略惨,但和苏沐橙那场可是赢得相当漂亮,粉丝没有失忆,没有这么快忘记选手的漂亮表现。

杜明却还是沮丧至极,毕竟除了赢得比赛,他还带了一点小小的私人目的上场。从赛台一路下来回到选手席,面对自家队友的安慰时,他的眼睛就又往兴欣那边瞟过去了。

"没救了。"

"卖给兴欣算了。"

"哈哈,我在想,要是卖给兴欣的时候,最后弄成和唐柔的交换转会就搞笑了。"

总决赛,幅度不小的擂台赛落后,轮回的选手们却依然可以说笑得出来,不得不说这支队伍已经养成了相当强大的自信,面对任何处境,他们的心态都能保持自然。领先、落后,都是比赛的一部分,他们都能以一种乐观享受的姿态参与其中,争取最终的胜利。

"到我了。"孙翔站起身来。他和兴欣还有叶修之间的话题和渊源不是一时三刻可以说尽的。不过在总决赛已经进行的两回合擂台赛上,他都没能和叶修相遇,倒是让比赛少了些许话题。而眼下,他是轮回擂台赛的最后一位选手,所要面临的是兴欣近两人的挑战,形势不太乐观。

但是轮回粉丝看起来对他们这位本赛季刚刚加盟的新队员显得特别有信心,热烈地为他鼓掌加油。孙翔也洋溢着一脸自信,一路向观众们挥手致意,走上了赛台。

还有两个对手,孙翔当然无比清楚这一点,进入比赛席前,不由得也向兴欣的选手席这边望去，看了一眼兴欣的唐柔。

他看唐柔，意味当然和杜明大不相同，杜明眼中所含的是一种期待，而孙翔的眼神和笑容中，却全是"等你来战"的挑衅。对于唐柔剽悍的斗志，他一点也不陌生，不过唐柔说到底还是个新秀，孙翔作为一个顶尖大神，向新秀发起挑衅多少有些不符合逻辑。但是此时，他的挑衅却有另一层深意，他把角色生命尚有 77% 的方锐完全忽略了。

方锐怎么说也是全明星级别，猥琐流宗师级的人物，论身份，比起唐柔更符合做孙翔的挑战对象，但是现在，他却是一个被孙翔无视、直接宣判了死刑的主。

现场的轮回观众顿时更兴奋了，掌声、尖叫。

兴欣选手席这边，大家却是你看看我，我看看你。虽然被人无视，但是一想到被无视的是方锐，而且这家伙还在比赛席里，完全不知道这一回事，大家忽然可气之余，也觉得有点可笑。

"有点想告诉他这件事。"苏沐橙说。

"太坏了。随便替他默哀一下就是了。"叶修说。

"今天这擂台赛，我还真不想上场打了。"求战欲望向来空前强烈的唐柔能说出这话可相当不容易。

"嗯，我们每场都是这样期待的。"安文逸说。唐柔通常都是兴欣擂台赛中的第五顺位，她不上场，意味着兴欣在擂台赛中至少赢得了两个人头，这确实是擂台赛中大家比较希望看到的结果，安文逸非常理性地说了大实话。

"我倒是比较期待老大一挑五。"包子对叶修的膜拜那真是日月可鉴，照耀得叶修自己都分外不好意思。

"看方锐的。"叶修连忙把话题掰回来。

比赛双方的角色已经开始载入，很快比赛正式开始。

"投降吧！"方锐立即刷起了垃圾话，可怜他还不知道在孙翔眼中，他已经是一具尸体了。

"呵呵。"孙翔果然不愿和一具尸体多话。一叶之秋豪迈冲出，直达地图中央，一点都不意外，没有发现方锐的海无量。

"又藏哪了？"孙翔随手在频道里发了个消息。

"一个你意想不到的地方。"方锐回道。

"是吗？"孙翔说着，一叶之秋继续移动，一路视角看起来只是很随意

地时不时转动着，根本没有太急切要找到海无量的意思。

很快，一叶之秋来到了一根钟乳石下，观众顿时有点似曾相识的感觉，还没来得及在大脑里搜索一下记忆，就见一叶之秋已经跳起，一跳，两跳，三跳，四跳。

四个起落，一叶之秋站在了钟乳石顶。

所有人顿时恍然，这不正是刚才杜明做过的事吗？孙翔这是准备原样再来一遍？

"什么意思，一样的打法再来一遍，以此来显示自己比队友更能耐吗？"陈果很是鄙夷地说着。对孙翔的不喜，甚至让她为轮回的其他选手打抱不平起来。

"看下去再说。"叶修却没有这么早就下结论。

陈果撇了撇嘴，继续看着场上。

一叶之秋跳跃着，果然还是上一场杜明的吴霜钩月所走过的路线，跳跃得无比流畅，看来轮回选手在这图上都进行过这方面的练习。

一叶之秋……

看着角色的名字，陈果总是觉得特别扎眼。这是她十分喜爱的角色，不知多少次为其呐喊加油，为他，更为他身后的那位操作者。如今一叶之秋的操作者已变，可是对角色，每个曾经喜爱过的人都没办法随便就割舍感情。每位忠诚的粉丝，都特别习惯自己熟悉的选手和熟悉的角色台上台下地在一起，发生更换，对他们来说总是十分痛苦的一件事。

一叶之秋更换了选手，而且还是一位让陈果十分讨厌的选手，更成了现如今己方要打倒的对手，对此陈果心里说不出地难受。

但是她没有办法表露出来，因为她知道比起叶修，她对一叶之秋的感情根本都算不上什么。

去年的挑战赛决赛，面对嘉世，叶修亲手和一叶之秋为敌，陈果想到心里就酸酸的，私下甚至抹过眼泪。她幻想过一叶之秋能到兴欣，能再和叶修并肩战斗的场景，哪怕不再由叶修操作，哪怕让唐柔或者随便谁去使用，至少让他们在场上不再为敌。

结果没有，一叶之秋最后跟着那个让她讨厌的孙翔一起去了轮回，继续成为他们的对手，然后又一次，在他们向终点发起冲刺的时候，一叶之秋成为他们的绊脚石。

一叶之秋！陈果心下发过誓，有朝一日，自己一定要把他带回兴欣，哪怕不用，哪怕永远封存，她真的不想再看到一叶之秋和他们为敌，尤其是和叶修为敌。可是每次想到这点时，她又会觉得很可怕，因为她知道姑且不论现如今兴欣的财力问题，就算兴欣有拿下一个《荣耀》顶尖角色的财力，可如今一叶之秋的操作者是那样年轻，他们在轮回战队融入得又相当成功，这支冠军队，哪里可能轻易放弃他们战队的重要组成部分？

收回一叶之秋，或许是很久以后的事。陈果作为战队的老板，她有足够的耐心和决心去等到这一天，可是，叶修呢？作为一个职业选手，他还有多少时间？自己还能不能看到他和一叶之秋并肩在场上战斗？

陈果心里知道，这个希望很渺茫很渺茫，自己所能期待的，或许只是他们在场上少做一次对手。

这一次，他们至少没有在擂台赛上单挑相遇。上一回合没有，这一回合也没有。陈果只能如此安慰自己了。

一叶之秋在钟乳石上无比流畅地跳跃着，飞快搜索着下方。但是这次方锐没有完全复制上一场的打法，他没有让海无量老老实实地蹲在某一根钟乳石下静候对手，而是不停变换自己的藏身处。虽未看到对手，但他的样子十分谨慎，就好像对手隐藏在自己身边。

对钟乳石阻挡视角的利用，兴欣的选手无论如何也不可能像训练有素的轮回选手那样娴熟精准，但擅长猥琐的方锐，已将他能力范围内可以立即施展出来的手段运用到了极致。电视转播到这里，也已经有了相当的经验，特别分析了海无量利用钟乳石不断换位隐蔽的行动。拉远的镜头，从各个方向望过去的视角，可以挺直观地让观众感受到海无量的行动有多难被发现。

但是这种难发现，构建于对手和他在同一水平面的情况，此时的孙翔完全复制杜明的做法，走高空路线，方锐似乎并没有意料到这一点。海无量继续在地面鬼祟地移动，终于落入了站位高空、拥有更宽广视野的孙翔眼内。

毫不犹豫，一叶之秋立即掉转方向，继续走高空路线向海无量冲去。此时一叶之秋所走的路线，已经是杜明的吴霜钩月之前没有抵达过的区域了。

不断跳跃移动的一叶之秋行进速度比起海无量要快很多。方锐的海无量每钻到一根钟乳石后，总是会蹲守一会儿。

终于，一叶之秋赶上了，跳起，落下，稳稳落在了海无量背倚的钟乳石顶。

嗯？方锐立即感觉到了异动，他已经意识到发生了什么，但是不动声色，

海无量的视角抬都不往上抬，好像没事人一样，藏在钟乳石后往左右探头探脑。

孙翔又微微笑了笑，不过这次没人能看到他藏在电脑后的笑容。没见他对一叶之秋有什么特意的操作，就这样，一叶之秋跃下。

一切都和杜明打方锐时的情景一模一样，变化，在一叶之秋这一步跃出后开始。

"豪龙破军"，一叶之秋竟然跃下后在垂直方向上借力，施展出这一大招，顿时有如彗星般直朝下边撞来，下坠的速度比起吴霜钩月当时的下落不知道要快出多少倍！

如此声势，动静自然也不一样。但是方锐依然没有抬起视角看一眼，只是海无量的行动再不像上场那样不紧不慢，一个疾步冲出，不是拉开距离，而是直接绕着钟乳石走起了圈。

海无量绕到了钟乳石的背后，豪迈冲下的一叶之秋在这一瞬间身子好像僵直了一下。紧跟着一叶之秋连忙一蹬钟乳石，战矛却邪挑平，竟是想直接变向过渡到地面上，只是时机把握上似乎稍稍出了点问题，变向显得十分勉强，最终一叶之秋触地，方向算扭过来了，但扭得不够彻底，半弓的身子来不及抬起，"豪龙破军"的豪气荡然无存，落地后弯腰前冲一小截，根本像是在耕地。

"哈哈哈哈。"陈果毫不留情地笑出来了，"你就是让我看这个？"

"这个……"叶修都答不上来了。

看孙翔的思路和意图，若方锐的应对重复上一场的思路，无论哪种变化，孙翔的一叶之秋所施展的这记"豪龙破军"都可以应对。这个高难度的直角变向真的相当漂亮，绝不是任何人都可以做到的，所以恐怕也很难有人想得到。

孙翔，是在充分利用队友作战所获取到的情报。他并不如陈果所想，是用一样的打法来显摆自己比队友更厉害，他是要用重复的打法，勾出方锐重复的应对方式，再用早有思考的打法来克制。这是非常典型的擂台团队型打法，是对擂台赛组队性质的充分利用。

只可惜最终方锐的应对完全脱离了上一场的方式。海无量直接绕到钟乳石的背后，再高明的操作，也不可能让一叶之秋在这样急速下坠的情况上环绕钟乳石移动。

这应对让孙翔一愣，结果就是这么一愣神，操作慢了那么一点点，最后这个高难度的直角变向操作算是勉强完成了，但角色所表现出的姿态可就不怎么好看了。

不够完美的操作，当然也会留下些许破绽，一叶之秋身后，海无量已经转出，双掌聚气轰出。

"轰天炮"，念气狂蹿，但是不中！

背对海无量的一叶之秋，竟好像知道对方会从背后攻击似的，直接背身跳起，自"轰天炮"的念气上方跃过，空中折转身形，战矛却邪上已聚起浓浓的魔法斗气！

疾落，"斗破山河"，魔法斗气直坠地下，扩散。地表受到不断的冲击，隆起，爆发！

在地下走了一圈的魔法斗气像凝聚起什么力量，掀起泥石，猛然爆散开来。方锐早知不妙，哪里敢去抗衡，海无量连滚带爬往回飞奔，偷袭在一击间就被孙翔彻彻底底打爆了。这一瞬间，陈果非常不想承认，但是……她真的好像看到了昔日斗神的影子。

手提却矛，一叶之秋疾步向海无量追去。海无量一边狂奔，一边时不时回头看看情况，模样那才叫仓皇。很快他又冲到了一根钟乳石旁，飞步贴上转圈，顿时闪到了钟乳石后。

孙翔根本没有丝毫犹豫，一叶之秋疾步冲上，最终斜步跨前，转向钟乳石背后的同时留有一定的空间。只是这空间并不大，在太多人眼中看来，这根本不足以应对可能的伏击。但是孙翔就有这个底气，就有这个自信。

一叶之秋一步抢出，钟乳石后没有人！

海无量根本没有任何伏击的打算，只是借着钟乳石挡一挡孙翔的视角，就继续仓皇逃窜了。

孙翔冷笑，一叶之秋继续追。不过此时的一叶之秋还没有机会打出无属性炫纹，在移动速度上并没有多大优势，两个角色之间的距离始终保持着。但孙翔也不焦躁，就这样让一叶之秋牢牢跟死海无量。

这样是追不上，可是，等"豪龙破军"冷却好了以后呢？

所有人都意识到这一点了，电视转播更是特写出了一叶之秋技能树中"豪龙破军"的冷却钟，仿佛这是海无量的死亡倒计时。

陈果笑不出来了。

上场打杜明时意气风发的方锐，这一场却被孙翔赶得有如丧家之犬。

没什么办法吗？陈果看叶修，叶修知道她的心思，出声安慰："别慌，方锐的节奏没乱。"

"没乱吗？"陈果眼中的海无量无比狼狈，根本就是乱七八糟。

"孙翔如果也是这样以为就好了。"叶修感慨。

"什么意思啊？"陈果表示不满。

"呵呵……"叶修装傻，笑而不语。

"好了！'豪龙破军'的冷却马上就要好了！"电视转播中的潘林叫着，"3，2，1！"

下边的话被潘林憋回去了，因为孙翔没有如他们所想的，在冷却好后立即让一叶之秋施展"豪龙破军"。

他没有急躁，他看出方锐此时也并没有乱。方锐一直在跑，只是因为没有找到反击的机会。自己这时候贸然抢攻，或许反倒会给对方可乘之机。双方的距离，并不是靠一个"豪龙破军"就可以一下解决了，方锐可没有那么菜。

直接无视方锐向唐柔挑衅的孙翔，到了比赛中却没有对方锐有丝毫的轻视。从一开始他会利用之前队友在比赛中所收集到的情报，就已足见他对对手的重视。

孙翔早已经不像在越云战队时那样稚嫩，更不像在嘉世战队时那样骄傲自大，他已经是一个相当成熟的职业选手，用很合适的分寸在应对着比赛。

难道就这样一直追逐下去？

看到两人除了疾跑都没有任何其他操作，观众们禁不住都纳闷起来。总决赛这么高大上的比赛，总不能最后成了比拼两人对耐力控制的赛跑比赛吧？那可有些无趣了。

虽然大多观众如此想着，但是此时好像真的除了耐力的消耗，没有什么能客观上改变局面了。电视转播给出了两个角色的耐力表，而这，在职业赛场可是极少出现的对比。

"海无量的耐力好像可以更持久一点啊。"潘林看过对比后说道。

"控制耐力上两个这种级别的选手肯定都不会有什么问题。但两个职业在这方面有天然的差距。从耐力属性上来说，虽然一叶之秋略微领先，但气功师这个职业对耐力的消耗幅度比一般职业要小一些，大概是为了表现气功绵延持久这一特点的有意设计吧！"李艺博说。

"这种事，平时恐怕真没多少人在意吧？"潘林说。

"但是现在……这可能会成为最终的关键。"李艺博说。

"居然会利用到这点，不愧是方锐……"潘林说。

"是的。"

"不过这样一来，他也无非就是利用多一点的耐力，跑得更快一点，将孙翔甩得更远一点，然后呢？"潘林说。

"然后，再找机会反击吧……"李艺博说得有些勉强，潘林也觉得特别没劲。如此精明的计算，如此持久却不容闪失的操作，到最后，只是把对手稍稍甩得远一点，然后从头再来？

赛跑到最后，也就是从头再来，这样的发展真是一点期待的价值都没有。潘林和李艺博已经没办法调动起什么激情或紧张的情绪了，控制着不打瞌睡已经是两人最大的集中力了。

"一叶之秋的耐力全用完了。"潘林没精打采地说着。

"是啊。"李艺博没精打采地应对着。

"方锐应该清楚吧？"

"应该吧！"

"孙翔也没有点什么办法吗？"潘林说。

"有办法早用了吧？"李艺博说。

"哦……"

两人一副"那就这么着"的态度，眼看着一叶之秋的耐力一直退到了零。

"完了。"

"嗯。"

"接下来……"

"豪龙破军！"潘林直接叫了出来，他已经沉浸在彻底的意外和惊讶之中，他们真的都没有想到，孙翔居然会在耐力完全用尽的时候，这才使用"豪龙破军"发起攻势。

太意外，真的太意外了，方锐也一定没想到吧？那个傲气逼人的孙翔，现在居然会如此沉稳，真的太出人意料了。

"豪龙破军"，一叶之秋杀出，而这技能的冲击速度，不是消耗耐力的疾跑可以应对的。不过两个角色之间毕竟有距离，"豪龙破军"冲过来也需要时间，问题就在于有谁能想到"豪龙破军"会在这个时候使出来？稍微迟疑，

都会造成应对不及。

但是方锐没有迟疑，这记"豪龙破军"，他竟然想到了。

海无量横身移动，将"豪龙破军"成功避过，而后挥掌就待一个"螺旋气冲"攻上，谁想一叶之秋"豪龙破军"不中后并没有如方锐所想的急停，居然就这么冲过头去。两个角色再次错开了身位，一叶之秋没能实现贴身，但是方锐也没赢得反击的好机会。但是，气功师可是中距离的攻击手，一叶之秋"豪龙破军"不停拉开的距离，只是让方锐某些技能无法用上，他还是有其他技能可作攻击。

"气刃"，本就是不易察觉的攻击，在方锐猥琐的手法下更是偷偷放出，注意力不够集中的观众，恐怕都会以为方锐的海无量这时没有作为。

"气刃"搓出，海无量掌心继续聚气，已在运转下一个技能，已经转过身来的一叶之秋，手举着战矛，但是距离让他根本没有办法做出任何攻击。但是忽然一闪，那位置可见的只有魔力波动的痕迹，一叶之秋竟然消失了。

"瞬间移动"，一叶之秋今天比赛所选的武器技能，在此时施展出来了，赫然是"瞬间移动"。

武器技能的第一次施展总能给人意外，但是"瞬间移动"这个技能在法系职业里真的非常大众，甚至扩散到全职业系里横向对比，"瞬间移动"这个技能的选用率都是最高的。其他五大职业系里，都没有一个技能会让该系的职业那么心仪。

"瞬间移动"，哪怕一阶的传送距离有些近，但无论保命脱身，还是抢步贴身，无疑都是最有价值的神技。

所以这个变化，对于方锐而言，或许不该太意外。

突如其来的一个"瞬间移动"，让不少观众惊叫。但对于一个职业选手来说，"瞬间移动"几乎可视为法师系职业的标配去防备。可是再细想，一叶之秋具有"瞬间移动"的技能，那么结合"豪龙破军"的突进，早就可以捕捉海无量的身形了，似乎完全没有必要等到最后一刻再出手。

所以说，一直没有动手，只是布局，让方锐误以为一叶之秋没有"瞬间移动"这一技能，让其放松对"瞬间移动"的防备吗？

同样的变化看在眼中，普通玩家并没觉得怎样，但是职业选手们瞬间想到这当中所含的意味。

控制耐力的赛跑比赛？

从一开始这就只是大众的看法，没有任何一个职业选手会从这么简单的角度去看待这一状况。指望职业水准在这种基本的东西上发生失误，那未免太看轻人了，直至看到这个"瞬间移动"，一个因为太多人选用导致失去意外性的武器打制技能，在这样的布局下，重新具备意外性，这让众人对孙翔不免有些刮目相看。

大家场上做过对手，有的之前和孙翔还当过队友，他们非常清晰地感受到孙翔的变化，这一切都是从他加入轮回这支战队开始的。是他在嘉世战队的时光中领悟到了什么，还是在轮回战队里学到了什么？抑或二者都有？不管怎样，这位新一代的年轻选手正以强劲的姿态让自己不断地走向完善。

好一个"瞬间移动"！众人心中都发出了赞叹。一叶之秋，瞬间传送，因为只是一阶，传送距离有限，一叶之秋最终直接闪现到了海无量的身侧。

"天击"，最低阶，但也是战斗法师最轻快的技能，自一叶之秋手下使出，他的身形闪现的那一刻，战矛却邪就已经挑起。

翻滚！海无量一个侧身翻滚。

"避过了！"解说潘林发出一声惊呼，职业选手们也纷纷觉得意外。如此出人意料的"瞬间移动"，如此出其不意的一击，方锐居然还能反应过来？

"能反应，说明还是有准备啊！"说话的是阮永彬，呼啸战队的牧师选手，方锐昔日的队友。对于方锐，他当然也有相当程度的熟悉和了解。

"不愧是猥琐流的大师，从来都以最坏的恶意去揣摩对手吗？"烟雨战队的李华说着。

这话听着可不太像赞扬，却真说到点子上了。

众人设身处地地将自己置身于方锐的境地，都觉得孙翔的这一布局已经足够让他们放松对"瞬间移动"的警惕。方锐却还能防备着，只能是因为他的性情和风格了。

"天击"不中，但孙翔看起来并没有气馁，至少他得到了贴身紧逼的机会，一叶之秋紧跟着就又是一击——"强龙压"！

刚刚"天击"挑上的却邪顺势挥下，转成了一招"强龙压"。

这技能强制倒地，判定超强，不可能用攻击招架的方式来应对。刚刚避过"天击"的海无量来不及起身，连忙又是一滚。

"强龙压"所灌注的魔法斗气轰到了地上，顿时砸出了一个小坑。却邪跟着已再度挑起，不给方锐喘息的机会，"龙牙"！

海无量借翻滚起身之力斜跨出一步，勉强避过，与此同时一掌拍出。

"推云掌"，气功师的一个低阶技能。海无量这点小空当里根本没机会施展那些需要运气读条的强招，只能用这种较快速的小招来阻挠一下对手的连续攻势。"推云掌"伤害不强，却有击退效果，对于眼下的海无量来说自然是争取空间的不错选择。

"圆舞棍"，不料一叶之秋不闪不避，直接施展了这一技能。"圆舞棍"带抓取效果，此时海无量的"推云掌"纵然可以拍中一叶之秋，自己也免不了被这"圆舞棍"挑到，击退却也会带着他倒地，对他不利。

无奈，方锐只能放弃了这一掌，海无量向后就翻，就要避过这一击，不料操作下去，海无量竟无反应，方锐猛然间意识到原因时，却邪已经刺进胸口，将他挑向了半空。

"怎么回事？"普通玩家眼中这就是一次没躲过的攻击而已，可在职业选手眼中，这一击，没躲过实在有点说不过去，肯定是发生了意外的状况。

"海无量没有耐力！"不知是谁发现了问题所在，叫了出来。

众人一怔，顿时又是一通头脑风暴，发现他们对于孙翔意图的揣摩，竟然有点简单了。

孙翔的意图，并不只是布局一个"瞬间移动"，消耗海无量的耐力本身就是他的一大意图——因为方锐的打法！

猥琐流不会与对手硬碰，而是会进行各种避重就轻的周旋，这当中免不了大量的走位。疾跑、翻滚、跳跃，这些很寻常的动作，都是需要消耗耐力来完成的。只是除了持续不间断的疾跑，极少有人感受到因为耐力不足而限制动作的发挥。因为这些动作很少会大量地、密集地连续使用，对耐力进行持续的消耗。

而方锐的猥琐流打法，对这些动作运用远比一般打法要多，但是即便如此，耐力也从来没有成为限制影响过他的打法。因为耐力的自动恢复是很快的，完全可以负担方锐猥琐流的节奏。

但是今天这比赛，孙翔和方锐展开了一场消耗耐力的单纯追逐。战斗法师的耐力略多，但气功师的耐力消耗较慢，最终是一叶之秋的耐力先耗尽。于是孙翔在此时发动突袭，"豪龙破军""瞬间移动"，两个技能的配合使用让他完成了近身，虽然没能一击命中海无量，但至少帮他赢得了先机。

面对连续的紧逼攻击，方锐连续操作闪避，自然是用他最娴熟的猥琐流打法。接连几个翻滚、疾跑后，他耗尽一叶之秋后所剩不多的耐力竟也不剩多少，就在一叶之秋这记"圆舞棍"扎过来时，方锐让海无量强制取消了"推云掌"。

强制取消，也是会消耗耐力的一项操作，结果这一下让海无量耐力彻底走空，紧接着就要躲避"圆舞棍"的翻滚，竟然因为耐力不足，没能施展出来。

耐力！从来不会在实战中缺乏的耐力，因为一场极致追逐产生过大的消耗，而后在连续快速的攻势下，竟然无法支撑方锐的猥琐流打法。

如果说之前大家从孙翔身上看到的是成长，那么此时众人从孙翔身上已经意识到了一种可怕。

他再也不是单纯地只靠操作和技巧去强吃对手，他开始观察对手，分析对手。方锐的猥琐流，这么多年来不知让多少职业好手郁闷到吐血的打法，今天，竟然被孙翔用这样一种方式限制住，彻底地限制住了。

哪怕耐力恢复得很快，但是方锐的猥琐流打法消耗也是不一般地快。在趋近于零的这种下限状况下，弹性实在太小。孙翔只要保持攻势的紧密，方锐就会频频遇到耐力不足的情况。

噗！被"圆舞棍"挑起了一圈的海无量已被摔翻在地，这么会儿的工夫，职业选手们都已经帮方锐分析清楚了他要面对的局面。那些曾被方锐的猥琐流郁闷到吐血的选手，此时都相当幸灾乐祸。当猥琐的方锐不能猥琐时，那会怎样？眼下可就要呈现给大家了。

"霸碎"，一叶之秋手中却邪抡圆了，向横倒在地上的海无量扫去。海无量翻滚避过，这一下，就把这么点工夫恢复起来的耐力又给用了。

"龙牙"，紧接着就到的一击，换平时的方锐，绝对一个连续的翻滚避过，再一滚走一叶之秋的身侧。可是现在，就连接连的一滚他都没办法操作，海无量的耐力，像闪起了红灯般不断地闪烁着。

14 CHAPTER

永恒的猥琐

"天击"，"龙牙"之后追"天击"，朴实无华的战斗法师连击。孙翔没有在封杀了方锐的猥琐流打法后追求什么过炫的打法，只是用了这样一个平凡，却绝对有效的普通连击将海无量挑向了半空。

连招接上，海无量在空中翻滚着，方锐的心中一片冰凉。

耐力……他确确实实忽略了这个问题。虽然他使用的打法相当消耗耐力，但是在他六个年头的职业生涯中，耐力从来没有成为制约他发挥的因素。法力可能无以为继，生命可能消耗殆尽，只有耐力，自有的恢复能力足以支撑起一场战斗，任何一场战斗。

今天之前，一直如此。所以方锐不能说是大意，他根本从来都没有在意过耐力的问题。而在这场对决中，他没在意到的，他的对手在意了，顿时限制了他的发挥。

孙翔……方锐本身和孙翔没有什么交集，第七赛季孙翔还只是个新秀，第八赛季去了嘉世，半赛季后就和嘉世一起出局，第九赛季他在挑战赛里厮混。孙翔从来就不是方锐会去特别关注的一位选手，大家都只是这个职业圈中奋斗拼搏的一员。

直至这一赛季，方锐的职业生涯发生了极大的转变，孙翔也带着一叶之秋加入了轮回。因为兴欣、嘉世、叶修、一叶之秋等等之间千丝万缕的关系，孙翔成了一个对兴欣来说相对比较特别的存在。

除了他，目前兴欣的成员都是经历过挑战赛的人，哪怕苏沐橙当时处于敌对方，大家都对孙翔有着相当统一的不待见。方锐飞快融入整体，对孙翔增加的当然不可能是好感，更何况在本赛季的常规赛中两人曾在单挑场上相遇，当时他就败给了孙翔。

而如今再相遇，已经是总决赛上，兴欣已经先输一回合，再输就将彻底失去机会。

方锐击败了杜明，接下来的对手是孙翔，他当然早就知道。他没理会对手是谁，只是下定决心要击败。他之后，兴欣还有一位选手，这丝毫没有削弱他的决心。他胜出，兴欣就可以带着两个人头分的优势去打团队赛，这对于客场作战、没有地图优势的兴欣是十分宝贵的。季后赛中一直表现平庸的方锐，希望能给兴欣有价值的帮助，而这两个人头分，就是他上场时决意要拿下的。

但是现在，孙翔将他如此限制住，用如此平凡的攻势打得海无量在空中打转。

自己到底在做什么？方锐怒，不针对孙翔，而是针对自己。

耐力从来没有出现过问题，所以就不把这当问题，方锐怒自己这种草率，怒自己这种侥幸。

但是自己还没有输！耐力虽然耗尽，但恢复起来也快，哪怕现在正遭受攻击，但只要没有消耗耐力的操作就可以持续恢复。

方锐死盯着海无量的耐力条。生命在下滑，但他不去理会，此时他需要的是耐力，只有耐力！

耐力在一点一点地恢复，方锐觉得好慢，在这之前，他从来没有觉得耐力的恢复会是这样漫长的等待。

需要恢复到多少？方锐心里盘算着，但是海无量的身形突然向下一坠。

连击中断？所有人惊讶。一叶之秋的攻势完整而高效，完全可以继续连击下去，怎么会在这时突然中断？

是失误吗？这样以为的人已经惊讶地叫了出来，这可是个相当低级的失误。

海无量向地上坠去，方锐条件反射般地就要做一个受身操作，但手指刚动，就已经刹住。

原来如此！

方锐瞬间明白了孙翔的意图。这个连击，是他有意中断的，因为他想继续利用海无量的耐力不足来控制他。一直浮空连击，肯定不足以将海无量连死，这过程中海无量恢复起的耐力，就可以让方锐开始应对，开始反击。

所以，在海无量的耐力刚刚恢复这么一点的时候，孙翔有意放弃完全控

制局面的连续攻势，有意让出空间让方锐去应对。

海无量即将摔倒在地。

受身操作吗？正常情况下当然应该如此，可是此时的海无量受身操作起身的同时，一叶之秋的攻击肯定又到，接下来的应对，以方锐习惯擅长的方式免不了要再用到耐力，很快刚刚恢复的这点耐力就会被他用光。然后，就又是完全被动挨打的局面，接着，在耐力稍有恢复的时候孙翔再让出空当，让方锐消耗耐力应对，如此反复，陷入一个永远没有足够耐力的死循环。

不能如此，一定要让耐力恢复到一定程度，哪怕卖血！

砰！方锐不做受身操作，海无量就这样直挺挺地摔倒在地。

孙翔也立即明白了方锐的意图，他无法强制方锐对他的攻击做出应对，方锐既然已经横下心卖血换耐力，那么他也只能在这种情况下尽可能多地制造伤害了。

"霸碎"，却邪抡起，朝着地上的海无量扫去。

看明双方意图的人，都以为接下来会是单方面的被动挨打，那些支持兴欣的人有些不忍往下看了。

谁想却邪划出的黑光竟然扫了个空，海无量忽然一骨碌滚了起来，避过了这记"霸碎"。

还没恢复多少的耐力顿时又用去了一小截，这是在搞什么？

搞什么？原以为看懂比赛的人一下子又茫然了，彻底茫然。

要说方锐没有意识到孙翔的意图，那么他刚才就该一个受身操作；若说他意识到了，那么此时就不该再消耗耐力，而是用生命支撑到耐力恢复足够。

而他这前不着村后不着店的翻滚，是什么企图。

没人明白，包括孙翔，他已经准备把海无量当作木人桩，当作沙包，竭尽所能，用威力最大的技能，在这时间段里给予海无量最高的伤害。但是方锐居然应对了，居然让海无量用一个翻滚避过了一叶之秋的这记"霸碎"。

什么意思？孙翔也不理解，也想不通，但是既然有应对，那么自己就该抢攻逼他消耗耐力，将他拉入死循环。

那么……那么怎样呢？

孙翔忽然一怔，他忽然发现，本着这个意图的话，那么这记"霸碎"之后，好像什么样的攻击选择都有些别扭，好像什么样的技能选择都无法完美达成自己的意图。

孙翔忽然明白了。而看到一叶之秋的攻势在"霸碎"之后明显一僵，高水平的职业选手也明白了。

方锐，这货真的是太猥琐了！

大家以为他只能卖血换耐力了，好，他就摆出一副卖血换耐力的姿态，海无量直挺挺地摔在地上装沙包。可是这个沙包不老实，孙翔决意要狠揍他一顿了，攻击来了，他居然又躲开了。

打一个不准备抵抗的沙包，追求的是最大的伤害，不需要防范，不需建立连击，只需要在有限时间内打出最高效的输出。而对付一个会猥琐应对攻势的方锐，那又需要随机应变，是非常复杂的另外一回事了。

方锐开始让海无量装沙包，一秒钟恢复猥琐。孙翔这边本是要打沙包了，忽然发现需要对付的是猥琐的方锐。两种需求完全不同的攻击体系一下子交错在一起，孙翔需要切换，需要过渡，需要从一种节奏调频到另一种节奏，这种硬生生的变化显得生涩无比，原本的流畅攻势在这一瞬间就失去了。

方锐所要的就是这一瞬间，这一瞬间就已够他夺回先机。哪怕海无量的耐力还很不足够，但是接下来他所要发动的，是不需要耐力的攻击。

"螺旋念气杀"，摆脱困境，恢复耐力？那都不是目的，方锐的目的只有一个：要赢！有没有耐力，都要赢！

念气旋转，扭带着空气，扑面朝一叶之秋袭来。

孙翔顿时发现自己错了，他把方锐想得太被动，他以为要么是打沙包，要么是消耗海无量的耐力，完全忽略了方锐还可以反击这种可能性。

在意图打沙包扫出的"霸碎"被避过后，他的节奏已经被破坏了，顺势切转成防御姿态才是最佳选择，但是他完全忽略了方锐的攻击性，海无量只是耐力不足而已，不是技能全冷却。

"螺旋念气杀"，一点没浪费，全部轰到一叶之秋的前胸。在念气旋转强力的扭杀下，一叶之秋胸前皮甲的纹路几乎都发生了变化。

兴欣战队的角色，大多无法和其他战队，尤其是豪门战队相提并论。哪怕是君莫笑，也主要是因为散人的身份和变态的千机伞让人觉得难缠。就一般评定角色的标准来说，君莫笑这个没有转职加成、不具备护甲精通的角色，根本没办法和其他职业角色相提并论。

兴欣真正可以和豪门战队的名角一较高下的角色，有两个。

一个是苏沐橙的沐雨橙风，虽然在等级上限提升至 75 级后，当时还在

　　嘉世的沐雨橙风没有得到战队的全力支持，但是转至兴欣后，却很快补上了差距。一来兴欣技术部的关榕飞本就是嘉世战队的人才，对于沐雨橙风相当熟悉和了解。二来，兴欣战队的材料储备，低端的没办法和任何一家战队相比，但是高端的稀有材料，因为叶修在网游时期的打拼，积累得相当不错。

　　沐雨橙风的装备从70级往75级提升，材料需求主要是75级这一档次的。而这档次的稀有材料，大家都在等级上限开放后同时起跑，兴欣非但不落后，反而凭借叶修当时在网游内对局面的掌控，处于相当不错的领先。

　　沐雨橙风的实力很快跟上了顶尖角色的节奏，而兴欣另一个强力角色，那就要数方锐所使用的海无量了。

　　海无量本就是《荣耀》第一气功师，虽然出身中下档次的临海战队，但该队这么多年为了维持他的这一顶尖名头，一直全力供养。直至第九赛季后赵杨宣布退役，临海战队则认为对于他们而言，维持一个顶尖水准的全明星角色反倒会成为全队的负担，干干脆脆就放弃了海无量，出售给了兴欣。

　　海无量在70级的水准是维持在《荣耀》顶尖的，而之后往75级上的提升，他和沐雨橙风具备几乎一样的优势。75级的材料，兴欣不输给哪怕是豪门俱乐部。嘉世出身的关榕飞虽然之前没有接触过海无量的装备，但嘉世毕竟也是多年使用气功师角色做主力的，在这个职业上关榕飞造诣也不低，只是不如提升沐雨橙风那么娴熟罢了。

　　海无量的一身银装很快也提升到了75级，角色依旧当得起《荣耀》第一气功师的称誉。只是因为操作者方锐是从猥琐流盗贼转型过来的，全新的猥琐气功师打法太有违传统，一时间无论气功师玩家，还是喜欢方锐的盗贼粉都欣赏不来，方锐这才跌出全明星的名单，和海无量角色的属性和战斗力全无关系。

　　海无量实力不弱，这也是方锐在这个季后赛中非常介意自己发挥的另一大原因。

　　论选手，他拿着兴欣第一高薪；论角色，他拿着兴欣数一数二的强力角色。然而他的季后赛中的平庸表现，让他觉得对不起这高薪，也对不起这手里的角色。

　　要赢！方锐求胜的欲望从来没有如此强烈过。

　　拥有《荣耀》顶尖战力的海无量旋转轰出的念气强力袭杀着一叶之秋，这个有斗神之称、在那个时期站在《荣耀》顶尖俯瞰众人的角色。

推去！旋转的念气整个扩散开去，一叶之秋的皮甲仿佛要变形一般，头发更是被风浪掀起，疯狂舞动。

"螺旋念气杀"，可以通过对念气旋转的控制实现不同的攻击效果。顺时针旋转，击飞目标；逆时针旋转，却可将目标用念气牢牢吸附。

扩散的螺旋念气带起的是逆时针旋转的波纹，方锐可不想就这样一击将一叶之秋送飞，因为他要赢！海无量虽然没有足够的耐力，但是此时的他并不需要，他在贴身强打，只要将念气源源不断地轰入一叶之秋的体内即可。

"螺旋念气杀"旋转绞杀得一叶之秋动弹不得，刚一扩散开去，海无量的另一掌又聚着念气轰至。

"闪光百裂"，又是一记强招。念气疯狂注入，在一叶之秋周身上下肆意游转，似是要将他四分五裂一般。

趁着这大招轰得一叶之秋僵直之机，海无量轰出"螺旋念气杀"的右手已经撤回，提起双指，念气聚于一点，疾出——"截脉·破智"！

战斗法师到底出于法师系，有强于其他三个法师职业的力量，智力属性也不弱，而所拥有的战斗法师的皮甲精通，更是会让装备皮甲时产生额外的力量与智力的属性加成。

战斗法师的智力不俗，斗神一叶之秋的更属顶级。面对同为顶尖角色的海无量的轰杀，不错的智力属性到底消化了相当程度的念气伤害。念气伤害，也是属法系的。

但是现在方锐抓住机会，一指"截脉"戳出，大幅度削弱了一叶之秋的智力属性，这阶段一叶之秋对法系伤害的防御力自然大跌。

轰轰轰！不停地轰。

方锐几乎将气功师所有可以瞬间聚气也即是瞬发的技能都轰杀出去，他似乎已经不在乎技能体系的平衡，念气不断地在他的指掌与一叶之秋的身体间爆散，掀起的气浪，造就比起同系其他几个职业更加澎湃的声势，猥琐的气功师，在此时打得十分狂野，不顾一切地狂野。

因为，我要赢！

"螺旋气冲"，轰出的念气带动海无量的身体，推着一叶之秋向前疾冲。技能都已打完，需要聚气也即是吟唱的技能，不可能在贴身下施展，该是收招的时候了。

"气功爆破"，最终的收招，也是气功师的最强招，70级的大招"气功爆破"，

即使 75 级推出新技能"截脉"后，也没有掠走其气功师伤害第一的名头。

"气功爆破"，将念气强势打入；"螺旋气冲"的余劲，将一叶之秋击退。

念气在一叶之秋倒滑的过程中爆散，一系列的念气伤害仿佛到这一瞬间才爆发。一叶之秋仰天狂喷的鲜血，好似一朵鲜艳的大红花，盛开、绽放、凋零，瞬息之间。

55%！系统最终统计出了海无量这连番狂轰下带走的一叶之秋的生命，竟然已过半血。

豪迈，澎湃！海无量这一波攻击，只让人觉得热血沸腾，大家几乎不敢相信这操作者是那个猥琐的方锐。只是豪迈完了，大家也禁不住有些为他担忧。因为那些瞬间聚气的瞬发技能全被他轰杀干净了，虽然过瘾，可接下来只凭这些需要读条聚气的技能，恐怕很难抑制住一叶之秋的强打。

但是很快人们发现，他们太操心了，他们竟然忘了刚才打出疯狂豪迈攻势的家伙还是方锐，那个猥琐的方锐。

在这波强大的攻势中，海无量的耐力恢复了不少，猥琐的方锐彻底复活！

翻滚，爬跳……

孙翔的一叶之秋反攻过来时，方锐的海无量那不受传统气功师待见、猥琐、盗贼式的敏捷走位开始呈现。

只避，不跑，方锐耐心地和孙翔周旋，偶有空当，也只用一些快速的小技能试探骚扰。

"气波弹"，超快的吟唱，让这技能和瞬发没两样。推出的"气波弹"屡屡打眼，干扰孙翔的视角，这样的手法已经不知道多少次出现，没制造出什么特别的良机，但方锐依旧乐此不疲。

"逆流"，浮空技能，总在背转身时搓出，让急冲上来的一叶之秋数次险些自己撞入会带他浮空的气流。

"气刃"，当你看不到海无量双手的时候，不用理会它藏在哪里，接下来十有八九会有一记"气刃"射出。但是也要注意，有时候藏起来的手掌，最终搓出的不是一记"气刃"，而是一记"推云掌"。数次以为攻击就要得手的一叶之秋，都被这一掌拍中，伤害不高，但立即会被送出数步。

层出不穷的小手段，层出不穷的隐蔽攻击，让人心烦，让人意乱，让人恶心，让人想吐。

坐在职业选手群中的很多人，都被激起了特别不愉快的回忆。有方锐盗贼时期的，有方锐气功师时期的。时代在变，方锐的猥琐永恒不变，哪怕再豪迈，再热血，下一秒就能猥琐，永远不会让人失望。

孙翔是年轻人，一个一度盛气凌人的年轻人。这样的年轻人最受不了猥琐流的挑拨。但是今天他一直按捺自己的心神。被海无量一波轰走55%的生命后，他就告诉自己不要再去想和唐柔的一战。眼下的他，能战胜方锐，能帮轮回多保全一分最要紧。下一场的胜利，不要再追逐，不惜一切赢下眼前更关键。

保持耐心，寻找破绽！孙翔深呼吸，不焦躁，仔细和方锐周旋。可是刻意地强制自己保持一种心态，却也是对注意力的一种分散。

看着小心翼翼的一叶之秋，方锐好像看到了胜利在向他招手。

谨慎的人，想得总是要多一些。但孙翔并不是一个思虑非常周密的人。哪怕他意识到自己在这方面的不足，哪怕他有意让自己去多多小心，但孙翔就是孙翔，他成不了张新杰。在这种决胜负的时候，用自己并不擅长的方式去运转，这在方锐看来是不明智的，而这样的孙翔，他反倒更加容易找到破绽。

不断地进行诈攻，不断地释放烟雾，不断地向他传递信息，让他去思考，去决断，再到最后，变成犹豫……

孙翔失去了坚决，失去了锐气，他自己尚不知晓，他还觉得自己在很从容漂亮地应对着方锐的猥琐。可是场外观战的职业选手已经清晰地看到，孙翔已经完全陷入方锐的节奏，已经完全被方锐牵着鼻子走了。

他在等方锐露出空当，却不知完全引导着他的方锐最终发给他的绝不会是糖，而是包着糖衣的毒药。

来了！孙翔眼前一亮，他期待已久的空当，他耐心周旋了这么久，终于可以有所收获了。

冲上！一叶之秋只能执行操作者的指示，向着那个堆砌着谎言的空当冲了去。

"准备团队赛吧……"轮回这边江波涛叹息着宣布。

胜负已定。

擂台赛，兴欣5比3胜出。

"赢了，5比3！"兴欣选手席上的陈果一阵激动。比赛虽然还没就此结束，但是在擂台赛中拿到了两个人头分，确实是一个非常不错的结果。尤其这还是轮回的主场，轮回选手们对石钟林洞这地图的娴熟利用所有人都看在眼里，

这样的背景下，兴欣却还能以 5 比 3 的比分赢得擂台赛，太值得高兴一番了。

普通玩家当然也清楚两个人头分的重要性，客队看台那边也是一片欢欣鼓舞。主场的轮回粉丝自然很失望。今天的擂台赛让他们非常苦恼。核心队长周泽楷首发上场被人击败，全场就陷入了低迷，好容易被江波涛拉回，吕泊远又输得比较惨烈。杜明的超水准发挥让他们欢欣鼓舞，但随即被猥琐的方锐泼了一脸冷水。

这时候，轮回擂台赛已经落后较多，且只剩下孙翔一人，对胜利的期待已经显得有些奢望。但是孙翔上场时自信的模样还是让不少人眼前一亮，但是结果……

给大家如此期待，结果却连一个对手都没有击倒，轮回粉丝心中满是落差，对孙翔的表现自然无法满意。擂台赛结束选手下场时，轮回粉丝对孙翔报以嘘声，以此来表达他们的不满。

孙翔低着头，沉默着，心中满是尴尬。不过职业选手对他倒是比较同情。因为他这场的表现其实并没有比同样输得较惨的吕泊远更糟糕。正相反，本场孙翔颇有让人眼前一亮的表现，只可惜最终还是统统被方锐抹杀了。

方锐……

差不多可以说是一挑二，成功将两个人头分收入囊中，这才是当得起最高薪酬、最强角色的表现。方锐心满意足，而轮回粉丝对孙翔的嘘声在他听来那就是对他的褒奖。方锐毫不客气地向轮回粉丝们微笑、挥手、致敬，好像大家真的是在为他欢呼似的。

轮回粉丝是不爽孙翔的表现，但还真没气到要为对手叫好来反讽己队。方锐得意扬扬的举动，反倒让他们收敛起了对孙翔的嘘声，然后很齐整地把嘘声送给了方锐。轮回战队，包括孙翔，都情不自禁地望了方锐一眼，目光中流露出感激的神色。这仇恨拉得，赞啊！

但方锐哪在乎这个，回到选手席后依旧意气风发。

"怎样？你就说，打得怎样！"方锐对叶修吼道。

"打得好，打得好。"叶修拍手称赞。

"我欣赏你的诚实！"方锐说道。季后赛以来憋了许久的那股闷气今天可算是出了，方锐只觉得自己状态上佳，黄金右手在燃烧，他已经迫不及待地想要开始接下来的团队赛了，于是不住地向轮回选手席那边张望着，但凡有人望过来，立即向他们露出挑衅的神色。

"给他凉的那杯水呢？端过来让他冷静一下。"叶修叫道。

水是方锐上场时向苏沐橙交代的，苏沐橙回来后还真就给他凉了一杯，此时端上，也不知方锐对自己说过的话还有没有印象，接过后就一饮而尽。

"水还是热的！"方锐叫道，"温酒斩华雄的故事你们听过没有？"

"都听过，我们接下来说比赛。"叶修飞快答道。

"哦哦，说比赛。"方锐也连忙端正了态度，得意忘形，他还是比较有限度的。猥琐流嘛，最擅长变化节奏了。

两队都没有回备战室，就这样在各自的选手席上张罗接下来要进行的团队赛。

片刻后，裁判过来招呼双方选手出场，早已确定的团队赛阵容，在电子大屏幕上打了出来。

兴欣，团队赛出场六人分别是：叶修、苏沐橙、方锐、乔一帆、安文逸、包子入侵。

轮回战队，则是：周泽楷、江波涛、孙翔、吕泊远、方明华、杜明。

两队的阵容相比首回合都略有调整。

兴欣方面唐柔本场团队赛没有出战，由乔一帆入替；轮回方面，上回合出战的刺客选手吴启坐在选手席上，由杜明出任第六人。

对于出场比赛的机会，尤其是总决赛这样的大舞台，每位选手都是无比期待、无比珍惜的。杜明在轮回的出场机会并不如核心选手那么稳定，能在总决赛上得到团队赛的出战机会，可算相当难得。

但是即便如此，也无法阻挡杜明带上更多的期待，但是看到兴欣阵容中居然没有唐柔后，他这点期待立即就化为乌有。

遗憾啊！杜明正想叹口气，忽然发现队友们看他的表情，连忙硬生生把这口气咽回去了。

不合适！如此难得的出场机会，自己还在这儿遗憾，不合适。杜明如此想着，收拾心情，昂首迈步，十分积极地第一个向着比赛台上走了去。

"唐柔居然没有出阵。"他的身后，江波涛和方明华一边挪着步子，一边小声议论着。

"是啊，失算。"方明华说道。

"不过今天杜明的状态真的相当好。"江波涛说。

"我早说了嘛，爱的力量。"方明华说。

"可是现在爱没上场啊！"江波涛说。

"但爱在场下看着呢！"方明华说。

"早知道可以排他打先发。"江波涛说。

"比赛里再调整吧！"方明华说着。

很快，两队选手，各自六人列队于场上，开始了团队赛前的相互致意。

周泽楷是不怎么讲话的，基本上向人笑一笑就算是致意了。轮回这边第一句发声的问候，到底得是他们的副队长江波涛发出。

"擂台赛打得非常精彩。"江波涛握住叶修手时说道。

"更精彩的还在后边。"叶修笑道。

"希望前辈不要那么可怕。"江波涛说道。

"害怕了吗？"叶修说道。

"确实有点，不过再怕也要上啊！"江波涛说。

"何必勉强自己呢？"叶修笑道。

"你俩……聊没完了吗？"就跟在叶修身后的苏沐橙忍无可忍了。这赛前致意的程序，通常来说就是两队列队，然后从两队各自带头的队长开始，逐一握手下去。结果叶修刚握到轮回站第二位的副队长江波涛，两人就你一言我一句地聊开了，弄得队伍就此卡住不前，后边的一个个都大眼瞪小眼呢。

"哈，苏姐着急了。"江波涛倒是和谁都能聊，放了叶修过去，立即和兴欣第二位的苏沐橙寒暄上了。

每场比赛都有进行的程序，没人会太关注这当中发生了什么。很快，双方相互致意完毕，在裁判的授意下，各自朝着比赛席走了去。

轮回主场在这一瞬爆发出了加油的呐喊声。

虽然轮回擂台赛输掉了两个人头分，但是真正的结果，总还是要打过团队赛才知道。团队赛里胜出两个人头分，也是很常见的，所以此时暂处落后的轮回战队和他们的粉丝都没有显得焦虑不安。

落后两个人头分，那又怎样呢？只要团队赛里追回不就好了吗？追回，那么他们就赢得了今天的比赛，就赢得了总决赛，他们将是冠军，将开创轮回王朝！

历史性的一刻，极有可能就在今天诞生。这让轮回的选手和粉丝都有着无穷的动力，这让他们在两个人头分落后的情况下依然可以保持着坚韧。

而兴欣，他们面临的是一场不能输的比赛。仅仅在擂台赛里拿下两个人头分，并不够。团队赛他们也要争取胜利，这样才能争取到第三回合决胜负的机会。否则，他们本赛季的旅途就将在这里画下句号，这是谁都不愿意看到的。

"加油！"两队的选手，都是最后一次互相鼓励，而后纷纷钻进了比赛席。

裁判看着时间。

有可能书写历史的一场比赛，务必要将一切都维护到最好。

秒针转动，当分毫不差地扫到 21 点 25 分时，裁判宣布，比赛开始！

载入，地图载入，角色载入。那数道齐冲向前的载入进度条，似乎都带着杀气，似乎都在和对方计较着谁先谁后。

君莫笑，载入完毕。

一枪穿云，载入完毕。

沐雨橙风，载入完毕。

无浪，载入完毕。

……

直至最后，地图载入完毕，比赛正式开打！

地图：赛尔克城大仓库。

城镇场景的地图，但因为仓库面积巨大，让这幅图拥有了庞大的室内面积，如此就有了一般野外地图所没有的多层次感，而仓库内部各种堆叠的货物，构造出了迷宫一般的地形，而且有些货物或许还会在战斗中提供帮助，不是经常使用这张图来作战的队伍，恐怕没办法完全清晰地掌握。

解说潘林和李艺博向观众介绍着地图，双方战队的角色已经分东西在地图中刷新完毕。

本图是真实选自神之领域土城之———赛尔克城的大仓库场景，是非对称型地图。东西刷新的两队，都各有可供利用的地形。但是客场作战的兴欣显然需要一定的观察来了解地图，而主队轮回，一刷新后全队就已经出发，没有直切，而是向西南方向挺进。

西南方向的那间仓库顶上，相比起其他仓库多了一根烟囱，孤零零的，却是这张图上的最高点。

轮回战队似是朝这方向来了，可是这烟囱，相比之下，却距离兴欣的刷新点更近一些，而它在图中如此显眼，也很快被兴欣的诸位看到了。

以一敌三

"高点？"

"明显！"

兴欣的队伍频道里出现对话，言简意赅。

说"高点"的人是苏沐橙。枪炮师抢据高点，可以更好地策应战局，这是常识。而眼下这个烟囱的高度不太高，也不太低，正是可以完美发挥枪炮师射程的高度。作为一个枪炮师选手，看到这样的高点，没点念想那可是不合格的。

但是叶修很快回答了她"明显"。

显眼的高度，已知的职业构成，轮回选择这图，如何会不知道这个高点对于兴欣的意义？他们既然知道，又怎么可能在总决赛的选图中卖个优势给对手？想想也不可能。这种显眼的优势，更可能是一个诱饵。

"近。"但方锐很快说道。

他判断了距离，高点距离他们更近。无论如何，兴欣总可以抢先占据这个点的。那么轮回若将此设计为饵的话，必将是一个可以完全应对枪炮师高点策应的布局，那会是什么呢？

"去看。"叶修下令，兴欣全队出发，目标：高点。

沟通一共就七个字，却已经很好传达出了所有意思。哪怕是普通观众，从这七个字中都基本可以领略兴欣的初期意图：高点是饵，所以不抢，反过来观察轮回针对高点的布局会怎样，从中寻找突破口。

队伍前进，但叶修的君莫笑移动更快，很快将全队甩在了身后，他是要抢先一个人到该点观察。

有距离上的优势，又有了脱离团队的快速移动，以叶修的经验，即便是一个不太熟悉的对战图，恐怕也能很快观察到其中的门道，但是拥有上帝视角的场外观众，看到此时叶修的举动，却几乎要给他点蜡了。

因为轮回这边，同样有角色脱离全队在高速移动，而且不是一个，是三个。

周泽楷，一枪穿云；孙翔，一叶之秋；江波涛，无浪。

三人角色呈品字形，自刷新点出发后，就渐将另外二人的角色甩在了身后。吕泊远的云山乱被留下负责保护移动较慢的方明华的牧师笑歌自若。

兴欣没有贸然去抢这个明显的高点，可是谨慎对待的态度，也在轮回的意料之中；甚至连兴欣会派先头兵来快速接近先作侦察的举动，他们都料算到了。品字形冲来的三个角色，实在是极具针对性，叶修的君莫笑会就这样被一波打死吗？

电视转播给出了鸟瞰图，地图上四个光点快速地向这端移动，方向相当清晰，就是这仓库顶上的烟囱。

不过叶修真是毫无保留地在加速，几个低阶快速移动的技能不间断地使用着。如此一来，即便轮回那边也甩下了短腿的治疗，可比起单枪匹马的君莫笑，速度上还是慢了不少，再加上距离本就远，叶修这个先到优势还是会非常明显的，只是不知道他会在这里耽搁多久。

光标闪动、接近，君莫笑终于到了这间库房边。

赛尔克城大仓库由大大小小多间库房构成，有高、中、低三种。这间库房是个低层，高度不过三米，却也是一个角色不可能凭一次跳跃就跨上的高度。但对叶修来说高度没有任何意义，"机械旋翼"、千机伞的忍刀模式，都可以轻松克服三米障碍。此时君莫笑将千机伞转成忍刀形态，两个起落后君莫笑就已在库房顶上，烟囱已在眼前，高度目测应在 15 米左右，加上库房高度接近 20 米，确实是一个非常适合枪炮师策应的高度。

拥有距离和移动速度两方面的优势，叶修丝毫没去考虑轮回已有部署的可能性，君莫笑笔直地向着烟囱冲去，视角不时地左右旋转，观察着这一带的地形。

库房，赛尔克城大仓库这边有的是库房。不同大小、不同高度的库房错落有致地分布在这一带。竖有烟囱的这间低层库房，左边是一间低层库房，高度约有 7 米，右边直接相连的，是突然拔高 2 米，高共 5 米的房顶。

左边 7 米，右边 5 米，这些屋顶都可以缩短和烟囱高点的距离。可是即便这样，轮回战队出战的角色除了周泽楷的神枪手，其他任何职业的攻击距

离都完全没有办法触及高点。周泽楷的神枪手是一大威胁，因为烟囱顶上空间极其有限，又没有遮挡，对于他来说，烟囱顶上的目标简直就是一个活靶。左 7 米高、右 5 米高的房顶上有太多的空间可以对高处完全暴露的枪炮师进行怒射，轻轻松松逼对方下来。

　　但是，这是以前。

　　75 级开放以后，枪炮师多出的技能之一，就是今天比赛中苏沐橙频频使用的"稳定炮架"。开启这一技能，枪炮师至少可以不用担忧被射击的冲击力直接撞下，在这一技能时间里反倒可以给予兴欣更强的火力支援。当然自己也要牺牲一些生命，具体最终哪方能讨到便宜，却要看临场表现。叶修并不觉得轮回针对这个高点会做的部署只是这么一个需要看临场发挥的状况。固然完成对高点反压制的人会是强大的周泽楷，但就因此觉得高枕无忧未免太盲目了。轮回的两连冠，可不是靠这种莽撞的信任赢得的。

　　还会有其他什么可能的变化吗？

　　君莫笑转眼已经跑到了烟囱底下，烟囱上有爬梯，叶修顺势操作君莫笑攀上，转眼到顶。四下一望，视野真的极好，如在此处开战，有这高点的枪炮师支援肯定可以打得舒服至极。所以说，只靠周泽楷的神枪手来限制这个高点就更无可能了。

　　那么，轮回的信心到底在哪里？是在某个视角无法触及的死角，还是说……

　　叶修低下视角，望向脚底下的烟囱。

　　烟囱此时并没有冒烟，但是如果有方法让它工作起来，那么站在烟囱顶的枪炮师在滚滚浓烟中，拥有的视野恐怕就不会那么美妙了。所以说，轮回对这一高点的控制，只是因为它是烟囱这本身？

　　君莫笑缩起身，直接朝着烟囱内跳去。近 20 米的高度足以让角色受到伤害，不过君莫笑手持千机伞的忍刀形态，能攀高也能落低。君莫笑下滑了一段后用起了忍刀，最后安全到底，却落到了一堆肮脏不堪的废物当中。君莫笑转了一圈视角，看到了光亮，挣扎着寻摸过去，钻出，已到了这间库房的底层。而连着这烟囱的，是一个大大的焚化炉，这间库房里所堆的都是各种废弃的杂物，看起来是个专门焚毁垃圾的地方。

　　叶修很快找到了开关，拉下后，焚化炉点燃，履带也开始运转，将垃圾不断地向炉内传送。

果然！叶修现在可以确定了，这高点就是因为这建筑本身的功用而无法成为一个可被使用的高点。

"冒烟了！"焚化炉的效率惊人，君莫笑拉下开关没多大会儿，烟囱已有浓烟冒起，兴欣和轮回两边队伍的频道里，同时有人发出消息。

"这个烟囱竟然是可以被使用的。"解说潘林说道。

"还好叶修提前发现了这一点。"李艺博说道。

"双方还没有实战上的接触，但已经有了智慧上的交锋。"潘林说道。

"不过，看起来还是轮回想到的更多一些啊！"李艺博看了一些资料后，微笑说道。

"哦？"潘林疑惑。

"看这间库房的出口。"李艺博提醒潘林，同时也提醒所有观众。

库房出口……

电视转播很快给出了指引特写，但是现场的观众，有一部分人看到了，另一部分人却不得不依靠电子大屏幕来了解。因为大家所处位置不同，从不同方向望去，是不同角度的呈现。库房出口朝东，自然是东面看台的观众看得最清楚，而西面看台玩家最为茫然。不过现场的全息投影很快根据情况进行了调整，原本只是在君莫笑跳下烟囱后将这一部分作半透明处理，而现在，半透明处理延展到了整个库房，大家可以看到库房内君莫笑的行动，这是对这类拥有内外场景的地图进行全息投影时必要的技术。

而在看清了这一点后，拥有上帝视角的观众们很快领会了李艺博话里的意思。

这间库房只有这一个出口，出口向东，这是轮回战队杀来的方向。此时君莫笑想从库房出来只能走这里，但是轮回三人小组距离这出口更近，他们完全可以在君莫笑之前对出口完成封堵。而烟囱冒烟，正给了他们三人这样的信号，毫不犹豫的三人冲到出口处。

但是，不见君莫笑。

叶修在寻找库房出口发现出口向东后，立即也意识到了这一点，君莫笑果然没有朝出口方向来，返身把焚化炉的开关给关了。

君莫笑试着往里探了探，掉血！显然炉内温度过高，会造成伤害，想从烟囱里原路爬出一时半会还进行不了。

周围杂物成堆，叶修随便找了个地方让君莫笑隐蔽起来，同时送出消息：

"抢高点！"

高点？又要抢高点了？

观众们都是一怔。

虽然此时焚化炉被叶修关了，而他的君莫笑就守在一旁，可是轮回那边足足有三个人，叶修一个人，恐怕不足以守住这个地方吧？

不过这么想的玩家很快就反应过来了。他们因为拥有上帝视角，所以才清楚此时轮回过来的足足有三个人。叶修却根本没往出口闯就退回来了，他可不知道轮回过来的排场。所以他先示意抢高点，倒也是个不错的选择，至少眼下焚化炉确实在他的掌控下。就算之后发现对方三人来攻，无法守住，再发消息让苏沐橙放弃高点肯定也是来得及的。

兴欣四人此时已接近这边，收到叶修新来的消息后，苏沐橙的沐雨橙风立即提速，先行脱队，向着库房这边冲来。

库房出口，周泽楷、江波涛、孙翔三人角色呈包围阵势，却不见对手现身。

因为是远程，周泽楷的一枪穿云站位略靠后，正好可以看到烟囱顶，很快发现浓烟渐稀。

"关。"他在频道里发消息。其他人立即明白他说的是焚化炉被关了。

关了，就可以抢高点，但是轮回没有对高点进行针对性的防范。

"进！"江波涛发出消息。

孙翔的一叶之秋头前开路，江波涛的无浪随后，周泽楷的一枪穿云断后，三人没有分散，却集中朝仓库冲进来。

一左，一右！一叶之秋和无浪的动作整齐又敏捷，显然他们对于这仓库内部也是极熟。两人角色这么一分，立即各探了左右两边杂物的背后，没有发现。

"进！"江波涛再发消息。

三人角色分散，各走一道，齐齐压上，都是缓步慢行，不发出丁点声响，逐步向着焚化炉方向靠近。约莫走过一半距离的时候，周泽楷的一枪穿云突然踩着身旁的垃圾堆跳起，两个起落，站到了上方，一眼扫去，立即看到那边角落蹲着的君莫笑。

轰轰轰！结果竟然是君莫笑手中的千机伞先闪出火光，他的视角似乎就对着这个方向，正等着目标现身。

周泽楷反应超快，一枪穿云连忙一个后滚，立时从君莫笑将将看到他的视角里消失。"反坦克炮"落下，全炸在垃圾堆上。这些垃圾都是些破破烂烂的杂碎，这三炮炸开，碎屑乱飞，噼里啪啦好似下雨，好不热闹。

周泽楷的一枪穿云后滚避过这一击，跟着就两个前滚，俯身趴在垃圾堆上，敞开的风衣就这么铺在垃圾堆上，看得人好不心疼。

砰砰砰砰！一枪穿云双枪探出，正指君莫笑所在的位置，一通射击，但君莫笑此时已不在这位置，子弹将那堆垃圾打得四处乱溅。

这端的交火迅速吸引了孙翔和江波涛的关注，周泽楷一边还击，一边早已报上君莫笑的坐标。孙翔和江波涛结合对这位置的判断，各有应对，两人角色相继在下边穿梭，却都是在封锁君莫笑的去路。

"无！"周泽楷见目标消失，连忙再发消息。那二人收了，更显戒备。君莫笑会从哪里出现？

连拥有上帝视角的一些现场观众都因为看不到着急了。库房已经被全息投影做了半透明处理，里面的垃圾堆就不方便再作半透明处理，否则层叠在一起效果不好，这是经过实践检验的。

于是君莫笑所躲的地方，有些位置的观众能看到，有些位置的可就看不到了。看不到的只能依靠电子大屏幕，然后从全息投影中比对位置，这一比出来，更急了！君莫笑就蹲伏在那儿，而孙翔的一叶之秋正在一步一步向着这边踏近，这是要被偷袭的节奏啊！

谁想就在一叶之秋距离那里还有两步的距离时，突然停了。而后另一侧江波涛的无浪突然提速，两步抢出。

四目相对。

砰砰！枪响，到底还是恭候着的叶修反应更快，无浪身影一现，立即就是两枪放出。

但是一叶之秋的却邪在枪响中刺出，"怒龙穿心破"！

战矛直接从垃圾堆中穿透而过，力道丝毫不见减弱。

叶修却被自己良好的意识救了。冲无浪开出两枪的同时，为防范对方可能的反击，君莫笑顺势向后一滚，就是这种优良的守备习惯，让他正巧避过了这记"怒龙穿心破"。看着那熟悉的战矛凌厉地钻出，叶修自己也心道了一声侥幸。他倒是真没料到已经有人欺近到这个位置。

一枪穿云、无浪、一叶之秋。居然有三个人，还会有第四个吗？甚至是第五个？第五个的话不可能是治疗，治疗没可能移动得这么快。五人的话，那就是全攻击阵容，针对这个高点，没理由需要这么奔放。其实三人就已经极具攻击性了，如果换自己来部署，恐怕会派两人离队先行，而后留两人保护治疗随后赶到，对方这种部署的话……

"库内三人，截杀治疗！"叶修迅速在频道里发出消息。

八个字，解读需要一定的思考判断。

截杀治疗，上哪截杀？这就需要从库内三人这里去推导。兴欣距离这间库房是比轮回近的，但是现在对手居然有三人先一步到库内了，为什么？因为他们甩开了治疗。所以治疗在他们身后，在从轮回的刷新点赶往库房的途中。一个是治疗，身边有保护。保护的人是谁？

"——无。"叶修消息再来。

两个一，一枪穿云，一叶之秋；无，无浪。

情报彻底清晰，后方治疗身边的是吕泊远，或者是杜明。不管是谁，兴欣这边的治疗绝对安全，不会遭到任何攻击，那么暂可以抛下。

于是方锐的海无量和乔一帆的一寸灰果断提速。之前先一步离队先行的沐雨橙风，这时已经到了库房边。虽然先前叶修给她的指示是抢高点。但眼下确定轮回三人已在库内，高点对库内的战斗没有任何帮助；截杀轮回后方赶到的治疗，这高点却略嫌靠后。所以苏沐橙果断放弃抢高点，凭借手炮的强大后坐力直接跃上三米高的库房，就在顶上朝库房出口方向冲去。

这就是选手在比赛中需要随机应变的地方了。哪怕是指挥刚刚下过的指示，也极有可能因为一些变化马上变得不那么适宜。这种时候需要选手自己有充分的判断，根据新形势调整自己的行动。

库房内，叶修一人独对轮回三巨头，自然不可能正面强杀。侥幸避过一叶之秋那记"怒龙穿心破"后，叶修一边在兴欣频道里送出消息和指示，一边将一颗手雷扔向垃圾堆的转角处。

孙翔的视角被垃圾堆阻挡，完全不知有手雷丢出。"怒龙穿心破"居然没中，立即就要一叶之秋抢步迈出。但是他看不到，另一端正对的江波涛却看得真切。

"躲！"

消息、手雷、一叶之秋的右脚不分你我地同时落下。

轰！手雷爆炸，和孙翔看到江波涛发出的消息同时进行，再作闪避哪里来得及？一叶之秋被爆炸的气浪掀退，江波涛的无浪疾步冲过来，君莫笑却已经折身转到了垃圾堆后。

　　江波涛的无浪主修波动剑，但波动阵也不是一个不会。无浪停步，挥起短剑天链，就要吟唱凝聚波动之力。哪想刚一举剑，君莫笑突又探回了身，居然料到江波涛要在此时放波动阵，打断吟唱来了。

　　江波涛却是一笑：你料到我，我却也料到你会料到我。

　　天链短剑斩下！这居然不是在作波动阵的吟唱，而只是一记"鬼斩"的蓄力。

　　象征着鬼神之力的紫光劈出，与空气摩擦噼啪作响。这一斩，居然并不对准君莫笑探出的半身，而是偏右三分，对着这一角码放的垃圾堆斩去。

　　叶修一看这攻击角度，没去抢攻，君莫笑连忙一个大后跳。"鬼斩"落下，正劈在垃圾堆上。那堆垃圾顿时崩塌，哗啦啦地朝下涌去。叶修若不是让君莫笑后跳这一大步，非被这垃圾埋了不可。

　　"狡猾！"君莫笑拧身再走的同时，叶修不忘留句垃圾话。

　　这话嘲讽一下江波涛当然是一方面，另一方面，却也是给队友们送出信息，让他们知道自己在这边还能应付，否则能打字的空当就不该是嘲讽对手，而该大叫救命了。

　　拧身，再躲，君莫笑的身形总是被叶修尽可能地压得很低，而这种摸爬滚打的移动方式，所有人都很有种即视感，这分明就是方锐的猥琐流移动嘛！

　　"这家伙，到底还有什么不会的啊！"观战的张佳乐忍不住感慨。虽然相识九年，早知道这位的教科书一称不是浪得虚名。《荣耀》中的很多技术、很多打法都是叶修所创，但终归不是全部。比如张佳乐的百花式打法，比如方锐的这种猥琐流打法，都绝对是他们这些人的原创。

　　这些被立为他们标志性的打法，当然也不是说只有他们能用，同职业的选手也会学以致用。但叶修这家伙以前战斗法师一个，不是弹药师，也不是盗贼，却也把他们这些打法似模似样地掌握了，然后找出缺陷、找出弱点针对他们，真是让人讨厌得不能再讨厌了。

　　"三个人都搞不定，还打个屁啊！"黄少天这时也叫上了，职业选手群情激昂，似乎都有哪根神经被触动了。

　　江波涛的无浪踩着刚被他一记"鬼斩"劈下的垃圾追向君莫笑，孙翔的一叶之秋却转向这边，继续直线前进，明显是要到前方和江波涛的无浪形成夹击。与此同时，周泽楷的一枪穿云也继续在垃圾堆上方向这边移动，居高

临下的视角，却看不到君莫笑的行踪，叶修采用压低身形的方锐式猥琐流的移动，防的就是上方的周泽楷。

图毕竟是轮回的主场图，视角没有锁定君莫笑，但就从他逃走的方向，轮回三位心中已有判断。江波涛左，孙翔右，周泽楷走上空，轮回的阵势不只是两路夹击，而是三路包抄。

就在这了！江波涛和孙翔两人几乎一样的心思，两人的角色更是一致的速度，各自抵达这一转角后，不约而同地向上扫了一眼周泽楷的一枪穿云。

很好！一枪穿云也完全跟上了二人的节奏，居高临下，三路压制。

"地裂波动剑""霸碎"！

一个挥出短剑天链，一个扫出战矛却邪。无浪和一叶之秋冲出这个转口，以攻代守，以免君莫笑又蹲在角落阴人。

不过这次两人显然想太多，叶修并没有让君莫笑在任何一边的转角埋伏，只是继续压低身形很平常地移动。结果前方一叶之秋"霸碎"闪出，截了他的前路，转身一看背后，无浪的"地裂波动剑"已经卷着垃圾飞来，上方，更是传来一枪穿云跳落在这堆垃圾上的声音。

君莫笑后跳！先将无浪这记"地裂波动剑"避过，同时一拧身，就要爬上身后这垃圾堆。但江波涛早料到这一点，无浪短剑天链再挑，一记"疾光波动剑"瞬时闪到，彻底断了叶修的念头。

孙翔的一叶之秋已从这边逼上，立即见到被无浪的"疾光波动剑"截下的君莫笑双手飞快一个结印——"影分身术"！

孙翔立即意识到了，一叶之秋不进反退，转视角立即看自己身后。

没人！视角连忙再转回，结果这边也没人。

怎么回事？孙翔正吃惊，却听上方传来声响。

"地心斩首术"，叶修操作君莫笑施展的赫然是忍者忍术，下方遁地，现身时竟然是从垃圾堆的上方钻出。周泽楷的视角还没来得及看到下方的君莫笑，自然不知对方在搞这动作，君莫笑猛从垃圾里钻出，正出现在他面前，忍刀一翻！

所幸，周泽楷不确认下方君莫笑的动作，但叶修也不知道上方一枪穿云的准确位置，这一"地心斩首术"，最终钻出的位置正处在一枪穿云的正前方，而且稍稍远了一点。

这就给了周泽楷足够的反应和操作的时间。

一枪穿云疾步后跳，避开了君莫笑距离并不完美的这一击，荒火、碎霜，双枪亮起，枪口漆黑，转眼一同染上枪火。

砰砰砰砰砰……子弹飞射，距离不过两步，哪里还能避得过？

噗噗噗噗噗！君莫笑接连中弹，却不见血花，身子瞬间就像一个支离破碎的影子——"影分身术"！

咻！极快的一声，刀光自一枪穿云的脖颈间穿过，一道鲜红跟着喷射出来。

"割喉"，君莫笑用"影分身术"闪至一枪穿云身后，飞快做出一击。跟着千机伞拆成两截，东方棍模式，君莫笑双手一扣，已将一枪穿云拿住，振臂一挥就将他丢了出去，"抛投"！

一切都只发生在瞬息间。似乎前一秒君莫笑还在地上被无浪和一叶之秋夹击，结果下一秒就已出现在垃圾堆上方，跟着闪到一枪穿云身后，然后，一枪穿云脖子飞着血，被扔出去了。

快！除了快，根本没办法找出第二个形容词，大家只觉得把这个"快"字给剁碎了似乎才足以形容方才这电光火石的一瞬又一瞬。

不是快到这种程度，能让周泽楷都措手不及吗？

江波涛和孙翔刚刚听到上方有动静，想去查看，就见一枪穿云已被扔下。此时当然不是问候队员的时候，两人不假思索，一左一右，一起踩着垃圾堆就往上跳。

结果孙翔这边一叶之秋一冒头，就见一颗手雷就要落在眼前。根本没有思考的时间，孙翔下意识地一甩鼠标，一叶之秋战矛横过，将那手雷一磕。

轰！仓促中力道根本没办法掌握到最佳，手雷到底还是炸了，但至少算被一叶之秋攻击招架在了身子外，冲击力未能将他弹开，一叶之秋继续向前跃起。谁想一叶之秋没被弹开，爆炸的冲击波却把他要落脚的那堆垃圾掀动了。垃圾堆得松散，一炸就是一个坑，一叶之秋踩了个空，身子呼一下，又沉没下去……

孙翔这边，看着也就是有点蠢，江波涛遇到的才是根本没办法的攻击。他的无浪也是刚一冒头，就见千机伞从天而降，仿佛流星一般。

"星落"，驱魔师技能，江波涛当然很清楚这技能的效果以及判定，在那一瞬间心里就放弃了。但已经腾空的角色不是想怎样就能怎样的，江波涛连忙让无浪施展了一个格挡，而后连落脚都没有，直接被一记"星落"撞下去了。

周泽楷、江波涛、孙翔，职业圈中赫赫有名的三位高手，都是全明星阵容中排位前十的顶尖大神，结果此时被叶修以一对三，打得在垃圾堆下东倒西歪。

虽然只这一瞬间，虽然可以看出叶修如何因势取巧，但不管怎样，这一幕给所有人都留下了极深刻的印象。

解说潘林和李艺博完全找不出任何词来描述。叶修的思路、手法都挺简单、挺平凡的，或许一个普通玩家在这种时候都能想到和他差不多的处理方法。但问题是，叶修面对的可是周泽楷、江波涛、孙翔这三大高手。这可不是单凭想到就可以解决的，比起想到，做到才更难。

叶修做到了，所以全场寂静，电视转播中也没有任何解说的声音。

所有人就这样默默地看着垃圾堆上方的君莫笑转身准备离去。

说到底，他还是不敢和这三人正面交手，但是，能如此胜上这么一回合，已经让人觉得非常不可思议了。

之前还在认为三打一必须搞定，搞不定就丢人至极的职业选手们，这一刻也保持了沉默。他们习惯性地将自己代入后，纷纷觉得在那一刻、那一瞬间，叶修，没有人能拦得住。场上的三人不能，他们也不能，在这个地球上大概就没有人类可以做到这一点。

"靠……"千言万语到最后汇集成了一句脏话，是叹息，是感慨，但更多的是服气。

这种程度的发挥，真的不能怪轮回三位不给力，这完全要怪对手太强大了。

但轮回的三位可不准备和观众一起惊讶，一起沉默下去。被君莫笑从垃圾堆上"抛投"扔下的一枪穿云，因为抓取技能的强制判定，必须倒地。但在倒地状态完成后，以最快的速度从地上弹起。

一枪穿云的动作也快到不可思议，几乎让人觉得他掉在了一张弹簧床上，立即就被弹回了半空。

开火！双枪怒射，却是飞枪操作，借后坐力，一枪穿云重新朝垃圾堆上跳去，半空中身子已在拧转。周泽楷将射击的推力、跳起的高度等一切都拿捏得精准至极，弹起，以后坐力升空，转身，正朝前方落下，一气呵成。

砰砰砰！枪响仿佛就没断过，但是此时子弹飞快地飞向了前方的君莫笑。

叶修吃了一惊。要吃强制倒地判定的一枪穿云，居然第一个追了回来，周泽楷的反应之神速也有点出乎他的意料，而此时他还远没有让君莫笑跑到可作隐蔽的地方。这垃圾堆不像实地那么坚硬，一脚深一脚浅的，移动速度很受影响。

翻滚躲避着子弹，君莫笑还顺势还了两枪。子弹暴雨般地落在垃圾堆上，像掀起了浪花一般，乱七八糟的，也不知是什么破碎东西被子弹溅得纷纷扬扬，在君莫笑的身边飞舞着。

砰砰砰砰！

当当当当！

一枪穿云枪声不停，但是这中间竟然夹杂着一些奇怪的声音。

噗！君莫笑忽然肩头中弹，而这完全出乎叶修的意料，一枪穿云的射击轨迹他明明躲得很彻底……

是那些碰撞……叶修飞快意识到了。

周泽楷竟然利用起这些被子弹溅起的垃圾，让射出的子弹和它们碰撞，将它们制造出杀伤力不说，还让子弹的轨迹因此发生偏转，让叶修无从判断。

顷刻间，君莫笑再遭三次攻击，两次是被飞溅的垃圾撞到，一次又是一颗轨迹被撞歪了的子弹打中。他的行动顿时大受影响，如此密集的连续撞击，角色节奏完全被破坏。

万般无奈之下，千机伞张起……

啪啪啪啪……密如雨下，子弹加垃圾，瞬间不知有多少打到千机伞盾上。

叶修不可能一直靠千机伞盾的掩护，千机伞的耐久根本扛不住一枪穿云这样的攻击节奏。

撑伞，只是赢得一口喘息，紧跟着，伞面收起的瞬间，千机伞尖喷出了火舌——"格林机枪"。

对射！

16
CHAPTER
不可思议的牵制

只凭千机伞的枪形态，君莫笑是完全没能力和一枪穿云进行对射的，但是用了"格林机枪"这个技能后顿时就不一样。

子弹沿地扫过，一路溅起大量的垃圾，直至一枪穿云身前时才突然撩起。周泽楷早已操作着一枪穿云横身闪避，但视角里全是飞舞的垃圾，追来的子弹顿时也和这些飞起的垃圾开始了碰撞，周泽楷也同样没办法对这种不规则的轨迹进行判断。他只能同方才的叶修一样，让一枪穿云保持移动，尽可能地离那些一团乱的轨迹远一些。

两个角色不断地射击，不断地被命中，血花、子弹、飞舞的垃圾……

所有人目瞪口呆。谁也没想到刚刚在擂台赛中给大家呈现过一场精彩对抗的二人，转眼在团队赛中又打出如此激烈的对抗。

射术！这是周泽楷所专长的技术，但是此时叶修对射击的控制并不输给他，两个角色的对射平分秋色。

电视转播，还有现场的电子大屏幕纷纷给观众提供慢放。在这将速度放慢了 N 倍的镜头下，观众们这才看到每一发子弹飞出后与空中垃圾的碰撞、折向，才意识到这场激烈的对射中居然还包藏着这样的技术含量。

"这……是押枪吗？"潘林也是从慢放中才真正看清楚所发生的一切，却依然以十分不敢确认的口气说道。

"这个……"李艺博的口气中也充满了不自信，因为眼前的景象实在前所未见。

所谓押枪，是利用子弹撞击的冲击力，连续射击空中目标，将其准确地送往需要的落点。周泽楷就曾在表演赛中展示利用押枪技巧将目标直接射杀在空中，至今还被粉丝津津乐道。

当然，表演赛上做到的事不好拿到职业赛场上来说，至少周泽楷在正式比赛中从来没有过这样的演出。更多的，则是在团队赛中利用押枪技巧来控制浮空对手的落位。和柔道选手吕泊远的抓取配合，可以制造相当强力的控场效果。

而叶修，提起押枪那却是一个绝对绕不过去的人物。因为这门技术正是他所创。不过这一点听着更像一个传说，太多的人根本就不知道这位原创者的押枪技术到底如何，因为他多年来战斗的职业一直是战斗法师，以至于现如今涌进《荣耀》的许多玩家粉丝压根不知道这一渊源，说押枪，他们先想到的都是周泽楷。

李艺博是老一代选手出身，当然不会忘了叶修是押枪的原创者，只是眼前这样的手法到底算不算押枪，他完全拿捏不准。

"这个……算不算押枪我也说不准。但是我敢肯定的是，能打出这种程度的选手，押枪的技巧一定也登峰造极！"李艺博最后如此说道。听起来圆滑，却也不无道理。眼下二人的这种射击打法，对精度要求极高，而押枪技巧很重要的也是这一点。只不过相比传统意义上的押枪，两人此时的射击并不针对同一目标，两人的子弹都打得很散乱，都在不住地和空中飞着的垃圾碎屑寻求碰撞，这，或许是将押枪技巧化整为零的运用吧？

李艺博心里也是有点想法的，但是不敢说。叶修的比赛他已经吃够教训了，周泽楷今天也抽他的脸，哪里还敢再多加议论？

"但这样的打法叶修坚持不了多久吧？"潘林说道。

"不是他坚持不了，而是他的角色坚持不了。"李艺博说道。君莫笑能和一枪穿云平分秋色地互射，多亏使用"格林机枪"这一技能。可技能总有时效，"格林机枪"也总有弹尽粮绝的时候。

"就算角色能坚持，场面也不允许。"李艺博跟着又补充了一句，因为他看到画面上江波涛的无浪和孙翔的一叶之秋已经有所行动，两人没有再往垃圾堆上冲，而是从左右绕向叶修的退路，他俩早判断出这样的对射君莫笑不可能一直进行，早晚要退。

一左一右，两人的角色在垃圾堆旁疾驰。上方的叶修看不到二人的行动，不间断的枪声也掩盖了两个角色的脚步声，两个角色飞快地抄到了君莫笑的后路。周泽楷的一枪穿云也在此时强行压上，他也计算清楚，君莫笑的"格林机枪"很快就要结束，就剩最后几发子弹了。

　　嗒！结果就在一声之后，"格林机枪"的射击戛然止住。叶修提前一步就让君莫笑停止了"格林机枪"的射击，角色飞身倒跳而起，剑出！——"拔刀斩"！一剑扫出，却是朝地，飞扬的剑气瞬间在垃圾堆上走过一道清晰的痕迹。一道圆弧，好似月牙一般，将这垃圾堆的边缘挖出了一道。

　　哗！高高堆起的垃圾顿时产生了滑坡。江波涛的无浪和孙翔的一叶之秋一左一右正杀到这边，两人都已看到空中要从垃圾堆上飞落的君莫笑，正做好趁他立足未稳就展开攻击的准备，谁想身边的垃圾突然倒下，劈头盖脸，脚边的垃圾也在挤压中没了过来……

　　两人的角色挣扎着，也没能挡住这如潮的垃圾，瞬间竟被没过，而君莫笑就在这乱哄哄一片涌来的垃圾海中，从他们的视角里消失了。

　　"？"

　　"？"

　　孙翔和江波涛两人接连在频道里打出问号，他们都失去了目标，而自己的角色一时间被垃圾埋得无法自拔。

　　"？"紧接着，第三个问号也来了。周泽楷的一枪穿云飞步赶到这边时，也不见君莫笑的踪迹。视角机警地在四下旋转了一圈，一无所获。

　　砰砰砰砰！一枪穿云立即对着这坍塌涌下的垃圾连射数枪，打得碎屑乱飞，却没探出君莫笑的所在。江波涛的无浪和孙翔的一叶之秋终于从垃圾堆里冒出头来，挣扎着往外爬。

　　三对一，竟然还弄得如此狼狈？

　　他们轮回的主场图，结果被对手利用这废料库里的垃圾堆大做文章？

　　三位高手伤的不是角色的血，伤的是自尊。孙翔的一叶之秋刚从垃圾堆里钻出，立即跃向半空——"斗破山河"！

　　凝聚着他郁闷的一击重重地轰在这堆垃圾上。魔法斗气渗下、爆发，整片垃圾几乎都要被翻个个儿，君莫笑若真藏身其下，这次肯定无处遁形。但是，没有……

　　现场的轮回粉丝都要为他们的三员大将默哀了。他们早看到叶修的君莫笑在垃圾堆倾倒的那一瞬间，施展了"影分身术"。

　　影分身在垃圾堆的淹没下瞬间就残碎不见了，君莫笑的真身早已赶在一枪穿云冲到前绕道离开。

　　周泽楷、孙翔、江波涛，赫赫有名的三个名字，全明星十大选手中的三位，此时面对叶修一人，竟被耍得团团转。即便叶修没有和他们正面交手，只是想方设法地闪转腾挪，但是一对三的局面，叶修能做到这点就已经算大获成功了。而三人即使没有什么损伤，在众人眼中也不免要被挂上失败者的标签。越是轮回的死忠，越会这样觉得。

但是三人还在坚持他们的节奏。一叶之秋的"斗破山河"一举确定了君莫笑没有藏在垃圾堆下，周泽楷的一枪穿云继续跳上前方的垃圾堆，从高处寻找君莫笑的踪迹，而江波涛和孙翔也再分左右，继续追踪下去。

占据优势的是他们。这一点根本不需要任何人提醒，他们三人一直确信这一点。虽然目前有些失败，有些狼狈，但这一事实并未更改。只不过他们所花的时间比预期的长不少，那么就不得不给还未赶来的另外两人一些提示了。

"小心阻击！"江波涛在频道里发出消息。

"早就在小心了。"另一端方明华回道。

没有在频道里收到任何情报，看到的只是那三人接连的问号，方明华和吕泊远就意料到他们这边进行得不太顺利。按照轮回最初的计划，兴欣这边无论是谁、多少人先到废料库，凭周泽楷、江波涛、孙翔三人都足以应对。如此一来，无论是逼对方不得不救，或强行交换，他们先杀废料库这边，再回身支援方明华和吕泊远那边，他们都会觉得比较有把握。但是结果，兴欣这边只来一个人——叶修，然后，他们三个人竟然迟迟没能把叶修限制住。这可就成了叶修一拖他们仨的节奏，那方明华和吕泊远那边可就不好应对了。

思考到这种不利的可能性，方明华和吕泊远早作调整，两人的角色最终竟然没有依照周泽楷他们三人角色的行动路线朝废料库这边来，而是走了个迂回，同时注意回避烟囱的高点视角。苏沐橙没有去抢高点，两人的这·回避有些多余，但这一迂回，就避开了兴欣的截杀。

"绕路了。"方锐从时间上做出判断，没有再继续向前搜寻。

"你那边怎么样，能顶住打1。"方锐又发消息。

"111111111111。"叶修打了一排1，意思是很能顶得住。

"这么厉害，那还要我们干吗啊？"方锐说着，说实话也惊诧不已。那可是周泽楷、江波涛和孙翔三个人啊！叶修一人独对，居然还能打出这么多1来？这牵制，连队友都觉得不可思议。

周泽楷、江波涛、孙翔，三位顶尖选手竟被一人拖住，不可思议的牵制，也就意味着这是一个千载难逢的机会。这种机会，当然应该大胆一点、进取一点，错过的话，未免太可惜了吧？

方锐心里正这样权衡，就见苏沐橙已在频道里发出了消息："散！"

"这就是我要说的！"方锐一看苏沐橙都和他想一起去了，心里顿时再无犹豫。对方没有从他们预料的路线过来，想必也是因为那三位被叶修一人拖住的缘故。但是不管怎样，他们总要和那三人互相接应的，无论走哪条路线，前进的大体方向总不会差。

但如果只是单纯方向上的靠拢，对方可作的选择就太多了，只凭三个人完全没办法全面搜寻，势必需要一定的取舍。

而这就需要意识、需要胆量来做判断了。对方没有选择最直接的路线已成事实，如此会选择怎样的线路来作迂回呢？太偏远的线路，团队上的分割会很厉害，将彻底失去相互支援的可能性，却能给兴欣眼下的搜索制造最大的麻烦；而简单一点的迂回，不至于冒团队脱节的危险，却容易被兴欣较轻易地截杀到。

轮回，会做出怎样的决断呢？这需要小心判断，这一步走错，可再没有后悔的余地。"就近！"又一次，方锐还在揣摩对手可能的心思，苏沐橙就已果断做出决断，而后就见她的沐雨橙风就近攀上了一间仓库的房顶，先把附近仓库的房顶检视了一下。

没有。吕泊远和方明华果然没有选择这种过于显眼的线路，不过沐雨橙风随即就在房顶上移动了，防患于未然的同时，也便于从高处进行火力支援。

"我左你右。"方锐随即发出消息，和乔一帆一左一右，就轮回可能的较简单的迂回线路开始了左右两道线路的排查。

但是随即方锐就见到苏沐橙的沐雨橙风贴在这间仓库顶部的边缘移动，朝他挥了挥手炮。方锐明白她的意思。她这样走，这条线路也算是被她盯在眼皮下了，方锐的海无量可以再往左去一些，扩大他们的搜索面积。

方锐随即让海无量调整，再偏左一些，向前快速移动。

要快！这是三人共同的心思。虽然叶修豪迈地回复了很多个"1"，但是要一人和那三位周旋，所承担的压力可想而知。他们总不能期待着叶修能把那三位给打倒吧，他们需要抓紧时间利用叶修创造给他们的机会，给轮回来个釜底抽薪！

这才是真正核心级的表现啊！方锐一边操作海无量赶路，一边感慨着。

他固然拿着兴欣第一高薪，使用着兴欣最强力的角色，但就这样的一拖三，让他去的话他还真有点发怵，完全没有可以牵制住三人的信心。

叶修是兴欣真正的核心，这点毫无疑问。而苏沐橙刚才两次坚决的判断，也让方锐很有些触动。虽然当时他和苏沐橙念头一致，可是对方却能在他之前做出决断，这一点区别很大。这是信心，更是敢于担当的勇气，在这一点上，方锐输给了苏沐橙。

自己果然是天生配角的命啊！方锐不由得深入感慨了一下。虽然他并没有多大的野心，但是成为一支队伍的核心，这是每一位职业选手都会有的憧憬。方锐因为猥琐的风格，一直被认为不适合作为一支队伍的旗帜，对此他挺不以为然的。但是现在，通过和叶修、和苏沐橙比较，他清醒地意识到，自己确实不适合作为一位真正的核心人物，这并不仅仅是因为猥琐流的风格。

还好已经习惯了！方锐倒是挺会宽慰自己，很快就甩开了这些念想。本来他对这种事就没存多大的心思，只是因为季后赛的表现一直不够抢眼，才让他在这方面有些敏感罢了。

抛开这些乱七八糟的念头，方锐的心思很快集中于比赛。海无量沿着线路继续朝前走着。这是两间库房之间，因为不是出入口方向，所以距离挺近。右手边的库房较长，而左边的库房较短。很快他已走过左边库房，又出现一间新的库房，和这两间夹成了一个丁字形线路。前方一望到底，并没有对手的踪迹，向左吗？

方锐心中略犹豫，但是很快想起苏沐橙的那份坚决，狠狠鄙视了一下自己。

向左！就向左！海无量在丁字口转向左，这个判断倒也不是意气用事。方锐心里对对手的移动速度是有评估的，如果对手只是单纯地从这条线路走，那么早就应该出现在前方出口了。结果对手没出现，苏沐橙和乔一帆那边也没有消息，那么再靠左一些，或许就是对方的选择。

向左的这条道更为狭窄，几乎只容一人通过，海无量移动很快，方锐时不时会将视角转回看看身后。就在这样的视角转动中，方锐无意间看到，右边这库房上方，离地约莫三层楼高度的位置，每隔数米就有一扇窗户。

这……方锐隐隐意识到有些不妙。

这种细节，是他们这些客场作战的队伍很难事前就掌握的。但轮回若是有心利用到，角色就可以不站在屋顶，只是从这样的室内居高观察外部环境，

这可不容易被人发现。

方锐再转视角向后方高处看了看，身后，还有海无量左边的库房都没有这间这么高，从窗户望去，拥有的视野相当不错，至少，那边沐雨橙风跳上库房的举动，从这个位置是完全可以观察到的。

那么自己的海无量呢？如果那库房里有人，并且在这窗口窥视，海无量的举动恐怕也早被对方收入眼底了吧！

一想到此，海无量的移动顿时更快。作为偷袭下套打闷棍的大行家，方锐立即察觉到海无量所处的位置是多么危险。这样一个只容一人的狭长道路，左右高度都不足以一跃而上，若被夹击，可是大大的不妙。

不妙！太不妙了！

地图是轮回的选图，不过在地图载入时，会有一些信息在载入时就显示出来，比如：地图上的换人区位置。而眼下的位置，距离正中的那个换人区是如此之近，轮回恐怕会……砰砰……两声脆响，方锐的思绪被彻底打断，轮回的现场爆发出一阵掌声和欢呼。

就在方锐辛苦地揣摩对手心思的时候，拥有上帝视角的观众们却早看清轮回吕泊远和方明华这二人的举动。他们的角色移动到了这边，直接进了这间库房，而后就到了顶层墙边的窗户边。从窗户向外望去，很快他们就看到了跳到库房顶上搜寻他们下落的沐雨橙风。

方锐的海无量被库房遮挡，并没有暴露在两人的视野里，但是两人好像看到了海无量朝这边来一样。方明华的笑歌自若跑去换人区，交换了杜明的吴霜钩月进来，此时的场上，轮回赫然是五攻击手的阵容。

而后，方锐的海无量来到了丁字路口。他在犹豫该怎么走的时候，现场轮回粉的心都悬在嗓子眼了。他们已经知道吕泊远和杜明的角色就埋伏在那边，可方锐如果没选择向这边走呢？

结果，方锐的海无量踏上了他们所期待的路线，他们期待着，希望着，终于……砰砰，窗户被打破了，吕泊远的云山乱和杜明的吴霜钩月直接破窗飞出，伏击开始，轮回粉丝翘首以待的一幕终于发生了。

果然，方锐咬牙，对埋伏一点也不意外，但是对手也很狡猾，他们并没有急于展开攻击，愣是等了好一会儿。方锐十分清楚，他们在等的事实上不是他的举动，而是另一端苏沐橙和乔一帆的举动。他们希望那二人离这边越远越好，而方锐呢？在没有百分百明确这边的埋伏之前，根本没办法向那边发出预警，万一这边事实上什么也没有，他的预警会坏了苏沐橙和乔一帆的节奏。

而现在，埋伏已经发动。

"×××，×××！"方锐早输入好了坐标消息，立即发出，而后就见破窗而出的角色一前一后，稳稳地向着狭道里落下来。

前方柔道云山乱，后方剑客吴霜钩月。

方锐毫不犹豫，海无量转身就向后杀，直冲向了吴霜钩月。

虽然从这边闯出窄道面临的是更长的距离，但是在这样狭窄的空间里，剑客总比柔道要好对付。柔道的话，直接开了"钢筋铁骨"上来抓取，方锐觉得一点破解的办法都没有。剑客这边，因为左右空间的限制，就有很多技能都没法用，这是自己可以多加利用的！

冲！海无量迈步疾冲，掌心已经开始聚气，但正落下的吴霜钩月凌空就已举起双臂，双手握剑，目光直视海无量！

"迎风一刀斩"，犀利的寒光落下，杜明早已经考虑到了这地形对他的职业战斗不利，早就意料到方锐会选他做突破口，角色破窗一出，就已经开始攻击，强劲的"迎风一刀斩"，寒光几乎填满了整个窄道，哪里还有半点闪让的空间？

两间仓库之间，狭窄得根本不能称之为通道，准确地说，只是两间仓库之间的夹缝。

夹缝之中，只有前后，没有左右。后方被吕泊远的云山乱堵死，前方则是杜明吴霜钩月豪迈的"迎风一刀斩"。寒光笼罩下来，海无量看起来根本没有躲避的余地，所有人几乎都是这样想的。

只有一个人例外，那就是方锐自己。剑光很夺日，但没有夺走他的冷静，他已经打定主意要从吴霜钩月这边突破，就再没有犹豫。

剑光充斥着他的视角，但是方锐看到了一丁点没有剑光的空当，他不知道这样做能不能成功，但是，他已经没有别的选择。

冲！海无量继续疾冲，剑光落下的同时，海无量突然飞扑向前。

没有翻滚，而是以匍匐的姿态直接趴倒在地，借着这一跃的惯性向前滑行，海无量的身形终于被方锐压低到了极限，没有比这更低的姿势了。

这样就能避过了吗？

杜明对这一击充满信心，哪怕方锐采取了这样极限的方式，他也并不觉得海无量可以逃过这一击。可是当剑光真正斩下时，杜明却突然发现，好像追不上！这一记"迎风一刀斩"的直劈竟然还有空当，是自己出手的时机把握得不够完美吗？

"螺旋念气杀"，还处于趴地姿态的海无量，居然就这样轰出了一击。吴霜钩月根本还没来得及落稳，旋转的念气已经绞杀上了他的双腿。

砰！吴霜钩月的身子立刻向一旁倾去，脑袋撞到了墙壁。

匍匐的海无量却已在此时飞身跃起，单手搭上了吴霜钩月的肩头。

撕起，拧身，甩手，"抛投"！吴霜钩月像一发炮弹，被海无量扔出，砸向正冲上来的云山乱。

杜明有点茫然，他真的想不通自己吴霜钩月的那记"迎风一刀斩"怎么会不中。直至吴霜钩月被这样抛出，视角从地面上扫过时，杜明赫然看到，刚才海无量匍匐下去的痕迹是那么清晰，那个地方，赫然凹下了一片。

这只是两间仓库之间的夹缝，当然没有人为整得很平整。地面上类似的凹凸有很多。方锐，在那刻不容缓的一瞬间，发现了面前的一个凹陷，就是利用这一点，让海无量的身子趴得更低了些。

毫厘之差，决定了生死，海无量就是因此从那记"迎风一刀斩"下闪过。

竟然只是如此！杜明不得不服，因为他根本没有留意到这一点，他使用"迎风一刀斩"的时候从来没想过地面的凹凸竟然会成为这一击的破绽。

吴霜钩月直撞向云山乱，这自然也是方锐计算中的。

但是云山乱不退，双臂一振，"钢筋铁骨"！

砰！两个角色撞到一起，云山乱霸体状态，不为所动。吴霜钩月向地上摔去，云山乱却直接从吴霜钩月还没完全落地的身上跳了过去。

吕泊远的应对看起来相当无情，可是会看的职业级高手们都知道并不是这么回事，因为形势就在吴霜钩月没能拦下海无量后，发生了逆转。

夹缝太窄，轮回即便有两人，可如果不是夹击，和一人没有什么区别。两人的角色都是近战职业，根本没办法在这样夹缝中一同展开攻击。

而方锐的海无量呢？突破了对方的夹击，没有了腹背受敌的危险，这个夹缝地形，对他的气功师是极有利的。因为气功师的念气攻击笼罩的面积大，在这夹缝中轰出，对方能向哪躲？

吕泊远正是意识到了这一点，所以根本没时间放慢节奏。云山乱开启"钢筋铁骨"，直接撞落了吴霜钩月，立即开展强攻。

方锐的海无量果然已经运气读条了，但吕泊远的应对之快让他吃了一惊，砸向这家伙的吴霜钩月竟然没能让他缓上一缓。

技能放出还是来得及的，可是云山乱开启了"钢筋铁骨"，霸体状态下念气也没办法将其推动。硬吃下这一击，云山乱就可以抢到海无量身前，然后随便一个抓取技，就可以把他摔回夹击的境地了。

心中再不舍，这一击，方锐也只能放弃！海无量取消了技能，开启了"云体风身"，转身就走。

云山乱却在此时停步，双手提起，虚抓。

"捉云手"，吕泊远今天为他的柔道角色云山乱所选的技能真是起了大作用。擂台赛中就抓了苏沐橙了一个措手不及，虽然最后没能把握住机会。而现在，在这样的夹缝地形中，这"捉云手"看起来也很难被闪过。海无量被捉回，那必然只有死路一条。

靠！方锐在海无量退走时翻转视角来看，正看到云山乱这边聚气施展"捉云手"，心中顿时一慌。

虽然"捉云手"正是气功师的技能，方锐已经相当熟悉。可正因为熟悉，他更清楚在这个地形环境下，想避过"捉云手"有多么不容易。蹲下？翻滚？在这条笔直的夹缝中，这些动作是完全不可能闪过"捉云手"的。想避过"捉云手"，只有上方拥有足够的空间，可是浮空中想控制角色的动作，那可是极难的，远远难过对手控制角色的双手。

可是除此，又有什么办法？海无量停步，转身。

要躲这记"捉云手"，需要极其精准的计算和操作，方锐没办法在一边疾跑一边回头的过程中拿捏得恰到好处。

云山乱身后摔地的吴霜钩月此时已经翻起，跟着飞身跳起。

方锐却根本顾不上去理会他想干什么，视角死死锁在云山乱的双手上。

因为云山乱是柔道职业，所穿戴的装备不具备气功师所追求的属性，他的"捉云手"运气略有点慢。不过方锐也不是通过计算时间来判断这一击的发动，他在死命观察的，是云山乱双手的动作。

来了！云山乱十指一紧，双手明显一个回撤的动作，方锐连忙操作着海无量向空中跃起，但是吕泊远早料到了方锐会如此应对，云山乱的双手在他的操作下也微向上扬。

"捉云手"，从施展到命中，可以这样调整，这正是它在这种环境下很难

避过的原因。

海无量在此时已经一掌拍出，"推云掌"！

啪！这一掌拍到墙上，刚跃起没多少的海无量身形立即一顿，朝下落去，缩身，抱团，匍匐，和大地零距离接触……

这些不怎么体面的动作，方锐操作起来如鱼得水，一点都不带矜持。跳只是假动作，是将吕泊远的操作往上引，方锐真正的目的，竟然是向下避。

吕泊远连忙操作，云山乱双手再按下，但是，迟了，运气扯出的念气，最多只是扰乱了一下海无量的发型，除此以外已经没有牵引力可以将海无量吸回了。

"哈哈哈哈！"方锐这下得意了，这一躲避，有心计，有操作，他自己都觉得高明至极。

"别把配角不当干粮！"他傲然说道。所有人一头雾水，不知道这没头没脑的一句是怎么来的。

杜明的吴霜钩月这时却已经跳上了一旁较低库房的房顶，房顶虽较低，但这个高度也不是普通跳跃可以解决的。杜明的吴霜钩月是跳起之后，蹬墙借力二段跳，跟着又用了"升龙斩"，这才达到合格的高度，跳上了房顶。

"冲撞刺击""三段斩"，上了房顶的吴霜钩月一点都不含糊，快速移动的技能接连使出。方锐为躲"捉云手"本就略耽搁，"云体风身"提升的速度远没有对方的技能移动那么暴力。两个技能施展完，吴霜钩月赫然切到了海无量的前方，一步跨出，空中拧身，人落，剑落，这一次他可仔细看清了地形细节，再不会因为一点起伏让方锐钻了空子。

"落凤斩"，剑光急坠。这一次方锐再没找到闪避的空当，无奈之下只好让海无量聚起"气波盾"准备硬扛。身后云山乱已逼近，吴霜钩月这一剑下来正好截在前方，几经曲折，方锐到底还是没能逃出轮回布下的夹击之势。

谁想就在这时，轰一声巨响，空中挥剑落下的吴霜钩月突然好似一团绽开的烟花，被火光包裹起来，璀璨的剑光瞬间失去了犀利的光芒。

"沐姐姐，你太讲究了，我要爱上你了！"方锐都激动得语无伦次了。如此千钧一发的一刻，沐雨橙风的攻击来得多么及时，多么到位，方锐觉得自己眼泪好像都飞出来了。

"冲！"苏沐橙可没工夫和他贫，一字提示。

方锐收拾着大起大落的心情，海无量玩命狂冲。吴霜钩月空中被轰，"落风斩"被打断，身体平衡也被破坏。即便如此，杜明还是硬生生地操作着吴霜钩月劈出了一剑，可惜实在勉强，海无量猫着腰以猥琐身姿避过。

不妙！后方追赶的吕泊远不得不重新审视眼下的局面了，原本是二打一，再凭借如此有利的地形，两人应该很快就能将方锐的海无量料理，谁想这家伙实在刁钻狡猾，在这样的绝境中还能找到出路。现在可好，对方支援也到。一个气功师，一个枪炮师，两个职业的攻击在这夹缝中几乎都是没法闪避的，这还怎么打？

进退两难的，终于轮到轮回的两位了。

"这场比赛……这场轮回主场的比赛……好像……好像……"解说潘林十分小心地措辞，却始终没找出合适的描述。事实上此时不用他讲，很多观众都已经和他有同样的感受。

这是轮回的主场比赛，是他们的选图。对地形的熟练利用，本该是他们本场比赛的一大利器。但是结果呢？目前大家所看到的，是叶修利用废料库里的垃圾堆和轮回三位顶尖好手展开周旋，而这边这条夹缝，原本是轮回两人想要夹击方锐的所在，结果一转眼又成了让他们两人进退两难的地形。

怎么会变成这样？大家想不通。若说轮回轻敌，谁也不会这样觉得。废料库那边三位顶尖高手和叶修一人周旋，这叫轻敌？

夹缝这边，就在云山乱和吴霜钩月对海无量形成夹击时，所有人都觉得这已经是无解的死局，谁也没想到方锐竟然在这样狭小的空间里还能大做文章，竟然可以没什么损伤地支撑到沐雨橙风赶来。

这已经不能说是轮回的错，只能说方锐的发挥太出色。轮回在这里布置的伏击已经足够细致，一开始先在窗口观察，注意到沐雨橙风的举动后才起了这样的心思，方明华的笑歌自若才去和杜明的吴霜钩月做了交换，而后等方锐的海无量出现，两人也没有急于发动，很有耐心地等海无量走得挺深，同时也让他和苏沐橙那边拉开距离。

每一个细节，轮回都已经考虑到；每一个环节，轮回都尽可能地做到完善。

但是即便这样，他们还是没困住方锐，还是没能如他们所愿给予海无量重创，反倒让自己陷入了危险的局面。

"退！"吕泊远很果断地发出了消息。

强上，是一种选择，但是地形不利，顶着这两个职业的攻击强冲，风险太大。而且吕泊远并没有忘记，兴欣不只是有方锐的气功师和苏沐橙的枪炮师，他们还有一位主修鬼阵的鬼剑士，或许此时就藏在这夹缝出口，两人角色就算最终成功从夹缝中突破冲出，也会瞬间被套满鬼阵。

所以，只能退，必须退。吕泊远没有发完消息便让云山乱拧身就走，他还在留意身前吴霜钩月的情况。吴霜钩月被沐雨橙风轰到，正向下坠来，海无量已从他身下掠过，此时扭头回望，那模样一看就是要趁火打劫。吕泊远要确保吴霜钩月也能退走，确保杜明不需要他的支援。

海无量果然停步。一向出招猥琐隐蔽的猥琐流气功师，此时却大大咧咧地抬起双掌运气，一副不紧不慢的模样。吕泊远差点没忍住冲动直接冲上去。他知道这是因为海无量已在云山乱和吴霜钩月这两个角色的攻击范围外，所以显得无所顾忌，但是这个家伙也太气人了。这样气人的姿态，究竟是怎么利用操作用角色传达出来的呢？

"念龙波"，海无量终于出手。念气凝聚成龙，自他掌中推出，直朝着夹缝中的两个角色冲来。

吴霜钩月刚从空中落下，因为看到吕泊远的消息，杜明直接一个后滚的受身操作，此时翻身刚一站起，"念龙波"已经直扑身前。

杜明想也不想，立即操作吴霜钩月跳起，蹬墙借力，再跳！

可惜"升龙斩"刚刚用过，冷却未好，杜明没办法用一样的手法送吴霜钩月到仓库顶上。跳两跳，也不过是能避一时算一时，这"念龙波"可受操作者控制，杜明心知这种条件下是肯定没办法闪过的。只不过自己这一跳一避，对方若是要盯他，"念龙波"要扭头，至少帮吕泊远争取到了一点时间。

轮回的两位选手，在这紧要关头都没有忘了互相照应。吕泊远没有让云山乱尽快离开，而是先确认杜明不会受制，而杜明呢？却又利用自己角色在前这一点，帮吕泊远牵制攻击。

杜明做到这份上了，吕泊远的云山乱再不走可就是枉费他的一番心意。当下吕泊远不去顾虑那么多，云山乱转身疾冲。

轰！身后传来爆炸声。云山乱脚下不停，只是转视角朝后看去，就见到跳起闪避"念龙波"的吴霜钩月又一次被爆炸的火光包裹了。

不是杜明忽略了苏沐橙的存在，他早料到沐雨橙风的攻击肯定是不会停的。可是夹缝狭窄，真的完全没有闪避的余地。杜明也只能让吴霜钩月挥剑斩去，但是爆炸终究还是伤到了他。

看到吴霜钩月又一次在空中失去平衡，冒着烟火落下，紧跟着就被海无量的"念龙波"吞噬，吕泊远心里难受极了。

他想让云山乱转身，他想让云山乱冲回去和杜明的吴霜钩月并肩作战，但是他心里无比清楚这样的决定并不明智。

他舍弃了杜明，但这是不得已为之。因为他们的目标是最终的胜利，而最终的胜利不是以某一个人为标签，是以全队。全队之中只要有一人能站到最后，他们就将是团队赛的获胜者。

为了最终的胜利，为了冠军！吕泊远像给自己洗脑一般，在心中不断地如此念叨，他没有再让云山乱回头，而是全力以赴地向前奔跑。他不喜欢自己的决定，但是他相信自己决定的正确。比赛不是为了他个人而打，不可能只凭个人意气去做决定。他们在场上的每一个人所背负的都是轮回这支战队，还有无数支持他们的玩家粉丝的心情和寄托。

前方才是出路，向前冲！云山乱冲出了夹缝，这才回头一望。

虽然已知杜明的吴霜钩月凶多吉少，但是吕泊远的心中到底还有那么一丝期待，期待着杜明的吴霜钩月可以赶上来。但是没有……吴霜钩月远远地落在了后方。爆炸的火光依旧时有闪现，当中混杂着气功师绵延不绝的念气。吴霜钩月的剑光却也在当中顽强地闪耀着光辉。

又一次，吕泊远有让云山乱冲回去的冲动。

但是……

"加油！"频道里，杜明发出消息。明明是他在奋战，是自己在借机脱身，但是此时竟然是杜明将鼓励送给他。

吕泊远没有办法再看下去了，他怕自己真的控制不住会冲动。

云山乱转身，立即向着这附近的复活点冲去。

看到云山乱离开，杜明的心里踏实了不少。而吴霜钩月此时又被一击轰中，杜明拼命控制，试图稳住，但紧跟而来的又一击让他到底没能控制住，吴霜钩月一个跟头栽倒在地。

真是狼狈啊！杜明苦笑。他真的很希望自己能有出色的表现，尤其是在和兴欣的比赛里。不过看起来，只能这样了。

左边是墙，右边也是墙，有相当多的剑技施展不开，而直线距离上的刺杀，对手只要保持好距离就一点威胁都没有。

兴欣的两位经验都太丰富了，他们十分懂得利用眼下这个地形扬长避短。

气功师和枪炮师这两个职业都没有太强的控场能力，所以这两人根本没

181

有将吴霜钩月强行限制在这儿的意图。两人只是充分发动攻势，利用地形，让他们的技能都结结实实地命中吴霜钩月，以杀伤他的生命为主，附带的，利用攻击让吴霜钩月的移动没有那么自如。

跑不了了！生命下滑得很快，而前方的路却还有那么长，杜明已经确信吴霜钩月没有可能活着冲出去了。

将鼓励送给队友，而自己，就用这仅余的生命为胜利再做出一点贡献吧！吴霜钩月突然反向翻滚，不再朝着出口，反倒向着海无量这边靠来。

方锐连忙操作海无量后退，"推云掌"拍出。

跳！翻滚起身的吴霜钩月直接跳起，但是紧跟着就听到轰鸣的炮声。

"银光落刃"，吴霜钩月急坠，炮弹自他的头顶呼啸而过。

"落英式"，对空判定极强，拥有强制倒地判定的 75 级剑技，此时却被杜明以自上向下的姿态施展出来。

剑影缤纷落下，似乎就要削着海无量了。结果海无量就在这时一缩身，极其猥琐地一退，将这一剑将将避过。

"让我帅一下能死啊！"杜明这是完全放开了，垃圾话都喷出来了，这一击居然还是没中，让他相当不忿。自己都快要挂了，舍生忘死的一击就不能让自己威风一下，刷点好印象吗？

"能死在我手上，这难道还不够帅吗？"方锐麻利地回道，海无量缩手，推出——"裂空掌"！念气似乎凝结成一个手印，啪一下闪现在吴霜钩月的身上，犹还在空中的他，顿时身形一僵。

"闪光百裂"，方锐真是一点都不带客气，一看距离够近，瞬发大招立即轰上！

狭小的夹缝中念气也张扬不开，只能朝着有限的空间迸散。"闪光百裂"之后，再接"气功爆破"，充溢的念气挤在夹缝中，景象都变得有些模糊了。

但是沐雨橙风支援的炮火还是准确落下，和方锐发动的攻击形成呼应。

"靠……"杜明忍不住在频道里刷了句脏话,带着一张黄牌警告,退场了。

再不是一个人

杜明退场的一瞬，现场爆发热烈的欢呼声，来自于现场的客队看台。

擂台赛两个人头分的优势，团队赛先击杀对手一人。

不管是如何造就的这样的领先局面，不管这回合比赛最终的结果会如何，但在这一刻，提神！兴欣的表现太提神了！让兴欣的粉丝像打了兴奋剂一样，尤其是现场的这些，他们瞬间制造的喧闹，就是对轮回这座魔鬼主场的挑战。

我们实力弱又怎样，我们人少又如何？我们现在领先，以三个人头分的优势大大地领先。

从比赛局势上来说，兴欣的领先足以让对手哑口无言，尤其击杀杜明的吴霜钩月毫不费力。苏沐橙的沐雨橙风是毫发无伤的，方锐的海无量掉的那点血也仅是之前被吕泊远和杜明夹击着打掉的。这一人头分，赚得可谓相当完美。

可是轮回的粉丝又哪能忍受兴欣粉在他们的主场里这样得意。哪怕底气不是很足，面对这样的叫嚣，他们也是不甘示弱的。

场馆内顿时再掀浪潮，轮回粉丝到底还是压过了兴欣粉丝欢呼的浪潮。可是他们所倚仗的只是单纯的人多嗓门大而已，论底气，此时的他们真的没有兴欣这不足他们十分之一的粉丝足。

快点加油啊！轮回粉丝要说心里不急那是假的，尤其眼看着对方粉丝这么得意。他们即使声音压过对方，也没有多少胜利的快感。因为真正的胜利不是靠他们喊出来的，是需要靠场上的选手打出来的。场上无法压倒对手，他们在场外即使嗓门压过对方，心也始终是虚的。

加油！加油！轮回粉丝心中都在不住地默念，可是真看不出有什么可能的转机。杜明的吴霜钩月阵亡，方明华的牧师笑歌自若自动入场，吕泊远的云山乱很快过来和他会合，而这节奏，护卫治疗的意味明显是多过反击的。

希望，还是得在另一边找寻吗？

废料库。

叶修和轮回三大高手的纠缠一直就没停过，没作正面交锋，但只是一次又一次地摆脱，就已经足够让人叹为观止，叶修也因此付出了大量的消耗，无论是个人，还是角色。

他的节奏已经渐乱，对君莫笑的控制也不如初时那么完美。

周泽楷、孙翔、江波涛，这三位选手中任意一位，都是有能力和叶修在场上一对一的，谁也不敢轻言胜负。但是现在，叶修需要以一敌三，所需要付出的精力和操作绝不是三倍那么简单。这从比赛到目前为止的手速统计就可以看出，叶修本场的手速均值目前是 340。而阶段均值，也就是从君莫笑进入废料库和轮回三位交锋开始的统计，手速高达 510。

510！对于太多职业选手来说，这会是一个峰值，但是现在，这是叶修的均速。

看到这数据的时候，观众更多的是惊叹，但是对职业选手们来说，他们已经忘了惊叹，在他们看来，均速 510 的操作，这根本就是残忍。

对对手很残忍，对自己也很残忍。可是现在，是由对方三人来消化这手速 510 的操作，更准确地说，不是他们在消化，而是叶修在用这 510 的均速操作消化这三人给他制造的压力。这份残忍，此时完全是叶修自己在承受。

"太乱来了……"连韩文清都说出这样的话了，而他在比赛中可一向是无所畏惧的。

一旁的张新杰则皱着眉，仔细地观察着手速数据之下的那个曲线。510毕竟也是一个计算得出的平均值，在这一阶段中，不可能每分每秒、不偏不斜的就是这个手速，肯定会有高，也有低。所以张新杰试图在曲线中找到比较明显的平缓阶段，那大概就是叶修用来调整和休息的，张新杰觉得只有这样才有可能维系这 510 的均速。

但是，没有……手速曲线非常凌乱，大起大落非常之多。从这凌乱的手速曲线就可以看出叶修真的很被动。他的操作都是在对手的逼迫下进行的，若不是如此一再靠爆发来维持，君莫笑或许已经成了一具尸体。

而从曲线的变化上来看，叶修已经越来越吃力。轮回三位显然就是因为察觉到了这一点，所以即使清楚被叶修一拖三会造成大局上的不利，却也没有做出任何调整，甚至在杜明的吴霜钩月被击杀，名字和头像灰暗下去后，三人的攻势变得更加坚决。

这是他们坚持下来的代价，此时只有坚决地将君莫笑击杀，这代价才能被换回。就快了！君莫笑的生命还有52%，看起来还有一半多点，可是三人都已经发觉叶修的反应和应对都不如之前那么流畅，他们知道对手就在被他们击溃的边缘了。

"叶修快到极限了……"黄少天神色有些凝重地说着，身边的喻文州没有提出异议，坐在他前排的王杰希，还有微草手速达人刘小别也沉默着。

"呃……"但在另一边，有人却欲言又止。

楼冠宁、邹云海、文客北、顾夕夜、钟叶离，义斩的五位也来看比赛了，虽然他们个个都有着深厚的富家背景，但在职业选手这个圈里他们是彻头彻尾的后辈，水平更谈不上有多高。可是在前辈高手们如此断言的时候，这五人却好像都有异议。文客北听黄少天说"快到极限了"时不由自主就出声了，可是看到没人理会，犹豫着却又没有开口。

"怎么……"旁边有人问了，是和他们一起过来的孙哲平。

"这应该……不是叶修大神的极限吧？"楼冠宁说道。

"怎么……"孙哲平疑惑。

"你们都觉得这是他的极限？"文客北就是因为众多高手纷纷这样断定，所以有话都没敢说。

"你们好像知道什么的样子？"孙哲平说。

"呃……"五人互相望了一眼。

"我们见识过他的手速。"楼冠宁说。

孙哲平笑，叶修的手速，自己九年前就见识过好吗？那时候的叶修才是状态的巅峰。现在再怎么不服，再怎么连胜，年龄到底是摆在那儿的，有些东西不是有决心就能拥有的。

"那个，我不是那个意思，我们是以另外一种方式，见识过他的手速。"楼冠宁看出孙哲平会错意了，他们几个新人菜鸟，当然不敢在他这老资历的选手面前谈什么见识了。

"另外一种方式？"孙哲平不解。

"弹琴！"楼冠宁说。

"嗯？"孙哲平的表情很精彩，"弹什么琴？"

"钢琴！"文客北抢答。

"谁弹？"

"叶修大神啊！"

"认错人了吧？"孙哲平可不是一个犹豫不决的人，可眼下听到义斩几个说起叶修弹琴这回事，还真就不太敢相信了。

"当然不会！就是去年全明星周末的时候……"楼冠宁飞快把那次酒会的事说了。

"音乐的节拍是固定的，所以根据当时叶修大神那一曲用去的时间，可以很精确地算出他的手速，或许弹琴和我们操作《荣耀》有些不一样。但是，至少弹琴的时候，叶修大神的手速应该是在……"楼冠宁说到关键处突然停了下，咽了一口口水。

"多少？"孙哲平问。

"900……"楼冠宁的声音有点哆嗦，明明是早就知道的答案，但好像还是把他吓到了一样，"48秒，稳定900的APM。"

"900？不可能！"孙哲平脱口而出。弹琴那是什么鬼东西他不清楚，但他是和叶修在场上交过手的人。叶修的手速确实很快，就像现在，被轮回三位逼迫飙到了500的均值。但是900，那是什么概念？是比眼下还要快出近一倍的手速，而且还不是峰值，是持续了48秒的均值。

"是真的啊……"楼冠宁说着，他完全可以理解孙哲平的反应，这就像最初的他们一样。最开始他们也只是觉得叶修那曲弹得飞快，手飞快，没有清晰的数据概念，直至最后用楼冠宁刚刚所说的方式计算出来，他们五个眼珠当时都差点碎掉。

900！楼冠宁五人就算没有孙哲平这样丰富的职业经验，也完全可以想象这有多可怕，而他们随后找了叶修的大量比赛来看，但是确实没有发现比赛中他有过这样的手速，甚至峰值都没有达到过900。

弹钢琴和打《荣耀》是不一样的，比如左右手的职能啊，击打的方式啊……

五人只能从这些方面找各种解释了，但是真的很难完全说服自己。毕竟900这个跨度实在是太可怕了。一般职业选手在一场单对单的比赛中，手速均值多会在300上下；团队赛里面对更复杂更纷乱的局面，手速会更高，但即便像眼下叶修这样以一敌三，被强逼出了500的手速，那和900几乎要差一倍！

　　或许因为钢琴和《荣耀》的不同，叶修在《荣耀》里是操作不出900的手速的。但是900往下，降个两三百，也还有六七百的手速，眼下的500，应该不是极限吧？这是五人的想法，而孙哲平在接受了叶修曾有弹琴900APM的手速后，所想的也就和五人没什么两样了。

　　"这家伙……还有保留？"孙哲平刚这样想了一下，立即摇头打消了这种念头。这可是总决赛的赛场，拿出百分之两百的能量来都嫌不够，保留？别开玩笑了！

　　或许，真就是弹琴能飙出900，而《荣耀》操作达不到这种程度吧？

　　孙哲平想不到别的解释了，但即便用这个解释说服自己，从这一刻开始，他的心里却也有了期待。管他弹琴还是《荣耀》的区别呢，从这一刻开始，孙哲平的认知中，叶修手速的巅峰就是900，均速的900！

　　这太可怕了，这样的话，难道峰值还能破了千去？

　　孙哲平自然是用《荣耀》常识来判断的，他倒是不知道当日叶修弹琴时只是一味地快快快，根本没有《荣耀》操作时的那种节奏变化。

　　到底还能怎么样，快点打出来让我们看看吧！

　　其他人都在觉得叶修就要支撑不住时，孙哲平和楼冠宁他们五人，却在抱着这样的期待。

　　而就在他们说话这工夫，叶修的处境却更显被动，在那三人的包夹下，君莫笑终于被逼到了角落，整个废料库的角落，再没有了可供他驰骋的空间。

　　胜利在望！现场的轮回粉丝明显沸腾起来。虽然他们先失一人，但是这端能将叶修的君莫笑击杀的话，这个交换是完全划算的。就像苏沐橙和方锐解决了杜明，而自己的角色没有什么损伤一样。这边，轮回三人料理掉叶修的君莫笑，也不会有多大损伤，就看眼下到了无路可退的境地后，叶修最终的挣扎能带走他们多少生命了。

　　"小心些！"结果就见江波涛在轮回的队伍频道里提示，到了这地步，他们却还要保持谨慎，争取不给叶修哪怕多伤他们一丝血的机会。他们没有急着立即展开攻击，而是等每个人的角色都站到最妥当的位置，他们不希望在攻击发动的时候，还留下丝毫空当。

　　"结束了！"孙翔宣布。他一直渴望能战胜叶修，他希望完成这个超越。可是眼下，三对一，恐怕不是一个值得大书特书的胜利。但是那又怎样呢？孙翔希望超越叶修，但他已不会过分纠结这一点，一切，终归要以比赛的胜

利优先。没有比赛的胜利，纵然能在场上打倒叶修也没有任何意义。

"豪龙破军"，一叶之秋冲上，以战斗法师这记无比强劲的冲杀，封杀了叶修所有的希望。超越你的事，以后再说，今天最重要的，是赢下这场比赛！带着这样的信念，孙翔的一叶之秋冲上，但是跟着突然屏幕一黑。

怎么回事？孙翔差点没跳起来，电脑故障吗？

这是他第一时间的念头，但是紧跟着他已发现，不是电脑故障，因为屏幕上还有东西是显示着的，黑下来的，是他的视角。

"致盲"吗？哪来的"致盲"？自己很仔细地盯着君莫笑，对手根本没有任何动作，这是哪里发动的"致盲"技能？

看不到对方的应对，孙翔完全没办法驾驭这记"豪龙破军"，他听到枪声响起，周泽楷的一枪穿云已经开始射击，只是这子弹最终击中的位置，似乎不在自己这个方向？君莫笑已经跑到那边去了？

孙翔乱了，而现场也炸开了锅。拥有上帝视角的观众们当然看得清楚，一叶之秋冲出，突然就有一层黑蒙蒙的光影悄然降临，笼罩在那个角落，地上隐约可见符文闪动，构成了一个大圈。孙翔的一叶之秋正在圈中，而江波涛的无浪也在接近边缘，于是现场有两个电子大屏幕瞬间黑了，正是他们两人的主视角。

这是……鬼剑士的"暗阵"？可是在三人这样的严防死守下，君莫笑怎么可能完成这个鬼阵的吟唱？这也太离奇了吧？

心中抱着疑惑的现场观众实在太多太多了，直至守在垃圾堆上方的周泽楷的一枪穿云开火，双枪喷出火花，射出的子弹不是飞向君莫笑，而是射向垃圾堆的一角，横身移动拉开的视角，总算让那些迷糊的观众看清了。

一寸灰！乔一帆的一寸灰，赫然出现在了这里。

现场顿时哗然一片，因为有太多人根本没注意到这一点。一边是方锐、苏沐橙与杜明、吕泊远他们的交锋，另一边叶修以一敌三，双线战场让很多人都不知该看哪边好了，哪里还会留意到一个一直处在战局外的角色？

乔一帆什么时候来的，他怎么就来了？太多人脑中一片空白，他们对一寸灰最后的印象，就是他和方锐、苏沐橙分头行事，之后，这个角色就被他们遗忘了。而现在，他突然出现，一出现就将叶修本已陷入的死局摧毁。

没有上帝视角的轮回三位漏人了。他们高度集中的注意力，反倒成了他们的漏洞，他们只是关注着叶修的一举一动。

"精彩的牵制。"王杰希感慨着。

手速510的爆发操作，所起到的作用可不是应对三人的攻势。利用这种强度的应对，将轮回三位的注意力彻彻底底地吸引，以至于他们发生了这样严重的漏人。乔一帆的一寸灰来到了废料库，更来到了这个位置，完全是在三人一无所知的状况下。

这是失误，可是又是让人无法苛责的失误。拥有上帝视角的这么多观众尚且被这紧张激烈的战斗吸引住，漏看了地图中悄然移动的这个身影，何况身处局中的这三位？

孙翔和江波涛的角色都被"致盲"，他们甚至无法在第一时间反应过来到底发生了什么。

叶修自然很轻松地穿过了他们二人的防守，而没受"暗阵"困扰的周泽楷，此时也只能将火力集中向一寸灰。

阵鬼的控场能力太强大了。现在还只是一个"暗阵"，这要放任不管，接着"冰阵""静默之阵"等等接连下来，局势可就反被对方掌握了。

乔一帆！昔日微草队中的小透明，如今竟在总决赛的赛场上得到《荣耀》第一人周泽楷的特意关注，这一幕，让那些留意乔一帆这一路曲折的人都感慨万千。

职业选手席这边各队的选手忍不住都要看看微草战队的反应。这个被他们放弃的选手，现在反倒先他们一步杀到了总决赛，不知道微草的选手们此时作何感想呢？

一帆加油！高英杰没有叫出声，只是心中默默地鼓励着好友。即便是职业选手这边，因为过分关注两线的战斗而忽略乔一帆举动的也大有人在。但是高英杰没有，无论场上发生了什么，他都会去留意一眼乔一帆的举动。

就在方锐发出消息的时候，苏沐橙和乔一帆齐齐掉头，高英杰本以为乔一帆也是要向那端支援的，却不料最终他返身冲向了这废料库。

"很出色的判断。"

"相当优秀的大局观。"

高英杰听到身边不断有前辈点评着乔一帆的举动，他为乔一帆感到高兴，为他感到骄傲。

在微草的时候，两位同期新人总被习惯性拿来比较，在高英杰的天才之名下，乔一帆被映照得无比渺小，从一开始，高英杰就拥有乔一帆无法企及的高度。可是现在，却是乔一帆先一步打到了总决赛，更能在场上有这样出色的表现。

现在，该是我来追逐你所能实现的高度了，希望我们能在这样的决赛场上相遇。高英杰心中暗暗想着。

好友为他感到骄傲，但是乔一帆自己呢？

他很平静。被《荣耀》第一人重点看顾。换微草小透明的时候，这或许会让他很激动，但是现在，他不会。

因为这里是比赛场上，没有什么身份的高低，有的只是输赢。站在场上，所需要在意的是如何全身心地去赢取胜利，仅此而已。而这一点，他就是从《荣耀》第一人身上学到的，另一位《荣耀》第一人。

一寸灰一缩身，躲过了一枪穿云的第一波射杀。周泽楷进一步操作一枪穿云走位，但是就在这时，忽然意识到了什么。

乔一帆，他们漏人了。但是他们所漏的，仅仅是乔一帆吗？兴欣是不是应该还有一人始终没有亮相？乔一帆的一寸灰都已经到了这里，另一位呢？

一枪穿云突然跳起，在空中旋转着身子，一面继续射击，一面360度地旋转着视角。

嗤！一团洁白的火焰立即在他刚刚跳离的位置点燃。

"神圣之火"，果然！旋转的视角中，周泽楷飞快找到那一团飞快消逝的光亮，是牧师召唤这团"神圣之火"时所残留的圣光。虽然微弱，但在这光线并不太好的大仓库里显得异常清晰。

来的并不只是乔一帆的一寸灰，还有兴欣的治疗选手安文逸和他的牧师小手冰凉。

一对三？那是刚才！现在已经是标准的三对三，兴欣方面还带治疗。

不过无论是乔一帆，还是安文逸，名头都远远不如轮回这边三人中的任何一位来得响亮，兴欣的这个三，从实力对比上来说是要打个折扣的，哪怕当中有一个治疗，对上轮回这三位也未见得就是优势。

但是相比之下，这到底已是翻天覆地的变化，尤其兴欣这两位在叶修处于绝境时猛然亮相，彻底打乱了轮回三人的节奏。

江波涛和孙翔因为"致盲"失去了视角画面，但不至于连对话频道也一起黑掉，很快他们就在这里收到周泽楷发给他们的消息，大致了解了眼下的境地。

无论如何，先从"暗阵"中走出来是第一要务，只是猛然间失去视角，即便是职业选手也不可能准确把握住方向。孙翔的一叶之秋施展完那记"豪龙破军"，基本已在"暗阵"的边缘了，但偏偏这里也是仓库的角落尽头，没办法再往前移动哪怕半步，朝这个方向，根本没办法走出"暗阵"。好在孙翔有个大致的印象，此时操作一叶之秋掉转身形，在无法看到画面的情况下，只凭手感，一叶之秋完美地掉转了180度。

这种不经意的细节也是很体现选手水平的，会看的玩家纷纷发出赞叹，结果就见君莫笑手一甩，一枚手雷无声无息地朝着一叶之秋身前落去。

孙翔目不能视，哪知道叶修在这使坏，轮回观众只恨没办法冲上去提醒。但是紧跟着就听一声枪响后跟着轰鸣，周泽楷竟然操作一枪穿云打爆了这枚手雷。如此这手雷非但没炸到一叶之秋，爆炸声反倒给孙翔指明了方向。听声辨位，虽不太准确，但一叶之秋确实是朝着这方向来了，手中却邪抵在身前，失明状态，却也保持着攻击姿态。

轰……但是紧跟着，一叶之秋到底还是被一团爆炸的火光包裹住。叶修在一枪穿云射击打爆手雷时，端伞再度开火。"反坦克炮"借着那一声的掩护直轰向了一叶之秋。双方距离又没多远，周泽楷即使想在频道里提醒也来不及，一叶之秋到底还是被轰中，瞬间被爆炸的冲击力掀得向后几步踉跄。目不能视的情况下，最终还能拿准平衡已算不易，但方向感算是彻底失去了。

周泽楷有心出消息去指引，可又哪有机会。他这会儿稍一分转注意力，乔一帆的一寸灰就又躲在那边完成了一个鬼阵的吟唱。待他再想阻止时，一寸灰刀锋上的鬼神之力降下，寒气瞬时凝结成阵，却是召唤出了一个冰魂守护的"冰阵"。

砰砰砰……连串冰晶碎裂的声音，瞬时攀上了江波涛的无浪，转眼已将他完全冻结。

江波涛的情况本比孙翔好一些，至少没被堵在死角里。在被"致盲"后，他立即操作无浪后退，几个起落后眼看就要出去了，结果一寸灰"冰阵"落下，还偏偏立即对他触发了冰冻状态，顿时又把他留在了"暗阵"之中。

目不能视，角色也不能动，江波涛此时已经完全被摘离了比赛。周泽楷的一枪穿云再次抢出视角想攻击一寸灰，但这一次，叶修的君莫笑直接飞身跳向那垃圾堆，半空中寒光出鞘，直接"拔刀斩"就劈了上去。

一枪穿云一个后仰避过了这道剑光，一抖手腕，一枚手雷已经准确地丢

向了跳上来的君莫笑。谁想叶修也不让君莫笑去闪避。寒光归鞘，千机伞拆成双截，跳在半空中的君莫笑浑身一振……

轰！爆炸的火光将君莫笑吞没了，却丝毫没能阻止他的跳跃。

"钢筋铁骨"，叶修赫然给君莫笑开启了这一技能，而后强上。至于伤害，压根就没在意，因为此时他已不是一个人在战斗。安文逸的小手冰凉闪身而出，一道"圣治愈术"一点也不心疼地直接刷到了君莫笑身上。

通透的白光瞬间将君莫笑包裹着，更是向外蔓延，仿佛花朵盛开，这是治疗产生了爆击的效果，顿时连爆炸的火光都要被压下去了。

24%！这一道瞬发、高疗效，但冷却长达五分钟之久的"圣治愈术"，一个爆击就拉起了君莫笑24%的生命，立即让轮回三大高手的围攻显得那么渺小。他们在这里折腾了半天，也不过击杀了君莫笑48%的生命，现在被安文逸的小手冰凉一个"圣治愈术"就抹杀掉了一半，轮回粉丝们的心都快要碎了。

叶修的君莫笑如此强硬地直接逼上，周泽楷的一枪穿云不得不退。可是他眼下更重要的使命是要尽可能地保全江波涛和孙翔二人的角色，不能让他们完全落入一寸灰的鬼阵掌控之中。

一寸灰又在吟唱了，周泽楷看得清楚，顾不得眼下的自己，一枪穿云的枪口就朝那边瞄去。谁想君莫笑一晃，就拿身子堵到了他面前，特别勇猛，特别无畏。

周泽楷无心和他周旋，一枪穿云侧身一个翻滚，视角再度拉开。

砰！枪已响，但是周泽楷跟着就看到子弹弹起。君莫笑手中的千机伞硬是伸过来，张开，把这一枪堵回去了。

可是一枪穿云双手双枪，右手这一枪被封住了，左手这一枪呢？

左手的枪口停在了千机伞的遮掩外，但是……没有视角！

砰！枪到底还是响了，没有任何瞄准，周泽楷被逼得只能如此瞎蒙了。

很遗憾这一枪没有蒙中，子弹离一寸灰至少三个身位格。

"回旋踢"，周泽楷根本没理那一枪的结果，一枪穿云跟着就地一脚扫出。

君莫笑既已把千机伞弄成了伞形态，职业自然就过渡到了圣职系。那"钢筋铁骨"是属于格斗系的技能，不可能在圣职系下还发挥作用。

如此瞬间，周泽楷却还有着这样清醒的判断，丝毫没有因为局面的不利而变得慌乱。但是这扫出的一脚，终究还是被君莫笑的千机伞盾拦了下来，一枪穿云左手的碎霜，却在此时喷出了火舌！

"回旋踢"，一方面是攻击试图扫开君莫笑，另一方面，却是侧身压低身形，抢出了非常微小的一点空当。只一眼，就已经足够周泽楷锁定目标。

他的视角很快就被千机伞盾封堵住，但是这一刻，一寸灰的位置已经深深地印在了他的脑海中，一枪穿云的左手异常稳定，周泽楷即使没有看着，却也知道此时的枪口对准了一寸灰的位置。

砰！枪响，子弹飞出，擦着千机伞的边缘。

这只是一记普通攻击，但是打断法系的吟唱已经足够。吟唱中的角色无论是被命中，还是移动闪避，都只能中止自己的吟唱。

来得及！看之前一寸灰刀锋上弥漫而起的鬼神之力，周泽楷看出这是在召唤"静默之阵"。"静默之阵"，封禁阵中角色的技能，由如此变态的效果可知这是一个大招，吟唱用时自然相对较多。

但是……那几乎要冲天而起的光影，却让周泽楷知道，他这一枪到底还是失败，到底还是没能命中。

"静默之阵"，和"暗阵"有些相似，但光影效果更加浓郁，整个阵中都异常混沌。它不剥夺角色的视觉，可就这片混沌的光影就够让人有些看不清了。

"暗阵""冰阵""静默之阵"，三阵叠加。目不能视，脚不能移，现在连摸黑放个技能都不行，只能普通攻击。

周泽楷却都没办法去理会。叶修刚才是不想他打断一寸灰的鬼阵吟唱这才没有抢攻，而总是在他面前堵来挡去，此时"静默之阵"放出，千机伞盾立即朝着他的面门撞了过来。

"盾击"，这技能可有眩晕效果，没伤害也不敢去挨。一枪穿云忙朝一旁翻滚，扯开的视角瞥了那边一眼，就见安文逸的小手冰凉护在一寸灰身前，之前原来是她用身体拦下了那一枪。

紧接着，一寸灰肆无忌惮地开始了第四个鬼阵的吟唱。

18

CHAPTER

超越常识的存在

　　鬼阵当然不可能永久存在，高明的阵鬼操作者，会统筹好每一个鬼阵的效果和冷却，以保证不间断的控场效果。

　　但是此时，乔一帆的一寸灰在不间断地释放着鬼阵。"暗阵""冰阵""静默之阵"，都是控场效果相当强力的鬼阵，一般情况下会交叉衔接着使用，以便对对手始终保持较大的控制。但是现在，三个强阵连续重叠放出，将孙翔和江波涛两人彻彻底底地封杀，一寸灰又马不停蹄地开始了第四个鬼阵的吟唱。

　　如此节奏，危机时刻救场时常见，但今天这一战中的一寸灰来得突然，那一个"暗阵"放得像天外飞仙一样让人措手不及。孙翔、江波涛同一时间被"暗阵"剥夺了视角，可以说，乔一帆用"暗阵"已经将危机大大地化解了，接下来又如此快速地补上"冰阵""静默之阵"，看起来并不十分必要。

　　"乔一帆是不是太着急了？"眼看第四个鬼阵急急忙忙就要落下，解说潘林忍不住道。

　　"情况凶险，作为首次登上决赛大场面的新人，慌乱在所难免。"李艺博倒是挺善解人意地替乔一帆开脱，但是言外之意，自然是赞同潘林的看法。

　　"李轩，你怎么看？"早在乔一帆连放三个强阵的时候，职业选手已经在讨论这一问题，最后大家把问题推给了李轩，号称《荣耀》第一阵鬼的李轩。

　　"如果是我，一个暗阵就已足够。"李轩如此说道。乍一听，似乎也和潘林、李艺博差不多的看法，不认同乔一帆这过分紧张的节奏，但是职业选手都听出了李轩话里有话。因为他说了，如果是我……

　　刚这样说完，李轩自己脸上立即出现了比较犹豫的神色，"呃"了一会儿后，还是补上了一句："再加上新杰的话。"

再加上新杰？新杰当然是说张新杰，莫名其妙的，怎么会提到他？

职业选手们却飞快地懂了。李轩的意思，是要再把场上的安文逸换成张新杰。也就是说，他的整体意思是：如果场上此时是叶修和他，再加上张新杰，那么他就有把握用更富有节奏的方式来控场了。

"切！"众选手纷纷鄙视着李轩。

叶修、李轩，再加上张新杰的话，那可就是华丽程度不输给周泽楷、江波涛、孙翔的三人组了。加上当中的张新杰是牧师职业，他们这三人组的职业配备还占着优势，也就是说，要在这种局面下，李轩才觉得用一个"暗阵"足够稳住局面。

换句话说，因为此时场上的两位是乔一帆和安文逸，比起黄金一代在技术和经验上都有一定差距的两位新人。凭他们两个人来辅佐叶修，未必扛得住轮回这三位顶尖攻击手。

所以乔一帆没有慢条斯理地和对方玩节奏，把战斗拖进阵地战，而是飞快地一个接着一个放出鬼阵，将孙翔和江波涛两人封锁得死死的。

他追求的不是长期稳定的控场，而是这一瞬间的高效爆发。

这是缺乏信心吗？当然不是！这是慎重思考局面、清醒地认清自身实力后做出的最适合的决断。

在众人的讨论中，密布的鬼阵突然一起爆散开去，各种鬼神之力，在深暗的光影中交织成一场腥风血雨，拼命掠夺着无浪和一叶之秋的生命。

在第五个鬼阵放下后，乔一帆立即操作一寸灰发动了"鬼神盛宴"，刚刚好赶上第一个放下的鬼神"暗阵"消失前的一瞬。

紧张？他一点都不紧张，第五个鬼阵和发动"鬼神盛宴"的完美衔接就是最好的证明。认为他是迫不得已才引爆鬼阵的看法，在职业选手看来简直太搞笑了。

他们已经忍不住要为乔一帆鼓掌。他的表现不是顶级的，顶级的，应该是用良好的鬼阵节奏控制好大局。但是他的表现是最极致的，在当下这个局面，他所能做出的最极致的表现，他淋漓尽致地做到了，已经无法比这更出色了。

漂亮，相当漂亮！

出色的大局观，让他能从整体清晰地审视问题。他考虑到了兴欣方面他和安文逸与对手相比的实力差距，也考虑到了叶修一对三坚持了许久之后的

疲惫，综合这种种因素，最终做出的决定，真的恰到好处，令人叹为观止。

职业选手们赞叹，情不自禁地去看两眼微草战队。这样一个优秀的选手被轻易放走，微草会后悔吗？尤其是微草阵容中其实也是有鬼剑士这一职业的啊！

周烨柏，微草战队的鬼剑士选手，所修的同样也是阵鬼。此时他已经后悔来看这场比赛，其他选手向他们打量的目光，像刀子一样一下一下剜着他。

乔一帆，昔日队中的这个小透明，竟然已经成长到这种程度了吗？偏偏他还改练了阵鬼，偏偏自己就是阵鬼，那些职业选手不断扫向他们的目光中，就这样明目张胆地流露着对微草放走乔一帆的惋惜之情，把他这个微草队中的阵鬼选手当成了一个小透明。

周烨柏心里非常不安。他真的不想承认自己比不上乔一帆。但是他很清楚，如果他有那份自信，此时就不应该感到不安，不应该感到恐惧。他很怕战队也像大家一样拿乔一帆来和他对比，由此否定他的价值，像当初放弃乔一帆一样放弃他……

"专心看比赛。"突如其来的一声打断了周烨柏的念头，他转头望去，看到的是他们队长王杰希严厉的神情。

周烨柏忽然放下心来，不再感到恐慌。因为他完全可以感受到，队长丝毫没有受到大家这种对比心态的影响，只是就事论事地对他此时的走神表示不满。

他们可不是看热闹来的，坐在观众席中，感受着这种总决赛火热的现场气氛，亲眼观看场上选手即时的表现，他们是通过这种方式寻求进步来了。

自己真的想太多了。乔一帆表现出了出色的水准，但是乔一帆出色，李轩更出色。乔一帆所不同的仅仅是和微草有过一段渊源，可是那又怎样呢？自己努力提高，做好自己分内的事情才是最重要的。竞争，在这个职业圈中无处不在，乔一帆是圈中的一员，和其他任何一位选手本质上没有什么不同，这样的竞争，早就应该习惯，不应该胆怯，不应该畏惧。自己应该去努力寻求进步，像乔一帆一样赢得其他人一致的认同和掌声。

这个家伙，现在居然让我有些羡慕嫉妒，真是可恶！周烨柏不再为乔一帆的出色感到焦虑，他以此作为动力。这个昔日的小透明都可以如此出色，自己为什么不能？

收拾好心情，不再胡思乱想，周烨柏重新专注地看起了比赛。

引发"鬼神盛宴",自然也意味着放弃了所有鬼阵对敌人的控制。趁着那二人还在被鬼神之力肆虐的空当,乔一帆立即操作着一寸灰撤离。

"影分身术",一看一寸灰转移,叶修立即跟上节奏,和周泽楷激战的君莫笑完成了一个"影分身术"的结印,真身顿时传走,和安文逸的小手冰凉一起狂奔离开。

一枪穿云追上怒射,但君莫笑干脆把千机伞扛在肩上,伞面撑起,非常无赖地掩护着自己的身后,强行撤离。

神枪手火力是猛,但在控制方面是短板,牵制对手都是靠攻击,此时被人拿盾牌这样硬顶着,顿时一点招都没有,转眼两个角色在那垃圾堆下转了个弯,走出了一枪穿云的视角。

周泽楷没有就此作罢。江波涛和孙翔很快就能还原,是该他们重整旗鼓反击的时候了。这时候可不能给兴欣太大的喘息机会。如场外观战的职业选手一样,周泽楷对局势看得很清晰。乔一帆会用这样快节奏的爆发,意味着兴欣他们没有太大的信心和他们打正面,那么这自然就是轮回可以倚仗的突破口,周泽楷就是要一刻不停地盯死对手。

冲到垃圾堆的边缘,一枪穿云飞身跳起,飞枪操作,空中滑翔,转弯跑走的君莫笑和小手冰凉很快回到他的视角。周泽楷没有就此让一枪穿云从垃圾堆上跳下,神枪手这职业,还是始终占据着高点才较为有利。

砰砰砰砰……落到新一堆垃圾上时,一枪穿云的双枪再朝君莫笑和小手冰凉二人怒射。另一端江波涛和孙翔两人总算吃够了那场"鬼神盛宴",角色冲出,身上还缠绕着残余的鬼神之力,看着一枪穿云通过射击给他们指引的方向,咬牙切齿地冲了过来。

"伏龙翔天",看着一枪穿云射击的轨迹,孙翔判断出那边兴欣角色的位置,一叶之秋直接抖出却邪,一记"伏龙翔天"轰向那堆垃圾。

三打三,我们也不惧!孙翔和江波涛也是相当决然的心情。但是拥有上帝视角的观众们,此时真的很想告诉这二位:三打三?大概很快就不是了……苏沐橙和方锐,很快就要冲到这废料库了。

"轮回的双线有点脱节啊!"职业选手这边开始议论纷纷。同样是双线作战,看兴欣这边,从乔一帆、安文逸果敢地驰援叶修,到现在解决另一线战斗的苏沐橙和方锐的回援,兴欣双线通过这样有层次有节奏的增援,很漂亮地衔接在一起。

但是轮回这边呢？三对一没能拿下叶修，二对一没能拿下方锐，随后被及时赶到的苏沐橙联手方锐把他们的杜明打爆。

这实在不是轮回不重视衔接，不重视双线作战的呼应性，而是他们的呼应硬生生被兴欣切断了。至于切断的方式，让职业选手们面面相觑。

一边一拖三，一边是一挑二，这是什么战术？这是明星战术！

兴欣对轮回，本赛季唯一拥有四位全明星选手的轮回，且有三位全明星排位前十，星光璀璨到无以复加的轮回，竟然被兴欣的明星战术压制了？

标准的明星战术，是在局部依靠明星选手超强的战斗力完成以少打多，以此奠定另一个局部以多打少的优势，最终反向奠定胜局。场面可以是整体作战，也可以是双线作战，甚至三线作战，但一端少打多，另一端多打少，少打多这一端依靠明星战力维持战力的平衡，是明星战术的关键。

兴欣和轮回这一战，少打多的局面确实出现了，但是另一端，靠少打多牵制出的多打少优势，事实上并没有在这一场比赛中直接出现。

但兴欣的打法确实是明星战术，因为没有出现这种局面，并不是兴欣没有做这个选择。苏沐橙、方锐、乔一帆去截杀轮回治疗，很清晰地要以多打少，只是因为地形带来的职业便利，让兴欣轻易获取了比人多更强烈的优势，乔一帆随后就没有再去建立人数优势，反而支援辛苦一拖三的叶修来了。

叶修，就是制造出这一局面的支点。虽然从目前的数据统计来看，兴欣场上四位攻击手中叶修的君莫笑输出最低，而支出生命反倒最高，但他确实是兴欣能赢得如此局面最关键的一环，兴欣所有的一切，都构建在他所建立的基础上。

这就是《荣耀》第一人！一个人，一拖三，拖轮回排位全明星前十的三位，其中一位还是全明星的首席周泽楷。这样的表现，拿明星来形容都显得没分量，这是巨星，超级巨星！

真的不知道该说什么好了，大家完全没办法用人类的语言来评价叶修所做到的事，因为这看起来根本不是人类应该有的行为。

要说这类打法，这之前的比赛兴欣也不是没有过。远的不说，就最近的，季后赛首轮对阵蓝雨的主场比赛中，依靠魏琛拖蓝雨二人，也勉强可说是明星战术。只是那个明星战术远远不够彻底，魏琛并没有真正建立起平衡，他所做的实际上是牺牲，利用自己的牺牲，尽可能地拖延时间，以实现兴欣的战术目的，这和明星战术的核心思想到底是有区别的。

而今天这场，客场面对轮回，可就是确确实实、十分到位的明星战术的路数。而且这个明星战术中所要拖住的也是顶尖，甚至当下声名更盛于叶修的明星。但是很遗憾，在叶修面前，他被拖住了，他们三人都被拖住。这一战，他们的星光被掩盖了。

明星战术，事实上并不是战术，是技术，利用技术对对手粗暴地碾轧，这才是明星战术真正的核心。

而这可是极难讨巧的地方，正因为如此，有谁能想到面对孙翔、江波涛、周泽楷这三人的围杀，有人能不败，有人能不死？

没有人能想到，轮回自己也没想到。所以他们不认为他们的双线会脱节，他们满以为他们可以在这端迅速击杀落单的叶修，这是常识性的判断，任何一位职业选手都会做出这样的判断。

但是……叶修就是这么一个超越常识的存在。

局面对轮回越发不利，但轮回的选手们倒还是很积极。

"伏龙翔天"，孙翔的一叶之秋这记大招直接轰入了垃圾堆。

松散堆积的垃圾没有构成多大阻力，化身为龙的魔法斗气直接击穿了这一堆垃圾。不过，带有抓取判定的"伏龙翔天"的魔法斗气是那样霸气张扬，如此轰穿垃圾堆，所产生的动静可不小，叶修和安文逸总不能装没看见。

闪！君莫笑和小手冰凉连忙从那垃圾堆旁退开，跟着就见垃圾堆里细碎的光点越来越密集，越来越密集，最终完全汇聚在一起，成了一团明亮，看起来像是要将那些垃圾融化了一般。

"伏龙翔天"飞舞着自垃圾堆里钻出，要是叶修和安文逸的反应慢上少许，此时都可能被这攻击给叼了去。

"伏龙翔天"不中，但对叶修和安文逸两人的节奏都是一个不小的破坏。他们身后一直有周泽楷这样的顶尖高手盯着。这样的机会，周泽楷岂会错过？一通散射，子弹暴雨般倾盆而下，江波涛则趁着一枪穿云这一波的射击掩护，直接冲了出去。

"疾光波动剑"，闪身冲出的无浪起手就是魔剑士速度最快的这记波动剑，攻击的方位更是刁钻，不是完全对准君莫笑，也不是完全对准小手冰凉，这一剑，刚刚好可以擦着边把两个角色一同斩到。

如此一来，两人若作闪避，只能朝相反的方向，距离会被进一步拉开。

不要小看这一两步，在如此局面下，这是一个相当严厉的切断。两人很

可能就因为多了这一步之遥，接下来踏上各自为战的道路。

叶修有能耐，能和周泽楷他们三人周旋，但是安文逸呢？他此时若没有叶修的保护，必死无疑。

所以不能躲！哗！千机伞再次张开伞面。

明知面对一枪穿云这样的爆射，千机伞的盾形态太不经用，但是这一刻已经没有别的选择。千机伞的耐久，瞬间就奔着个位数去了。

兴欣的优势局面？是的，整体来看，是这样。但是，也得撑过眼下这一难关。无论如何，他们面对的可是《荣耀》数一数二的攻击三人组，而且三人一点都没有丧失战斗力。

安文逸的技术绝不是最顶尖的，但是他对形势判断之理智几乎不近人情。

吕泊远在看到杜明为掩护他留下和方锐、苏沐橙纠缠，强忍着冲动才没有冲回去。安文逸呢？此时同样被叶修掩护，一点犹豫都没有，操作着小手冰凉拔腿就跑。

叶修很欣慰。

安文逸的这一特质陈果比较不喜欢，但叶修倒是挺欣赏的。一个治疗选手，就需要这样的冷静和理智。最初在网游中接触到安文逸的小手冰凉时，引起叶修注意的只是他那判断清楚、精准把握时机的机械式手法，但是后来发现安文逸还具备这样的特点，在叶修看来就好像是买一赠一一样值得高兴。

而在职业赛场上的拼杀并没有让安文逸失去这种特质。哪怕他总被认为是兴欣队中的坑，他也没有因此去投机取巧博取好印象。

他就以坑的形式在兴欣生存着。对于兴欣利用这一点来设计套路，安排套路，安文逸非但没有计较，反倒十分认真地去配合。

这种境遇要说一点都不尴尬、不担忧，那是没可能的。但是理智告诉他，这确实是当下能让他起到更大作用的一种方式，所以他对此没有任何异议，更没有让这些心情左右自己。

他在不断努力地提高自己，而在提高的过程中，他尽一切可能地发挥自己所拥有的，无论是优点，还是缺陷，他都在以最匹配的方式和队伍寻求着呼应。如果不是这种近乎无情的理智，实在很难做到。

他的理智，才是他真正价值的根源。因为这份理智，他练就了那样的手法，可以让叶修在网游那么多玩家中留意到。

因为这份理智，他虽不是最强，却最能发挥自己，无论长处短处，他都能恰如其分地迎合队伍的需求。

因为这份理智，他才能在争议的包围中，虽担忧，却始终不动摇。

他坚持下来了。

两年前，他还只是神之领域中的一个普通玩家，在霸气雄图的公会中都混不到一流的精英团。

两年后，他闯进了季后赛，在这里淘汰了霸图战队的副队长，号称《荣耀》第一牧师的张新杰，而后和队伍一起站在了总决赛，站在了《荣耀》最巅峰的战场上。安文逸是一个超理性的人，而在他身上所发生的，却是这样听起来很无稽的事实。

这一切得来不易，他只会加倍去珍惜，竭自己所能，去帮助队伍获取胜利。

所以他完全不理君莫笑的死活，小手冰凉掉头就跑，跑得飞快，因为这就是当下他最能给兴欣带来帮助的方式。

三对三？忽然间就没这样的感觉了。

乔一帆的一寸灰走的是另一条线路，安文逸的小手冰凉本是和叶修的君莫笑共同撤离的，结果一遇到危险，居然直接扔下君莫笑撒腿就跑，转眼间，就又成了叶修独对周泽楷、江波涛、孙翔三人了。

这变化，一时间轮回三位都有点消化不了。在他们常识性的判断下，这时候安文逸应该留下来帮助君莫笑支撑，而后等乔一帆的一寸灰来支援吧？

鉴于这种判断，他们三位心中都已在盘算着如何利用这个在他们看来有些笨拙的牧师来折腾叶修。治疗，那可是必须保护的。结果人家直接扔下叶修就跑了。

毫无常识，超没义气，轮回三位看了都难受。不是为叶修的境遇难受，而是为他们自己难受。安文逸的小手冰凉一跑，他们要面对的又是叶修，三个人一起，正面面对叶修，和之前几乎一样的情景。他们宁可小手冰凉留下来，宁可三打二，那样他们反倒可以通过主攻小手冰凉来牵制叶修，这样或许反而更容易些。

一叶之秋冲出。最期待能超越叶修的孙翔，此时反倒放下眼前的叶修不顾，借着君莫笑被一枪穿云和无浪的攻击所压制，操作着一叶之秋追向了小手冰凉。轮回三位都觉得这样比起直接攻击叶修的君莫笑更能让他们占据主动，叶修实在太难对付了。

谁想一道寒光突然从千机伞后抹出，千机伞还支在那儿呢，君莫笑一晃，

居然就闪到了一叶之秋身旁——"弧光闪"！

这下孙翔哪里反应得过来，被这记"弧光闪"削了个正着。这招虽然没有太强的冲击力，但如此突然，让孙翔毫无防备，急速移动中的一叶之秋顿时被削得一个踉跄，斜撞在了一旁的垃圾堆上。

周泽楷和江波涛也都大吃一惊，这种变化完全不在他们的常识内。君莫笑闪到了一叶之秋身旁，武器千机伞竟然留在了原地？这是……把武器给丢下了？

"魂御"吗？这是看到武器被丢出后作为一名职业选手最该有的判断。但是，不可能！因为君莫笑刚刚还施展了"弧光闪"，"魂御"虽然会将武器抛出，但并不是丢弃，角色依旧处于装备此件武器的状态，所以无法使用这职业系以外的技能，更重要的是，此时的状况下，是无法进行更换武器这种操作的。可是君莫笑的手里明明还是抄着家伙的，没有与职业相符的武器，当然就施展不出"弧光闪"。

又带了第二件武器？或者说，这千机伞竟然可以拆成两件，一件丢下，另一件在手继续发挥武器的作用？

晕了，一时半会儿根本想不清这到底是怎么回事，但是千机伞被丢弃到地上是一个绝对的事实。江波涛反应很快，无浪不顾一切地冲了上去，此时他的眼中只有孤零零撑落在地的千机伞，只要把千机伞拾取了，君莫笑这个散人不就完完全全废了？

比赛中，拾取到对手的武器……

《荣耀》职业联赛十年从来没有发生过的事，大家也都不知道比赛规则中对于这种事是不是有什么说法。哪怕资深如李艺博，对这个情况也不确认是不是允许，他不知该如何点评，不过也没有时间点评。

江波涛的无浪眼看就要冲到千机伞前时，他已经对准千机伞就要拾取，就要执行比赛当中这个很陌生的操作。千机伞的伞面忽然翻上，根本没有"刺"这个动作，翻起又并拢的千机伞面已经扎进了无浪的身体，君莫笑就这样又出现在他的眼前。

不可能，哪有这么快！江波涛下意识地将视角朝旁一转，但角色已经被挑起，君莫笑施展的是一招"圆舞棍"。与此同时，江波涛又看到了一个君莫笑，就站在刚才削翻一叶之秋的位置，手里抄着匕首之类武器的君莫笑。

影分身……"影分身术"！

江波涛的眼前漆黑一片。

"致盲"吗？不是。是君莫笑施展的这记"圆舞棍"将无浪大头朝下地栽进了一旁的垃圾堆，用这种物理方式堵住了他的视角。

垃圾堆松散，无浪直接栽了半截身子进去，两腿悬在空中晃荡着。

现场的轮回粉是想笑又笑不出，只觉得无比尴尬。职业选手们却不留情面，完全笑疯了。

"这家伙肯定是故意的！"楚云秀指着电子大屏幕上的君莫笑，乐得完全抛弃了矜持。大家深以为然。

丢下千机伞诱敌，"弧光闪"拦截一叶之秋，"影分身术"重新退回，再用"圆舞棍"把无浪栽种到垃圾堆里，这一切绝对都是计算好的。没有确凿的把握，可以说是君莫笑这个角色生命线的武器千机伞，哪能这样随便丢弃在对手面前？

"不过叶修前辈也真够胆大的……"新人们顾不上笑，都吓呆了。别说是千机伞这样重要性更胜一筹的武器，就是寻常一件装备，他们也不敢在比赛中这么个搞法。这种手法，实在不在他们接受的任何一套《荣耀》理念当中。

虽然说叶修可能都算清楚了，可是比赛中总是充满偶然。万一那记"弧光闪"出去没能削到一叶之秋，反被孙翔乘势牵制住了呢？万一施展"影分身术"的时候，没结好印就被一枪穿云的射击打中了呢？

虽然最终这些情况都没有发生，不过只是替叶修想想这些可能性，新人们都觉得有些后怕。"所以说，艺高人胆大啊！"有人感慨道。

只是艺高人胆大吗？大家沉默着，只觉得这话不足以形容叶修的行径。这何止是艺高人胆大，这简直就是押上了所有胜负、所有未来的一次行径。

刚才那个瞬间有那么重要吗？需要这样孤注一掷？

大家惊过、笑过，到底还是从正常比赛的思路思考分析着刚刚那一瞬。而叶修的君莫笑此时已经冲出，向着对面垃圾堆上方站立着的一枪穿云冲了过去，与此同时，炮声轰鸣。沐雨橙风在这一刻终于赶到，超远程的火力打击正配合着此时君莫笑发起的冲杀。第四、第五、第六、第七赛季，连续四个赛季的最佳搭档，在本场团队赛中第一次产生配合。

19

CHAPTER

平衡之外的赛点

轰！沐雨橙风的重火力轰到垃圾堆上，可就不是溅起一点垃圾碎屑那么简单了。一枪穿云拧身闪开时，火光中所留下的已是一个大坑。各种垃圾废料被掀上天空，纷扬落下，热闹得仿佛一场雨。

火光映照下，垃圾雨中，叶修的君莫笑飞速冲出。

砰砰砰砰……周泽楷没有就此放弃对君莫笑的攻击，哪怕角色需要躲闪飞来的炮火，一枪穿云的双枪却都很稳定地指向君莫笑。

爆炸火光的映照下，落下的垃圾雨，横飞的子弹，瞬间构建出一幅热闹无比的画面，而君莫笑就在这张画面中穿行着，一步、两步……

君莫笑走位飘忽，向一枪穿云不断地接近。周泽楷虽然让一枪穿云保持攻击，但是在苏沐橙攻势的干扰下显然压制得并不完美。

好在他也不是一个人。江波涛的无浪想从垃圾堆里爬出要费点事，但孙翔的一叶之秋之前不过是被一记"弧光闪"削得有些踉跄吗，在恢复平衡后，他原本想继续追击安文逸的小手冰凉，不料身后炮响，视角转回一看，已见爆炸的火光不断威胁着一枪穿云，叶修的君莫笑更是不断向前紧逼。

支援？这是孙翔脑中闪过的第一个念头，但是一叶之秋随即冲出的方向，却依然还是朝着小手冰凉。只是冲出时手中却邪一挥，却是一记横扫，挥打在无浪倒栽的垃圾堆上。对无浪，他当然是不可能造成任何攻击影响的，不过这一挥正好抽开了埋着无浪的很多垃圾，算是帮到他不少。这边的局面，孙翔就留给江波涛帮助周泽楷去应对了，而他，放弃了自己心中对叶修特有的执着，做出了更能占据场上主动的选择：继续给对方的治疗施压，以此牵制对方全队。

江波涛的无浪从垃圾堆里翻下，左右一看，局面瞬间了然于胸。叶修的君莫笑此时已经冲到那端垃圾堆下，就要跳起冲上攻击一枪穿云，江波涛二话不说，果断操作无浪一剑挥出。

"烈焰波动剑"，燃起熊熊烈火的波动之力向着君莫笑那端卷了去。

"烈焰波动剑"的攻击威力是波动剑中最强的，速度也不错，瞬时就已卷到君莫笑的身后。君莫笑此时正向上跳，如果继续坚持无疑会被轰中，只见他身形一晃……

轰，命中！现场掌声如雷，君莫笑被这记"烈焰波动剑"直接镶到了垃圾堆里，江波涛这仇报得可算迅速至极。

但江波涛的心里可一点都没踏实。中了？居然中了？

是的，他很意外。这记"烈焰波动剑"虽然时机掌握得很好，正卡在君莫笑向上跳冲的阶段，不好应对，可是就这样直接命中真的不在江波涛的预料之内。他的意图，只是通过这一击阻挠君莫笑冲上，谁想竟然直接命中了。以叶修的水准，这不应该。

这里面一定会有什么状况，江波涛几乎可以肯定。

果然！当"烈焰波动剑"的火浪退去，垃圾堆上留下了一道被灼烧过的痕迹，君莫笑不见了踪迹。

去了哪里？

"地心斩首术"，君莫笑猛然从垃圾堆的上方钻出，但是一枪穿云刚好从他身旁擦过！

叶修没有让君莫笑去躲那记"烈焰波动剑"，被那一记镶进垃圾堆后，立即发动了"地心斩首术"。

但是周泽楷的意识也极出色。君莫笑贴到这垃圾堆旁后，从他的视角就没办法看到了。他当机立断放弃了垃圾堆上的高点，操作着一枪穿云一跃向下。

擦身而过！"地心斩首术"的抹杀明显已经无法触及一枪穿云，君莫笑就这样与目标失之交臂了吗？

还没有！叶修的反应也是快极，一枪穿云在他的视角内留下的其实几乎就只是一片衣角，但他已经做出准确判断。"地心斩首术"被飞快取消，君莫笑半空拧身，寒光出鞘，"银光落刃"！

君莫笑双手按剑，直朝刚从身边掠过的一枪穿云追去。君莫笑这下落的速度，比起一枪穿云的自由落体可要快上许多。

枪响。叶修从一枪穿云荡起的衣角判断出了他的举动，周泽楷却也听到身后的动静，意识到君莫笑出现在他的身后。此时一枪穿云想要转身已经不便，就见他双臂一抱，双手各搭肩上，双枪，竟这样指向身后。

子弹飞出！剑光抹下！

很难分辨出到底谁更快，但是空中的两个角色瞬间交织到一起。一枪穿云射出的子弹以零距离直接钻入君莫笑的胸膛，君莫笑手中利剑，却直接刺入了一枪穿云的后心，剑尖从他的胸膛冒出……

如此纠缠，谁优谁劣？就连场外观战的众职业高手都没有办法立即做出判断。君莫笑和一枪穿云就这样一同向下摔去，两个角色看起来都已经失去了平衡。

紧跟着，爆炸响，波动闪！

两人最可靠的搭档，几乎在同一时间发动攻击进行解围。

爆炸掀走了一枪穿云，波动之力卷走了君莫笑。两个角色被分开了，但他们的对决远没有结束。在这种已经彻底失去平衡的状态下，两个角色正在被拼命地调整着。子弹，从一枪穿云的双枪迸射而出，君莫笑这边手一扬，千机伞被甩向半空，化为流星直坠而下，却是驱魔师的一记"星落"！

一枪穿云被这记"星落"轰中，直接砸进了垃圾当中；君莫笑也被连续飞来的子弹命中，血肉横飞，最终摔进了垃圾堆。两人已经完全没了躲避的手段，都只是拼命追求着对对方的攻击。只是最终两人的角色到底被分开了，如此保有距离的话，似乎是对周泽楷的神枪手更有利的局面。

结果一道"卫星射线"就在这时从天而降，不偏不斜，正轰到一枪穿云砸出的那个坑中。

两人的交锋未分高下，但是最终双方搭档的辅助却成了分水岭。在两人暂时无法维持攻势的局面下，苏沐橙的沐雨橙风果断一个"卫星射线"的大招，给一枪穿云补了沉重的一击。江波涛呢？他欲哭无泪，不是他没有这个意识，而是他的职业做不出这种攻击。君莫笑和一枪穿云都摔进了垃圾堆里，苏沐橙的枪炮师有这种空袭般的攻击方式，但他的魔剑士呢？用"圆旋波动剑"吗？

只能是"圆旋波动剑"了。无浪手中短剑天链挑出，波动之力好似一道彩虹，精准跨向君莫笑跌落的位置。

江波涛的操作极漂亮，这记彩虹一般的"圆旋波动剑"也看得人心旷神怡。但是"圆旋波动剑"哪里比得了枪炮师的 70 级大招"卫星射线"？和"卫星射线"的气势和伤害相比，"圆旋波动剑"施展得再精彩，也不过是个聊胜于无的安慰。

君莫笑中了这一下，一骨碌站起。一枪穿云呢？"卫星射线"还在持续着，一枪穿云不断向垃圾堆下方沉落，挤得那堆垃圾向四方翻涌，这一击，真是要将这一堆垃圾都轰塌了。

这是超远距离外的沐雨橙风发动的攻势，江波涛只能眼睁睁地看着，根本没办法去阻挠、去打断。他此时所能做的，只是阻止一下叶修火上浇油。

"疾光波动剑"，又一记波动剑卷出，直袭刚刚起身的君莫笑。

但是叶修显然早料到江波涛此时所能攻击的目标只有他，君莫笑起身后立即使用技能移动，快如"疾光波动剑"最终也被甩到了身后。君莫笑飞身跳起，飞枪、"机械旋翼"，转眼就从这边的垃圾堆飞到了另一端，直接没入沐雨橙风的"卫星射线"，向着下方沉去……

一枪穿云此时是真掉坑了，被"卫星射线"轰出的坑。四面都是垃圾，头顶"卫星射线"，被轰得劈头盖脸。周泽楷正努力想在这受限的空间中折腾出点地方，结果"卫星射线"中一道黑影落下，"卫星射线"的攻击还没完全结束，叶修把君莫笑也给扔下来了。

啪啪啪，君莫笑顺势就是几脚"鹰踏"，周泽楷哪有空间可躲？只能操作着一枪穿云和君莫笑拼血。但叶修早给君莫笑开了"钢筋铁骨"，此时子弹打在身上一点不妨碍君莫笑的动作。"鹰踏"完了，君莫笑落下，直接就是肘击砸一枪穿云脑门，跟着就是在这挤两个角色都嫌勉强的空间中，开始贴身短打。

"卫星射线"结束了，但一枪穿云比被"卫星射线"沐浴还要狼狈。挤在身子周围的这些垃圾就像叶修的同伙，此时把他持枪的双手都给埋了。"膝撞"，命中，但中了之后，君莫笑还在他面前。神枪手的体术技能冲击力并不强，根本没办法在这种境地撞出一条路来。

亮光！四周的垃圾里，突然隐隐有亮光闪出。

"星云波动剑"，江波涛发动了大招，魔剑士的 75 级大招，从外部强行破坏这堆垃圾，强行要将一枪穿云从中捞出。"星云波动剑"的波动之力不断透入，就差最后引动那一下，一道火光，翻滚着，向他落了过来——"热感飞弹"！

江波涛已经听到飞弹呼啸而来的轰鸣声。但是正在操作"星云波动剑"的他实在没办法再操作无浪闪避。"热感飞弹"的爆炸范围不是扭扭腰侧侧身就可以避过的，非得有大幅度的位移不可。

闪避还是抢出"星云波动剑"？二者只能选其一！

闪避还是来得及的，但"星云波动剑"就此中止将是必然；而抢出"星云波动剑"，却也没有十拿九稳的把握，万一失败，彻底得不偿失。

该怎么办？一瞬间无数人脑中闪过各种各样的念头，但是场上，江波涛的无浪毅然不动，波动之力继续源源不断地从短剑天链上送出，他没有任何犹豫，选择了抢出"星云波动剑"。

来得及吗？飞弹坠下，无浪挥臂转剑，完成"星云波动剑"的最后一个动作……

轰！蘑菇云掀起，强大的冲击力将四下的垃圾堆排山倒海般地推开。而无浪正处在爆炸的中心，竟被这一次爆炸的冲击波掀向半空。

"星云波动剑"呢？被截断了吗？

不，并没有！蘑菇云掀起的瞬间，被注入"星云波动剑"波动之力的垃圾堆突然渗出了光芒，波动之力扩散开去。一堆垃圾被彻底掀开，好像一个被打碎的魔方，一团一团地四分五裂起来。一枪穿云、君莫笑，两个角色突然就这样出现在所有人的视线里。一枪穿云豁免"星云波动剑"的伤害，但无法抵御"热感飞弹"的冲击力；君莫笑不受"热感飞弹"的爆炸影响，却被"星云波动剑"的波动之力绞杀上天。

三个角色都受到了攻击波及，只有苏沐橙的沐雨橙风丝毫不受这边形势的影响，炮火继续在轰鸣中落下。方才君莫笑的火力支援，转眼成了最大的攻击发起点。爆炸接连围绕着一枪穿云，显然苏沐橙还是想继续将一枪穿云作为攻击的重点。

但是已经不受任何钳制的一枪穿云又怎会轻易被远程火力轰中，一个流畅的受身操作，在被毁得一片狼藉的垃圾中翻滚起身，双臂胸前交叉，双枪开火，竟同时攻击起君莫笑和沐雨橙风两个人。

操作很精彩，不过双枪分袭两个目标，火力上就弱了一半，对于职业选手来说，这已经不是多可怕的威胁，无论叶修还是苏沐橙，都应对有余。只是通过这样一波威胁不算太大的抢攻，周泽楷重新找回了节奏，再不像之前那样被动。

江波涛趁势将无浪稳住，他的攻击距离不可能威胁到沐雨橙风，君莫笑是他唯一的攻击指向，波动剑一式又一式地发动。

双方互有攻守，场面依旧精彩。一边是为轮回拿下两连冠的周江组合，一边连续四赛季蝉联最佳搭档，但就是没能一起捧起冠军奖杯的叶修和苏沐橙。两对超级组合完全没有让观众失望，打得高潮迭起。但是这份精彩对于眼下的场上形势来说，只是平衡住了局面，而无法成为突破口。这场二对二的局部对决，不是靠一波、两波攻势就可以分出胜负的。

赛点在哪里？

潘林和李艺博分析着这个问题，导播则根据两人讨论到的方向切换转播画面。而现场观众这时候无疑是幸福的，他们不止拥有全息投影的大范围画面，更有现场的多个电子大屏幕呈现的多个细节。正因为如此，他们此时远没有电视机前的观众专注。电视机前的观众还在纠结于周泽楷、江波涛和叶修、苏沐橙这组二对二会打成什么样的时候，现场观众却有更多的问题要去关注。

孙翔的一叶之秋能不能追到安文逸的小手冰凉？

轮回的另外两位选手什么时候也能如天降奇兵般对废料库中的三位给予援手？

鉴于现场更多的是轮回粉丝，所以对于这一个问题，他们尤其关注。

吕泊远、方明华，这二人虽然暂时还没有到达废料库这端，但也绝不是对这边的情况毫不知情。多线作战，各线的选手要互相通报情况，以便从全局上整理局面，进行变化和调整，这是十分必要的。所以废料库里无论是三对一时，还是被乔一帆、安文逸，以及苏沐橙的支援接连扰乱节奏，他们二人都在频道里大致了解到了。

他们应当过来支援，这是毫无疑问的，全场观众也期待着他们可以成为神来之笔。

但是，方锐和他的海无量，成了这万众期待的神来之笔最大的阻碍。

他将苏沐橙的沐雨橙风送至差不多距离后，就在对手必经之地埋伏下来，所等的就是吕泊远和方明华。

几乎就在苏沐橙的沐雨橙风冲进废料库开始助攻时，吕泊远和方明华的角色匆匆经过这里，此时他们正巧看到了频道里江波涛发来有关苏沐橙到阵的情况。

没有提到方锐。这是两人看到这消息后立即注意到的一个问题。比赛时队内信息的交流是一定要及时、准确的。江波涛如果看到方锐的海无量，必然要在消息里提到，没看到，那海无量一定没出现。

但是二人同样没有发现海无量，连忙将这信息反馈回去。因为废料库的地形他们是清楚的，方锐那家伙的猥琐更不用说。江波涛的信息，只说明他们还没有发现海无量，但并不意味着方锐一定还没到。兴欣的支援很有层次，这方锐，极有可能没有立即现身，而是要找时机来发动决定性的一击。

结果他们刚把方锐的消息发出去，方锐就猥琐地对他们二人发动了偷袭。

两人慌忙又重新送出方锐出现的消息，更正先前的情报。这是非常重要的，错误的情报会导致那边的选手对形势做出误判。

而后二对一的战斗展开，没有人太觉得这形势有多严峻，方锐留下来偷袭，在大家看来也就是拖延些许时间罢了，以埋伏点和废料库之间不远的距离来看，这恐怕不至于产生什么判定性的困扰。毕竟轮回这边只要吕泊远稍稍缠住方锐，让方明华的牧师先离开，那这偷袭就全无意义了。

道理很简单，但问题是，他们没做到！

方锐从一开始攻击指向就特别明确，就是方明华的牧师笑歌自若。海无量在二人走过以后，悄悄出现在他们身后，然后，"捉云手"。

但是方锐小瞧了轮回二人的戒心，他们的视角并没有就此不回头。方明华转视角，看到，立即操作笑歌自若闪避，吕泊远立即察觉，做得更绝，直接让他的云山乱堵到了笑歌自若身前。

他们考虑到方锐进了废料库却不露面的可能性，但也想到了这家伙埋伏在外牵制他们的可能性，因为方锐是那样猥琐，怎么去揣摩都不过分。

而对于针对他们的牵制骚扰，两人显然早有想法。一察觉，吕泊远直接上云山乱的身体去掩护，方明华也一点不含糊，笑歌自若继续移动，要把方锐留给吕泊远一个人去对付。

"哪里跑！"公众频道一直挺宁静的，直至方锐这一动手，消息又出现了。方明华当然不会因为他一句垃圾话就真不跑了，方锐这消息，说实话对眼前人没有任何效果，更多的，是干扰另一端看不到这边情况的选手们的心神。

至于有没有干扰到，方锐就不操心了，"捉云手"被吕泊远的云山乱死死封住，方锐当然不可能把一个柔道捉进怀，那倒是遂了吕泊远的意。

"捉云手"立即取消，海无量快步冲上，压低的身形，弥漫着一股子猥琐。

　　吕泊远操作着云山乱上前拦截，而对方这压低的猥琐身形，在他看来确实有点碍眼。

　　方锐的这种猥琐流的移动，也是经过专家论证的，大家也纷纷认同这种缩身移动的科学性：对于《荣耀》这么一个操作性极强的游戏来说，这样缩紧身形，就等于缩减了对手的攻击点。

　　所以，这种方式，也并不是说只有方锐在采用，但是只有这家伙运用起来，大家除了猥琐就想不到其他形容词。缩身移动的角色，一经他手，就透着一股子的獐头鼠目。

　　吕泊远看着眼前这对手，也不得不调整云山乱的姿势，正常情况下提双手就可以抓到的双肩，被方锐压得都快到地上推土去了，云山乱此时想抓取目标，出手那得斜向下。距离、角度，和面对一个正常对手都不一样。

　　冲上！吕泊远选择了主动出击，试图更积极地掌控住局面，云山乱的身子也半弓着，双臂垂在身前，像只大猩猩，但是针对海无量的姿势，他这姿态无疑更方便抓取。

　　两个角色之间的距离急速拉近，吕泊远始终注视着海无量的双手，只要稍有变化……

　　来了！海无量那边突然手一藏，吕泊远顿时就知道攻击要来。

　　"气波弹"，一击推向云山乱的脸面，吕泊远只觉得眼前一片亮光。

　　干扰视角的手法，老梗了！云山乱脑袋微侧，视角已经恢复，双臂撑开，就朝着海无量抱去。结果就见海无量身子一拧，就要从云山乱身侧避过，吕泊远自然早料到会有如此变化，也变向调整。

　　好快！谁想海无量突然变速，以更快的移动，嗖一下从云山乱的手旁掠了过去——"云体风身"！

　　"云体风身"是一个感知型的大招，所提供的效果是用念气感知目标以及对念气更精准的控制。而此时海无量的移动速度突然有了一个提升，这显然不是"云体风身"的效果，这是气功师的又一个技能——"气转流云"。

　　"气转流云"提高的就是气功师各方面的速度，包括移动、攻击、运气的吟唱等等。方锐此时让海无量叠加"云体风身"和"气转流云"两个状态，海无量有了速度上的突然提升，更对提升后的步伐有着精准控制，这一步擦着云山乱的指尖抹过，险到极致，但是云山乱瞬间就被他甩到身后。

　　吕泊远心中暗叫不好，云山乱慌忙拧身过来，已经差了海无量有两个身

位。

两个身位……

这个不尴不尬的距离让吕泊远着实胸闷。《荣耀》24个职业，不算两个治疗，不考虑远程职业近战不利这种局面，两个身位的距离，所有职业都拥有攻击上的威胁，包括同为格斗系的拳法家和流氓，都有技能可以在两个身位的距离产生威胁，只有柔道是个例外。

而现在，海无量偏偏就距离云山乱两个身位，以比他更快的速度移动着，这无疑是方锐有意控制的，就是靠这种极限的操作，来追求最高的效率。从始至终，他都没把眼前的吕泊远和云山乱当作对手，他只把这当作障碍，而他所做的一切，就是以最高效的方式避过这个障碍，然后冲向他的目标：笑歌自若。

从整体时间上来看，这几乎和直线冲刺没有什么差别，方明华完全没料到掩护他的吕泊远竟然如此毫无存在感就被对方闪过，海无量就像完全没有受到任何阻挠般地冲到了他身后。

方明华想有点什么措施时已经来不及，海无量抬手就将他撕起，"抛投"！

笑歌自若被丢了出去，朝他移动的反方向。吕泊远的云山乱这时总算返身逼上，但海无量接着就是一个翻滚，已将云山乱伸来的手臂闪开，弓身箭步疾行，就朝被扔出的笑歌自若冲去。

"捉云手"，吕泊远清楚移动速度上他的云山乱和此时开了状态的海无量有差距，一步落后步步落后，索性施展了今天他在武器上选择的柔道系的这一技能，试图将海无量直接扯回。

哪想方锐实在狡诈，明明是快速冲向笑歌自若，中途却没由来地突然一个翻滚，过程中角色自然有一瞬间视角向后。就在这一瞬间，吕泊远看到似有什么东西在空气中流动。

"气刃"，吕泊远后悔莫及，自己实在应该开一个"钢筋铁骨"取得霸体状态再来这记"捉云手"。只是那一瞬间没有考虑得这么细致，顿时就被方锐阴了一道。

"气刃"飞来，"捉云手"肯定是要被打断的，吕泊远无奈自己取消了技能，云山乱闪身避过"气刃"，别无他法，只能迈步追上。

海无量没几步又杀到了笑歌自若身旁，正赶上对方翻滚起身。方明华也不是什么小角色，方才是没料到方锐那么快就突破吕泊远的守备才应对不及，这次早有准备，笑歌自若翻滚起身时，手中十字架天使之护已经亮起白光，而后白光呈圆形荡开。

"天使威光"，360度光环，强制击退角色，无视霸体，守护使者技能，是今天方明华在他的银武天使之护上的技能选择。

这技能既已放出，就没有任何闪避或抗衡的可能性了。盾牌的掩护，可以抵消相当多技能的攻击效果，"天使威光"的强制击退却是例外之一。

海无量一个气功师没有什么手段，而双方此时距离又是如此之近，大家都觉得连做出点反应都很艰难。但是海无量偏偏就在"天使威光"触身前飞快地拍出了一掌。

"推云掌"，伤害不强的一个低阶技能，但是可以隔空击物，且拥有击退效果。只不过击退效果会和隔空的距离成反比，贴身拍到无疑是效果最强的。

此时海无量掌出，"天使威光"已经扫到，身子跟着被击退。这记"推云掌"有没有拍到笑歌自若身上谁也没来得及看清楚，但是这一技能施展成功是肯定的。笑歌自若"天使威光"荡开的同时，身子也不由得向后倒退，显然是被这记"推云掌"推到了。

"天使威光"的击退效果远比"推云掌"霸道，但问题是笑歌自若所掌握的"天使威光"仅仅是一阶。此时对于方锐来说，更棘手的倒是被"天使威光"击退后，身后冲上来的云山乱，若被云山乱抓取到，哪怕只是一下，那么他对于轮回这两位的牵制阻挠就到此为止了。

所有人都无比清楚这一点，更别提场上的选手了。

"天使威光"荡开，吕泊远立即全神贯注地做好了准备，死盯着海无量的身形，就见这家伙在倒退中身子还要往下沉，这是要摆出他那个猥琐的架势在第一时间开始移动吗？

云山乱冲上，也这样压低身子，不想海无量这次向下压个不停，眼看着这双手就要往地上支去了，这是……要像动物一样用四肢来奔跑吗？

吕泊远脑中刚刚闪过这样一个荒诞的念头，海无量那双手还真就支地上去了。但是云山乱此时已经欺近海无量的身后，"天使威光"的击退效果还没有结束，想跑，怕是已经来不及了吧？

"抛投"，吕泊远也没使什么大招，只是想用这简单易行的低阶抓取技将海无量扔得离笑歌自若远远的，这局面就算解决了。哪知云山乱双手向下探去，距离海无量的身子却越来越远。

海无量的身子还在向下沉，但是这不足以拉开这么大的距离，下压这种闪避早在吕泊远的考虑之内了。此时拉开距离，不只是海无量的身子在继续压低，还因为云山乱的身子在向上升……

云山乱浮空了。

海无量双手按到地上，那不是要摆什么动物的造型用四肢来移动，那是气功师的技能"地雷震"！

一个攻击性的技能，愣是让方锐操作得如此惟妙惟肖，以至于让人忘记了这是攻击技能，连四肢移动这么荒诞的念头都产生了。最终方锐在对手紧密的注意下，愣是完成了一记偷袭。

观众们都不知该是什么情绪了。

同样没意识到这竟然是一记"地雷震"的，怒斥方锐卑鄙猥琐；而不知因何机缘意识到这是在施展"地雷震"的，那可就要鄙视吕泊远愚蠢了。

但不管怎样，场上的吕泊远被骗过，云山乱中招被弹向半空，这是关键中的关键。低下身的海无量跟着缩身一翻滚，借着"天使威光"的冲击力，无比快速地从浮空的云山乱身下抹了过去。

再起身时，"天使威光"的击退效果已到极限，海无量双掌推出，一记"轰天炮"，直轰浮在半空的云山乱。

吕泊远的云山乱没能把方锐的海无量扔出去，倒是云山乱被海无量这记"轰天炮"轰飞出去。

精彩！方锐的表现实在太精彩，但这里是轮回的主场，这样精彩的表现终究只能收获小范围的掌声。更多的观众心中都在焦虑，这边被拖住的话，对废料库里的战斗影响无疑会很大。

就连电视转播此时都放弃呈现废料库里冠军组合和最佳搭档的二对二对决，连孙翔的一叶之秋对安文逸的小手冰凉也没有太去关注了，因为小手冰凉已经找到了帮手——乔一帆和他的一寸灰。而兴欣方面也正在试图将战局连成一片，形成四对三的模式，如此一来，方锐对吕泊远和方明华的一挑二，倒真成赛点所在了。

这……又是明星战术？

之前是叶修一挑三构建局面，现在，又靠方锐一挑二来继续确保优势。

一挑二和一挑三，乍听起来好像难度有所降低，但事实上两次局面完全不同。

叶修是一挑三不假，但是他不需要控制住场面，他所要做的，就是在三个人的围攻中尽可能地活下来。一对三的这种绝对劣势，已经对对手形成了足够的吸引力。

而方锐的一挑二却需要由他占据主动，他需要彻底将方明华和他的笑歌自若粘住，不让离开，才算完成任务。他所面对的人数是要少一个，但是他所需要做到的事却真没比叶修一对三轻松到哪去。太多人看到这一局面时，所想到的都不是方锐能不能留下方明华，而是他能留下方明华多久。

职业选手这边甚至为此打起了赌，从 10 秒到一分钟，不断有人说出自己的猜想，然后，不断有人被打碎猜想。

10 秒、15 秒、20 秒、25 秒、30 秒……

一个又一个阶段性的猜想被打破了，众选手一开始是以打赌增加点趣味，但是从 30 秒开始，打赌的趣味，就已经无人关注了。

他们已经完全被方锐的表现吸引住了。

吕泊远不是弱者，方明华也不是。两人都有丰富的经验，也有多年的同队经验，具备相当的默契。但是现在，他们没办法摆脱方锐的海无量，哪怕是掩护其中一个人离开都没做到。

这……职业选手们习惯性地代入思考，让他们不得不放弃嬉闹，正视此时方锐的发挥。

建立胜机的坚持

电视转播、现场的职业选手，以及一些水平较高的观众，视线都集中到方锐对吕泊远、方明华的牵制上了。只有水平不太够、看热闹多过看门道的观众，此时还将视线继续死死锁定于废料库里的战斗。

诚然，废料库里的战斗也是精彩纷呈，也有可能打出决定性的场面。但从大局上来说，方锐这端对轮回二人的牵制才是更为真实一些的赛点，这一场比赛的结果，更大的可能就是看方锐能发挥到何种程度了。

而现在，他的发挥已经超乎所有人的意料。一对二的纠缠，居然持续了这么久，轮回两人愣是没办法从他手中通过。

当然，吕泊远的云山乱如果要走，方锐理都不会理他的。方锐的目的太纯粹了，就是要拖住方明华的笑歌自若。吕泊远给他添麻烦，那他就去处理，吕泊远要是主动离开，他欢迎之至。

吕泊远已经丢下过一次杜明了，无论心理上，还是战术选择上，都没有办法再扔下方明华——他们轮回现在团队赛里已经落后一个人头了，整局比赛更是落后三个人头。

这家伙……吕泊远咬牙切齿地想要捉到海无量，只需要一次抓取成功，眼下的局面就能解决。方明华十分明白这个道理，也想方设法地配合。

但是方锐实在太狡猾了，猥琐算是被他发挥到极致了，海无量溜来溜去，好几次都擦着云山乱的指尖抹过，那一瞬间，双方所差的就是一拳头的距离。

这已经不只是运气的问题了。

方锐将操作发挥到了极致，这几次险到极致的闪避，他不是不能做出更安全、更大幅度的闪让，而是有意控制在如此微小的幅度，从第一次开始闪过云山乱的阻拦时，他就是如此操作。他始终在用最有效率的方式去化解吕泊远的云山乱制造的阻碍，以此争取到更多的时间来对付方明华的笑歌自若。若非如此，他不可能牵制住轮回二人这么久。众职业选手吃惊的地方也在这里，这样精准到极致的操作，一次两次倒也罢了，方锐却在这一个阶段里持续保持着，这得是怎样的集中力，这得造成怎样的疲劳度？

是的，很累！方锐迅速感受到了疲劳，而此时距离他开始牵制二人还不到一分钟。

但是对此他早有心理准备，他一开始就知道自己需要面对的局面会有多艰难。叶修的一拖三控制，是示敌以弱，利用对手的主动性来吸引对手，而他这一拖二的牵制需要用自己的控制力一刻不停地限制住对手，才能彻底完成牵制。

他做到了。至少从目前来说，一定可以用完美来形容。

但是疲惫在迅速侵袭着他的大脑，掠夺着他对手指的控制权。毕竟他在擂台赛时就有过奋力的发挥，稍作休息后又开始了团队比赛。

坚持，坚持下去！方锐很清楚自己此时所做一切的分量。如果说比赛最初的基调，是通过叶修一拖三奠定的，那么此时此刻，比赛的最终走势，将由他来创造。

他一直没有以为自己是这支队伍的核心，他只是要求自己打出匹配自己身份的表现。而现在，他清楚这是真正可以由他来奠定胜局的时候，只要他在这里坚持下去。

不设下限，不计算那么多。方锐此时心中只有一个信念：坚持，无休止地坚持下去，将这两个人一直拖在这里，不到胜利的那一刻，就永远也不放松。

一分钟……

一分半钟……

两分钟……

两分半钟……

方锐还在坚持，极其完美地没有露出丝毫破绽地坚持。越来越多的人将关注投向这边，越来越多的人意识到这端在发生着多么不可思议的事。职业选手们更是早已经忘了他们的赌注。

一分钟，那是他们之前开盘下注时最终封顶的时间，叫出这个时间的人只有一个，是呼啸战队的阮永彬。而在这一分钟之下，最高就只叫到了45秒，阮永彬一口喊出一分钟，大家都挺不以为然。因为大家知道阮永彬和方锐是

昔日队友，关系不错，这一口就叫到一分钟，更像一种支持。

但是现在，一分钟？

错，大错特错。就连带着感情对方锐给予支持的阮永彬，都小瞧了方锐的能量。

两分半钟，这是目前的成绩。方锐还在继续，还在以无懈可击的发挥让方明华的笑歌自若怎样也摆脱不了，也就让吕泊远的云山乱没办法独自离开。

废料库里的战斗就这样一直持续了两分半钟。战斗已经不再是双线，而是串成了一片，呈三对四的局面。

轮回方面人数虽少，但三大顶尖高手攻击力剽悍，从场面上看，倒是他们主攻多一些。三人将小手冰凉锁定为突破口，不断地发起冲击。

兴欣这边，叶修的君莫笑已经彻底沦为小手冰凉的护花使者，基本上寸步不离，苏沐橙和乔一帆二人则在一旁不断地策应。

方锐拼命一拖二才争取到的四打三的形势，兴欣没有和对方展开激烈的对攻，倒是处于守势，难免让人觉得可惜。但是会看的高手，却知道兴欣虽取守势，却一点也不被动。这种守势，完全是看准了对方的意图后顺势为之。

主攻治疗是一种很常见的套路，但是没有哪支队伍会像兴欣本赛季这样被对手丧心病狂地主攻治疗。太多这样的经历，让兴欣积累了大量应付这种局面的经验，更别提他们从一开始就利用这一点有大量针对性的布置和练习。

如果说其他战队在治疗被攻击时的条件反射是保护，那么兴欣，在治疗被攻击的时候，更多的条件反射是：杀伤对手的机会来了。

这种意识、这种打法已经成为兴欣的一种风格。哪怕是在没有赛前部署的情况下，当面临这种局面的时候，兴欣的选手们都会下意识地寻找借机杀伤对手的方法。

其他任何一支战队对治疗的保护都是完全防御，只有兴欣，对治疗的保护透着极强的攻击性。这本是他们的短板，但是这一个赛季下来，短板提升的同时，上面也被兴欣种满了各种倒刺，想从这里突破的人，从来没有可以完好无损的，更多的人，短板最终成为他们的断头台。

轮回不是不清楚这一点。作为总决赛的对手，他们当然彻头彻尾地研究过兴欣的一切。可是眼下的局面，他们实在别无选择。

他们攻，兴欣守，可最终他们付出的生命也没少到哪去，结果兴欣那边有牧师回复，而他们这边，两分半钟，毫无增援。

"！！！！"，三人这边已经不止一次在频道里放出消息了，对于援兵不到，他们也很诧异。就和观众们一样，他们无论如何也没有想到，方锐一拖二居然可以拖这么久，早知如此，他们这边肯定不会这样打，他们肯定会创造机会干脆杀出废料库去和二人建立联系。

他们一直在等，半分钟，一分半钟，一直到现在的两分半钟……

不可思议的事情真就这样发生了，方锐牵制了吕泊远和方明华两分半之久。

到了这种地步，他们已经失去了变化的可能性！

让吕泊远扔下方明华进去支援，或三人杀出废料库和吕泊远、方明华取得联系，这种选择在两分半钟之前都未尝不可。但是比赛局面瞬息万变，两分半钟后，废料库里战斗的三人攻击性都远不如之前了，他们不得不开始精打细算地规划角色的生命，谁让之前他们攻得太奔放呢？而攻得那么奔放，也是因为他们以为支援很快就到，哪知打到这种地步了，居然还是不见半个人影。

现在杀出去？三人看看各自角色的生命，此时他们稍有退让，肯定将遭到兴欣四人不顾一切的反扑。两分半钟前即使这样，他们还能强行离开，但是现在，再顽强，恐怕真得倒下一个两个在这儿了。

已经挂了一人、全场比赛输着三个人头的轮回，不到最后一刻他们真不想冒这样的险。无论怎么看，这种时候寄希望于那边二对一有所突破，也比他们这边三人硬闯来得科学靠谱。

时间奔着三分钟去了，轮回三人组最终还是选择了等待。

观战的职业选手们都没有觉得轮回的表现有什么问题，此时场上真的完全就是因为方锐，他的不可思议，缔造出这样的局面。在一开始，大家都只觉得这里是兴欣可以争取到一些先机和优势的地方，但是现在，这里被方锐真正打成了一个赛点。

方锐，还能拖住对手多久？如果吕泊远和方明华在这时完成突破，最终支援成功，兴欣最终所收获的依旧只是优势而不是最终胜势的话，这份坚持，真的有些可惜了。

时间继续流逝。

大家的视线继续聚集在海无量和轮回两个角色的纠缠这边。

"天使威光"，忽然，笑歌自若的十字架再次绽放光芒，方锐对这二人的

拖延，终于到了笑歌自若的"天使威光"都冷却完毕了。

2分45秒，这是技能"天使威光"的冷却时间。方锐对吕泊远和方明华的牵制持续已近三分钟，终于让这技能走完了一个冷却钟。

方明华没有立即让笑歌自若施展这一技能，而是看准了一个时机。角度、位置，凭这好不容易轮来的又一次机会，方明华想一次解决问题。

光环绽开！

方锐的海无量躲不了也没法扛，只能被击退。而这一次，连像之前那样来一记"推云掌"也不合适。不是操作来不及，也不是距离太远，而是因为双方的站位。这次再给笑歌自若一记"推云掌"，那等于推笑歌自若快点离开。

笑歌自若释放完"天使威光"，一等能动立即转身就走，吕泊远没有让云山乱跟上保护，而是疾步冲向海无量。虽然这一"天使威光"看起来已经抢出了足够的距离，但吕泊远就是觉得心里不踏实，他准备借这次机会将海无量彻底控制住，彻底地免除后患。

冲上！云山乱疾行，而海无量又开始低身，双臂垂下，朝地上支去。

又来这手？没有人这次还会上方锐的当，但是或许正因为如此，这家伙才偏偏故技重施呢？以方锐的猥琐，还有什么事是干不出的？

心理推导那是很复杂的，所以此时吕泊远一点都不去纠结方锐到底是不是要故技重施，他只把这当作一种可能性，做出的攻击，将这种可能性防备过去不就行了？

云山乱是从斜向疾冲过来的。海无量会被"天使威光"击退的距离，吕泊远是有准确计算的，此时冲出，正好会赶到海无量最终的站位。吕泊远的视线已经准确地锁定在那里，而海无量的身形也如他所料，如期而至。

疾步冲来的云山乱也不停歇，顺势飞身跳起——"空绞杀"！

云山乱自上方落下，双脚朝海无量的颈间夹去，如此出手，海无量施展不施展"地雷震"对云山乱都没有任何影响。

落下！云山乱的双腿已向海无量夹去，这场一拖二的坚持终于到了要结束的时候。虽然方锐最终还是没能完全锁定胜局，但是没有人会忽视方锐在这近三分钟里的努力，他这番匪夷所思的作为已经超出所有人的预期，他已经做得足够出色，没能一举奠定胜局，却也帮兴欣争取到了相当相当大的优势。

如果……很多人心中，甚至是轮回粉丝们的心中此时都有一个如果……

如果兴欣战队那端的四人组，不是叶修、苏沐橙带乔一帆、安文逸，而是像之前李轩曾经设想过的那般，是叶修、苏沐橙、李轩、张新杰这样一个和轮回三人组同一级别的顶尖阵容，凭借方锐所争取到的时间，或许已经锁定胜局了……

有点可惜！

在赞叹方锐表现的同时，大家都为如此精彩的表现却没能一举奠定胜势感到遗憾。

谁想就在所有人都以为到此为止时，海无量的脑袋突然向下一沉，再一偏……

夹空！云山乱的"空绞杀"竟然夹空？

不少现场观众，甚至是电视机前的观众，在这一瞬间都情不自禁地站起来了，他们需要清晰地确认一下这一击是不是没中，是不是被海无量闪过了。

是的！闪过了！海无量跟着一个翻滚拉开了和云山乱的距离，完全不去理会这个对手，直朝笑歌自若冲了去。

"气转流云"，海无量开启了这一状态。"天使威光"的冷却都走了一圈，"气转流云"也一样。海无量步履轻快，仿佛足不沾地，迅速拉近和笑歌自若的距离，而他的身后，云山乱原本伸直交错的双腿古怪地弯曲着，却已落到地面，根本再来不及变化招式，居然就这样跪落到地上……

吕泊远的大脑已经彻底乱了。

这记"空绞杀"，他本也没觉得一定会命中，毕竟没有什么攻击上的牵制，只是配合了"天使威光"的击退而已，海无量如果闪过，他并不会太意外，他对于闪避的一些可能，已经想好了应对方案。

但是此时他很意外，意外的不是海无量闪避的方式，意外的是海无量闪避的时机。

不只是吕泊远，所有人都以为"空绞杀"必中的情况下，海无量完成了闪避的动作，这种精准，已经严密得连一根针都插不进了……

吕泊远当时就慌了手脚，他只能下意识地做出自己原本应对这种闪避方式的操作。"空绞杀"被强制取消，变化成了一记"回旋折脚"，双脚奇怪地弯曲，正是因为他在施展这一技能……

但是此时云山乱已经离地太近太近，海无量压低身形的姿势，让云山乱一开始锁定的攻击位置就低，再加上方锐对最终时机可怕的把握，当"空绞

杀"被避过以后，任何变化都已经来不及，吕泊远虽然完成了操作，但是云山乱这记"回旋折脚"最终只是施展了一半身子就彻底落地，看起来就是直接跪那了……

"这家伙……"别说普通观众了，职业选手此时个个目瞪口呆。方锐的状态、方锐的发挥已经不是用"好""精彩""超水准"这些时常可见的字眼可以描述的了。或许就连他自己都不完全清楚自己究竟在这几分钟里做到了多少可怕的事情。但是这一切终将留在场上，终将留在所有人的脑海，终将化为兴欣的胜利！

海无量，又一次追到了笑歌自若，一记"气流直下"几乎将笑歌自若轰翻，跟着提手"抛投"，又把笑歌自若扔出去了。

三分多钟！

轮回二人再次被方锐拦下，这家伙，到底还能坚持多久？

不，不应该这么说。

应该说，轮回的两位，到底还需要多久才能突破海无量这道屏障，突破方锐这滴水不漏的发挥？

而叶修他们呢？总该抓住机会了吧？即便他们没有看到此时方锐的表现，但是三分多钟，愣是没让轮回的支援出现，他们总应该意识到方锐给他们创造了多么好的局面。机会是由方锐来创造的，但胜利，到底还是需要他们来把握啊！

强攻！方锐都拼到这种地步了，兴欣的其他人，你们还不强攻吗？

这一刻，但凡不是心系轮回的观众，心中发出的几乎都是这样的呐喊。他们实在不愿意看到方锐神一样的发挥，最终因为兴欣其他人没有牢牢把握住机会而被埋没。

镜头转向，现场观众的视线转向。

机会，方锐已经创造出来了，完全创造出来了。接下来就是把握的问题了。如果说之前兴欣方面因为也没料到方锐会有这样神一样的表现而打得比较稳健，那么在战斗持续了这么久，而方锐还在保持着对轮回支援的拖延，兴欣再不发力，可就有点说不过去了。

强攻！无数人攥紧了拳头，对这一刻充满了期待。现场的兴欣粉丝已经纷纷起立，却没有发出任何声音。他们只是死死注视着场上，注视着废料库里一刻未停的战斗。

叶修、苏沐橙、乔一帆、安文逸。

君莫笑、沐雨橙风、一寸灰、小手冰凉。

是时候了!

上吧!用尽一切力量,拿下这场胜利!

炮声轰鸣,在这一直未停的战斗中从来就没中断过,但在这一刻,大家似乎从炮声中听到了不一样的节奏。沐雨橙风的重火力开始向前端推进,而叶修的君莫笑终于离开了他之前寸步不离守护着的小手冰凉。

"破甲炮""冲撞刺击"!

在沐雨橙风的火力掩护中,君莫笑直接冲出,正将逼上前来试图打小手冰凉主意的一叶之秋撞了个正着。面对着这个对自己来说始终有着非凡意义的角色,叶修没有丝毫手软。利剑握在君莫笑的手中,直刺一叶之秋的胸膛,将他狠狠地抵开,推后。

小手冰凉也正在此时开始了吟唱。圣洁的光幕随着吟唱的进行开始向四下扩散、笼罩。这是牧师的群体治疗法术"神佑之光"。技能从牧师吟唱起发动,吟唱终了,技能便告结束,技能时间内光幕内所有的角色,包括牧师自己都会得到强力的治疗。而持续吟唱所需要耗费的法力非常可观,可观到会影响到一位牧师的治疗续航能力。对比治疗效果来看,这技能的性价比并不高,而且治疗是范围限定,有一定的局限性,所以在职业圈里这个技能被采用得并不多。职业治疗选手们更乐意用自己的意识和操作来掌控全局,实现同样的多点治疗的效果。

但是对于安文逸来说,这正是他的软肋所在。哪怕他一直在加强自己在这方面的能力,但一年半载的,真不可能这么快就成了治疗圣手。

安文逸极清楚自己的缺陷所在,所以他选择了这个在普通玩家眼中为群加神技,而职业选手却不屑于使用的"神佑之光"。

顿时,君莫笑、小手冰凉和一寸灰三个角色都在光幕沐浴下了。而苏沐橙的沐雨橙风则因为距离优势一直没有受到太大威胁,所以不在范围内,而且没有要走位过来的意思。

如此一来,"神佑之光"只是治疗到了三个角色,更显奢华浪费,可是任谁都看得出,兴欣放出这技能,这就是他们要大举强攻的信号。

砰砰砰砰砰!枪声连响!

不论安文逸的治疗手法有多粗糙多不上档次,但对眼下的轮回三人组来

说，治疗就是对他们而言威胁最大的存在。

一枪穿云的双枪喷出枪火，子弹齐数朝着小手冰凉射去。"神佑之光"施展的过程中，角色不能移动，吟唱被打断，技能自然就会被中止。而一直守护着小手冰凉的君莫笑，此时也终于从他身边离开。轮回打到这程度了，章法依然不乱。孙翔的一叶之秋拖走了君莫笑，周泽楷的一枪穿云立即跟上对小手冰凉攻击，他们的重点始终都没有错位。

但是，君莫笑离开了，新的守护者又冲了上来。

一寸灰，开启了技能"残影"，身披这吸引伤害的鬼神护甲冲到了小手冰凉身前。在安文逸用小手冰凉帮他挡过枪后，这一次，轮到了乔一帆用一寸灰替小手冰凉挡枪。

他们没有什么非凡的资质，也没有什么华丽的技巧，但是就用这样笨拙的办法，同样可以在场上和对手展开抗争。哪怕对方是周泽楷，《荣耀》第一人，对于他们而言高高在上的存在。但在这一刻，他们知道，周泽楷一定比他们更着急，他们这笨拙的办法，在狠狠限制着对方！

枪声再响，也打不断兴欣的攻势，他们开始了彻底的反扑。有叶修和苏沐橙这对黄金搭档在头前开路，有乔一帆和安文逸这两位新人用他们的笨法子相互扶持在后。所有人忽然觉得，他们想着给兴欣换点更优秀的，像轮回这样的大神选手，就能更轻易地解决比赛，这种想法真的是太自以为是了。

乔一帆、安文逸，他们确实都不是大神，他们确实都不够顶尖。但是他们同样有他们的风格，他们有他们比赛的方法。

神一样的治疗选手可以凭出色的意识和超快的反应来进行大范围的治疗，安文逸现在用一个大家不屑于使用的，觉得弊端多多的"神佑之光"起到一样的作用。

神一样的阵鬼选手可以张弛有度地将鬼阵布成天罗地网，让对手寸步难行。但是乔一帆，哪怕只是让他的阵鬼去挡子弹，却也是在最关键的时候出现在最关键的位置，同样狠狠地挫败了对手的意图。

他们不是最强的，但是他们同样有他们的出色。他们做到的或许不是最好的，但对战局的影响一样非同小可。

胜利，在向着他们一步一步地逼近。这里是轮回的主场，本赛季轮回从来没有在这里输过的魔鬼主场，但是现在，这一刻，兴欣，这支从上赛季的挑战赛开始就在一再创造奇迹、创造历史的战队，又要刷新本赛季的一个新纪录了。

总决赛，第二回合，他们攻陷了轮回主场，结束了轮回本赛季的主场全胜战绩。就在这场比赛里，人们见证了太多太多的东西，但是最最令人印象深刻的，是方锐，是他那一举奠定胜势的神一般的发挥。

黄金之手？今天，就在今天，所有人见证的是一双神之手！

"兴欣赢了！总决赛第二回合，轮回主场，兴欣取得了胜利，他们做到了！"电视转播中，潘林宣布着比赛的最终结果，声音有些亢奋。

兴欣的表现，感染了每一个人，有太多中立的观众最终将情绪倒向了兴欣这端。潘林也不例外，作为解说者，他本该是情绪最中立的一位，哪怕心里有所期待，也不方便如此激烈地表达。但是这一刻，他实在是忍不住了。作为一位职业解说，哪怕他有时候对比赛解读得不够好，甚至闹一些笑话，被打脸什么的，但是潘林也是真正热爱这份工作，喜欢《荣耀》这个游戏的。

解说不敢有偏袒的情绪，但他毕竟不是机器，也有无法克制的时候。比如现在，他和太多太多的人一样，被方锐神一般的发挥感染，不希望看到兴欣错过这样的机会，而最终，兴欣如愿以偿，观众如愿以偿，潘林如愿以偿。这一刻，他真的想不到太多，他和所有拥有这种情绪的观众一样，彻底被满足感所包围。

"轮回的选手表现得也都不错，但兴欣的选手表现得更棒，尤其是方锐！"潘林激情之后，大概很快意识到自己的失态，连忙开始措辞挽回。

"是的。方锐绝对是今天这回合赛事的最佳选手。"李艺博倒也义气，连忙接话帮潘林撑着。他的情绪比起潘林要稳定许多，毕竟是有过夺冠经历的职业选手出身，李艺博可是见过大世面的。

"是的是的，另外叶修的表现也很抢眼。"潘林说道。

"那是当然。"李艺博赞同。

叶修在擂台赛击败了周泽楷，团队赛里有过以一敌三、手速飙到500均值的发挥，如果不是方锐之后神一样的表现更抢风头，今天的最佳颁给叶修也完全合情合理。

赛场上，结束比赛的双方选手纷纷走出比赛席，但是兴欣的几位聚集起来后，扫了一圈，却没有发现他们本场最大的功臣——方锐。

"这家伙，摆起架子了吗？"苏沐橙笑道。

叶修也笑了笑，望着方锐的比赛席，最后目光转向了电子大屏幕上的回

放。

即使这里是轮回的主场，但轮回方面也不会刻意排挤对手的精彩，输，也要输得有风度。此时现场的电子大屏幕上，正在从各种视角同时呈现本场比赛最精彩的发挥：方锐的表现，而这，正是叶修他们这些和方锐在场上并肩作战的队友所没有看到的。

精准到极致的判断，无懈可击的操作，猥琐的表现方式，方锐就是用这些，将轮回的吕泊远和方明华二人从头拖到了尾。

是的，从头到尾。

一分钟？两分钟？三分钟？四分钟？

这统统都不是极限，甚至到最后大家干脆忘了这一统计，因为它已经失去了意义。从始至终，吕泊远和方明华都没能摆脱，这个统计，还需要吗？

令人震撼的表现！但是叶修看着看着，原本的笑容中却渐渐多了一份凝重，他又望了方锐的比赛席一眼，看到还是毫无动静，连忙快步走了过去。

兴欣的诸位也都意识到了什么，紧随其后。全场观众看到兴欣选手们突然的举动，也都意识到了点什么，开始窃窃私语。

方锐比赛席的门被拉开了，叶修朝里望去，看到方锐就坐在比赛用的座椅上，以很舒服的姿势，几乎快要躺下去了。听到门被拉开，这家伙才转过头来，看到是叶修后，笑了笑说："厉害吧？"

"厉害！"叶修点了点头。

"赢了。"

"赢了！"

"哈哈哈哈哈……"方锐大笑，但是笑着笑着，明显中气不足。

"没白辛苦！"他又狠狠地说了一句，然后从座位上站了起来，很是留恋地又欣赏了一下屏幕中定格、最终宣布他们胜利的荣耀画面，这才朝着叶修这边走来。

"你们是来围观奇迹的吗？"看到叶修身后兴欣的诸位，方锐笑道。

大家看到他还是好端端的，都松了一口气。而现场观众看到方锐现身，客队观众席那边的兴欣粉丝们齐齐开始了欢呼和鼓掌，然后，全场渐渐也响起了掌声。虽然是击败他们的对手，但是方锐的表现，所有人都看在眼里，只要是一个懂《荣耀》、喜欢《荣耀》的玩家，都没理由不对这样的表现报以尊重。

客场，全场的掌声。

这对方锐来说是极其罕见的。因为风格的问题，他所做到的了不起的事，往往十分气人，这让客场观众时常连气愤都顾不过来，根本没办法对他有什么欣赏和尊敬之情。但是这一次，不一样了。哪怕当中也夹杂着奸诈和猥琐，但是，他做到了所有人都以为不可能的事。

"你没事吧？"苏沐橙在旁问了一句。

"我能有什么事？"方锐反问道，而后挥着手，向那些为他鼓掌的观众致意。苏沐橙看着他的背影，而后又把目光投向了叶修。

叶修的脸上虽然还挂着笑容，但神色间的那抹郑重并没有就此抹去，察觉到苏沐橙看他后，也回头看了苏沐橙一眼，用眼神回答了苏沐橙心中的疑惑。

两队队员走向场地正中，开始互相握手致意，而这赛后的问候仪式相比赛前要随意许多，列不列队的并不强求。方锐第一个走了过去，自然也就第一个和轮回的选手们打起了招呼。

"服不服？"握着轮回队长周泽楷的手，方锐问道。他和周泽楷是同一期的选手。而这一期的新秀中最终成为全明星级别的顶尖高手因为各自鲜明的特点，被称为最诡异的一期选手。

第五赛季的新秀中，最终产生了三位全明星级别的顶尖选手。一个是将猥琐流演绎到巅峰、猥琐得不能再猥琐的方锐；一个就是场下沉闷得要死，场上却有着惊人爆发力和华丽到令人窒息的技巧的周泽楷；再一个，则是虚空战队的吴羽策，一个刚猛霸道的……鬼剑士。

奇怪的风格，是他们这一期选手最大的特色。而作为同期新秀，互相之间基本都不会太陌生，很多还是好朋友，有过一些新秀时期结下的幼稚天真的约定。

方锐和周泽楷倒是没有这样的举动，毕竟周泽楷这人的性格摆在那儿，不过两人之间不生疏，那倒是真的。

而以周泽楷一向顺水推舟、惜字如金的说话方式，轮回几位听到方锐这样嚷嚷，真怕周泽楷随口就说个"服"字，那可就太伤士气了。

谁想周泽楷只是笑了笑，对方锐说了两个字："厉害。"

"哈哈哈，知道怕了就行。"方锐那个嘚瑟啊！看得轮回选手都来气。周泽楷明明没说"服"，而是改说了"厉害"，那就是对那问题的回避。也就是方锐了，无耻地拿着鸡毛当令箭，明明是回避性、礼貌性的一句称赞，这家伙还真就当"服"去理解的。

"期待下场还能见到这样精彩的发挥。"因为周泽楷不爱说话，所以轮回多是由副队长江波涛去和对方进行那种代表整体的对话。此时他这话，言外之意当然就是轮回不惧方锐这种神一样的发挥，下一场有信心击败方锐。

"呵呵，期待下场还能见到这样精彩的结果。"方锐用同样的句式回答着。垃圾话那也是他的强项啊！猥琐流的大师怎么可能不精通垃圾话！

"嘿嘿！"江波涛只是笑笑，不接话，显然他知道方锐的风格，和他越纠缠只会让他越得意。

抛开这家伙，江波涛和兴欣其余的诸位交流去了，然后方锐就看到吕泊远、方明华还有杜明三个，抱团组队恨恨地瞪着他。

"哈哈哈！这场让你们受委屈了啊！"方锐连忙热情地过去和三人打招呼。三人真不想理他，但也不想失了礼数。轮回这两年都是赢多输少，意气风发。胜利后和失败者作交流不会高傲，但在失败后和胜利方作交流，也不会小家子气。轮回战队人气连年飙升，绝不仅仅因为是冠军，还因为这支队伍在很多方面都做得很好，很得体，很讲究。

看到方锐摆明了是过来放嘲讽，轮回这三位都没怎样，都说着"恭喜"一类的。

"下一场可要加油哟！"方锐继续以气人的口气说着。

三人都被嘲讽得不轻，此时捂着伤口，像听不懂方锐的嘲讽似的，一本正经地回答着诸如"一起加油"什么的。

作为一支极少遭遇败局的战队，在如此重要的一场比赛中失利后，轮回战队的选手们表现得相当从容。原本对于这场失利心里郁闷的现场粉丝，渐渐也被轮回所表现出的这种气场打动。现场渐渐又响起了掌声，这一次，不再是对胜利者的尊重，而是对于他们自家战队的赞赏。

失败之后轮回战队表现出这样的态度、这样的从容，让大家对第三回合的决胜局重新充满了信心。他们轮回战队，绝不会轻易倒下。

如果人生有很长

比赛在掌声中落幕。随后的记者招待会上，轮回继续像赛后和兴欣选手寒暄那样，失败，却从容。他们没有任何失态，很得体地表现着一支冠军队该有的精神风貌。尤其对于主场不败的纪录被终结，他们虽表遗憾，但同时也表示正好可以借此放下一些负担。

对于而后登场的胜者兴欣战队，记者们更是有一脑门的问题要问。结果，本场最受关注的兴欣选手方锐，赛后竟然干脆没有出现在记者招待会上。

这就有些不合情理了。

表现差的选手，赛后被保护起来不出席记者招待会情有可原。但表现上佳的，到招待会上再出一出风头，是无论记者还是战队都乐意见到的事。方锐又不是什么新人，完全没必要进行这种保护。

想到兴欣赛后在赛台上的一些反常举动，记者们顿时意识到了什么。在恭喜称赞完兴欣的胜利后，立即有人以半开玩笑的口吻，问起方锐怎么躲起来不来见人。

而后，他们听到了他们心中已经猜想到一些的答案：方锐消耗很大，比较疲惫。不过，给出这答案的是叶修，顿时让记者们琢磨起来了。

以前谁都没有过和叶修打交道的经验，但这赛季开了荒后，各大媒体记者都叫苦不迭，深知这位可不是那么好对付的。此时他这回答，是真是假呢，会不会是对下一场决战所放的烟幕弹？

一想到这个，记者就已经清楚，甭管是真是假了，对方这疑兵之计算已经放出来了，最终决战方锐上还是不上，轮回你们就猜去吧！

既有如此险恶的用心，那么有关方锐的状况肯定是问不到什么了。记者们试探性地又问了点问题，果然对方含糊其词，存心得不能再存心，记者们

心里了然，在这问题上也就不多去纠结了。兴欣本场方锐最抢眼，但其他人的表现也很夺目，可问的还是相当多的……

记者们没有在赛后采访到方锐，但是第二天各大媒体所发的新闻稿中，方锐却都是主角。《电子竞技周报》更是用"方锐！转型！再封神！"这样的大标题，在头版认可方锐的神格。

因为职业转型，因为发挥得起起伏伏，因为别具一格的猥琐气功师打法，本赛季方锐虽携头号气功师角色海无量，最终却与全明星阵容无缘。从那一天起，有关他是否会在转型中泯然众人的争论就没有休止过。方锐表现出色时，会有人出来叫好；他发挥不佳或一般时，也会有很多人出来唱衰。

《电竞之家》是圈中权威，有关方锐的转型，当然也有过相应的报道。不过以《电竞之家》的专业程度，自然很周到地分析了一番，而没有凭借分析就简单地盖棺定论。但是今天，就凭方锐在这一场比赛中的表现，《电竞之家》就这么简洁明了地直接认可了他的转型。

方锐！转型！再封神！

吃早餐的时候，陈果就拿到了今天这期的《电子竞技周报》，自家战队或选手上头版头条，向来会让她振奋无比，她甚至把这个赛季兴欣上过头版头条的报纸细心收集整理了一份，以作纪念。但是看着今天这个醒目的标题，陈果却没办法像往常那样兴奋。

因为方锐的状况看起来真的不是特别好。虽然方锐那天从比赛席出来后又是致意观众又是嘲讽轮回，之后在队员这边也是好一通得意吹嘘，但是在回到备战室后，方锐就跳弹不动了，像提起一股子劲突然间就用尽了，一副好像要虚脱的疲惫样子，任谁都看得出来。

方锐很累，所以没有参加记者招待会，叶修说的是真话，虽然记者们不太信，会把这当成烟幕弹。但是这一次，这颗烟幕弹连兴欣自己都被轰中了。两天之后的最终决战，方锐的状态能恢复到什么样，谁都说不好。虽然方锐自己在嘴硬，但是大家心里都已经暗暗做好了到时方锐没有办法出战的准备。

没有方锐，损失无疑是巨大的。谁也没想到这个节骨眼上会发生这样的状况。《荣耀》竞技，相比那些身体对抗的体育竞技来说，因为身体问题出现的无法出场的状况还是相对较少的。

陈果就这样看着报纸标题，没有去翻看具体内容，端着一杯牛奶在餐厅中发起呆来。

两天后就是最终决战，因为轮回常规赛排名比兴欣靠前的缘故，决战会在轮回的主场打响。陈果为了表示决心，一开始就直接给兴欣把酒店房间定到了第三场比赛结束。现在，他们如愿了，决胜战等着他们，但是因为方锐，大家的心头又蒙上了一层阴影，陈果昨晚就没怎么睡好，现在一看报纸，阴影又浮起来了。

"这么早？"陈果正在发呆，忽然听到有人说话，抬头一看，只见叶修端着早餐，坐到了她的对面。

"嗯……"陈果点了点头。

叶修的目光落到了她铺在桌上的《电子竞技周报》上。

"方锐！转型！再封神！啧啧啧……"叶修念着标题，表示了一下惊叹，未置可否。

"他怎么样？"陈果问道。

"大概还在睡。"叶修说。

"我是说，两天后的比赛，他会怎么样？"陈果说。

"看到时的情况再说吧！"叶修说道。

不确定。

最终之战在即，兴欣却拥有这么一份不确定，但是陈果明白现在不是牵肠挂肚的时候，总要有一些决心。

"那应该让大家提前做好准备。"陈果说。

"这个倒好说。"叶修笑，"亏了最后这一场比赛是随机地图，阵容一般也要等抽到图之后才最终确定，所有人都会做好最彻底的准备。"

"但是……无论是什么图，你想过不让方锐上场的情况吗？"陈果说道。

叶修沉默了。

陈果经常被叶修呛到无话可说，她时常也会想着什么时候自己也能有机会让这家伙无言以对。但是现在，她发现叶修真的无言以对时，却一点也不觉得愉快。

陈果知道自己说到点子上去了。

无论是什么随机图，兴欣都不至于把方锐放到板凳上。他虽然不是兴欣的绝对核心，但也说得上是轴心阵容中的一员。更何况以方锐的风格和能耐，真没有什么图会阻碍到他发挥的。

沉默。

陈果也不再发问，默默地喝着牛奶，默默地看着叶修很快地吃完了早餐。

"管他上不上呢？"叶修拿起餐巾抹完嘴后说道，"反正我们是会赢的。"

陈果笑。

这根本就是蛮不讲理嘛！但是听到叶修这样说后，她忽然就觉得特别踏实，特别心安。因为在她的印象中，叶修从来没有过说到却做不到的情况，一次都没有。

"这么说来，我们是冠军啊？"陈果说。

"不然我们干吗来了？"叶修一脸诧异地望着陈果，像在看一个外星人。

"我去看看方锐这家伙起来了没有。"陈果说着，起身。

"报纸带给他，让他提提神。"叶修指指桌上的报纸。

"你呢？"陈果拿起报纸。

"我没吃饱。"叶修端起餐盘，又四下环顾起来。

陈果先走了，回到楼上，就往方锐房间走去。总决赛嘛，为了方便每个人各自的安排，所以都是单人单间，结果陈果到了方锐的房间，门直接是开着的，往里一看，好多人……

这是怎么了？

陈果连忙就要进去，结果就听到方锐在嚷嚷："你们这是以为我要死了吗？"

"精神不错嘛！"陈果说着话，走进了房间。听到方锐如此的嚷嚷声，她的心情忽然一下子好转了许多。

"一大堆人围在这儿，就没人给我带个早餐？"方锐愤愤不平地说着。

"给你带了报纸。"陈果扬了扬手中的报纸，特意将头版朝向方锐的视角。

标题是那样显眼，方锐一眼就扫到了，眼睛一亮，但很快又装着若无其事，一脸"哥见过大场面"的表情，不屑地说了一句："切，这有什么。"

方锐没有赖在床上，到底是坐在电脑前进行的电子竞技，虽然说也会疲劳，但要说累到下不了床那还真不至于。陈果把报纸随手搁到一边床上，而后很仔细地观察了一下方锐的气色，觉得他和平时也没什么区别。

其他人在她来之前也和方锐有过交流。此时一堆人聚在这一间房里着实有些挤。于是大家打着招呼，三三两两地离开了。

"需要帮你叫个早餐吗？"陈果这时问着方锐。

"不用不用，我一会儿出去溜达，顺便也就吃了。"方锐说。

"那行，我也不打扰你了。"陈果没有再问方锐"怎么样，行不行"一类的话，和其他人也就是前后脚的工夫离开了。

方锐站在窗边，身旁的桌上放着陈果留下的报纸，版头朝上，正被斜照进窗里的阳光打了个正着，大标题的几个字被照得有几分刺眼。方锐低头看了看，没去拿，只是笑了笑，随即扭头望向窗外，天气真是相当好。

上午兴欣没有什么安排，是想一场激战后大家想多休息的就尽可能休息一下。下午则安排了战术会议，不是要作什么高强度的训练，只是对刚刚打过的比赛进行一下复盘，这是职业战队在每一场比赛后都会做的事。而在季后赛这种高强度，且会遇到相同对手的赛事里，复盘更成了一种极高效的调整方式。在复盘过程中总结上一场中的得失，顺势部署下一场的一些战术和思路，都会显得特别有针对性。比起常规赛里的复盘，有着不一样的战术意义。

于是下午一点半，兴欣的诸位准时出现在酒店的会议室。比赛的录像文件叶修这边自然早有准备，看到人到齐了，也不多说废话，直接就用投影开始呈现比赛了。

"我们先看团队赛吧！"叶修说着，投影幕上先出现的是这回合比赛的团队赛。

"这场团队赛，要我概括来说的话，我认为轮回很大程度上是输给了意外。有太多他们意料之外的状况发生，打乱了他们的计划，以至于他们的战术意图几乎没有太完整地表达。"叶修说着。

"就以最初来看，轮回的进行……"叶修在画面上将轮回比赛初的队伍分成两队，周泽楷、江波涛、孙翔三人先行，吕泊远保护方明华在后，叶修点了点后说着，"很明显就是针对这端高点进行的部署。"

"之后的变化，其实都很简单，而这一阶段发生的意外是什么，我想也不用我赘述。"叶修说道。

这里的意外，自然是说叶修对周、江、孙三人做到的一拖三，这事是叶修做到的，但此时复盘回顾时，口气没有谦虚也没有炫耀，很寻常地就事论事。

"这部分我们可以再看一下轮回这三人的攻击协作方式，这是我们研究过很多次的内容了。"叶修说道。

当然很多次。不止兴欣，联盟中任何一支志在冠军的队伍，都绝对会把这当作重点的研究课题。对于这一内容，不敢说完全吃透，但至少都已经在能力范围内做出最深刻的解读。

这时说是再看这三人的攻击方式，但事实上更多呈现的已是叶修对于这三位所组织的攻势的应对。这些都是叶修做的，他当然最清楚不过。不过这时候能和大家分享的都是一些思路上的东西，因为每个人的角色不同，职业技能不一样，一样的状况，应对起来方式不可能完全一样。只有把思路上的东西理解了，才能举一反三，运用到自己的职业和角色当中去。

时而叶修讲述，时而有人提问，有人发表看法、讨论，乃至争论……

陈果静静地守在一旁。

兴欣的战术会议，她一直坚持参加，最初还会高高兴兴地发发言，提提问，讲讲她的看法。但是渐渐地，她开始像现在这样，只是静静地在一边旁听。

其实相比起最初，陈果的见识也有了相当大的提高，她现在如果发表看法，恐怕有很多地方能说到点子上。但是陈果不说，因为她所想说的东西，大家从来没有漏掉过。

看看唐柔，两年前还完全是一个门外汉，但是现在，时不时都能说出陈果思路都跟不上的见解了。

要说一点惆怅也没有那未免有些假。陈果心里也十分期待自己也能是一个职业选手，能和眼前的这些伙伴一起在场上战斗。只可惜现实如此，她所能做的，就是为他们打点好场外的一切。

有点小失落，但是不值得垂头丧气。因为陈果无比清楚，自己是这些人中的一员，他们的梦想，他们为之奋斗的目标，从来都没有将她抛下，她和他们，始终是绑在一起的……

两天后的最终战，大家要加油啊！

陈果在一旁默默地给大家打着气。她这时候一点都没有去想方锐最终战能不能上的问题。因为就像叶修早上和她说的那样，不管方锐上不上，他们的目标不会变，他们要赢，他们要冠军。

复盘继续着。

陈果就这样一直在一旁默默地守着，直至结束。

"晚上，大家是想自己安排，还是一起吃个饭什么的？"陈果问。

"这个……我觉得现在就摆庆功宴，不是太好，让媒体发现了会怎么写我们？"魏琛说道。

陈果瞪了这老家伙一眼，虽然他是在胡说八道，但也算说出了那层意思，他是比较倾向于自由活动。

"大家随意吧！想服从老板娘安排的就跟她走。"叶修说道。

陈果又瞪了叶修一眼。这都是什么话啊！随意，服从安排？这好像是相反的两个意思吧，怎么就能扯到一起去了？

莫凡第一个走了，对于扎堆的事他总是特别没兴趣。

然后是罗辑，和乔一帆一直在讨论着什么，然后安文逸也凑了上去，三个小年轻一边商量着什么，一边离开了。包子也准备往上凑来着，结果被魏琛抓住了，魏琛说了点什么后，包子顿时兴高采烈地就跟着魏琛一起去了。

"老板娘你知道的……我上一场非常辛苦，我就早点回去休息了。"方锐貌似十分乖巧，还过来和陈果打招呼。

陈果除了说"去"，还能说什么？最后，就剩她、唐柔、苏沐橙加叶修三女一男，叶修整理着资料，显然也没有要"服从"她安排的意思。陈果也早已放弃组大团圆了，这次倒是她先给几位打招呼要跑，随后唐柔跟着她一起离开了。

只剩下两个人，苏沐橙站到叶修身后，看着他把之前折腾过的那些录像文件啊截图啊之类的东西重新分门别类地整理好，并进行保存。

"你觉得怎么样？"苏沐橙忽然说道。

"怎么样？你是说方锐吗？"叶修没回头，说道。

"不啊，我是说你……你怎么样？"苏沐橙问。

一直在操作着的叶修明显停顿了一下。

"我，还好啊……"他说道。

"有多好？"苏沐橙走了几步，换到了可以看到叶修神情的位置，很认真地说着。

"这不是重点。"叶修抬头，没有回避，而是微笑地看着苏沐橙。

他们在一起很多年，相互之间的了解或许比他们自认为的都要深刻。往往一个眼神，互相就都清楚对方的意图。叶修知道苏沐橙在关心什么，他没有作什么解释，更没有作什么掩饰，他的回答，换陈果的话，大概立即要气哼哼地问他什么才是重点，但是苏沐橙只是点了点头，就没有再说什么了。

这不是重点。

走到这一步，重点只有一个：胜利，冠军！

为了这唯一的重点，其他一切都可以付出，都可以舍弃。

所以苏沐橙不再多说，她只会在叶修拼尽全力的时候，也竭尽所能地帮助他，和他一起实现那唯一的重点。那是叶修的重点，也是她的重点，是每一位职业选手都不会视而不见的重点。

叶修继续整理着资料。每份资料他习惯先点开确认一下，再保存到该保存的位置。但是点开接下来的这段视频录像后，他没有和之前一样马上关闭，然后归类保存，视频就那样持续播放着，而叶修就那样呆呆地看着。

做和轮回比赛的复盘，带来的当然大多是轮回的资料。这段视频同样也是，画面中，一枪穿云、一叶之秋，本赛季的这对最佳组合正在并肩作战。

惊人的天赋、出色的技巧，两个角色就这样横冲直撞，如入无人之境，而这，也是常规赛中的一场正规职业比赛，结果对手就这样被两人硬生生搅成一团乱麻，轮回最终轻松拿下了胜利。

周泽楷、孙翔，本赛季才成为搭档的这对组合，被无数人寄予很高的期待，很多人都认为他们将是《荣耀》接下来一个时代的统治者，这一点，其实叶修内心也并不反对。

不过此时，他想的可不是这些，苏沐橙看着，也知道他想的不是这些。

"有种很奇怪的感觉是吧？"叶修说道。

苏沐橙知道他指的是什么，但是她摇了摇头："我没有呢……因为事实上，我没有真正和哥哥一起打过《荣耀》。"

"是啊……"叶修点了点头。那个时候，他和苏沐秋整天扑在电脑前、游戏上，但苏沐橙可是被苏沐秋送出去上学的，他可没想把妹妹也培养成一个职业玩家或职业选手什么的。但这绝不是因为他自己在做这种事，所以觉得这很苦或很丢人，相反，苏沐秋超热衷于他所做的事，他热爱游戏，热爱《荣耀》，这一切都会让他感到骄傲和自豪。

对苏沐橙，他只是一种不支持，同时也不反对的态度。

"这种事，是要让她自己做选择的嘛！"苏沐秋如此说着。那时候的他，自己都不过是个十几岁的毛孩子，却好像一个人生导师似的，小心翼翼地思考着妹妹的未来。

"她可是看着我们玩游戏、打《荣耀》长大的，我觉得她已经培养出来一定兴趣了，比如说给角色起名什么的……"叶修看着屏幕里一叶之秋的那个"之"字，说实话一直觉得很碍眼。

"切，你懂什么，小孩子通常是会有叛逆心理的，她看到我们天天玩，会很讨厌也说不定呢？"苏沐秋说。

"你不能这样想当然，也不是每个小孩子都有叛逆心理的。"叶修说。

"作为一个离家出走的小孩，你和我说这个？"苏沐秋鄙视。

"我养过一个弟弟，所以有经验。"叶修说。

"哦？你弟弟多大？"苏沐秋连忙问。

"比我小一点点，我们是双胞胎。"叶修说。

"滚！"苏沐秋回答了一个字。

"一叶之秋！秋沐苏！你们两个跑哪去了！"这时，团队频道里滚出团长发来的消息，瞬间怒刷了好几条。

"哎哟，我们走错路了。"苏沐秋顿时察觉。

"你聊天的时候能不能不要太分心啊！"叶修说。

"这是哪边？"苏沐秋迅速查看地图。

"回不去的，那边那桥触发剧情后就会毁掉。"叶修说。

"只能从这里杀过去了。"苏沐秋无奈，调整视角，望向前方。

"只能这样了……"叶修也备感无奈。

于是两人继续前进，半小时后，系统发出公告：一叶之秋击杀首领萨克，副本结束。

"那两个浑蛋干了什么？"团队里顿时骂声一片，他们这时才推进一半，结果最终 BOSS 竟然已被击杀。

"不好意思，最后一击又是我的。"叶修说道。

"你狠！"苏沐秋说着，手底掏出一个小本，又默默地记下一笔：某年某月某日某时某分，某副本某 BOSS，最终击杀，一叶之秋，第 474 次。

而自己呢？苏沐秋翻翻前页，318 次，差距相当悬殊啊！

"我多少次了？"这时，叶修探过头来。

"400 多次而已，领先我一点点。"苏沐秋啪一下合上了本子。

"呵呵，不知道你有生之年有没有机会超越我啊？"叶修笑。

"少年，你不要太猖狂，人生的路可是很长的。"苏沐秋不屑一顾。

人生的路可是很长的……

叶修默默地看着视频，想着：如果人生的路真的能有很长，那么这里记载下来的两个名字，会怎么样呢？

摇了摇头，叶修关上了视频。

"走吧！"他招呼苏沐橙。

"嗯。"苏沐橙点点头，"跟上。"

"你觉得《荣耀》有趣吗？"走出门时，叶修忽然问了一句。

"这又是什么重点？"苏沐橙笑。

"因为我们一直都不是很肯定。"叶修说。

"很有趣，我很肯定。"苏沐橙说。

"那就好。"叶修松了一口气的样子。

"怎么？"

"拿下冠军会更有趣的。"叶修说。

"那当然。"苏沐橙。

"所以……"

"所以什么？"

"晚上吃什么？"

"我无所谓。"

"四处随便找找看？"

"好。"

文化广场，S市著名的商圈之一。悬挂在正北边建筑上的露天大荧屏，远比任何一个举办《荣耀》比赛的场馆里的电子大屏幕都要壮观得多。

而此时，这个已经成为城市标志之一的广场大荧屏上，正在播放的正是昨天晚上刚刚结束的轮回对兴欣这场比赛的精彩片断。

这在十年前是绝对不可想象的，那时候的电子竞技虽已有一定的发展，但所受到的关注依旧不够，在舆论方面更是很难占据主流。但是如今，总决赛的比赛录像会在城市中心的广场上播放，轮回这支战队俨然已成为S市的骄傲，因为轮回，《荣耀》总决赛成了这座城市里太多人的牵挂。

广场上来去的路人，或会留下来驻足观看一会儿，或会瞥一眼后就此走过。他们有的在关注这项赛事，有的则不太以为然，但你要说连这是什么都不知道的，那难免要被鄙视一番了。

《荣耀》，已经不仅仅是选手的荣耀，战队的荣耀，粉丝的荣耀，它正在成为一整座城市的荣耀。而选手和战队承载的寄托，正在进一步地提高。

"好可惜，如果昨天赢了，咱们就是三连冠了！"唐柔听到站在她身前的男人很是遗憾地说着。

"是啊，可不是嘛！"他身边的另一位也在不住地感慨着。

　　唐柔在这里站了蛮久的，她知道这两位之前并不认识，只是因为驻足观看，偶然站在一起，然后开始了讨论。

　　唐柔完全听得出来，这两位绝不是什么《荣耀》玩家，两人的对话中充满了那种一知半解、似懂非懂、道听途说、夸大其词的言论。

　　但是从始至终，他们所用的称谓都是：咱们。

　　两个根本不是《荣耀》玩家的人，都在关心这比赛，都对本市战队拥有很强的代入感，都对冠军抱有相当高的期待，这正是《荣耀》广受关注、影响力不断上升的最好例证。

　　唐柔笑着。

　　虽然对方是对手的支持者，不过对于这种心情，她还是相当有体会的。因为她自己就是从一个漠不关心的路人，到渐渐投入其中。哪怕是最开始，她都并没有觉得《荣耀》这游戏本身多有趣，她所想做到的，只是变得厉害一些，然后打败那个让自己连续输了十多局的家伙。

　　可是现在呢？唐柔早已经不把那事放在心上了。她所追求的，早已经不是击败叶修。

　　和所有职业选手一样，她渴望胜利，希望拿到冠军。

　　这是因为好胜吗？或许是吧！可如果只是单纯因为好胜，自己的视线或许会一直集中在叶修身上。而现在，当她视线落在叶修身上时，所想的却是如何更好地和他配合，然后一起去赢得胜利。

　　这，恐怕已经不只是好胜了，有一种好胜以外的其他情愫一直在她心中默默地成长着。她早已经不只是为个人的喜好而战，她也有了背负在身的东西、队友、粉丝，还有，就像眼前这样的两位，对这个游戏并不了解，却也将它视为一个可以让自己感受到骄傲和自豪的符号。

　　这一回合的比赛没有出场，真是有点遗憾。但是，队伍能赢，就比什么都重要，这就是此时唐柔最最真实的心情。

　　"冠军是我们的！"唐柔突然呐喊了一声，没等被目光包围，转身就走。

　　所有人都愣了愣。虽然此时超大荧屏放的比赛很精彩，但是对于他们，对于这座城市来说，挺压抑的。

　　因为昨天的比赛，胜利不属于他们，这份精彩烘托出的是兴欣战队。此时大家聚在这里观看这场比赛，但是心思早已经飞到下一场，他们迫不及待的，正是下一场的胜利，然后，拿到总冠军。

冠军是我们的！这一句，真是道出了大家的心声，虽然大家对于这突兀的一声有点诧异，但是很快，也被这简单的一句话感染了。

"是的，冠军是我们的！"有人也跟着叫了出来，然后，越来越多，越来越多，广场上，懂《荣耀》的，不懂但只要是关心这一赛事，对冠军有所期待的人，纷纷加入呐喊当中。

只是有一些对《荣耀》比赛相当熟悉的资深玩家，在人群中搜到那个正翩然离去的短发倩影后，都有些发怔。

"那个妹子……是兴欣的唐柔吧？"有人说道。

"你是说，今年的新人王唐柔？"

"说做不到一挑三就退役，结果没做到后就要赖的那个唐柔？"

"长得特别漂亮的那个唐柔？"

一道又一道目光向着这边投来，唐柔越走越远，大家却越来越相信，这确实就是唐柔。

"所以说，她刚才喊的那话……"有人突然反应过来。

"她所说的'我们'是指兴欣？"有人立即也傻眼了。

而此时广场上的S市好多市民们正在群情高涨地一起高呼着"冠军是我们的"，这些人一想到事实上这口号中的"我们"指的其实是兴欣，就无比别扭。

但是眼下哪里还解释得清，就算解释出来了，又怎样呢？"我们"这个词还不能用了不成？

唐柔喊唐柔的"我们"，我们喊我们的"我们"，我们所喊的"我们"，肯定是轮回，所有人心里都清楚得很。

想清这一点后，这些轮回的死忠就不再纠结了，就这样将错就错地和大家一起兴奋地喊着："冠军是我们的！"

呼声越来越高，唐柔没有回头，一路溜达着，走回了酒店。

唐柔上楼。走廊中，叶修叼着烟晃荡着，看到她后挥了挥手。

"去哪了？"叶修随口问道。

"随便出去走了走。"唐柔说。

"哦，明天加油哦！"没有任何动人的煽情的鼓舞，叶修对唐柔就是这么随口一句。

"明天？"唐柔抓住了语病。

"后天更要加油。"叶修从容地说道。

"呵呵。"唐柔笑笑，不说话，不过而后注意到叶修要去的方向，似乎并不是他的房间。

"你要去哪？"唐柔好奇地问着。

"几个小鬼要点资料，我拿给他们。"叶修说。

兴欣除了魏琛，都会被叶修胡乱地称为小鬼，唐柔也不知他说的都是指谁，只是看他走进了罗辑的房间。

唐柔好奇心起，一起跟了上去。罗辑的房间里，罗辑、乔一帆、安文逸，三个人围在一台电脑前。

"在这里了。"叶修将一个U盘递了上去。

罗辑麻利地接过，插进电脑，很快找出他要的东西，运行起来，然后结合着他打开的数份文档，还有手头上写写画画的笔记本，给安文逸和乔一帆两个说道起来。

叶修就站在一旁，抱着双臂，叼着烟，一本正经地听着。

唐柔暗笑。

她估摸着此时罗辑讲的东西，自己都比叶修能听懂得多些。这小子又在用他数学的那一套分析概率一类的问题。

但是这家伙说得太细，一会儿这个公式一会儿那个推导的，安文逸和乔一帆表情迷茫得好像包子一样。

叶修忍无可忍了，他终于动了，抬手在罗辑的电脑屏幕上点了一下："你注意一下这里。"

唐柔大吃一惊，屏幕上那地方是罗辑打开的文档中对概率密度函数作傅里叶变换求特征函数的部分，如此高端的东西，叶修居然可以看懂？自己也只是知道这是什么东西而已。

而指点完罗辑的叶修转身准备离开，正迎着唐柔惊诧的目光。

"又给你上了一课。"叶修从唐柔身边走过时说着，"不只是对手，连队友也不能低估哦！"说着，已经走过。

唐柔只能继续惊诧地看着他的背影，结果就听到身后罗辑问了一句："这里怎么了？"

"那里有点脏。"叶修正走出房门，说道。

"哦哦！"罗辑连忙拿出眼镜布擦了擦屏幕的那个位置。

狭路相逢

比赛后的第一个休息日就这样过去了。除了下午的复盘时间，兴欣选手并没有集体聚集，而是自由活动着。

有像叶修、苏沐橙这样的，吃饭、聊天，和日常没太大区别。

也有像唐柔这样的，一个人出去走走，散散心。

还有像方锐和莫凡的，把自己关在了房间里，再没露面。

而乔一帆、安文逸和罗辑这几个小年轻，却显得最为珍惜时间，即使在这个时候，也在孜孜不倦地研究着什么。

最让陈果感到担心的最后成了魏琛和包子，这两个下午复盘后就离开了，再没见过人。说好的任由大家自己安排，陈果当然也不好意思还去打听。只是眼看着越来越晚了，这两个人却还没有回来，陈果拿着手机，纠结着要不要打电话问一问，一边却又努力竖着耳朵，争取听到楼道哪怕丁点这两位回来的动静。

再等十分钟，十分钟再不回来，就去问问找找。

陈果抱着这样的心态，十分钟后又是十分钟，愣是又推迟了一个多小时，这时已经是夜里 11 点。

陈果终于没办法忍下去了，抄起手机，拨出了魏琛的号码。

不陌生的手机铃声响起，就在楼道里！

回来了？陈果没挂线，人却立即拉开房门冲了出去。

果然。

楼道里，陈果看到魏琛和包子两个笑逐颜开地走着，因为手机铃响，魏琛此时正伸手在口袋里摸索，看到陈果冲出，两人很随意地招呼了一声，然后魏琛拿起手机，一看来电显示。

"找我？"魏琛问陈果。

"哦，看你俩还没回来，所以问一声。"陈果尽量很自然地说着。她不想让人觉得她好像很事多很婆婆妈妈，虽然她确实牵肠挂肚地放不下。

"哦哦，我们就在街对角的那个网吧！"魏琛说道。

"你们俩跑网吧干吗？"陈果愣。

"开黑店。"魏琛说。

"特爽，老板娘下次一起呀！"包子热情邀请。

陈果一头黑线。黑店是打网络对战的专业术语，网吧中最为常见。简单来说就是几个坐在一起的，通过互相的电脑屏幕共享资源，同时通过更方便直接的线下交流方式互相沟通，以此来达成超高的默契，欺负那些在网络上随机闯入的陌生对手。

这种行为当然不值得提倡，陈果作为一个《荣耀》死忠玩家，对于她网吧里那些大呼小叫开黑店的客人，就基本不会有什么好脸色。当然，她也不至于因此就赶人，但是网吧有时做做活动，派点打折卡一类东西的时候，她肯定不会去优待这些人。

但是现在，兴欣战队，打进总决赛的职业战队，队中的两位职业选手，居然跑到网吧里去开黑店。

此时此刻的陈果只有一句话想对这两位说："你们至于吗？"

"唉，比赛的时候如果也能开黑店就好了。"包子居然深有感触地说着。

陈果猛瞪魏琛，这绝对是魏琛带的头。

"不早了，去休息吧！哪天闲了再去。"魏琛却毫不自觉地和包子道起了别。

"好的好的。"包子兴高采烈地就回自己房间了，魏琛则看着陈果，嘿嘿一笑后说道："觉得我们特别无聊是不是？"

"是。"陈果猛点头。

"其实这也是一种修行。"魏琛说。

"什么修行？"陈果问。

"下次带你一起。"魏琛说。

"哦，好啊！"陈果不自主地就答应了。

魏琛笑了笑，道了个别，也回他的房间了。

陈果在楼道里又愣了半分钟，泪流满面。

节操啊！自己的节操怎么也沦陷了？什么修行，这家伙瞎编的吧？纯粹是没下限而已啊！

休息日的第一天就这样过去了。第二天依旧是自由活动，因为没有复盘这样的战术会议，这一天陈果索性连人都没见全。

陈果真的超好奇每个人在干什么，真想编辑条"在干吗"的消息群发出去。

但是，克制！陈果不想打扰大家。事实上她是很信任大家的，虽然兴欣的这些家伙性格各异，有着不着四六的各种奇葩，但是陈果真的觉得这是一群很可靠的队员。就拿魏琛和包子去开黑店这事说吧，其实陈果真信他们是一种修行，用来放松自己的修行。

对于他们夜出不归，陈果说是担忧，但是更多的，可能还是一种好奇。

所以陈果克制，她不想让自己的好奇心破坏了大家各自的节奏，有什么想知道的，想问的，都等比赛结束的那一天吧！

第二天就这样一晃而过。第三天，晚上就将是今赛季冠军归属的最终决战了，而在这一天，队伍是要有一次合练的，以热身为目的的合练。

于是在训练室，陈果继那天复盘后第二次见齐了大家。

紧张！随着最终决战一点一点地临近，陈果不由得越来越紧张。她怕，她怕大家辛苦地付出了一年，最后却差在这最后一步，这种失望，这种懊恼，陈果真不知道应该怎么去面对。

合练进行了大约两个小时，大家相互之间的交流并不多。气氛似乎有点压抑，但在这样的氛围中，兴欣的诸位却专心致志，没有人刻意说点什么做点什么来缓解这样的气氛，他们和这份压抑保持同调。

对于这样的处理，叶修似乎相当满意。两个小时的合练结束后，他是带着微笑开始讲话的。

"都准备好了吗？"叶修问道。

点头的点头，说话的说话，都是表示确认。

"那么，去赢下来吧！"叶修说。

大家点头的点头，说话的说话，再次表示确认。然后大家出发！向着轮回的主场，向着本赛季的这最终一战，兴欣踏上了他们最后的征程。

比赛场馆早已座无虚席，就连前来观看的众职业选手们都相当早地入场，此时耐心等待着比赛的到来。

最终一战，照样开通了胜负预测通道，然而这一次，引人关注的不再是最终投票产生的支持率，而是，这一次，参与投票的人竟然相当少，远比季后赛的任何一场比赛都要少。

最终决定冠军归属的一战，怎么可能无人关注？

关注多，投票却少，那自然只有一种解释：很多人不知道这一票该投给谁。除了那些有着坚定倒向的，其他中立的，或靠理智来分析看待问题的人，都已经无法预测这一场的胜负了。

第一回合，轮回客场击败兴欣，强劲的表现让兴欣在和霸图的比赛中所建立起来的他们可与豪强一战的形象瞬间瓦解，于是第二回合前的投票支持率，轮回完全碾轧兴欣。

结果就在这一回合，兴欣的叶修单挑击败了轮回的周泽楷，而后的团队赛中，又是各种神一样的震撼演出，让人们发现之前一边倒的看法特别错误。

兴欣攻下了轮回的魔鬼主场，终结了轮回本赛季主场不败的纪录。轮回在客场击败他们，他们反手也在客场击败了轮回。

论纸面实力，轮回要比兴欣强大，这谁都承认，可兴欣若是再有这样神一般的发挥呢？兴欣的这种不可预测性，让每一个希望可以理智分析胜负的人最终都迷失了。这时候人人都想说李艺博在解说比赛搞不清状况时最常使用的那句话：让我们拭目以待。

拭目以待，《荣耀》联盟第十赛季，总冠军归属的最终之战！在抢眼的灯光下，在喧闹的声嚣中，即将打响。

两队的选手，列队于比赛台上，即将为这一整个赛季的征伐，画下最终的句号。

谁才是冠军？

轮回！占主场之优的轮回，借人多势众的现场支持者，率先发出声音了。无论在网络上收获了多少支持，无论有多少中立玩家开始倾向兴欣。但是在这片场地，支持轮回的声势永远无与伦比，因为这里是他们的主场，因为这里拥有最多的死忠粉丝，无论任何时候，他们都不会放弃对队伍的支持。

"轮回是冠军！"满场回荡着这样的喊声。不知是不是受前天文化广场事件的影响，今天现场的轮回粉丝们的呐喊声中很仔细地用"轮回"两个字充当主语。

兴欣的支持者们虽然不甘示弱，可在这样的声势中确实难占上风。好在经历了一整个赛季的洗礼，兴欣粉丝团也有了客场作战的经验。客场作战，因为人数上的巨大差距，想在音量上压倒对手全无可能。这种时候，就要多多借助标语这一类东西，在视觉上制造冲击力，而这个，是无论如何也不会被掩盖的。但是这种东西有一个很大的弊端，那就是……高高扬起的标语，会遮挡住后边一两排甚至三四排观众的视线。

这一弊端极大限制了标语的使用。但是今天的兴欣粉丝们似乎豁出去了。客队观众席上打起的那一排又一排胜利宣言，密得好似一片山林。整个客队观众席已是只见标语不见人，除了坐在最前排的观众，几乎没有哪一排观众的视线不被阻挡。

虽然现在比赛还没有正式开打，但是能将标语准备得如此壮观，可见兴欣粉丝对这一场比赛已经有所觉悟。他们的声音没有在场中回荡，但是连绵一片的标语成为现场最大的亮点，电视转播甚至多次给予他们特写镜头。

这等场面，没有准备，临场可是制造不出来的，哪怕轮回粉丝人再多。没办法，他们只好拿出更大的分贝，来对抗兴欣这边视觉上的冲击。

剑拔弩张之下，两队选手却很平静地完成赛前的仪式，简单握手致意后，迎来了赛前最大的高潮。

因为本场是必然会决出冠军归属的，于是在联盟的安排下，象征着无上荣耀的总冠军奖杯，在赛前提前亮相。全场的灯光，在这一刹那忽地一暗，还没等观众们发出惊呼，再度亮起的灯光全部聚集向领奖台。总冠军奖杯不知何时已经摆放在那里，在光线的绝对集中下，这一刻，它仿佛悬挂在半空的太阳，散发出无限的光芒。选手、观众，所有人的目光在这一刻都被吸引住了。

光芒随即散开，真似阳光普照开去，瞬间全场再度恢复光亮。但是人们望向总冠军奖杯的目光却不会就此移开，内里充满了渴望和期待，每个人都是。

"还整这噱头！"职业选手这边不知谁吐槽了一句，听起来对这一幕相当不屑，却无人响应。就在刚才总冠军奖杯闪亮亮相的那一刻，他们这边没有人不心动，无论是拿过冠军的，还是没拿过的。这是一个噱头，却是一个正中要害的噱头。哪怕是吐槽的那位，口气中所含的也多是不甘。对于他们这些人来说，这场比赛，这样的噱头，真是挺虐心的。

比赛即将正式开始，两队的选手都没有立即回到选手席，而是聚集在各自的比赛席前，大家齐齐望着上空的电子大屏幕，擂台赛的随机选图即将开始。

随着现场电子音的响起，随机选图正式开始，疯狂的画面翻转了大概五秒钟，猛然定格，电子音清晰响亮地宣布了这张图的名字：狭路相逢。

"这图的名字，还真是应景啊！"

季后赛的随机图，任何人在赛前都没有丝毫资料。就算是电视转播的主持和嘉宾也是此时才知此图，解说自然从图名说起。

总冠军，决胜局，狭路相逢，确实没有比这更贴切的形容了，而现在，两队抽到的这张擂台赛单挑用图，却正是这样一个名字。

现场的全息投影还有电子大屏幕都开始简单呈现这幅图的情况和信息。

狭长的山谷，略有曲折，但并不复杂，左右都是陡峭高耸的山壁，是否能攀上，除装备忍刀的暗夜系职业，其他职业都不好说。这时人们难免会想到君莫笑的多变，可是这山壁极高，攀到顶后，对下方的攻击会因为距离太远，根本不足以造成任何威胁。至于山壁上有没有可供隐藏的伏击点，只是这样一晃而过的介绍，就看不太清了。

"这图，好像没有什么特别出奇的地方吧？"看过简单介绍后，潘林随即说道。这样的地貌特征，原来的图库里绝对有很多类似的，而这图是为季后赛特意制作的，如果只是给峡谷多几道曲折，似乎根本算不上什么新鲜。

就在大家都疑惑这个问题时，忽然，全息投影的缩略全图中传来喊杀声，人们随即看到，从峡谷的两端竟是各刷出一队人马，同时，两边的山壁上也刷出了伏兵。很快，两端刷出的人马在峡谷正中相遇，开始了厮杀，正杀得不可开交，山壁上方的伏兵发动，各种流石、滚木落下，片刻后山谷中两队人已全军覆没。

所有人目瞪口呆。

这是啥？总不会是为了体现狭路相逢这一图名而加上的过场动画吧？这里是总决赛，介绍地图信息那得规规矩矩的，哪允许这样花里胡哨？

所以，这不是什么为了烘托气氛的过场动画，这是这张图中确实会发生的事件。

竟然不只是在地形上做文章，而是引入了事件来干扰。不管这场比赛的结果如何，这种设计在赛后引发一场争议是免不了的。但是眼下，在这样一张有事件、有NPC干扰的地图中，选手会怎么去应对，观众们的好奇倒真是都被勾起来了。

不过从目前来看，有关这干扰的情报还少得可怜。事件发生完全随机，还是定时定点？一场对决里只发生一次，还是多次？从攻伐上来看，峡谷中刷新的两队和悬崖上的分属三伙势力，他们对选手角色分别是什么样的态度？

太多需要了解的情报，赛前介绍中都没有给出，而且因为这设定的别出心裁，情报获取比起观察地形特点可要复杂许多。两队第一，甚至第二位上阵的选手，恐怕都需要在这方面做大量的工作，那么两队会各派谁上阵呢？

大家都很好奇。但是电视解说中的潘林和李艺博却是唯唯诺诺的，脑子里虽有一定的想法，却都不敢轻易开口，实在是被打脸打怕了。

"兴欣这次，叶修继续首发是个相当合适的选择啊！"职业选手这边，大家却没这样的顾忌，讨论后纷纷认可了这个猜测。如此复杂的情况，让叶修这个意识、经验都极老辣的家伙去应对实在再好不过，获取情报的同时，这样充满不可预知状况中的战斗，他的赢面恐怕也会更大。

"至于轮回这边……"兴欣派叶修是大家一眼认定的最佳选择，既顺理成章，又能继续他连胜制造的心理压迫。倒是轮回这边，想必也能和他们一样意识到兴欣的这个有利选择，那么他们的人选，一定程度上就要对此有所应对了，轮回这边，谁更合适呢？

大家正议论，轮回这边江波涛向裁判去报备他们首发上阵的选手了，与此同时，他们阵中的孙翔，竟然向着比赛席走了去。

看到孙翔就这样走向比赛席，职业选手们都是一怔。

倒不是大家对这个人选有什么太大的疑惑，而是……此时裁判还没有宣布最终双方出战的人选，而孙翔居然就这样走向比赛席了？

这是一种暴露。

因为季后赛第三回合比赛的随机性，出场选手都是临场安排，如此一来先上场、后上场，就有了石头剪刀布、先出后出的嫌疑。赛制当然不允许有这样的破绽出现，所以正常流程，是双方先对出场选手进行报备，而后裁判确认，通过现场电子大屏幕公布，然后，选手上场，由裁判验明正身。

正常流程是如此，只是为了烘托现场气氛，经常是配合着选手上场的时机公布出战名单，事实上在这之前，出场选手已经正式确定。否则，这边队伍先站起一位，那边一看，哦，这个人，那么我们派这位上……

而此时，孙翔暴露出来的就是这样的问题。此时兴欣可是真的还没有进行报备，但他已经向比赛席走去，那么此时兴欣针对孙翔的出场进行有针对性的安排，一点都不犯规，而且拣了大便宜。轮回方面呢？却已经无法再更改，江波涛已经在裁判那里完成首发选手的报备。

这可是很大的一个疏忽啊！孙翔这家伙，居然在这样关键的一场比赛里还没正式比赛就发生了如此低级的失误？

职业选手们熟悉赛制，对规则敏感，所以第一时间就察觉到孙翔的举动不太对劲，但普通观众没这样的职业敏感度，此时还在为孙翔的出场卖命鼓掌叫好呢！

难不成，这是一个阴谋？

看到赛台上的轮回选手都没有因为孙翔的举动有所反应，职业选手们忍不住又这样想了起来。孙翔一个人犯迷糊倒也罢了，轮回不可能人人都没意识到这问题吧？可要说这是个阴谋，他们这样的反应反倒不像，就是装也要装出对孙翔的举动很懊恼的样子吧？然后在兴欣做出富有针对的安排后忽然更换人手，孙翔只在赛台上遛遛弯，这一点也不犯规。

这才是在这上面钻营设计该有的局面，可轮回战队看起来怎么也不像。兴欣战队也没有多大反应。叶修走去裁判那边，进行首个登场选手的报备，然后向着比赛席走去了。

兴欣首发出场的果然是叶修，即便轮回首发提前暴露，也依然是人人都很容易想到的这个安排。随后，孙翔、叶修，就这样先后进入了比赛席。

大气，自信！轮回展示着一支冠军之师的王者之风，没有进行大家所想到的那些场外钻营，堂堂正正地派出了他们的首发选手，他大大方方地走进了比赛席。

没有阴谋。

真的没有阴谋？

"没有阴谋就是阴谋。"蓝雨战队的喻文州忽然这样说道。

"或者说，如果你觉得没有阴谋，那就是没有阴谋；如果你觉得是阴谋，那阴谋就来了。"他接着又说道。

肖时钦点头，王杰希也点头，张新杰未置可否，但几人都没有再多说什么。

更多人在茫然，努力想了想后才稍稍有些转过弯来，纷纷觉得脑子都有些不够用了。

"心真脏啊……"能想通这当中曲折的，心里却无不在感慨，而这时，

　　裁判宣布，总决赛决胜回合擂台赛的第一场，正式开始了。

　　地图载入，角色载入。

　　略有点曲折的狭长峡谷，南北走向，孙翔的一叶之秋刷新在峡谷北口，君莫笑则在南口。两个角色的身后，通常就是地图的界限了，而此时，电视转播特意给了两个角色的身后一个特写。

　　堵在两个角色身后的所谓"地图边界"，赫然是两伙 NPC 扎下的军营，入口处立着木牌，上面用极为清晰的大字写着：军机重地，擅入者死！

　　观战的选手们顿时心下了然，这地图的边界，就好比是悬崖，是深渊，是角色一入就会遭受伤害的场景。这类边界设定在《荣耀》对战地图中并不新鲜，而这张图中，只是以这样一种方式做出的设定。

　　不过这样的场景，会是悬崖深渊那样一经跌下就无法生还的绝路吗？没人知道。在如此重要的比赛中选手更不可能亲身去试探，要试也是想法子把对手的角色送进去。此时叶修和孙翔一同发现身后这样的设定，立即让各自的角色远远地避开。

　　而后孙翔的一叶之秋稳步向前，叶修虽然可以让君莫笑使用千机伞的忍刀形态来攀岩，此时的处理却和孙翔一模一样，也是让君莫笑稳步向前。

　　两位选手的开局处理几乎一模一样，接下来就见两个角色一个从北向南，一个从南向北，一样东张西望，一样左顾右盼，要不是一身装备全不一样，几乎让人分不清谁是谁了。

　　终于，两个角色渐近正中，这里并无什么曲折，两人很快看到迎面走过来的对手。

　　双方的移动步伐立即一起变得慎重起来。

　　没有弯路，无法迂回，所谓狭路相逢，就是没有任何规避的直接碰撞。

　　接近，一步一步。

　　君莫笑的攻击可远可近，此时对手已经进入他可以攻击的范围，但是叶修没有轻易发动攻击，只是保持着这样的节奏，让君莫笑步步向前。

　　孙翔这边就更不会发动攻击了，战斗法师本就是需要一定程度的近身才能完全发挥战斗实力的角色。不过随着距离的接近，他渐渐有了选择，比如"豪龙破军"，可以一击就突破眼下两个角色之间的距离，但孙翔也按兵不动。

　　两人非但不作攻击，紧跟着，他们像约好了似的，忽然一个向左，一个向右，开始斜向移动。

　　纵向的距离眼看就要被抹去，但是两人突然让角色斜向移动，又在横向上拉开了距离。

　　这两人，是打算这样互相让过，继续搞清楚地图吗？

　　看到这一幕，很多人已经下意识地这样以为。但是职业选手都知道这样的侦察并没有多大的必要。场外队员拥有观众一样的上帝视角，对于比赛中的侦察他们是共享的，所以君莫笑尚未踏足的那半截峡谷，兴欣的选手通过一叶之秋的视角一样了解过了，全无了解的，只有叶修自己而已。

　　同理，孙翔目前对地图也是一半亲自走过，另一半却还陌生。

　　如此状况下，相互让过去继续了解自己未知的那一半地图？没有哪个职业选手会有如此和谐友爱的念头，这一刻，对于场上的对手而言，一半了解一半陌生，正是他们的优势和劣势。所以，在相遇的这一瞬，他们所打的主意，应该是将对方逼到自己熟悉而对方陌生的那一半地图中去决胜负。

　　所以两人都按兵不动，所以两人的角色越走越近，他们都在寻找这样的机会，将对方带入自己身后半截地图的机会。

　　但是两人都没有找到，因为两人一样的用心，一样小心翼翼，一样毫无破绽。这让两人的举动看起来像极有默契，但是事实上两人都没有忘记对方是对手这一事实。他们关注对手的举动，只是在寻找时机，一旦发现破绽，发现有机可乘，两人都会毫不犹豫地摧毁这份默契。

　　两个角色的纵向距离已经彻底抹为零，横向距离却因为他们的斜向移动拉开了六个身位格。两个角色都是背对山壁，再没有去东张西望，一心一意地盯着眼前的对手。

　　移动停止，对峙。

　　六个身位格的距离，对于君莫笑而言有太多的技能可以攻击到对方；对于一叶之秋来说，这也是一个可以进行抢攻的距离。战斗法师因为武器长度的原因，攻击距离比拳头、剑之类还是要远上一些的。

　　但是两人还是都没有动，只是这样对峙。没有操作，手速统计在这一刻都是零，两条手速曲线毫无波动，缓缓地从电子大屏幕上显示的统计中流过。

　　一秒、两秒……

　　没有操作上的消耗，并不意味着此时不耗费精神，两人都高度集中注意力。节奏已经不是缓慢，而是完全停止，到底谁会先一步发起攻击，谁也不知道。大家只知道如此静态的对峙下，想先一步打破平衡是很难的。因为游戏毕竟不同于真实，只要没有操作，角色保持如此姿态多少年都没有问题。而一操作，或许反倒会出现破绽。如何才能完美地打破如此绝对的静态，场边高手很多，却都一筹莫展。

谁也没有想到，这两个人竟然能对峙到如此程度。他们为了避免空当，消除破绽，不断地化繁为简，减少操作，降低速度。

终于，他们降到了极限，降到了尽头。

没有操作，就没有破绽。

这已经不只是一种局面，更是一种境界，一种只有职业高手们才能领略的境界。

从内里打破，很难；外因，一般情况下只有一种，那就是裁判因为"选手不作为"而介入。但事实上这对峙绝不是不作为，而是无法作为，没有操作，其实交锋不断，这是精神上的对抗。如果局面真被裁判因为"不作为"而打破，实在有些丧失美感。好在今天的这幅图，恰巧拥有裁判以外的另一个外因。

事件刷新！

山雨已经不是欲来，而是真的来了。

峡谷两端，选手角色的禁区，两伙 NPC 组成的团队潮水一般冲出。喊杀声和脚步声混成一片，尘土迅速在峡谷间飞扬，向着正中间的位置汇聚过去。与此同时，悬崖两边山壁上暗藏的伏兵也开始有所行动，一边注意着下方的局面，一边向着峡谷中间的这一截聚集。

这一切，场外所有人都看得清清楚楚，但是叶修、孙翔并不知晓，两人继续不动，直至两端的人马越来越逼近，声音传来，视角的余光中渐渐开始出现晃动的身影。

两人依旧不动。

这一刻，比的已经不只是耐心，不只是集中力，更是一份定力。

有 NPC 的干扰，两人迟早还是要作操作的，而现在，就看谁能坚忍到最后一刻才动。

一般比赛，选手们都迫不及待地争先，惟恐自己的操作不够快，抢不到对方前头去。但是今天，叶修和孙翔的这一局，两人将场面压制到了这种程度，好像在玩谁先动手谁就输似的。

事实上当然没有这么绝对，此时先动手的能抢到主动权也说不定，但是两人都没有冒这个险。

是的，冒险。

明明只是极其普通的从静止状态到起手攻击的形势，竟然被两人视作冒险。这一局，两人小心谨慎的程度已可用丧心病狂来形容。若非如此，绝达不成这样僵持的局面。

但是叶修如此做派倒也罢了，更让职业选手们惊讶的还是孙翔。这个高傲、急切的年轻人，竟然也能按捺住心情，和对手比起了耐心，比起了定力？

在他们看来，这根本是以己之短攻彼之长，这种僵持对峙，不是把鼠标键盘一扔坐那发呆就好，是需要高度集中注意力，不断保持心态的冷静和平和的。

这样一时半会儿的，谁都可以，但长时间保持这种心绪的稳定可就难了，尤其不符合孙翔一贯的性格，真的没有几个人看好他能掌控这种风格。

而眼下，他即将面临大考，事件刷新，NPC团队逼近，本就不宽的峡谷被两路NPC堵得水泄不通。接下来要考虑的，已经不只是对手的问题了。

时间在倒数，距离在缩近。两端的NPC都已列阵，摆出了战斗阵形。《荣耀》里NPC也是依照玩家角色的职业体系来划分的，只是技能树要单调许多，比较普通的NPC通常只有一两个技能，BOSS级别的一般也就三五个，极少会拥有完整的技能树，倒是跨职业的混搭兼职挺常见。

而事件刷新后的冲杀，之前简单介绍时有所显示，足够认真的话，应该会在那时就留意一下NPC团队的职业构成和战斗方式。

兴欣和轮回都没有忽略这一点，而此时两路NPC铺开的阵势，正和之前演示时一模一样。

首排似是骑士职业，在逼近到一定距离后，纷纷列盾，顿时两端都只见盾牌不见人，君莫笑和一叶之秋像被封到了一个方匣子里。

而后，轰轰轰炮声响。掩藏在盾牌之后的两队的枪系率先发动攻击，所选用的技能都一模一样——"刺弹炮"。

"刺弹炮"，各10枚!

这一点也是两队之前看介绍时就留意到的，此时果然也是这个数量，此外发射的时机也完全一致。至于飞行的轨迹，原本大家都在猜想会不会因为看到当中有两个选手角色而有所调整，但是此时来看，依旧保持之前介绍的节奏。也就是说，到目前为止，两队NPC都还是无视君莫笑和一叶之秋的，"刺弹炮"没有把二人当作攻击重点。

砰砰砰砰砰……

紧接着"刺弹炮"在空中礼花般地绽放了。一枚"刺弹炮"里八枚刺射弹，共计 160 枚，扩散的范围，终究还是将君莫笑和一叶之秋笼罩进去。

这两位，还真是一直隐忍到了这种程度，眼看刺射弹都要落到身上了，还不动吗？

动了！先动的赫然是君莫笑，最终关头，先隐忍不住的居然是叶修？

不了解其中微妙的普通观众不以为然，不少人可能还觉得叶修反应快。职业选手们却都大感意外，想不到孙翔竟然会比叶修还要沉稳？

现在君莫笑先动，孙翔终于可以看准了抄其后路了，结果就见君莫笑双臂一抬，双手眼花缭乱般地一舞。

孙翔哭了……

"影分身术"，君莫笑施展的赫然是这一技能。对峙、隐忍，双方都在等待最佳的出手时机，一直等到 NPC 包围上来。叶修忍不住了，他先出手了，君莫笑动了，跑路了……

"豪龙破军"，已经意识到不妙的孙翔瞬间已拿出最快的反应、最快的手速，一叶之秋拎起却邪疾步冲上，瞬间将君莫笑撞碎。

孙翔的心却沉了。撞碎，意味着是影分身，"影分身术"已经施展，君莫笑已经离开了这一位置。

在哪里？孙翔抬起一叶之秋的视角，先看到的是一枚刺射弹正落到脸上，躲都躲不及。

轰！刺射弹的爆炸威力、声势倒也不大，但把一个脑袋覆盖掉总没问题，这一刻，一叶之秋的脑袋像爆炸了一般。

被火光模糊的视线中，孙翔看到君莫笑此时蹲在山壁上的一处凸起，但是为了防止万一，右手的忍刀已经牢牢地插进山壁。孙翔才看了这么一眼，君莫笑已经荡起，娴熟地使用着忍刀在山壁上攀缘。

对峙？隐忍？等待最佳的出手时机？谁先动手谁就会输？

孙翔真的不知道叶修到底有没有存过这种心思。或许一开始是这样，但是随着局势不同就发生了改变；也或者从一开始这些就是刻意营造出来的假象，只是将他牵制到眼下这种境地的一个陷阱……

"刺弹炮"的覆盖轰炸后，两队 NPC 继续向前。赛前的介绍演示中，接下来就是骑士的冲锋，而后两端的盾牌狠狠地撞击在一起。

　　眼下也是如此，左右两排骑士，已经抵着盾牌冲锋杀出，只是这次他们当中多了一个一叶之秋，孙翔就好像夹心饼干当中的那一抹奶油。

　　咣咣咣咣……

　　盾牌接连撞到一起，发出沉重刺耳的摩擦声。一叶之秋总算没有被挤成奶油，之前的"豪龙破军"让他冲到山壁下，此时跳起，蹬在山壁，二段折返跳的高度，让他在刻不容缓的那一瞬，跳到了相撞盾牌的上空。

　　"龙牙""连突"，再加一记普通攻击中的刺击。

　　浮空四连刺瞬间完成，扎向山壁，而且是准确地扎到同一位置，锐利的却邪战矛最终捅了进去，一叶之秋就这样吊在半空中，下半身还要蜷起，凌空虚蹲收起双腿，才避免被下方的NPC们撞到。

　　"真有两下子啊！"频道里立即刷出了叶修的赞叹。孙翔抬起视角一看，叶修已经又寻到一处山壁上的凸起，君莫笑稳稳地蹲在上边，忍刀这次是收起来了，千机伞被右手平端着，伞尖黑洞洞的，露出枪口，左手捏了个手雷。孙翔刚把一叶之秋的头昂起来，那手雷就这样丢下来了，紧跟着，轰轰轰，"反坦克炮"，三发轰出。

　　死死攥着却邪蜷着腿这才吊在半空的一叶之秋已经够狼狈了，哪里还能闪避这样的攻击。但是就在手雷落下、"反坦克炮"轰到的瞬间，一叶之秋的身形突然一缩，像是被挤出了虚空。

　　"瞬间移动"，上一回合比赛，孙翔给一叶之秋选择的武器打制技能就是"瞬间移动"，这一回合，依然是。

　　避过攻击，一叶之秋似乎也可以借这个"瞬间移动"找个暂时落脚的地方，但是君莫笑此时提起了右腿，蹬出 ——"前踢"！然后就见虚空中扯出的一个身形，正撞到这一脚，一叶之秋被踹飞了。

　　围观的职业选手们纷纷摇头叹息。玩心眼，恐怕十个孙翔绑一起都不是叶修的对手啊！

一叶之秋的最强姿态

"前踢"，击退效果，但是此时一叶之秋还处于半空中，击退自然成了击飞。这一击怎么能这么准？叶修怎么能这么料事如神？很多普通玩家已经抓狂了。但是职业选手们清楚，这里要说料事如神，有些过分，叶修只是对其中一种可能性做出了一个不错的应对而已。

如果叶修真的完全算准孙翔会让一叶之秋如此传送，那么他会有更好的手段给予一叶之秋一波重创。但是现在，只是一记"前踢"，这个技能短而快，选用这个技能，优先考虑到的就是即使孙翔没让一叶之秋如此传送，这一脚踢空也不会对自身产生什么影响。

不过眼下这一击到底发生作用了，而这"前踢"若只是敷衍，一点后招都没有，那未免有失大神水准。

"前踢"命中，君莫笑跟着一跃而起，竟朝着被踢飞的一叶之秋追去。

但是孙翔不是弱者，玩心眼，他确实不是叶修的对手，这一次又被叶修算计了。但若是拼技术，孙翔可以说不惧任何高手。

在这种情形下，他依旧完成了一个攻击操作——"圆舞棍"！

一叶之秋这一击在浮空之中，却也如此快、准、狠。战矛却邪化作一道黑光，朝着飞身追来的君莫笑扎去。

结果君莫笑就在此时突然一挥手，千机伞变作忍刀形态，插入山壁，君莫笑的身形就这样止在了半空。化作黑光的却邪，最终差了少许，没能命中。

微笑，叶修居然还有空在频道里发个表情。看到这一幕的职业选手们，耳朵里不由得响起叶修可耻的笑声，他们都用脑补给叶修配起音来了。

但孙翔可没就此服输，"圆舞棍"不中，收回的却邪转到了身后，横戳，直刺山壁。紧跟着倒飞的一叶之秋撞到了自己给自己插出的这一根障碍，谁也没想到一叶之秋竟然空中身子一缩，借着撞在却邪上的力道，一变向，竟是一个翻滚。

这是……受身操作？惊讶的不只是普通玩家，职业选手们都瞪大了眼。

在这么细的矛杆上，孙翔竟然让一叶之秋完成了这个受身翻滚，仿佛杂耍一般，一叶之秋最终蹲在了矛杆上。

这绝不是选手平时会练习的操作，完全是孙翔在这一瞬间的随机应变，可见他拥有超强的应变能力、超高的手速和精准的控制力。

凭此，孙翔竟然让战斗法师做到了几乎和忍者差不多的事。

但是，忍者具备这样的能力，主要还是依赖忍刀的特殊结构。连接在刀柄尾部的那截长绳是可以实现攀爬的关键。而孙翔的一叶之秋此时只能这样蹲在却邪上，因为他的双手必须握住却邪，否则可就成将武器丢弃了。

这种情况下，进行横向的弹跳比较容易，顺势就可抽出战矛，但若想在纵向上弹跳，那死死扎在山壁中承载角色重量的战矛反倒成了妨碍。这个命题，倒是很早就被研究过了，被认为难度太大不好实现，最终也就没有人再去耗费精神了。

眼下的孙翔，会怎么做？所有人忽然都好奇起来，现场更是响起雷鸣般的掌声，只为孙翔刚才那杂耍一般的操作。

但问题是，眼下的重点，是孙翔会怎么做吗？并不是，此时掌握主动权的绝对是叶修，叶修会怎么做，才是接下来会真正主导局势的关键。

所以对于孙翔这杂耍般的操作，叶修虽然心中也赞叹了一下，但根本没有放缓节奏。一叶之秋刚在却邪上蹲稳了，君莫笑已经飞身向他冲来。

武器踩在脚下，抽出来，角色就要掉下去，不抽出来，又怎么施展技能去应对？所有人刚才还在赞叹孙翔的精妙应对，但是此时再一看，孙翔这精妙，是把自己塞在死胡同里了吧？

结果就在这时，一叶之秋蹲着身，左手依然握紧却邪，右手却一掌拍出——"落花掌"！判定不错，且有一点范围效果的一击。

但是，攻击距离太短，这一点是硬伤。"落花掌"是拍出了，但是君莫笑这边，一道剑光已经划到一叶之秋面前，和"落花掌"的魔法斗气相撞，判定上一点不输，甚至可以说完全穿透了这记"落花掌"崩出的魔法斗气。

"太坏了……"众多职业选手认出这一技能后，纷纷感慨着。

"裂波斩"，叶修竟然让君莫笑在空中出了这一击，这一击带抓取判定，"落花掌"又哪里轰得开，自然吃了大亏。剑光抹过，波动之力立时锁住一叶之秋，而且顺着这一剑挑出的方向，将他向那端扯了去。

却邪从山壁里抽出来了，一叶之秋被"裂波斩"的波动之力锁在了半空，开始了伤害。但是谁都看得出，此时的关键根本不是这点伤害，而是一叶之秋这下彻彻底底被送到毫无倚仗的半空。左边，还是右边？

却邪就是再长一半，此时也扎不到山壁了，一叶之秋就等着"裂波斩"的伤害完毕以后，自由落体掉到身下已经激烈拼杀在一起的两团NPC中吧！

再看叶修的君莫笑，空中一个"裂波斩"将一叶之秋放飞后，千机伞立即再变形态，自己稳稳地紧贴山壁，两个起落后，他站得稳稳当当，一叶之秋却向着乱斗之中摔去。这两队NPC，对于混入他们战团的"陌生人"究竟会是个什么样的态度，眼看就要揭晓了。但对轮回来说，这实验忒残酷了，他们选手的角色赫然成了实验品。

跌落，一叶之秋。要是眼神犀利一点的，此时也可以看出一叶之秋的身形正在被调整。"裂波斩"的抓取并没有"圆舞棍"或柔道很多抓取技那样的强制倒地判定，在"裂波斩"伤害之后，角色就可以接受操作的指令了。

一叶之秋在空中舒展着身形，战矛却邪被他举过头顶，就在落地的瞬间，却邪挥下，地动山摇。"斗破山河"，这是孙翔的应对。

第七赛季，孙翔初出茅庐，立即广受关注。虽然身处越云战队这样的弱旅，但表现极其优异，撞碎新秀墙，将最佳新人奖轻松收入囊中。一时间，天才、希望之星，各种各样的溢美之词汹涌而至，让孙翔很快飘然自得起来。

这当中还有相当多的言论，认为孙翔若不是受战队拖累，或者拥有一个顶尖的神级角色，那么也许处子赛季的孙翔将有更优秀的成绩，甚至会创造历史也说不定。孙翔非常欣赏这种说法，他也认为自己的才能还没有发挥到极致，认为自己应该拥有更为广阔的空间。

他需要一支更为优秀的队伍，同时也需要一个顶尖的角色。

斗神一叶之秋，毫无疑问是《荣耀》史上最具神采的一个角色，有教科书之称的叶秋，也是《荣耀》史上最顶尖的一位大神。

但是孙翔不以为然。

他当然也知道叶秋昔日的辉煌，只是从自己开始投身《荣耀》时，所看到的却只是叶秋和嘉世一年不如一年的表现。

所以当第八赛季嘉世向他伸出橄榄枝时，孙翔欣喜若狂，他觉得这简直就是天作之合。他正需要这样的战队、这样的角色。

他来到了嘉世，取代了叶秋，接手了斗神一叶之秋。

孙翔踌躇满志。他觉得新的时代就要来临了，他拥有了这样顶尖的角色和战队，必将一飞冲天。结果那个赛季，嘉世出局。没有比这更惨痛的战绩了。即便是那个赛季的越云，孙翔在队时一度有向季后赛发起冲击的希望，孙翔离队后，也没有沦落到要出局这么凄惨。

这是怎么回事？职业生涯还只两年的孙翔，要说一点都不慌张，那是假的。自己拥有了顶尖的角色，拥有了一支具备争冠实力的战队，最后的结果，怎么可能是出局？到底是什么地方搞错了？难道是自己实力不济？不！当然不可能是这种原因。

那时的孙翔，心里对自己已经开始产生怀疑，但是他不愿意相信，不愿意认真思考这个问题，他积极地逃避着这种可能性。

他急于证明自己，也想过快些离开嘉世，不过嘉世战队出局后飞快的动作，倒是让他最终还是对这支队伍寄予期待。

结果那个赛季，挑战赛的决赛，嘉世败给了兴欣，他又输了。

他输给了叶修，输给了这个被他从嘉世挤走，变得一无所有的家伙。

顶尖的角色？兴欣没有。华丽的阵容？兴欣也没有。

叶修就是凭借这样一支队伍，击败了孙翔和嘉世，这并不只是一场比赛的输赢，甚至不是一整个赛季的输赢，这是对孙翔《荣耀》价值观的一次摧毁。

拥有顶尖的角色、强大的队友，自己就能一飞冲天。孙翔一直是这样认为的。而这些，兴欣都没有，最终，兴欣赢了。

从最佳新人，到转会顶尖豪门，短短的一年半，孙翔拥有过光彩照人、无数人都无法实现的人生顶点；接着一年半，出局，挑战赛中落败，这可是相当多的职业选手都未曾体会过的挫败。

三年，职业生涯最初的三年，孙翔的经历不可谓不丰富。只是回首再望时，他发现这三年，别说总决赛那至高舞台，他甚至距离季后赛都是那么遥远。

自己不是天才吗？不是才华横溢吗？不是明日之星吗？

嘉世解散了，孙翔和一叶之秋一起加入了轮回。

他依然驾驭着最顶尖的角色，身边拥有了更加强悍的队友，是这个时代蝉联两冠的王者之师，他的职业生涯在一片灰暗之中竟然又迎来这样的转机，甚至可以说更上一个台阶。

但是这一次孙翔再没有从前那样自以为是的骄傲自满，他开始认真地审视自己，认真地学习究竟怎样才能变得更强大。

他做得不错，飞快地融入了轮回战队，并没有如很多评论家所以为的那样，因为核心位置一类的问题引发轮回内部的矛盾。他和周泽楷一近一远的双一组合，最终无可争议地拿下了本赛季的最佳搭档。

他终于摆正了自己的心态，而在这赛季的征战中，他又遇到了兴欣，又遇到了叶修，甚至又一次，在决赛，他们针锋相对，现在干脆碰到了一幅名为狭路相逢的地图。

孙翔想赢。他想赢兴欣，更想赢叶修。

他承认是叶修、是兴欣让他变得清醒，但这更让他无法抑制地想去战胜他们。他希望让兴欣、让叶修都看看，自己再不是那个被他们击败过的孙翔。

所以他小心，他谨慎，他不允许自己在这场对决中犯下任何错，是为了轮回战队的胜利，同时也是为了在击败过自己的人面前狠狠地证明一下自己。

结果自己还是沦落得十分狼狈。可是这一次孙翔没有愤恨，没有气恼，没有再像以前那样，只顾在除自身以外的其他地方寻找原因。

他在第一时间就开始自审，随即他意识到，自己或许用错方法了。

小心，谨慎，心理对抗，这些本就非他所长，但他为了证明自己，选择了这种并不适合他的战斗风格。

虽然他很希望自己可以全方位超越叶修，可事实上，每个人各有所长，在这些方面，自己怕是真不具备相应的才能。

他应该选择自己喜欢、擅长的战斗方式。因为在比赛场上，追求的是胜负，而不是什么超越！每个人需要超越的，只应该是自己才对。沿着自己的足迹，一步又一步地超越自身，才会变得越来越强。

叶修，甚至任何人，都不是拿来超越，而是应该拿来击败的！"斗破山河"，战斗法师 75 级大招，这是孙翔最终的选择。在 NPC 对选手角色态度不明的情况下，他没有再小心翼翼，没有再去仔细琢磨，因为这本就不是他所擅长的，自己，或许根本成不了那种擅长用脑子来打比赛的选手。

他主动向 NPC 们发起攻击，"斗破山河"从地下澎湃掀起的魔法斗气，将这些横在他身前的阻碍一律掀向半空。

碍手碍脚的家伙，统统去死吧！这一刻，一叶之秋所展示的气势，宛如昔日叶修手下的斗神。

事件刷新的 NPC 会是干扰，但也有可能被利用。如果能将这些 NPC 充分利用起来，无疑会打出一场非常聪明的比赛。

孙翔曾经觉得自己无所不能，《荣耀》里没有他做不到的事。但是现在，他认清了，这些需要诸多算计的玩意儿真不是他所擅长的，所以最终，他干脆不再去想这些东西有什么可利用的，干扰，那就扫清吧！

"斗破山河"范围内 NPC 全被掀到了半空，场边两队选手此时都在抓紧时间观察。这些 NPC 的战斗力究竟怎样，不通过这样的碰撞还真不好判断。此外，突然遇到这样的主动攻击，这些 NPC 们会是怎样的态度呢？就之前来看，两个团队都没有太在意君莫笑和一叶之秋的存在，当两个角色攀上山壁上去的时候，都没有特别针对二人的举动。

但是现在，被这样主动进攻，如果依然毫无反应，那这个事件的设定可就有些无趣了。《荣耀》这个经典游戏，可从来不会出现无意义的设定，无论是网游还是竞技中的一张地图。

果不其然，被孙翔的一叶之秋主动攻击的两队 NPC 再没有无动于衷，两端立即都有了明确的攻击指向，一叶之秋。

枪炮、法术……一叶之秋身遭已被清场，此时率先攻来的自然是这些远程攻击的手段。除去制造伤害的，产生控制效果的咒术一类也有，这两队 NPC 中的职业分布还真是挺全的。

不过这变化孙翔不至于预计不到，攻击抵身时，"斗破山河"已经收招完毕，一叶之秋箭步疾走，将数道攻击甩到身后，同时一挥臂，行进间施展了一个"霸碎"，向那些正好像饺子一样从半空中摔落下来的 NPC 们甩去。

黑光一道，数名在一叶之秋面前跌落的 NPC 被"霸碎"扫到，产生击飞效果，一个个向着山壁撞去，而那里，叶修的君莫笑正怡然自得地看戏呢！

孙翔没有忘记对手是谁，没有忘记比赛的目的！扫清这些干扰的同时，他已经开始向叶修发起攻击。

NPC 被孙翔变成了人肉炮弹，不过这"霸碎"打出的吹飞效果并不强力，这人肉炮弹飞得不快，随便用个攻击挡一下，甚至来个抓取类的技能再当炮弹扔回都很简单，但是叶修选择了闪避。君莫笑从原处跳开，再次利用忍刀在山壁上攀爬游走，小心翼翼地不和孙翔送来的任何一个 NPC 起冲突。

"这家伙想干吗？"职业选手们都有些看不懂了。孙翔已经被他折腾得不得不面临 NPC 们的攻击，这正是落井下石、乘胜追击的好机会，结果叶

修居然避而不打，一心要进看戏状态的模样，着实让他们费解。

直至那被"斗破山河"掀向半空的 NPC 轰然摔回地上，冲着一叶之秋的又一波远程发动，同时近战职业也贴身上来。看着 NPC 们的这一系列举动，职业选手们才突然有所醒悟。

"这家伙太狡猾了！"大家纷纷感慨着。

叶修本可以就此展开攻势，但他避而不打，不为其他，只是不想招惹到 NPC 的仇恨。此时 NPC 们已经针对一叶之秋有所行动，这种时候君莫笑再对一叶之秋进行攻击，很容易被孙翔引导着将攻击打到 NPC 身上去。所以他选择闪避，根本不去和 NPC 产生丁点碰撞，更不给孙翔引导的机会。

这种对 NPC 仇恨的敏感意识，还真就是玩久了网游才能练就的，高大上的职业选手们显然在这方面不够敏感，以至于这一次没有一个人第一时间察觉叶修的用意。

战斗继续，但已变成孙翔和 NPC 们的一场角斗，叶修的君莫笑安然无恙作壁上观，然后比赛进入了他的垃圾话时间。

"右边右边。"

"左边左边。"

"头顶。"

"反应不错嘛！"

"14 点钟方向。"

"就是 2 点啦！"

"哈哈，骗你的。"

"咦，你没信啊？"

频道里消息不断，叶修居高临下对着孙翔和 NPC 们的混战指指点点，轮回粉丝看得胸闷不已。他们大多觉得孙翔此战凶多吉少，但是职业选手们看问题可没这么简单，他们很快都留意到，孙翔虽然身处这样的乱局之中，但是一叶之秋受伤并不严重，而且越战越勇。

"NPC 的战斗力不算太强啊！"职业选手们纷纷说着。

这就是他们的看法和普通玩家不同的原因所在。因为水平不同，所以眼界不同。被这么多的 NPC 包围，普通玩家觉得这是必死的局，但是对于职业选手来说，这还在他们可以应对的范围之内。

还有一点，NPC 们并没有因为乱入一个一叶之秋就忘记他们之间的战斗，此时他们之间也互有攻击，这一点也被孙翔巧妙地利用着。

乱军之中的那个人影越来越清晰，他的周身上下缠绕着各种各样的魔法斗气。

无属性炫纹的，光属性炫纹的，暗属性炫纹的，火属性炫纹的，冰属性炫纹的……五种炫纹状态，五种颜色，此时一叶之秋加了个齐，而且不带中断。除此以外，还有一层金身的光芒包裹着全身，此时炽烈得将那五种炫纹状态的光芒都冲淡了。

"斗者意志"，战斗法师的觉醒技能，通过连击数催生出的战斗状态，75级开放以后，最高可达第八阶，在网游中被无数玩家爱到不行的一个经典技能。而此时看一叶之秋这周身金色斗气的闪耀程度，正是达到了最高的第八阶，在这职业赛季上可是极其罕见的，尤其在单挑场上，第八阶的"斗者意志"，那需要150段连击。

如此变态的要求，在单挑场上根本没可能实现。一个会被你打出150段连击的对手，和一个木头人差不多了，"斗者意志"的状态开不开都不打紧。

所以职业选手们的战斗法师，很多人在这个技能上甚至不会点到太高阶。觉醒技能都是相当强力的，在技能点的消耗上当然不一样。

但是一叶之秋是谁？那是被称为斗神的《荣耀》第一的角色，他的"斗者意志"一直是被点满的。之前是叶修，孙翔接手后，以他那时的性格，当然不会觉得叶修能做到的事他做不到，所以对于"斗者意志"的加点他没有调整，之后开放75级，更是在原本七阶的基础上再点了一阶，提升到了八阶。

到轮回的孙翔，已经开始重新审视自身。但是对于"斗者意志"这个技能，他也并没有洗点重加。这样一个依靠技术提升战力的技能，他觉得正符合他的风格。单挑赛里很难打出那么高阶，但是团队赛里总还是有机会的。虽然一样很难，但是昔日的叶修做到过！

"斗者意志"，虽然很多人认为它在职业场上并不实用，但在战斗法师选手的心目中却是一项专属于他们的荣耀。能在比赛中燃起"斗者意志"的高阶光芒，是每一位战斗选手心中都畅想过的事情，哪怕很多人最终将这个技能加得很低。而孙翔，他敢于将这种畅想付诸行动，他希望可以在比赛中燃起"斗者意志"的金色光芒。

而今天，他做到了。

虽然有赚地图设定的便宜，但是如果一开始就没有这样的目标，今天的一叶之秋或许也只会拥有两三阶的"斗志意志"，不会燃起如此灿烂的斗气闪光。

"叶修这次有点玩脱了吧？"职业选手们纷纷感慨着。

NPC的战斗力并不变态，并没有完全限制住孙翔。一叶之秋付出了一定的伤害，却完全点燃了战斗法师的最强姿态。这样下去，这些NPC不会成为阻碍，而最终叶修需要面对一个如此强横的一叶之秋，这是他这个一叶之秋的缔造者都没有见识过的强横姿态。

"天击""落花掌"！一个低阶技能组成的小连击，"落花掌"强力的吹飞效果将一名NPC送上了半空，直撞向依然攀在山壁上的君莫笑，再一次掀起了针对叶修的攻势。

叶修骑虎难下，至少众多职业选手都是这样认为的。

叶修先前不动手，是怕招惹到NPC们的仇恨，希望全凭NPC的战力来消耗孙翔。谁想这些NPC的战斗力并不十分强悍，到头来没对一叶之秋制造太大的杀伤，反倒喂饱了一叶之秋的状态。

五属性的炫纹，金色的"斗者意志"，这一刻的一叶之秋状态已达巅峰，十几年来的最巅峰。

而此时他要挑战的对象，偏偏就是将他带到这个世上来的叶修。

叶修该怎么面对？先前不打，这时候再出手，招来NPC仇恨，再在NPC的干扰下面对一个状态巅峰的一叶之秋，明显还不如之前就动手。到了这一步，或许只能继续回避战斗了！

大家都是这样想的。谁想这一次，叶修却没有让君莫笑闪避。"落花掌"的吹飞效果虽强，可将一个角色向高处送飞，却只能越飞越慢。到头来威胁也不大，君莫笑一探手，轻轻松松直接将飞来的NPC抓取住，顺势一个"抛投"，就朝下方的一叶之秋砸了下去。

所有人愣住，在大家看来这真是最差劲的选择，叶修不至于连这都算不清楚吧？这家伙又在打什么算盘？旁观的职业选手们都思考起来了，但是场上的孙翔并不多想。他已经打定主意再不和叶修去作这种脑力上的角逐，他已将全部精神集中于执行眼前的攻势。

无论叶修会怎么应对，孙翔的心中只有一种方案：打倒他，排除一切障碍，打倒他！

闪身！一叶之秋避过被君莫笑掷回的NPC，手中却邪挥出，又扫起了一个 NPC，当人肉炮弹向着君莫笑砸去。而君莫笑因为对 NPC 的这一抓取，立即受到 NPC 们的关注，一些远程职业的攻击已经开始指向山壁上的他了。

轰！先是一发炮弹落来，但早有预料的叶修已让君莫笑提前闪开。一叶之秋甩来的人肉炮弹飞至，君莫笑再躲。

孙翔已经开始针对叶修发起攻击，但并不急于冲上，大部分精力还是继续应对着攻击他的 NPC，一有机会，就把这些 NPC 纷纷朝君莫笑掷去。

叶修技巧再高超，在山壁上这样腾转总不如在地面上那么自如。面对孙翔协同 NPC 一起发起的攻击，很快就有些应接不暇了。

"这又是何苦呢？"职业选手这边再次表示不解。既然最后还是躲闪，那之前又何必要来那么一个"抛投"去抓取，徒自惹来这么多的攻击？之前那一下也不是不能闪过，闪过了，要面对的只是孙翔。如果只是孙翔的一叶之秋这样扔扔人肉炮弹，叶修要让君莫笑一直闪让下去，绰绰有余。

"搞不懂！"几乎所有人都在摇头，完全想不通叶修到底作何打算。至于电视转播里，那就更安静了。这次连职业选手都看不出意图，潘林和李艺博两个哪敢讨论？干脆就假装这个问题不存在。

只有张新杰，霸图战队的张新杰，从来不会忽视任何细节的张新杰，此时却是一副若有所思的样子。

"怎么？"韩文清问了一声，他了解队友，看他这样子就知道他肯定想到了什么。他这一问，周围但凡能听到的选手都朝这望来，大家都太渴望这个问题的答案了。

"山壁上方的伏兵，大概快发动了。"张新杰说。

"哦？"

所有人望去，他们拥有上帝视角，完全可以看到山壁上方的 NPC，他们从两队 NPC 刷新后就有动作，但是看起来一直是准备活动。哪怕是现在，看起来也并无发起攻击的迹象，张新杰是从哪里看出来的？

"触动他们伏击的条件并不明确，但是我想无非就是两个，或者是时间，到一定时间，就发动；要么就是 NPC 的伤亡，损伤到一定程度，由他们来彻底打扫。"张新杰分析着，之前的演示大家就看到了，上方的伏兵，是不同于底下两队 NPC 的第三路人马，而且可以说是最终的胜利者，他们是趁着下边两队人杀得两败俱伤时，毫发无伤地打了两队人一个全军覆灭。

"叶修就是在等这个？"有人说道。

"似乎是的。之前演示时，我留意了伏兵发动的时间和两队人数，两个条件，眼下都差不多了。"张新杰说道。

"可是等到这伏兵又能怎样，对战局有什么改变吗？"有人疑惑着。

张新杰没有回答，只是继续深思着，显然这是他也没有想通的问题。从叶修突然开始向NPC出手的时机来看，和伏兵发动应该大有关系，但是张新杰也想不通伏兵的发动对于叶修来说到底有何意义。那只是伏兵，而不是他的援兵，对方的攻击是无差别的，无论是君莫笑还是一叶之秋，他们都不会刻意地避开，把二人同样视为要消灭的目标概率更大。叶修到底在想什么？

就在这时，山谷上方，一颗小石子忽然被一名NPC不慎碰落，石子落下，没有人注意到，一落到底，也没有引起任何人的注意，却偏偏好像一个信号似的，埋伏在山壁上方两端的NPC，忽然齐齐开始行动，什么招呼也没打，他们一现身，一波滚石已经落了。

轰轰轰轰！山谷里顿时接连响起滚石落地的巨响，不少NPC被砸中后直接成了肉酱，两端的NPC同时也开始用各种远程的《荣耀》技能发动攻击，峡谷突遭这袭击，顿时一片狼藉。但是两队NPC看起来都没有惊慌失措，能对上方展开攻击的立即予以反击，近战职业在下方依旧死斗不休，同时，也没把君莫笑和一叶之秋两人遗忘。

一叶之秋的身边依然有NPC在纠缠，但是孙翔的绝大部分注意力在君莫笑身上。伏兵发动，这情节他也看过了，之后下方两端的NPC也支撑不了太久，再之后，伏兵会不会继续对他们两人的角色发动攻击那就不清楚了。就目前来看，伏兵的攻击对他们两人的角色都是有针对性的。

孙翔不管这些，也不刻意去想这样的局面有什么可被利用，他只是盯死君莫笑。当这一波居高临下的伏击发生后，叶修终于没办法再让君莫笑在山壁半空坚持了，落回了地面。

冲！一叶之秋冲上！君莫笑冲上！身处一片混乱之中，来自不同方向的攻击还在向着二人招呼，两人却都直盯着对手，凌厉地冲了上来。

"霸碎"，孙翔起手就让一叶之秋来了一记"霸碎"，180度的横扫，连同三个NPC一起扫开。但是叶修没这么好打发，君莫笑拔剑，"崩山击"，竟直接从"霸碎"扫出的这凌厉一击上空飞过，直朝一叶之秋劈下。

退！一叶之秋收招后退。五种炫纹状态，八阶"斗者意志"，一叶之秋此时力量、速度都处巅峰，行动前所未有地敏捷。

　　就是这样的一叶之秋，周遭还有这么多 NPC 干扰，叶修竟然要在这时候和对方强打？

　　到底在想什么啊！职业选手们着急死了，他们不相信叶修没有算计，不相信他真就这样打起了一场无准备的战斗，一定有什么他们忽略的东西在。

　　"上挑"，"崩山击"不中，君莫笑顺势挥剑就是一记"上挑"。

　　但是，"强龙压"！一叶之秋手中却邪已如泰山压顶般挥下，太多状态加持，让他拥有无与伦比的速度。一般情况下，一个战斗法师绝无可能在这种情况下施展比"上挑"还要迅速的"强龙压"。

　　"强龙压"判定超强，别说一个"上挑"，此时就是有五个剑客一起上挑，都会被这一记"强龙压"拍下。

　　轰！却邪劈在地上，这一击，将君莫笑从头劈到了脚，但是君莫笑居然没倒，却邪竟然就这样从他的身体中穿过！"剑影步"，叶修在决胜战中选择的武器打制技能，终于亮出了第一个，剑客系的"剑影步"。

　　可是一叶之秋的"强龙压"来得如此之快，"剑影步"绝无可能是在那时操作施展的。"剑影步"，恐怕早在"崩山击"前就已施展，只是叶修的操作太快，"剑影步"的指令下达，剑影还没来得及分出，他已经完成了"崩山击"的操作。这一"崩山击"，跳劈出去时还是一人，但等落下时，已经是"剑影步"施展出来后，分散出的四个君莫笑之一，是一个剑影了。

　　孙翔在却邪直接劈穿君莫笑脑袋时已经意识到不对，慌忙就要取消这一技能再作调整，却不料取消操作刚罢，"强龙压"已经劈到了地上。

　　"月光斩""满月斩"！两片刀光漂亮地闪起，在一叶之秋身上留下了两道血痕，同时将他撩向了半空。

　　"这种状态下的一叶之秋，你有足够的经验去驾驭吗？"叶修在频道里问道。

无可逾越的差距

消息就这样摆在公众频道里。

如果说这是取胜的关键，那么这种话本该在彻底胜利以后再说，比赛中就向对手透露未免有些儿戏了。但是叶修偏偏就在公众频道里说出来了，所有人都看到了，当然包括他的对手孙翔。

因为这句话里有一个关键词：经验！

一个在分析一名选手实力时，频频会被提及、一点新鲜感都没有的词。

一个在决定胜负时，也会屡屡被分析到，总是产生至关重要影响的词。

这个词，在这场决定冠军归属的巅峰之战中，被提及。

经验经验经验……

年轻人大概都不怎么喜欢这个词，因为他们总是被指摘在这上面有所欠缺，偏偏这玩意儿还那么难获得，不像天赋、才华那样天生就可拥有。

积累，除了积累，别无他法。

孙翔是第七赛季出道的选手，迄今已打过完整的四个赛季。第七赛季时他就是当家主力的身份，第九赛季虽然是在挑战赛里度过的，但是四年下来，孙翔虽还年轻，但不会再被套上新人的身份，经验不足？这种词对他来说已是过去式，现在的孙翔已经不能再说缺乏经验。

不缺乏，但要比经验丰富的程度，孙翔比起出道十年的叶修来说当然远远不够。

不过经验固然重要，甚至会成决定性的因素，但也不是唯一因素。孙翔的经验，比起叶修他们这些老资格的选手，虽然还不够丰富，但是，他的经验已经足够应付职业比赛，他已经不会在比赛中犯"经验不足"的错误。

可是现在,叶修为他指出的恰恰是"经验"，而且是很细节的一个"经验"。

这种状态下的一叶之秋，你有足够的经验去驾驭吗？

消息就摆在那里，孙翔根本没去回复。叶修发了消息后就立即再让君莫笑抢攻，孙翔的一叶之秋招招被动，连续退让，NPC 的攻击让他更加手忙脚乱，其中有不少 NPC 攻击甚至本是向君莫笑招呼来的，结果在叶修的刻意引导下，最后也攻向了孙翔。

这种混乱的局面，叶修比孙翔应付得好一些，这一点大家并不会太意外。从一开始，所有职业选手都认为兴欣派叶修首发就是最好的选择，原因就在这里，就是认定了叶修的经验是应对这种混乱的最佳武器。

可是将一叶之秋状态彻底点燃的孙翔，让他们一度改变了这种看法。在如此强大的一叶之秋面前，NPC 的干扰显得那么脆弱，大家丝毫不怀疑孙翔有单枪匹马就将这些 NPC 全部清除的能力。

所以当叶修最终操作君莫笑还击时，大家都觉得并不明智。因为叶修只是能很好地应对这种混乱，而孙翔，在他们眼中已经无视这种混乱。

但是结果，叶修一介入，处于巅峰状态的一叶之秋，赫然有了找不到方向的感觉，从那记"强龙压"后被君莫笑连续两斩开始，孙翔的节奏彻底乱了。

而叶修，敢把孙翔面临的问题就这样公然写成消息放出，就是因为孙翔所面临的问题，即使他意识到，察觉到，也没办法立即处理好。

五属性的炫纹状态，再加八阶"斗者意志"。确实，这是迄今为止从来没有在职业赛场上出现过的战斗法师满状态。团队赛场上没有，单挑赛场上就更无可能。

这样满状态下操作战斗法师，孙翔有没有过相应的练习，其他战队的选手并不清楚。但就从一般训练思路上来看，不大可能有太多的练习。因为这种状态达到实在太难，就算有选手有志于实现，但也该知道这是可遇而不可求的，费尽心思专门练习这么一种很难实现的状况，绝不是一个职业选手该有的训练思路。一支战队的训练表也不会允许选手将宝贵的时间浪费在练习这种虚无缥缈的状况上。

再退一步讲，就算孙翔私自加练过这种状况，但是拿到职业赛场上来，毕竟还是第一次。而这一次，他所要面对的对手是叶修，在战斗法师上浸淫不下十年、驾驭一叶之秋这个角色也不下十年的叶修。

哪怕这之后他不再使用战斗法师，不再操作一叶之秋，但只是这不下十年的经验，叶修对于这种状态下的战斗法师、这种状况下的一叶之秋的把握，

就不会比孙翔逊色，比他更强都是顺理成章的。

"连突刺""膝撞""地裂波动剑""落花掌"！接连四个技能，千机伞四种形态变幻着，再次抢中一叶之秋露出的空当，最终以一个战斗法师的"落花掌"，将一叶之秋轰开。

"再说，你还有一个硬伤，大家都有些忽略。"叶修还在频道里说着。

"你是战斗法师的转型选手，这点，可能很多人都忘了吧？"叶修说道。

转型！没错，孙翔其实有过转型，最早在越云出道拿下最佳新人时的孙翔，他的角色职业可不是战斗法师。

狂剑士，那才是孙翔出道时所用职业，帮助他摧毁新秀墙，最终夺下最佳新人称号的职业。但是最终，为了追求最顶尖的神级角色，孙翔毅然放弃了原本擅长的职业，改练战斗法师。虽然从一上手就表现出了不俗的功底，以至于让人们都没有在他的转职问题上停留太长时间，但是现在，时隔两年半，却被叶修旧事重提，更被指为"硬伤"。

孙翔的转型，在所有人眼中都是极成功的。大家甚至忘了他有过转职经历，甚至都忘了出道时的他本是个狂剑士，这可以说是转型成功最好的证明。

但是现在，在叶修眼中，这竟然是硬伤？

所有人都大眼瞪小眼，包括联盟最最最顶尖的神级选手们。

如果说叶修这话不是故弄玄虚，那只能说，叶修在战斗法师上的造诣真的超出他们太多，远远不是他们所能体会到的。

最强状态的一叶之秋，在叶修眼中只是一个驾驭不了的一叶之秋，一个有硬伤的一叶之秋吗？这是他们完全领略不到的高端。

"这打击也太大了吧……"职业选手们议论着。

这些话，叶修本不必说出来的，但此时摆在公众频道里，简直就是精神攻击啊！

千载难逢打出来的一次巅峰状态，结果被认为驾驭不了，被视为硬伤。换作任何一个人恐怕都会觉得很难堪，更别说骄傲自负的孙翔了。叶修百忙之中还要发消息，果然不仅仅是为了吐槽，这是相当强大的精神攻击。

面对这样的言语，孙翔会怎样？发疯？消沉？职业选手们猜测着，只觉得任何一种反应都不算意外。结果孙翔最终的反应，出乎所有人的意料。

一叶之秋，"豪龙破军"！但不是冲上发起攻击，而是……逃跑！

那个骄傲自负的孙翔，在将一叶之秋的状态推向巅峰后，遭受这样的难堪，结果他没有因此陷入混乱，也没有因此拼命要证明自己，他最终的选择是让一叶之秋逃走。

这份最终的应答，让所有人呆住。

打到这个程度，话挤对到这个份上，那个骄傲自负的孙翔，最后竟然选择了逃走？

别说是他，换场边任何一名职业选手，在这种情况下，更多想的都是拼了，狠狠地拼了！哪怕最终会输，但也绝不想这样被人看扁。

但是孙翔选择逃走，这意味着他认可叶修的判定，承认自己驾驭不好这巅峰状态的一叶之秋。

他放下了骄傲，放下了自尊，一切，只是为了胜利！

因为此时逃走无疑是最明智的选择。既可以脱离混乱的局面，又能在技能时间到后，消除掉一叶之秋身上的一些状态，让一叶之秋保持在可以娴熟驾驭的状态，然后重新再战！

掌声响起，来自于职业选手们。声势不大，却含金量十足。

孙翔并不是一个讨喜的选手，在圈里也没什么好人缘，第七赛季出道的选手，辈分上也比较靠后。他拿过最佳新人，收到过各种各样的赞扬，但是这一次，是他第一次收到来自职业圈中的如此隆重的尊重。

因为他做到了太多人恐怕都没办法做到的事。

骄傲，自尊！每一位职业选手都有，但是不是每一位选手都能在这样难堪的局面下选择放下。

大家对孙翔是有一定了解的，所以更知道这个年轻人做出这一步有多么不容易。但是眼下，他放下了，是否能因此收获胜利姑且不论，单凭这一点，就足够让人动容。

这样的"豪龙破军"，比起冲锋陷阵的"豪龙破军"显得更加不易。

叶修同样很意外。孙翔这赛季的改变有目共睹，但是叶修也没想到他能将骄傲和自负收拾到这种程度。即便是对手，叶修此时也忍不住要为孙翔鼓一鼓掌，喝一声彩。

但是，仅此而已。关乎胜利，叶修可一步都不会退让。

"弧光闪"，盯着一叶之秋的身形，君莫笑已经追了过去，叶修可没打算让孙翔轻易得到喘息的机会。

两个角色忽然间从乱战中冲出。NPC 在两个角色身上都有仇恨，但谈不上专注，他们互相之间的战斗一直没停过。此时两个角色忽然脱离，他们也只是顺手来上一击，却没有从整体上组织特别有针对性的攻击。倒是埋伏在山壁上方的NPC，对于脱出战团的两个角色立刻追上攻击，此时他们已是场上最积极、最占优的主攻者了。

对于他们的攻击，没有人有能力去阻止，叶修和孙翔也只能一边躲避着上空的攻击，一边操作角色作战。

君莫笑最终还是追到了一叶之秋，不过孙翔已经做出最大程度的拖延。在被君莫笑最终追到时，他也没有贸然进行硬拼，状态巅峰的一叶之秋，竟然完全摆出了防守姿态。

"太冷静了！太理智了！"

"根本就不像孙翔！"

"是的，要不是事先知道，我真的不可能猜到这是孙翔。"

职业选手议论纷纷，孙翔，已是此时场上最大的看点，他的改变，他此时的态度，让众选手们都觉得耳目一新。这一个赛季，孙翔真的是一直在调整自己，这让所有人禁不住去思考，未来当他们再遇孙翔时，该怎么去应对？这样一个可以放下一切，只是专注于胜利的孙翔，只会更难对付。

"叶修也很稳定。"这时不知谁说了一句。

孙翔出人意料的举动，让他成为众选手眼中的焦点，他们多少有些忽略叶修从头至尾的专注。孙翔有这样那样的改变和调整，但是最终也只是将局面收归原点，而叶修并没有因此产生什么波澜。原点就原点，无论面对驾驭不了巅峰状态、有硬伤的孙翔，还是放下骄傲、舍弃巅峰状态、将一切拉回原点的孙翔，叶修所贯彻的，只是对胜利一门心思的追求，根本没有任何事会让他改变这一点，动摇这一点。哪怕他也为孙翔的举动而动容，但是接下来，也只会更加坚决、更加努力地去赢取比赛。

战斗在继续，生命在消耗。

但是一叶之秋在身陷重围时，在孙翔驾驭不住被叶修打反击时到底损耗了一些生命。现在孙翔重整旗鼓，重新再战，但是这点差距，却始终没有办法抹平，因为叶修根本不给他半点机会。

两个角色的生命始终保持着这样的差距缓缓下落，没有大的起落，只有点滴琐碎的消耗，可见双方打得多么细致谨慎。

全场观众都为孙翔捏了一把汗。在叶修说出那些话的时候，他们本都以为孙翔要就此输掉，他们都没想到比赛会又回到这样的局面。他们或许不是太清楚孙翔当时那一个"豪龙破军"选择逃走的意义，但是他们总可以看到此时孙翔争胜的决心。

追上去啊！轮回粉丝们死盯着那一点差距，加油、呐喊，希望可以抹去。

但是这点差距就是这样顽固，这样无可逾越。一叶之秋和君莫笑的生命都越来越少，但是直至其中一方的生命彻底消逝的那一刻，差距依旧。

擂台赛第一局，叶修获得了胜利。他终于从头到尾建立了一个连季后赛都包括进去的单挑全胜的神话。

下卷预告：

　　《全职高手》第 24 卷《荣耀之巅》（大结局）即将出版，敬请书友关注。

鄂新登字 04 号

图书在版编目（ＣＩＰ）数据

王者之争 / 蝴蝶蓝著.—武汉：长江少年儿童出版社，2016.5
（全职高手；23）
ISBN 978−7−5560−4546−4

Ⅰ.①王…　Ⅱ.①蝴…　Ⅲ.①长篇小说—中国—当代
Ⅳ.①I247.5

中国版本图书馆 CIP 数据核字（2016）第 081039 号

书　　名	王者之争		
©	蝴蝶蓝　著		
出版发行	长江少年儿童出版社	业务电话	（027）87679199 （027）87679179
网　　址	http://www.cjcpg.com	电子邮件	cjcpg_cp@163.com
承 印 厂	武汉中科兴业印务有限公司		
经　　销	新华书店湖北发行所		
印　　数	1−15 000	印张	17.75
印　　次	2016 年 5 月第 1 版，2016 年 5 月第 1 次印刷		
规　　格	680 毫米 × 980 毫米	开本	16 开
书　　号	ISBN 978−7−5560−4546−4	定价	25.00 元

本书如有印装质量问题　可向承印厂调换